ANNA JOHANNSEN

Enna Andersen und das verschwundene Mädchen

KRIMINALROMAN

EDITION M

Deutsche Erstveröffentlichung bei
Edition M, Amazon Media EU S.à r.l.
38, avenue John F. Kennedy, L-1855 Luxembourg
Februar 2020

Umschlaggestaltung: semper smile, München, www.sempersmile.de
Umschlagmotiv: © gyn9037 © javarman © seewhatmitchsee © Roman Panov © Stephen Rees © caesart/ Shutterstock
1. Lektorat: Kanut Kirches
2. Lektorat: Rotkel Textwerkstatt
Gedruckt durch:
Amazon Distribution GmbH, Amazonstraße 1, 04347 Leipzig /
Canon Deutschland Business Services GmbH, Ferdinand-Jühlke-Str. 7, 99095 Erfurt /
CPI books GmbH, Birkstraße 10, 25917 Leck

ISBN 978-2-49670-153-1

www.edition-m-verlag.de

Eins

Hauptkommissarin Enna Andersen stand auf und drehte eine Runde im Büro von Kriminaldirektor Heinzen.

»Jetzt setz dich doch wieder, Enna«, sagte Heinzen, dessen fürsorglicher Blick ihr gefolgt war.

Enna blieb vor seinem Schreibtisch stehen. »Ihr wollt mich abschieben! Warum sagst du nicht einfach, wie es ist?«

»Niemand sagt etwas von Abschieben. Aber du warst über ein Jahr außer Dienst und deine Stelle ist wieder besetzt worden. Ich habe alles versucht, aber du weißt doch, wie es ist.«

Enna hatte vor ihrer Beurlaubung den Posten der stellvertretenden Leiterin des Dezernats 11 der Polizeidirektion Oldenburg innegehabt und war für den Bereich »Organisierte Kriminalität« zuständig gewesen.

»Und jetzt soll ich Akten wälzen? Glaubst du wirklich, dass das der richtige Job für mich ist?«, fragte sie in verächtlichem Ton.

»Das hängt doch davon ab, was du daraus machst – mit deinen Kollegen zusammen. Außerdem ist das Projekt ja erst mal auf zwei Jahre begrenzt. Danach sieht die Welt schon wieder ganz anders aus. Überleg doch mal: Du bist dein eigener Herr, kannst später problemlos Teilzeit arbeiten – und musst keine permanenten Überstunden zu Zeiten schieben, wo andere ihre

Freizeit genießen oder sogar schlafend im Bett liegen. Und du leitest die Abteilung. Das ist doch was.«

Albrecht Heinzen hatte Enna zu Beginn ihres Gesprächs den Vorschlag unterbreitet, in einer, wie er es nannte, kleinen, aber feinen Abteilung des LKA Niedersachsen Altfälle neu aufzurollen. Das Projekt war mit EU-Mitteln finanziert und zunächst auf zwei Jahre begrenzt worden.

»Und denk doch bitte an deinen Kleinen. Wie hättest du bei deinem früheren Job …«

»Elias lass mal meine Sorge sein«, fuhr Enna ihren ehemaligen Chef an und bereute es sofort. Albrecht Heinzen hatte sie seit Beginn ihrer Laufbahn begleitet und gefördert und sie nach Oldenburg in seine Mannschaft geholt. Sie hatte ihm viel zu verdanken und mit den Jahren war er ein Freund der Familie geworden. Bis zu Simons Unfall war er regelmäßig bei ihnen zu Besuch gewesen. »Entschuldige«, murmelte sie. »Der Ton war nicht in Ordnung.«

»Kein Problem, Enna. Ich verstehe das doch. Aber bitte versteh du mich auch. Ich bin mir sicher, dass diese Stelle momentan optimal für dich ist.«

Enna war klar, dass sich Albrecht Heinzen Sorgen um sie machte. Er wusste zwar, dass sie in ihrem Leben schon einige Tiefschläge hatte hinnehmen müssen und damit auch fertiggeworden war. Aber Simons Unfalltod hatte ihr tatsächlich den Boden unter den Füßen weggezogen. Simon hatte sich auf den Weg nach Hause gemacht, statt wie geplant in Hamburg im Hotel zu übernachten, und war weit nach Mitternacht auf der A28 von Bremen nach Oldenburg unterwegs gewesen, als einer der Vorderreifen platzte. Sein Auto hatte sich mehrfach überschlagen und war gegen einen Brückenpfosten geschleudert worden. Nach Aussage der Rechtsmedizinerin war er auf der Stelle tot gewesen.

»Sind unsere Büros hier im Haus?«, fragte Enna schließlich, um zumindest ein vorsichtiges Interesse vorzugaukeln.

»Nein, das LKA hat separate Büroräume angemietet. Du und deine beiden Kollegen … Ihr seid vollkommen ungestört.«

Enna fiel es schwer, nicht sofort aus Albrechts Büro zu laufen und die Tür laut hinter sich zuzuschlagen.

»Und wer bitte soll das sein? Meine neuen Kollegen?«

»Sie heißen Pia Sims und Jan Paulsen.«

»Der Paulsen aus Osnabrück?«, fragte sie ungläubig.

»Ja, aber ich kann dir versichern, dass an den Gerüchten über ihn …«

Enna hörte nicht mehr zu, in ihren Ohren begann es zu rauschen. Zwar kannte sie diese Pia Sims nicht, aber sie hatte keinen Zweifel, dass es auch bei ihr einen guten Grund gab, weshalb sie in diese neue Abteilung versetzt worden war: ein Loser-Team, bestenfalls ein zusammengewürfelter Haufen von gefallenen Kriminalbeamten, die niemand mehr haben wollte. So tief war sie gesunken, und ausgerechnet Albrecht Heinzen wollte ihr das Ganze schönreden.

»Willst du dich nicht setzen?«, hörte sie jetzt seine Stimme wie aus weiter Ferne und ihr wurde in diesem Augenblick klar, dass sie keine Wahl hatte: Diese Stelle war die einzige, die man ihr anbieten würde. Zumindest konnte sie dort vollkommen selbstständig arbeiten. Alles andere würde sich später regeln.

»Morgen?«, fragte sie Albrecht Heinzen, statt eine Antwort zu geben. »Steht das Team morgen? Das Büro ist eingerichtet?«

»Ja, es ist alles so weit vorbereitet.« Heinzen reichte Enna einen Ordner. »Hier findest du alles schriftlich. Ihr seid für den gesamten Norden Niedersachsens zuständig. Sozusagen von der Ems bis an die Elbe und von uns aus bis zur Nordseeküste.

Ich habe die entsprechenden Akten bereits in euer neues Büro bringen lassen.«

Enna nickte mit versteinerter Miene. So sicher war er sich gewesen, dass sie das Angebot annehmen würde – annehmen musste. »Perfekt!«, sagte sie, drehte sich abrupt um und verließ das Büro.

Enna löste den Zopfgummi und spürte, wie ihr langes rotes Haar, ein Erbe ihres irischen Großvaters väterlicherseits, von einer kräftigen Windböe aufgewirbelt wurde. Ihre Wut auf Albrecht war schon dem Mitleid und der Resignation gewichen – er hatte einfach kein Rückgrat. Aber wahrscheinlich musste man biegsam werden, wenn man in der Polizeihierarchie so weit wie Albrecht aufsteigen wollte. Ennas Ziel war das nie gewesen, und jetzt schon gar nicht mehr, da sie alleine war mit ihrem fünfjährigen Sohn, der in gut einem Jahr in die Schule kommen würde. Spätestens dann würde sie darauf angewiesen sein, halbtags arbeiten zu können. Im Moment konnte sie ihn noch bis nachmittags um halb fünf in der Kita lassen. Elias liebte es, den ganzen Tag mit seinen Freunden zu spielen, und reagierte an manchen Nachmittagen sogar wütend, wenn Enna ihn früher als vereinbart abholen wollte. Aber sie hatte sich vorgenommen, Elias nicht länger als bis fünfzehn Uhr in die Nachmittagsbetreuung der Schule zu geben.

Sie warf den Ordner auf die Rückbank und schloss das Auto wieder ab. Albrecht Heinzen hatte ihr mitgeteilt, dass ihr neuer Ausweis, die Waffe und alles Weitere abholbereit seien. Sie meldete sich in der zuständigen Abteilung, wies sich aus und bekam die Sachen ausgehändigt.

Das kalte Metall lag schwer in ihrer Hand. Sie war eine ausgezeichnete Schützin, hatte aber gehörigen Respekt vor diesem geschmiedeten Stück Eisen, das in Sekundenbruchteilen Menschenleben auslöschen konnte. Glücklicherweise hatte sie nur wenige Male auf Menschen schießen müssen und sie war froh, dass keiner dieser Vorfälle tödlich verlaufen war.

Sie lief zurück zu ihrem Auto, einem zehn Jahre alten VW Passat, der vor Kurzem einen neuen Motor erhalten hatte, und setzte sich hinters Steuer. »Altfälle«, fluchte sie verächtlich. »Das ist etwas für alte Männer, die den Arsch nicht mehr hochkriegen. Verdammter Mist!«

Sie startete den Motor und verließ den Parkplatz der Oldenburger Polizeidirektion, um sich auf den Weg in ihr neues Büro zu machen. Drei Schlüsselsätze hatte sie mit dem Ausweis und der Waffe überreicht bekommen, die Adresse stand in den Unterlagen, die Albrecht Heinzen ihr mitgegeben hatte. Auf keinen Fall wollte sie morgen gemeinsam mit ihren neuen Kollegen zum ersten Mal vor der Tür stehen. Nein, sie war die Hausherrin und würde das neue Terrain gründlich inspizieren, sich vorab ihr Büro aussuchen und es beziehen.

Die Räumlichkeiten hatten Charme, das musste Enna zugeben. Das alte Gebäude, eine sogenannte Oldenburger Hundehütte, lag in unmittelbarer Nähe zur Innenstadt und zu deren unzähligen Cafés und Restaurants. Enna schätzte das Haus auf knapp über hundert Jahre, es war einer der vielen Bauten, die in Oldenburg im Zweiten Weltkrieg nicht zerstört und in den letzten zwanzig Jahren restauriert worden waren. Beim ersten Durchgang fand sie drei Büros im Erdgeschoss, eine bereits eingerichtete Küche und ein Badezimmer. Im Dachgeschoss befanden sich drei weitere, kleinere Räume. Holzfenster, hohe Decken und alte Dielen aus Eiche. Enna fühlte sich auf Anhieb wohl in den Räumen, suchte sich das größte und hellste Zimmer aus und stellte ihren Laptop auf den Schreibtisch aus Glas und Chrom.

Hatte Albrecht Heinzen dafür gesorgt, dass sie nicht irgendwo im Gewerbegebiet untergebracht waren? Er kannte Ennas Faible für Oldenburgs historische Gebäude und wusste, dass Elias' Kindergarten nur fünf Gehminuten von ihrem neuen Büro entfernt lag.

Das war alles schön und gut. Aber Enna fühlte sich trotzdem abgeschoben.

Zwei

Enna saß seit einer Stunde in ihrem neuen Büro und ging die Personalakten ihrer beiden neuen Mitarbeiter durch. Um neun erwartete sie Oberkommissar Jan Paulsen, eine Stunde später die frischgebackene Kommissarin Pia Sims. Als um Viertel nach neun die Türklingel schrillte, seufzte sie und mühte sich aus dem Schreibtischstuhl hoch.

Der Mann, dem sie dann gegenüberstand, grinste sie frech an. Breite Schultern, einen Kopf größer als sie, sportliche Figur, Dreitagebart. Enna wusste aus den Akten, dass er in diesem Jahr neunundvierzig werden würde. »Kollegin Andersen?«, fragte er und fuhr sich mit der Hand durch die pechschwarzen Haare. Enna nickte und trat zur Seite.

»Die Zweite rechts, Herr Paulsen.«

Ennas Büro verfügte über eine kleine Sitzecke mit drei Stühlen. Sie bat Paulsen, sich zu setzen, und schlenderte zum Schreibtisch, um seine Personalakte zu holen.

»Interessante Lektüre?«, fragte Paulsen mit Blick auf seine Akte.

»Nicht wirklich«, sagte Enna trocken. »Sie haben inzwischen eine Wohnung in Oldenburg?«

»Nicht wirklich. Warum fragen Sie?«

»Ich versuche zu ergründen, weshalb Sie den Job angenommen haben.«

Paulsen lächelte. »Haben Sie da nicht die falsche Frage gestellt?«

Enna antwortete nicht und wartete darauf, dass er weitersprach.

»Okay, ich liebe es, mit offenen Karten zu spielen. Zumindest unter Kollegen.«

»Trifft sich gut. Ich höre!«

»Ich hatte keinen Bock auf einen schlecht bezahlten Job beim Wachdienst, als Privatschnüffler eigne ich mich nicht und etwas anderes als Polizeiarbeit habe ich nicht gelernt.«

»Sie sind degradiert worden – vom Hauptkommissar zum …«

»Scheiß drauf«, unterbrach er Enna. »Ein paar nette Kollegen in Osnabrück waren mir nicht ganz wohlgesonnen. Und ich war zu dumm, um die Gefahr ernst zu nehmen. Mein Fehler. Die hätten mir so ein beschissenes Verfahren angehängt, wenn ich mich nicht vom Acker gemacht hätte.«

»Klingt eher nach Mafia als nach Polizei.«

»Wie gesagt, mein Fehler.«

»Okay, lassen wir das. Aber eins möchte ich gleich klarstellen: Ich dulde keine Übergriffe auf Zeugen oder Verdächtige. Wir arbeiten hier nach Vorschrift. In jeder Beziehung.«

Paulsen zog seine Augenbrauen zusammen. »Habe ich da was falsch verstanden? Ich dachte, wir wälzen hier Akten und schnüffeln den Kollegen hinterher – auf der Suche nach Ermittlungsfehlern.«

»Haben Sie jemals einen Fall vom Schreibtisch aus geklärt?«

»Eher nicht.«

»Eben. Ich auch nicht.«

Er grinste breit. »Klingt besser, als ich zu hoffen wagte.«

»Dann sind wir uns einig?«

»Denke schon.«

»Noch eins«, hielt Enna ihren neuen Kollegen zurück, der im Begriff war aufzustehen. »Sollten Sie jemals versuchen, mich zu verarschen, werde ich Ihnen den Allerwertesten aufreißen.«

»Wo ist mein Büro?«, fragte er, ohne eine Miene zu verziehen.

Enna stand auf. »Ich zeige es Ihnen.«

Auf dem Flur stand übereinandergestapelt eine Reihe von Kisten, die mit Jahreszahlen beschriftet waren: die Akten der ungeklärten Fälle aus den letzten zwanzig Jahren. Im Vorbeigehen sagte sie: »Siebenundfünfzig.«

»Beeindruckend«, murmelte Paulsen und folgte ihr.

»Pia Sims?«

Vor Enna stand eine zierliche junge Frau mit kurzen blonden Haaren und strahlend blauen Augen. Enna hätte sie allenfalls auf achtzehn Jahre geschätzt, wenn sie nicht aus der Personalakte ihr tatsächliches Alter gewusst hätte: vierundzwanzig.

»Guten Tag, Frau Hauptkommissarin.«

»Moin, Frau Sims, kommen Sie rein.« Die junge Frau zögerte kurz, bevor sie an Enna vorbei in den Flur des Hauses schlüpfte. »Die Zweite rechts.«

Pia Sims setzte sich, nachdem Enna sie dazu aufgefordert hatte.

»Warum sind Sie hier?«, war Ennas erste Frage an die junge Kollegin.

»Weil Sie mich gebeten haben, heute um zehn meine neue Stelle anzutreten.«

»Haben Sie sich für diese Abteilung beworben?«

»Nein, mein Wunsch war das Dezernat 11.«

»Warum sind Sie dann hier?«

»Ich verstehe Ihre Frage nicht, Frau Hauptkom–«

»Andersen reicht.«

»Frau Andersen.«

»Sie waren Jahrgangsbeste, haben hervorragende Beurteilungen. Warum sind Sie also hier?«

Die junge Frau, die mit durchgestrecktem Rücken auf dem Stuhl saß, schluckte. »Ich fürchte, mein Onkel hat seinen Einfluss spielen lassen.«

»Ihr Onkel?«

»Generalstaatsanwalt Grotewohl.«

Enna warf ihr einen überraschten Blick zu. Deshalb also hatte sie weder etwas in der Personalakte noch bei ihren anderen Recherchen finden können. »Erzählen Sie.«

»Meine Mutter hat schreckliche Angst, dass ich als Polizistin in … na ja, in gefährliche Situationen kommen könnte. Sie wollte nie, dass ich zur Polizei gehe, und hat ihren Bruder dafür verantwortlich gemacht.«

Hatte Enna nicht gerade selbst diese merkwürdige Art der Fürsorge zu spüren bekommen? Sie und Pia Sims schienen bereits eine Gemeinsamkeit zu haben. Man »sorgte« sich um sie.

»Verstehe. Vitamin B der anderen Art.«

Die junge Frau zuckte mit den Schultern. »Scheint so. Familie kann man sich nun mal nicht aussuchen.«

»Und? Was sagen Sie dazu?«

»Der kleine Umweg wird mir nicht schaden. Erfahrung kann man überall sammeln. Im Übrigen finde ich Altfälle sehr interessant. Wer kommt schon im normalen Polizeialltag an so viele komplizierte Ermittlungen heran und darf an ihnen mitarbeiten?«

Enna war beeindruckt vom Schneid dieser jungen Frau, nicht nur die Familienverwicklungen offenzulegen, sondern dem scheinbar Schlechten auch noch etwas Positives abzugewinnen. »Na dann, willkommen im Team! Ich zeige Ihnen Ihr

Büro. In einer halben Stunde treffen wir uns hier bei mir zur ersten Besprechung.«

Enna legte die Liste zur Seite, auf der unter der jeweiligen Jahreszahl die zu den Akten gelegten Fälle aufgelistet waren, angefangen bei den jüngsten. Je weiter Enna in die Vergangenheit zurückging, desto weniger Fälle gab es pro Jahr. Die letzten waren ausschließlich Tötungsdelikte, die, sofern es sich um Mord handelte, nie verjähren würden.

Enna fragte sich, wie ihr Sohn auswählen würde, welcher Fall als erster bearbeitet werden sollte. Sie sah ihn vor sich, wie er mit verbundenen Augen einen von siebenundfünfzig Zetteln zog, die er zuvor sorgfältig gefaltet hatte.

In wenigen Minuten würde die erste Teamsitzung beginnen. Eine Entscheidung musste her. Lächelnd schrieb sie die Zahlen auf ein Blatt und griff nach der Schere.

Pia Sims stand in der Tür. »Ich habe gesehen, dass es nicht nur eine Kanne und einen Filter, sondern auch Kaffeepulver gibt. Wollen wir uns nicht in der Küche zusammensetzen? Da ist es ganz gemütlich.«

Jan Paulsen, der neben sie getreten war, grinste. »Kaffee klingt auf jeden Fall gut.«

Enna griff nach der kleinen Pappschachtel, in die sie die Zettel gelegt hatte, und klemmte sich die Liste der ungeklärten Altfälle unter den Arm. »Warum nicht.«

Paulsen trank seinen Kaffee schwarz, Pia Sims nahm drei Würfel Zucker und einen Schuss Milch, während Enna sich entschloss, Milch aufzuwärmen und ihren von zu Hause mitgebrachten Milchschäumer einzuweihen.

Sie setzte sich mit einer großen Tasse schaumigem Milchkaffee zu den anderen an den Tisch.

Enna ließ sich Zeit mit ihren ersten Worten, trank einen Schluck Kaffee, der wider Erwarten gut schmeckte. Sie hatte gestern Nachmittag nach der erstbesten Packung im Supermarkt gegriffen. Paulsen saß mit leicht spöttischer Miene und übereinandergeschlagenen Beinen auf dem Stuhl, Pia Sims wie zuvor bei dem ersten Gespräch in Ennas Büro mit durchgestrecktem Rücken und der Kaffeetasse in beiden Händen, als wollte sie sich daran wärmen.

»Ja, dann möchte ich Sie beide noch einmal herzlich in unserer neuen kleinen Einheit begrüßen. Vielleicht fange ich gleich mit dem Wichtigsten an. Ich hasse Heimlichkeiten und Unausgesprochenes. In so einem kleinen Team muss man sich hundertprozentig auf den anderen verlassen können. Egal in welcher Situation.«

Pia Sims nickte, während Jan Paulsen leise seufzte.

»Keiner von uns ist so ganz freiwillig hier. Falls Sie also mit Ihrer Situation hadern: Damit sind Sie nicht alleine.«

Paulsen schien zum ersten Mal aufzuhorchen, Pia Sims errötete leicht.

Enna fuhr fort: »Das hier ist nicht die Aufgabe, die ich mir für meinen Neueinstieg nach meinem Sabbatjahr gewünscht habe. Ganz und gar nicht. Wie lange wir hier zu dritt zusammenarbeiten werden, wissen wir nicht. Wir können jetzt Dienst nach Vorschrift machen und nach und nach die Akten durcharbeiten, die da auf dem Flur gestapelt liegen. Vielleicht findet sich etwas, vielleicht auch nicht.« Sie legte bewusst eine kurze Pause ein, bevor sie weitersprach. »Oder wir nutzen die Zeit und tun, was jeder von uns am besten kann.«

Pia Sims hatte inzwischen ihre Kaffeetasse auf dem Küchentisch abgestellt und atmete tief durch. »Ich bin sicher nicht hier, um die Zeit abzusitzen.«

Ennas Blick wanderte zu Paulsen.

Er brummte leise, aber hörbar: »Ich hasse Papierkram und sinnloses Herumsitzen.«

»Dann sind wir uns ja einig.« Enna schmunzelte und stellte die Pappschachtel auf den Tisch. »Siebenundfünfzig Zettel mit Nummern.« Sie legte die Akte vor sich auf den Tisch. »Und hier sind die Fälle fein säuberlich aufgeführt. Ich würde vorschlagen, wir ziehen eine Zahl.«

Paulsen lachte. Ihm schien ihr Vorschlag zu gefallen. Pia Sims schluckte. »Wäre es nicht besser, wir gehen systematisch vor?«

»Quatsch. Zieh schon, Mädel«, brummte Paulsen.

Pia Sims' Miene versteinerte. Sie wandte sich steif zu Paulsen und sah ihn direkt an. »Mein Name ist Pia Sims. Die Bezeichnung *Mädel* ist diskriminierend. Ich nenne Sie auch nicht *alter Sack.*« Die letzten Worte hatte sie ihm mit funkelnden Augen entgegengeschleudert.

Danach war es in der Küche bedrohlich still, bis Paulsen nach einer gefühlt sehr langen Pause murmelte: »Ups! Eins zu null für dich.« In seiner Stimme schien Anerkennung mitzuschwingen. Er stöhnte leise. »Okay. Kommt nicht wieder vor.«

»Dann wäre das ja geklärt«, sagte Enna, die froh war, dass ihre bewusste Zurückhaltung sich ausgezahlt hatte. »Wer möchte ziehen?«

Pia Sims beugte sich vor und griff in die Pappschachtel.

Die Stammakte des Falles war schnell gefunden. 2010 war ein neunjähriges Mädchen aus Aurich auf einer Klassenfahrt spurlos verschwunden. Eine SoKo aus über vierzig Beamten hatte versucht, die kleine Marie Hansen zu finden, war Hunderten von Hinweisen nachgegangen, hatte Zeugen und potenzielle Verdächtige verhört. Nach einem halben Jahr war die »SoKo Marie« verkleinert worden, nach weiteren sechs Monaten wurde die Akte vorläufig geschlossen. Bis heute, neun Jahre später, war ungeklärt, unter welchen Umständen das Mädchen über Nacht aus dem Wangerooger Landschulheim verschwunden war. War sie entführt oder ermordet worden? Oder hatte sie das Heim alleine verlassen und war – von niemandem bemerkt – verunglückt?

Mehrere Stunden später saßen die drei Ermittler immer noch am Küchentisch und gingen die Unterlagen durch. Die zahlreichen Protokolle von Zeugenaussagen und Befragungen waren digitalisiert worden und im System abrufbar.

»Gerd Stroh kenne ich übrigens«, sagte Paulsen.

Enna sah von ihrem Laptop auf. »Den stellvertretenden SoKo-Leiter?«

»Genau den. Er dürfte inzwischen pensioniert sein. Wenn ich mich recht entsinne, war er damals schon einiges über sechzig.«

Enna schaute im System nach und fand den ehemaligen Kollegen. Er hatte eine Oldenburger Adresse. »Er scheint in einer Seniorenwohnanlage gemeldet zu sein.«

»Dann sollten wir uns aus erster Hand Informationen beschaffen, oder?«, fragte Paulsen und war bereits aufgestanden.

Enna Andersen wandte sich zu Pia Sims.

Die nickte, ohne von ihrem Laptop aufzublicken. »Ist schon in Ordnung. Ich habe hier zu tun.«

Drei

Die Seniorenwohnanlage befand sich in der Nähe der Universität am westlichen Stadtrand. Die sechs vierstöckigen Häuser sahen aus wie gewöhnliche Mietshäuser der gehobenen Kategorie. Enna stellte das Auto auf dem großen Parkplatz in der Mitte der Anlage ab und stieg aus.

»Von der Kleinen können wir beide uns wahrscheinlich noch eine Scheibe abschneiden«, sagte Jan Paulsen übers Autodach hinweg. »Sie scheint pfiffig zu sein.«

Als Enna ihm einen strafenden Blick zuwarf, hob er schützend die Hände. »Ich weiß … *Pia Sims*. Kommt nicht wieder vor.« Er grinste. »Aber klein ist sie ja nun mal.«

»Okay, Großer! In welchem der Häuser wohnt unser Ex-Kollege?«

Paulsen schmunzelte und zeigte auf ein Hinweisschild. »Nummer vierunddreißig, dann sollte es da drüben sein.«

Auf ihr Klingeln hörten sie die Stimme eines Mannes aus der Gegensprechanlage. »Ja, bitte?«

Enna stellte sich vor und bat um ein Gespräch. Der Türsummer sprang an, sie traten in den Flur des Hauses und liefen zwei Stockwerke nach oben. Gerd Stroh, ein kleiner, untersetzter Mann mit kurzen grauen Haaren begrüßte Jan Paulsen, an den er sich gut zu erinnern schien, und bot den beiden Ermittlern Platz auf dem Sofa des gemütlichen und hellen Wohnzimmers an.

»Was kann ich für euch tun?«, fragte Stroh, nachdem er sie mit Mineralwasser versorgt hatte.

»Wir nehmen einen alten Fall von Ihnen noch einmal unter die Lupe«, begann Enna. »Marie Hansen, 2010.« Sie hielt ein kleines digitales Aufnahmegerät hoch. »Haben Sie etwas dagegen?«

Gerd Stroh schüttelte den Kopf. »Ich erinnere mich natürlich. Schlimme Sache. Vor allem, weil wir die Kleine nicht gefunden haben. Und deshalb natürlich auch nicht wissen, ob ihr jemand etwas angetan hat. Die Akten habt ihr?«

Enna nickte. »Wir wollten uns einen Eindruck aus erster Hand verschaffen.«

»Verstehe. Wie viele Meter Akten haben wir damals produziert? Zwanzig? Oder waren es dreißig? Egal. Nun gut, dann fange ich mal an.« Er setzte sich etwas aufrechter in seinem Ohrensessel hin und holte tief Luft. »Wangerooge ist bekanntermaßen eine Insel. Letztlich nur per Schiff und Flugzeug zu erreichen. Die Fähre ist wohl kaum geeignet, um ein Kind, sei es lebend oder tot, heimlich von der Insel zu bringen. Per Flugzeug ist es noch schwieriger, eigentlich unmöglich. Es gibt dann noch einen Sporthafen, aber dafür braucht man natürlich eine Segel- oder Motorjacht. Auch das haben wir selbstverständlich gründlich geprüft. So weit klar?«

»Natürlich«, antwortete Enna für beide.

»Wir sind von Anfang an davon ausgegangen, dass die kleine Marie Hansen noch auf Wangerooge ist. Aber vielleicht lagen wir da schon falsch. Wir haben die Insel mit zwei Hundertschaften mehrere Tage durchsucht. Spürhunde inklusive. Nichts. Währenddessen ist eine riesige Maschinerie angelaufen, die alle Männer ab sechzehn, Insulaner wie Gäste, unter die Lupe genommen hat. Nichts. Die Lehrer sind mehrmals verhört, die Kinder von Psychologen ausgiebig befragt worden, die Eltern der Kinder, die Verwandten und Bekannten. Nichts.«

»Es gab nicht den leisesten Hinweis darauf, was passiert ist?«, fragte Jan Paulsen.

»Nein. Weit und breit kein Pädophiler, weit und breit kein anderes Motiv. Sie war spurlos verschwunden. Tut mir leid, wir haben uns wirklich den Arsch aufgerissen, Überstunden bis zum Abwinken gemacht. Nichts.«

»Klingt ausgesprochen mysteriös«, sagte Enna nachdenklich. Sie hatte zwar die Handakte überflogen und war zu der gleichen Einschätzung gekommen, wie sie jetzt Gerd Stroh gegeben hatte; sie war aber trotzdem davon ausgegangen, dass der ehemalige stellvertretende SoKo-Leiter ihnen das eine oder andere inoffizielle Detail verraten konnte.

»Ja, wir standen vor einem absoluten Rätsel. Die Stimmung im Team war schnell am Tiefpunkt. Vielleicht hat uns das dazu verleitet, Fehler zu machen. Ich habe mir jahrelang Vorwürfe gemacht. Es war ein einziger Albtraum.«

»Wo würden Sie ansetzen, wenn Sie heute, nach neun Jahren, noch einmal anfangen könnten?«, fragte Enna nach einer kleinen Pause.

Gerd Stroh sah auf. »Bei der besten Freundin von Marie. Anne Wagner war, glaube ich, ihr Name.«

»Sie haben sie damals befragt?«

»Nein, wir hatten strikte Anweisung, dass alle Kinder ausschließlich von Psychologen befragt werden. Aber die Befragungen sind natürlich gefilmt worden. Die Aufnahmen müsste es sogar noch geben.«

»Das werden wir überprüfen. Warum würden Sie bei der Freundin ansetzen?«

Gerd Stroh rieb sich mehrfach mit dem Finger über den Nasenrücken. »Dafür gibt es keinen handfesten Grund. Aber ich erinnere mich an das Gefühl, dass an ihrer Aussage etwas hakt. Bei Kindern kann man da natürlich fürchterlich falschliegen, das ist mir schon klar, aber Anne Wagner war … verschlossen, in sich gekehrt, erheblich verängstigter als die anderen Kinder der Klasse. Deshalb wäre sie heute mein Ansatzpunkt.«

Der ehemalige Hauptkommissar schien ein guter Beobachter zu sein. Vermutlich würden sie im Laufe der Ermittlungen noch das eine oder andere Mal auf ihn zurückgreifen müssen.

»Das alles lässt sich natürlich erklären«, fuhr er fort. »Sie war die allerbeste Freundin von Marie und deren Verschwinden muss ein unglaublicher Schock für sie gewesen sein. Trotzdem. Schauen Sie sich die Aufnahme an.«

»Das werden wir, Herr Stroh«, sagte Enna. Als sie sah, dass Jan Paulsen etwas fragen wollte, nickte sie ihm aufmunternd zu.

»Gab es wirklich überhaupt keinen Verdächtigen?«, fragte er noch einmal. »Ich meine, nicht offiziell, sondern …« Paulsen schien seinen Satz bewusst abgebrochen zu haben.

»Natürlich haben wir im Führungsteam die eine oder andere Variante durchgespielt. Die sind in den Akten selbstverständlich nicht zu finden. Keiner dieser Ermittlungsansätze hat zu Ergebnissen geführt.« Er holte tief Luft. »Klar macht man sich so seine Gedanken.«

Jan Paulsen nickte.

»Die Kinder schliefen zu viert oder zu sechst auf den Zimmern«, fuhr Stroh fort. »Marie ist ja in der Nacht verschwunden – abends lag sie im Bett, am nächsten Morgen war sie nicht mehr da. Wie konnte jemand ungesehen in ein mit mindestens vier Kindern belegtes Zimmer kommen und ein neunjähriges Mädchen entführen? Und dann noch wieder hinaus und wohin auch immer auf der Insel.«

»Du meinst, sie ist freiwillig nach draußen gegangen? Wollte vielleicht jemanden treffen?« Paulsen duzte seinen ehemaligen Kollegen wie selbstverständlich. Kannte er ihn so gut oder war das seine Masche?, fragte sich Enna.

»Ehrlich gesagt«, antwortete Gerd Stroh, »ich kann mir keinen anderen Weg als diesen vorstellen.« Er hob die Hand. »Aber bevor du fragst, wir haben für meine These keinerlei Anhaltspunkte gefunden. Nichts.«

»Der Lehrer?«, bohrte Paulsen weiter nach.

»... stand selbstverständlich im Fokus unserer Ermittlungen. Ein Familienvater mit zwei eigenen Kindern, das jüngste in Maries Alter. Da haben wir natürlich genau hingesehen. Leider ohne wirklichen Erfolg.«

»Aber?«, fragte Enna, die spürte, dass er etwas zurückhielt.

Der alte Mann lächelte mild. »Sie sind hartnäckig und hören genau zu. Das ist gut.« Er schloss kurz die Augen. »Ja, ich habe den Mann verdächtigt. Seine Aussagen klangen mir zu glatt, zu passend. Und er zeigte nicht die geringsten Anzeichen von Angst. Das ist ungewöhnlich, oder? Ihr kennt das doch, wer spricht schon gern mit der Kriminalpolizei, schon gar in so einem Fall? Dass man da das Fracksausen kriegt, ist doch ganz normal.« Er zuckte mit den Schultern. »Aber Intuition ist nun mal kein gerichtsverwertbarer Beweis. Ich habe ihn dreimal persönlich befragt und bin das Gefühl einfach nicht losgeworden, dass da noch mehr ist. Aber er hat sich weder in Widersprüche verwickelt noch konnte ich ihn sonst wie in die Enge treiben. Wie Teflon ... Alles perlte an ihm ab.«

Gerd Stroh lehnte sich auf dem Sessel zurück und schloss die Augen. Enna sah ihrem ehemaligen Kollegen an, dass ihn das bisherige Gespräch viel Kraft gekostet hatte. Seine rechte Hand zitterte leicht, sein Atem ging deutlich schneller als zu Beginn, er sprach langsamer und nicht mehr so deutlich.

»Wir werden den Lehrer noch einmal überprüfen«, sagte sie. »Haben Sie noch weitere Hinweise für uns, die nicht in den Akten zu finden sind?«

Gerd Stroh seufzte leise. »Das ist neun Jahre her. Lasst mir etwas Zeit. Ich muss darüber nachdenken.«

Enna reichte ihm eine private Visitenkarte mit ihrer Handynummer. »Unsere offiziellen Karten sind noch im Druck.«

Sie stand auf und warf Paulsen einen auffordernden Blick zu. Er schien von dem plötzlichen Abbruch des Gesprächs nicht begeistert zu sein, fügte sich aber schließlich und erhob sich.

Jan Paulsen ließ sich auf den Beifahrersitz fallen. »Es wurde doch gerade erst interessant, verdammt. Er hätte schon noch durchgehalten.«

Enna startete den Motor. »Und wahrscheinlich beim nächsten Mal die Tür nicht mehr geöffnet.«

»Gerd war ein Vollblutbulle, und im Herzen ist er es immer noch. Der würde alles tun, um uns zu helfen.«

Enna lenkte den Wagen auf die Straße und fuhr in Richtung Innenstadt. Sie war sich sicher, dass weitere Fragen den alten Kollegen nur unnötig unter Druck gesetzt und die Auskünfte keine wirkliche Substanz mehr gehabt hätten. Wenn sie nach so vielen Jahren überhaupt eine Chance haben wollten, mussten sie sich auf wesentliche Aspekte konzentrieren. Die SoKo hatte mit unzähligen Beamten das gesamte Umfeld durchwühlt, vermutlich sogar mehrmals. Wenn sie zu dritt die gleiche Arbeit noch einmal machen wollten, wären sie jahrelang beschäftigt. Nein, ihr Ansatz musste ein anderer sein. Der unverbrauchte Blick auf Details, um einen Anfang zu finden. Wenn sie jetzt zu hastig vorgingen und in die falsche Richtung stürmten, gäbe es vielleicht kein Zurück mehr. Viele Zeugen konnten sich schon nach wenigen Wochen oder gar Tagen nicht mehr an Details erinnern, wie würde das erst nach neun Jahren aussehen?

Ihre Chancen standen schlecht. Bei den meisten Altfällen, die zu einem späteren Zeitpunkt aufgeklärt wurden, kamen neue technische Möglichkeiten zum Einsatz. DNA-Analysen, die es zuvor nicht gegeben hatte, zufällige Funde wie sterbliche

Überreste oder die Tatwaffe. Ihr Fall lag anders. Deshalb galt es, geplant und effektiv vorzugehen.

»Meiner Meinung nach zumindest«, murmelte Paulsen, als Enna ihm nicht antwortete.

»Wir sollten das gleich im Büro besprechen. Wenn Pia Sims auf dem neuesten Stand ist.«

Jan Paulsen starrte aus dem Seitenfenster und schwieg.

Pia Sims stand mit einem großen Karton in der Hand auf dem Flur, als Enna und Jan Paulsen die Haustür öffneten.

»Die restlichen Unterlagen sind schon geliefert worden?«, fragte Enna erstaunt. Nach der Auswahl des Falles hatte sich Pia Sims darum gekümmert und mit der entsprechenden Abteilung telefoniert.

»Die Staatsanwaltschaft hat schnell grünes Licht gegeben«, antwortete sie mit einem Augenzwinkern. »Für irgendwas muss Familie doch gut sein.«

Jan Paulsen warf ihr einen fragenden Blick zu, ging aber weiter in Richtung seines Büros.

»In zehn Minuten Teamsitzung«, rief Enna ihm hinterher.

Pia Sims sah Enna erstaunt an und fragte leise: »Was hat denn unser Superman?«

»Aller Anfang ist schwer«, sagte Enna mit einem leisen Seufzer.

Vier

Seit einer Stunde saßen die drei Ermittler zusammen und gingen die Fakten durch. Enna hatte zu Beginn eine kurze Zusammenfassung gegeben und ansonsten auf die Tonaufnahme verwiesen. Sie hatten schon in der ersten Besprechung beschlossen, sämtliche Befragungen und Verhöre aufzuzeichnen und für alle verfügbar auf dem internen Server abzulegen. Pia Sims hatte den ersten Aktenberg durchgesehen und einige Informationen zur Insel und zum Landschulheim zusammengetragen. Ennas Nachfrage, ob unter den Unterlagen auch Filmaufnahmen von der Befragung der Kinder seien, verneinte Pia Sims. Enna bat sie, eine Anfrage an das Archiv zu stellen.

Pia Sims schaltete den Beamer an, der an ihren Laptop angeschlossen war. Das Foto eines lang gestreckten, eineinhalbstöckigen Gebäudes erschien an der weißen Wand in Ennas Büro.

»Das ist das Landschulheim auf Wangerooge«, sagte Pia Sims und wechselte das Bild. »Die Insel in der Übersicht.« An der Wand erschien eine Karte, die abgebildete Insel sah aus wie ein auf der Seite liegendes Seepferdchen. Pia Sims zeigte mit dem Laserpointer auf die Mitte der Insel. »Hier befindet sich der eigentliche Ort. Rund tausendzweihundert Einwohner und eine halbe Million Übernachtungen im Jahr.«

Jan Paulsen, der bisher noch kein Wort gesagt hatte, pfiff durch die Zähne. »Die armen Leute.«

»Kann man so sehen«, kommentierte Pia Sims trocken seinen Einwurf. »Aber fast alle Insulaner leben von den Touristen und würden sie wohl ungern missen.«

Die junge Kommissarin fuhr mit dem Laserpointer über das Bild. »Hier der kleine Flugplatz. Der Fährhafen liegt recht weit entfernt vom Ort.« Der rote Punkt fuhr an die Mundöffnung des Seepferdchens. »Die Gäste werden dann die knapp vier Kilometer mit einer kleinen Inselbahn in den Ort transportiert. Die Insel ist autofrei. Nur ein paar Elektrokarren transportieren Waren und Koffer.«

»Wo ist das Landschulheim?«, fragte Enna.

Wieder fuhr der rote Punkt über die Karte. »Hier im Osten. Dünn bis gar nicht besiedelt dort. Das nächste Haus steht fast fünfhundert Meter entfernt.«

»Wahnsinn!«, entfuhr es Jan Paulsen. »Haben wir es hier mit einer Entführung durch Aliens zu tun?«

Pia Sims rollte die Augen. »Werde ich gleich notieren. Interessanter Ermittlungsansatz.«

Enna räusperte sich. »Können wir weitermachen?«

»Klar. Zum Zeitpunkt der Entführung – gehen wir einmal davon aus, dass es sich um eine solche handelte – waren zwei Klassen der Auricher Grundschule für fünf Tage vor Ort. Zu dem Zeitpunkt – also in der Nacht von Donnerstag auf Freitag – waren zwei Lehrerinnen und ein Lehrer sowie zwei Mütter, die die Freizeit begleitet haben, als Betreuungspersonen dabei. Eine dritte Lehrerin war am Tag zuvor abgereist. Zusätzlich wohnte der Herbergsvater mit seiner Frau in einem separaten Anbau. In der zweiten Maiwoche ist die Saison auf der Insel noch in der

Frühphase. Der eigentliche Run findet ab Juni statt und geht bis Anfang Oktober.«

In schneller Folge ließ Pia Sims mehrere Fotos vom Landschulheim durchlaufen. »Einen Landeplatz für Außerirdische konnte ich auf Google Earth nicht entdecken.«

Jan Paulsen stöhnte laut. »Können wir die Kindereien jetzt lassen?«

Pia Sims blähte kurz die Nasenflügel und schien ihm etwas entgegnen zu wollen, wandte sich dann aber wieder ihren Aufzeichnungen zu.

»Die Ermittlungen, soweit ich die Protokolle bisher überfliegen konnte, haben sich unter anderem auf die Frage konzentriert, wie jemand ein neunjähriges Mädchen aus dem Schlafraum entführen und – noch wichtiger – von der Insel bringen konnte. Das deckt sich ja mit den Infos von Hauptkommissar Stroh. Vielleicht sollten wir erst einmal davon ausgehen, dass Marie das Heim freiwillig verlassen hat – auch wenn das nicht heißt, dass sie danach nicht entführt wurde.«

Enna schaute auf die Uhr. In spätestens einer Dreiviertelstunde musste sie Elias aus dem Kindergarten abholen. »Ich muss in dreißig Minuten pünktlich Schluss machen. Mein Sohn wartet auf mich.«

»Sohn?«, entfuhr es Pia Sims, die daraufhin leicht errötete.

»Ja, er heißt Elias, ist fünf Jahre alt und gerade im Kindergarten. Ich bin alleinerziehend.«

»Ist der Vater abgehauen?«, brummte Jan Paulsen leise, aber hörbar.

Enna erstarrte. Mühsam rang sie um Fassung und sagte leise, aber eindringlich: »Nein, er ist immer noch bei uns. Für Elias ist er im Himmel, er spricht sogar manchmal mit seinem Vater. Für mich ist es leider nicht so einfach. Ich weiß, dass ich nie wieder seine Stimme hören werde …«

Pia Sims sah sie mit weit aufgerissenen Augen an. »Das tut mir leid. War er …«

»Er ist bei einem Unfall ums Leben gekommen … vor dreizehn Monaten und drei Tagen.«

Jan Paulsen war um einige Nuancen blasser geworden. »Oh … also, das ist jetzt …«, stammelte er, stand auf und schien zunächst einen Schritt auf Enna zugehen zu wollen, wandte sich dann aber abrupt ab und verließ das Büro.

Enna und Pia Sims saßen sich eine Weile schweigend gegenüber, bis Enna verkrampft lächelte. »Ja, wie gesagt: Aller Anfang ist schwer.«

»Fahren wir noch bei Papa vorbei?«, fragte Elias, als Enna ihn in seinem Kindersitz festgeschnallt hatte und sich selbst auf den Fahrersitz sinken ließ.

»Heute nicht, Elias. Wir können vielleicht morgen auf dem Friedhof vorbeischauen. Ich bin ziemlich kaputt.«

Der kleine Junge nickte. »Hast du heute böse Männer gefangen?«

Enna lachte und beugte sich zu ihrem Sohn nach hinten, um ihm kurz die Hand zu drücken. »Nein, mein Großer. So schnell geht das nicht. Wir müssen erst mal ganz viele Leute fragen, was sie gesehen haben. Und dann ganz lange überlegen. Und vielleicht fangen wir dann einen Räuber.«

»Morgen?«

Enna rutschte zurück auf den Fahrersitz. »Vielleicht. Wenn es so ist, erfährst du es als Erster. Okay?«

Elias nickte und schien schon wieder an etwas anderes zu denken. »Lukas hat mich heute gehauen, Mama.«

Enna startete den Motor und fuhr langsam vom Kindergartenparkplatz auf die Straße. »Habt ihr euch gestritten?«

»Lukas wollte nicht mit mir spielen.«

»Und dann?«

»Weiß ich nicht mehr, Mama.«

»Bist du hinter ihm hergelaufen?«, fragte Enna weiter.

»Lukas wollte einfach nicht mit mir spielen.«

»Das ist manchmal so, Elias. Du hast ja auch nicht immer Lust auf alles. Und wenn Lukas keine Lust zum Spielen hat, musst du ihn in Ruhe lassen. Du hast doch noch andere Freunde, oder?«

Elias schwieg und schaute demonstrativ aus dem Seitenfenster.

»Hast du denn geweint, als Lukas dich gehauen hat?«

»Nein!«

»Morgen verträgst du dich wieder mit ihm, und dann spielt ihr auch bestimmt miteinander.« Sie sah im Spiegel, dass ihr Sohn heftig den Kopf schüttelte. »Was hältst du davon, wenn wir uns heute eine Pizza von Luigi holen?«

»Oh ja, Mama. Pizza!«

Enna schenkte sich ein Glas Weißwein ein und setzte sich auf das Sofa im Wohnzimmer. Das Einfamilienhaus, das sie vor vier Jahren in einem nordwestlichen Oldenburger Stadtteil gebaut hatten, war eigentlich zu groß für sie und Elias alleine. Nach Simons Tod hatte Enna aber keine Kraft gehabt, sich nach etwas Neuem umzuschauen. Simons Lebensversicherung hatte gereicht, um den Kredit abzubezahlen und die Monate danach finanziell zu überbrücken. Elias' Psychologin war zudem der Meinung gewesen, dass der kleine Junge weiterhin in seiner gewohnten Umgebung bleiben sollte. Auch Enna war froh, in dem Haus zu wohnen, mit dem sie so viele Erinnerungen verband. Das Haus war ihr gemeinsames Projekt gewesen. Sie hatten jedes Detail zusammen besprochen und geplant, die Termine beim Architekten immer zu zweit wahrgenommen, sich gemeinsam für Türen, Böden, Badarmaturen und eine

Küche entschieden und am Schluss neue Möbel gekauft. Es war *ihr* Haus, Ennas und Simons, und das würde es immer bleiben.

Als Ennas Handy klingelte, sah sie aufs Display. Pia Sims. Kurz überlegte sie, den Anruf wegzudrücken, nahm ihn dann aber an und meldete sich.

»Pia Sims hier«, hörte sie die angenehm melodische Stimme der jungen Kommissarin. »Ich hoffe, ich störe Sie nicht.«

»Schon gut. Mein Sohn ist im Bett und ich sitze hier mit einem Glas Wein auf dem Sofa.«

»Dürfte ich … Ich meine, ich würde Sie gern kurz sprechen. Nicht am Telefon, sondern persönlich.« Als Enna nicht antwortete, fuhr sie fort: »Ich sitze hier im Auto, direkt vor Ihrem Haus. Wenn Sie zwei Minuten Zeit für mich hätten …«

»Aber nur, wenn Sie ein Glas Wein mit mir trinken.«

»Ähm, ja, gern. Dann darf ich reinkommen?«

»Ich bin schon auf dem Weg zur Tür. Klingeln Sie bitte nicht. Mein Sohn hat einen unruhigen Schlaf.«

Enna öffnete die Haustür. Pia Sims kam unsicher auf sie zu und schien ihr die Hand reichen zu wollen. Enna trat ihr entgegen und legte der jungen Kollegin den Arm um die Schulter. »Kommen Sie rein. Im Haus ist es wärmer.«

Enna nahm ihr die Jacke ab und hängte sie an die Garderobe. »Einfach geradeaus. Das mit dem Wein war natürlich nicht zwingend. Möchten Sie etwas anderes trinken?«

»Wein ist wunderbar.«

Enna nickte und holte ein Glas aus der Küche, schenkte ein und reichte es der jungen Frau, die sich inzwischen auf Ennas Aufforderung hin aufs Sofa gesetzt hatte.

Enna hob ihr Glas. »Auf gute Zusammenarbeit!«

Pia Sims lächelte, nippte an dem Wein und stellte das Glas ab. »Sie wundern sich sicher, dass ich hier bei Ihnen privat …« Sie schluckte. »Die letzten Minuten … unserer Teamsitzung haben mir … Ja, sie haben mir einfach keine Ruhe gelassen«, begann sie stockend. »Immerhin war ich es, die so dumm nachgefragt hat. Ich wollte mich noch einmal in aller Form entschuldigen. Mir ist das unglaublich peinlich.«

»Sie haben nichts falsch gemacht. Es ist wahrlich nicht normal, dass eine Mutter mit kleinem Kind eine Abteilung bei der Kriminalpolizei führt. Das war es doch, was Sie erstaunt hat, oder?«

Pia Sims nickte. »Trotzdem. Es war nicht richtig und zugestanden hat es mir schon gar nicht.«

Enna lächelte. »Wir vergessen die ganze Angelegenheit jetzt. Einverstanden?«

Wieder nickte die junge Frau. »Gern, sehr gern sogar.« Sie zögerte, bevor sie weitersprach. »Ich glaube … also … Kollege Paulsen war anzusehen, dass …«

»Ich weiß, was Sie meinen.« Enna hob noch einmal ihr Glas. »Und jetzt probieren Sie zumindest einen Schluck dieses vorzüglichen Tropfens aus Italien. Ich bekomme ihn direkt von einem Weingut geliefert.«

Pia Sims lächelte bemüht und trank einen größeren Schluck. »Sie müssen eine starke Frau sein, wenn Sie so einen Schicksalsschlag meistern. Ich wäre zusammengebrochen und nie wieder aufgestanden.«

»Mein Sohn hat mir keine Wahl gelassen. Und das war auch gut so. Er ist der tapferste Junge, den ich kenne.«

Pia Sims schien der Wein zu schmecken, sie nahm noch einen großen Schluck. Ihr Lächeln wirkte jetzt unverkrampfter. »Was für ein Tag. Den werde ich wohl nicht so schnell vergessen.« Sie hielt inne. »Unser Team …« Sie brach ab.

»Zusammengewürfelter Haufen, der es kaum zwei Stunden miteinander aushält, ohne sich die Augen auszukratzen?«, schlug Enna vor.

»So drastisch hätte ich es jetzt nicht ausgedrückt.«

Enna dachte kurz darüber nach, der jungen Kollegin das Du anzubieten, entschied sich aber dagegen.

Enna bemerkte Pia Sims' fast leeres Glas. »Steigen wir auf Wasser um. Sie werden den Führerschein noch brauchen.«

Pia Sims hielt ihr lachend das Glas hin. »Oldenburg hat so schöne Taxis. Ich glaube, ich bleibe beim Wein.«

Enna schenkte ihnen beiden nach und hob zum dritten Mal das Glas. »Heißt es nicht: Dreimal ist Oldenburger Recht?«

Fünf

Enna schloss die Tür auf und schaute bei Pia Sims ins Büro. »Guten Morgen. Schon lange hier?«

Pia Sims' Auto hatte am Morgen noch vor Ennas Haus gestanden, vermutlich war sie mit dem Bus zur Arbeit gefahren. Der Abend mit ihr war angenehm und unterhaltsam gewesen, sie hatten viel gelacht, sich gegenseitig Anekdoten aus der Zeit an der Polizeiakademie erzählt und festgestellt, dass sich trotz der zehn Jahre, die vergangen waren, an der Polizeiausbildung nicht viel geändert hatte.

»Ich bin eine Frühaufsteherin«, antwortete Pia Sims. »Außerdem habe ich Berge von Arbeit auf dem Tisch.«

»In einer halben Stunde setzen wir uns in der Küche zusammen. Ich mache Kaffee.«

Pia Sims nickte und vertiefte sich wieder in die vor ihr liegende Akte. Enna ging weiter und begrüßte Jan Paulsen, dessen Tür weit offen stand.

Er sah auf. »Moin!«

»In einer halben Stunde Besprechung in der Küche.«

»Kein Problem.«

Enna sah noch kurz ihre E-Mails durch und machte sich dann auf den Weg. Als sie gerade dabei war, das heiße Wasser in den Filter zu gießen, klopfte jemand an der offenen Küchentür.

»Darf ich?«, fragte Jan Paulsen.

»Klar! Der Kaffee braucht aber noch ein paar Minuten.«

»Deshalb bin ich nicht hier.«

»Okay?«

Er kam auf Enna zu und lehnte sich am Kühlschrank an. »Entschuldigungen sind nicht gerade meine Stärke.« Er atmete schwer. »Mein Spruch gestern … Selbst wenn Ihr Mann noch leben würde, wäre er … für'n Arsch gewesen.«

»Schwamm drüber, Herr Kollege. Wir sollten uns auf die Arbeit konzentrieren, dann wird es vielleicht auch irgendwann mit der Chemie zwischen uns dreien klappen.«

Er zögerte, bevor er antwortete: »Meine Traumstelle ist das hier nicht und wird es sicher auch nicht werden.«

Enna zuckte mit den Schultern. »Wie gesagt, keiner von uns hatte vor, in den Akten von Altfällen herumzuwühlen. Aber bisher machen Sie auf mich nicht den Eindruck, als wenn Sie zum Jammern neigen.«

Jan Paulsen zog die Augenbrauen zusammen. »Nein, eigentlich nicht, aber ob das mit der Chemie klappt – da bin ich mir nicht sicher.«

In diesem Augenblick klopfte Pia Sims an den Türrahmen. »Darf ich?«

»Was wissen wir über die Familie des Kindes?«, fragte Enna in die Runde, als alle mit einer Tasse Kaffee am Tisch in der Küche saßen.

Pia Sims sah auf ihre Notizen. »Zum Zeitpunkt der Entführung lebte das Ehepaar Hansen mit seinen beiden Töchtern in Aurich. Sie ist heute sechsundvierzig, er zwei Jahre älter. Ich vermute, dass sie sich inzwischen getrennt haben, da sie nicht mehr unter der gleichen Adresse gemeldet sind. Der Vater wohnt weiterhin in Aurich, während die Mutter in Oldenburg eine Wohnung hat. Maries Schwester Imke ist zweiundzwanzig und lebt in Australien.«

»Weitere Verwandte in der Nähe? Damals, meine ich«, fragte Paulsen.

Pia Sims nickte. »Die Mutter kam ursprünglich aus Süddeutschland und hat dort drei Geschwister, der Vater ist in Aurich aufgewachsen, er hat einen Bruder, der ebenfalls in der Nähe von Aurich wohnt.«

»Wir sollten den Vater und seinen Bruder sowie die Mutter befragen«, schlug Enna vor. »Wie kommen wir an die Schwester ran?«

Pia Sims hob die Hand. »Ich denke, ich habe ihren Facebook-Account gefunden. Mit Ihrem Einverständnis werde ich sie dort anschreiben und hoffe, dass wir sie per Skype befragen können.«

»Ja, das ist eine gute Idee.« Enna hielt kurz inne. »Das wäre also das Familienumfeld. Was ist mit dieser Freundin von Marie? Anne Wagner, richtig?«

»Sie hat letztes Jahr Abitur in Aurich gemacht und studiert jetzt hier in Oldenburg«, sagte Pia Sims. »Adresse und Telefonnummer habe ich.«

»Perfekt! Dann können wir sie ja vor Ort befragen. Gibt es Neuigkeiten aus dem Archiv zu den Aufnahmen der Befragung?«

»Ich habe heute noch einmal telefonisch nachgefragt. Sie sind bisher nicht zu finden. Entweder entsorgt worden oder falsch abgelegt. Die Kollegin dort sucht weiter, hat mir aber keine großen Hoffnungen gemacht.«

»Warten wir's ab«, sagte Enna. »Bleiben noch die Lehrer, die die Kinder begleitet haben.«

Paulsen räusperte sich. »Das habe ich in Absprache mit …«, er zögerte kurz, »… mit der Kollegin Sims übernommen. Der Lehrer, Holger Martens, hat seitdem dreimal den Wohnsitz und gleichzeitig auch die Arbeitsstelle gewechselt. Ein halbes Jahr nach Wangerooge ist er nach Osnabrück, zwei Jahre später nach Hannover und wieder drei Jahre danach nach Rotenburg. Das liegt dreißig Kilometer hinter Bremen. Die ersten Stationen waren Grundschulen, jetzt arbeitet er an einer Gesamtschule und unterrichtet in den Klassen fünf und sechs.«

»Ungewöhnlich häufige Wechsel für einen Lehrer, oder?«, warf Pia Sims ein.

»Sehe ich auch so«, kam es sofort von Paulsen. »Weiter gab es drei Lehrerinnen, die an der Fahrt teilgenommen haben. Eine von ihnen ist pensioniert und lebt auf Mallorca.« Er grinste. »Ich erkläre mich gern bereit, sie vor Ort zu befragen, falls unser Budget dafür ausreicht.«

Pia Sims schaute genervt, sagte aber nichts.

»Okay, wahrscheinlich eher nicht«, fuhr Paulsen fort. »Also werden wir sie telefonisch befragen müssen. Die anderen beiden Lehrerinnen sind noch an der Grundschule in Aurich tätig.«

»Gut«, sagte Enna. »Den Herbergsvater habe ich gestern noch überprüft. Er arbeitet immer noch im Landschulheim. Wir werden ohnehin in den nächsten Tagen nach Wangerooge fahren müssen, um uns ein Bild von den Örtlichkeiten zu machen. Aber erst, nachdem wir Maries Umfeld befragt haben.«

»Dann legen wir einfach los, oder?« Paulsens Stimme klang ungeduldig. »Ich fahre nach Aurich und nehme mir Vater und Onkel vor.«

»Ist in Ordnung, aber bitte mit … Fingerspitzengefühl.«

Paulsen stand auf. »Klar, was sonst.« Er nickte den beiden Ermittlerinnen zu und verließ die Küche.

Pia Sims sah ihm verdutzt hinterher, schien etwas sagen zu wollen, schwieg dann aber.

»Arbeitet Maries Mutter?«, fragte Enna.

»Ja, sie ist bei der Raiffeisenbank angestellt. Soll ich sie anrufen, wann sie Zeit für uns hat?«

Enna stand auf und begann, den Tisch abzuräumen. »Ja, bitte tun Sie das.«

Enna parkte vor einem sechsstöckigen Mietshaus und schaltete den Motor aus. Pia Sims hatte bei ihrem Anruf erfahren, dass Andrea Hansen wegen eines Bandscheibenvorfalls krankgeschrieben war.

»Wie gehen wir vor?«, fragte sie Enna. »Wahrscheinlich soll ich mich erst mal zurückhalten und Sie fragen?«

»Ehrlich gesagt habe ich auch noch nie Zeugen – und dazu auch noch die Mutter des Opfers – zu einer Tat befragt, die neun Jahre zurückliegt. Wir müssen sehen, wie sich das Gespräch entwickelt, und spontan reagieren.«

Enna überflog die zwanzig Klingelschilder und drückte dann auf einen der oberen Knöpfe. Kurz darauf summte der Türöffner und eine Frauenstimme sagte, nachdem sich Enna und Pia Sims vorgestellt hatten: »Vierter Stock, rechts.«

Die Wohnungstür stand offen. Als sie eintraten, hörten sie Andrea Hansen rufen: »Ich bin im Wohnzimmer. Kommen Sie doch bitte herein.«

Die blonde Frau saß in einem Sessel und bat die beiden Ermittlerinnen, sich zu setzen. »Können Sie sich ausweisen?«

Enna trat auf sie zu und reichte ihr ihren Ausweis. Andrea Hansen warf einen Blick darauf und gab ihn zurück. »Entschuldigung, aber ich bin vorsichtig geworden. Sogar im letzten Jahr hatte ich noch einen Anruf von so einem Pressegeier, der mich interviewen wollte.« Sie zeigte auf den Tisch, auf dem eine Flasche Mineralwasser und zwei Gläser standen. »Wenn Sie etwas trinken wollen, schenken Sie sich doch bitte ein. Ich bin etwas eingeschränkt in meiner Bewegungsfreiheit.«

Pia Sims hatte ihr bereits am Telefon erklärt, dass eine neu gegründete Abteilung Altfälle bearbeitete und sie sie aus diesem Grund sprechen wollten.

»Danke, dass Sie uns trotz des Bandscheibenvorfalls empfangen«, begann Enna. »Wir sind noch ganz am Anfang der Ermittlungen, haben inzwischen die Akten studiert und würden Ihnen jetzt gern ein paar Fragen stellen.«

Andrea Hansen stöhnte leise. »Ich weiß nicht, ob ich das wirklich will und kann.« Sie schloss die Augen und schwieg für eine Weile. »Dieses schreckliche Ereignis hat unsere Familie zerstört. Unser Leben, alles, was wir einmal hatten. Diese Ungewissheit, ob Marie nicht doch noch …«, sie schluckte, ihre Augen wurden feucht, »… lebt. Wir alle sind verdächtigt worden. Ich, mein Ex-Mann, sein Bruder. Die Lehrer. Wir sind unzählige Male verhört worden. Dabei waren wir doch die Leidtragenden. Ich schaffe das nicht noch einmal. Verstehen Sie das?«

»Sehr gut sogar. Sie können aber beruhigt sein. Wir haben in den Akten nicht den leisesten Verdacht gegen Ihre Familie gefunden. Das ist ganz sicher nicht unser Ansatz.« Enna war sich bewusst, dass sie hier etwas zusicherte, das sie unter Umständen nicht halten konnte.

Andrea Hansen sah aus dem Fenster und schwieg eine Weile, bevor sie in die entstandene Stille hinein sagte: »Fragen Sie. Wenn ich nicht antworte, wissen Sie, warum.«

»Okay.« Enna stellte das Aufnahmegerät auf den Tisch. »Seit Maries Verschwinden sind jetzt ja neun Jahre vergangen. Ist Ihnen in der ganzen Zeit etwas aufgefallen, was Ihnen damals nicht so präsent war?«

»Was genau meinen Sie?«

»Es kommt häufig vor, dass einem erst nach Jahren etwas ins Auge sticht, das eigentlich sehr naheliegend war. Sie haben damals zu Protokoll gegeben, dass Marie sich in den Wochen vor der Fahrt nach Wangerooge ganz normal verhalten hat. Sehen Sie das immer noch so?«

Frau Hansen zuckte leicht mit den Schultern. »Marie war für ihr Alter schon sehr reif. Zumindest wirkte sie so auf andere. Eine Mutter weiß das natürlich besser, spürt, wann das Kind wütend, ängstlich oder unsicher ist, es aber nicht zeigen will. Sie haben auch Kinder?«

»Ja, einen Sohn, der gerade fünf geworden ist.«

Pia Sims schüttelte den Kopf.

Andrea Hansen lächelte. »Einen Sohn. Wie schön. Dann wissen Sie ja, was ich meine.«

»Marie wirkte also sehr erwachsen«, nahm Enna den Gesprächsfaden wieder auf. »Sie war nicht aufgeregt, dass sie an einen Ort fuhr, den sie nicht kannte?«

»Warum nicht kannte?«, fragte Andrea Hansen erstaunt. »Sie war doch schon einige Male auf Wangerooge gewesen. Selbst bei diesem Landschulheim sind wir schon spazieren gegangen. Das war in dem Sommer vor der Fahrt. Wir wussten ja schon, dass sie im nächsten Jahr mit der Klasse dort hinfahren würde.«

Enna gab sich Mühe, ihre Unruhe zu verbergen. Diese Information stand nicht in den Akten – zumindest hatte sie sie nicht gefunden.

»Wie oft waren Sie mit der Familie auf der Insel?«

»Drei Mal, würde ich sagen, seit Marie …« Sie schien zu überlegen. »Also, seit Marie vier war. Nicht jeden Sommer, aber wenn wir es uns leisten konnten.« Sie hielt kurz inne. »Später waren wir nie wieder dort. Nein, das ging nicht.«

»Waren Sie immer im selben Haus oder in derselben Wohnung?«

Andrea Hansen nickte. »Ja, bei der Familie Ottinga. Die hatte eine separate Ferienwohnung in ihrem Haus. Mit eigenem Eingang und Küche. Einfach, aber schön.«

»Erinnern Sie sich noch an den Straßennamen?«

»Ja, natürlich. Der war gut zu merken. Leuchtturmstraße 22. Warum fragen Sie?«

»In den Akten haben wir nichts darüber gefunden, dass Marie die Insel schon kannte.«

»Tatsächlich nicht?« Andrea Hansen schien nachzudenken. »Vielleicht hat das niemand gefragt. Ich war damals so durcheinander, wir alle waren wie betäubt.« Sie runzelte die Stirn. »Doch, ich glaube, ich habe es einmal gesagt. Das war aber schon später. Zwei Kommissare waren da bei mir. Es ging aber um etwas anderes, was, weiß ich nicht mehr. Die hatten so viele Fragen und je länger Marie …« Sie atmete schwer. »Wie ich schon gesagt habe, wir sind ja auch in Verdacht gekommen. Vielleicht war es zu der Zeit.«

»Ich werde das in den Akten überprüfen. Vielleicht ist es wirklich untergegangen. Können wir noch einmal zu diesen Inselurlauben zurückkommen?«

Frau Hansen nickte.

»Hatten Ihre beiden Töchter auch Freunde auf der Insel?«

»Freunde? So richtig, meinen Sie? Nein, das nicht. Es gab schon Familien, die traf man immer mal wieder, am Strand oder beim Einkaufen. Da hat man auch mal ein paar Worte gewechselt. Die beiden Mädchen hatten ja sich als Spielgefährten. So weit sind sie altersmäßig nicht auseinander.«

»Sie haben aber zu keiner der anderen Familien einen wirklich engen Kontakt gehabt?«, fragte Enna noch einmal nach.

»Wir haben schon mal andere Urlauber eingeladen. Im Garten des Hauses durften wir einen Grill benutzen. Das war sehr praktisch. Mit zwei Kindern essen zu gehen, da kommt schon was zusammen.«

»Erinnern Sie sich an die Bekannten oder Freunde, die Sie im Sommer vor der Schulfahrt eingeladen hatten?«, fragte Enna weiter und versuchte dabei, ihre wachsende Ungeduld zu verbergen.

Andrea Hansen schien inzwischen klar geworden zu sein, worauf Ennas Fragen hinausliefen. »Aber das war doch nicht im Mai, als Marie … Ich meine, was soll das damit zu tun haben?«

»Erinnern Sie sich an Namen?«

Andrea Hansen nickte nachdenklich. »Ja, Müller. Die Familie Müller. Sie kamen irgendwo aus dem Ruhrgebiet. Ein Ehepaar mit einem Jungen.«

»Wie alt war der Junge?«

»Das weiß ich nicht. Auf jeden Fall ein paar Jahre älter als unsere Töchter. Sie haben nicht miteinander gespielt, falls Sie das meinen.«

»Können Sie sich an die Vornamen der Müllers erinnern?«

Andrea Hansen schloss die Augen. Nach einer Weile sah sie auf. »Ganz sicher kann ich es nicht sagen, aber so aus der Erinnerung waren die Namen Hans und Arianna. Aber wie der Junge hieß …«

»Und mit den Müllers hatten Sie und Ihr Mann häufiger Kontakt?«

»Ich weiß nicht mehr, wie es kam. Vielleicht haben wir uns am Strand getroffen oder im Restaurant. Die beiden Männer haben sich gut verstanden. Und mit dem Jungen hat mein Ex auch Fußball gespielt. Das weiß ich noch. Aber wie häufig wir uns dann während der drei Wochen gesehen haben … Vielleicht zwei- oder dreimal, würde ich aus der Erinnerung sagen. Vielleicht haben wir uns auch noch am Strand getroffen. Mag sein. Das war wirklich nur eine lose Urlaubsbekanntschaft. Wir haben auch danach nie wieder Kontakt gehabt.«

»Gut. Kommen wir noch einmal zu Marie. Sie sagten, dass sie nicht aufgeregt war vor der Fahrt. Gab es sonst etwas Besonderes, das damals möglicherweise nicht zur Sprache gekommen ist?«

Andrea Hansen ließ sich Zeit. Enna konnte ihr ansehen, wie schwer ihr das Gespräch fiel. Ihre Augenlider öffneten und schlossen sich in schneller Folge, ihr Hals und die rechte Wange hatten hellrote Flecken bekommen und sie atmete zunehmend flacher.

»Ich glaube nicht. Marie hat nur einmal bei uns angerufen. Vor neun Jahren hatten die Kinder in diesem Alter ja noch keine Handys und da konnten sie nur von dem Haustelefon anrufen oder vielleicht aus einer Telefonzelle.«

»Erinnern Sie sich an das Gespräch?«

»Das hat mich damals der Polizist auch gefragt. Es war alles ganz normal. Was Kinder so reden. Dass sie sich mit der Freundin gestritten haben, dass das Essen nicht schmeckt oder was sie mit der Klasse unternommen haben.«

»Hatte Marie sich mit ihrer besten Freundin Anne gestritten?«, stellte Pia Sims ihre erste Frage.

»Das weiß ich nicht mehr. Mag sein, Marie und Anne …« Frau Hansen zitterte leicht und schien vor ihrem geistigen Auge die beiden kleinen Mädchen zu sehen. »Sie waren wie Geschwister, und die streiten sich manchmal. Ja, die beiden konnten sich ziemlich in die Haare kriegen. Aber gleich darauf waren sie wieder ein Herz und eine Seele.«

Sechs

Enna schloss den Passat auf und ließ sich auf den Fahrersitz fallen. Eine halbe Stunde hatte Andrea Hansen noch durchgehalten, bis sie vollkommen erschöpft darum gebeten hatte, das Gespräch hier abzubrechen und zu einem späteren Zeitpunkt weiterzuführen.

Sie hatte von Marie erzählt, von der freundlichen und selbstlosen Art, mit der sie auf andere Menschen zugegangen war, von ihrer Büchervernarrtheit, die sie bis spät in die Nacht hatte lesen lassen. Marie hatte die Nordsee und die Inseln geliebt, den Strand und den Wind und die Wellen. Sie war nicht nur Klassenbeste gewesen, sondern auch Klassensprecherin und hatte in der Kinderkonferenz der Schule vom ersten Schuljahr an engagiert mitgearbeitet.

Schließlich hatte Andrea Hansen über ihre Ehe gesprochen, die über der Sorge und später der Trauer um Marie zerbrochen war. Sie hatte berichtet, dass ihr Mann ihr keine Stütze gewesen sei, sie immer wieder gestritten hätten und nach der ersten schweren Zeit nur noch wegen der älteren Tochter Imke zusammengeblieben seien.

»Ganz schön heftig«, sagte Pia Sims, als sie neben Enna im Auto saß. »Ich hatte fast den Eindruck, als wäre ihre Tochter erst vor wenigen Wochen verschwunden, so sehr, wie das Gespräch

Frau Hansen mitgenommen hat. Diese jahrelange Ungewissheit muss schlimm sein.«

Enna nickte und fuhr vom Parkplatz auf die Straße. »Ist Ihnen aufgefallen, dass sie nicht mit einem Wort ihre ältere Tochter Imke erwähnt hat? Nur dann, als es darum ging, dass sie und ihr Mann sich wegen ihr nicht getrennt hätten.«

»Sie meinen, sie hat keinen Kontakt zu Imke?«

»Haben Sie sie schon über Facebook angeschrieben?«

»Ja, aber noch keine Antwort bekommen. Warum haben Sie Frau Hansen nicht nach ihr gefragt?«

Enna hielt an einer roten Ampel. »Irgendetwas hat mich davon abgehalten. Vielleicht hatte ich Angst, dass sie dann zumacht. Jetzt sollten wir abwarten, ob wir Kontakt zu Imke Hansen herstellen können.«

»Okay.«

Enna warf einen Blick auf die Uhr. Kurz vor zwölf. »Ich würde vorschlagen, wir unternehmen einen Versuch bei der Freundin. Vielleicht ist sie ja zu Hause.«

Pia Sims nickte und gab die Adresse in das Navi ein. Mit Blick auf Enna sagte sie: »Nur zur Sicherheit.«

Enna schmunzelte. Zwar hatte sie nicht jede Straße in Oldenburg schon einmal durchquert, sie konnte sie aber wenigstens einem Stadtteil zuordnen.

»Anne Wagner«, las Pia Sims vor. »Sie ist im Februar neunzehn geworden, studiert im zweiten Semester Psychologie an der Carl von Ossietzky Universität.«

»Psychologie? Ist da der NC nicht ziemlich hoch?«

»Wahrscheinlich. *Neurocognitive Psychology*«, las Pia Sims vor und fuhr fort: »Ein englischsprachiger Studiengang. Da geht es wohl mehr um Forschung. Hier auf der Fakultätsseite steht: ›Der Studiengang qualifiziert die Absolventen und Absolventinnen für Tätigkeiten im Bereich der psychologischen und neurowissenschaftlichen Forschung und bereitet auf ein anschließendes Promotionsprogramm und/oder auf forschungsbezogene Berufstätigkeiten vor.‹«

»Also nicht der Wald-und-Wiesen-Psychologe?«, fragte Enna. Sie steuerte den Passat von der Hauptstraße in eine ruhigere Nebenstraße.

»Nein, wohl eher nicht. Klingt alles kompliziert und sehr theoretisch.« Pia Sims ließ das Handy in die Tasche gleiten. »Das menschliche Gehirn wird da wahrscheinlich in alle Einzelheiten zerlegt und bis in die letzte Windung systematisch erforscht.«

»Wer's mag«, sagte Enna und hielt vor einem dreistöckigen Mietshaus.

Anne Wagner lebte alleine in der Einzimmerwohnung in Bürgerfelde, einer innenstadtnahen, ruhigen Oldenburger Wohngegend. Sie bat die beiden Ermittlerinnen in die kleine Küche und holte einen zusätzlichen Stuhl aus dem Wohnschlafzimmer. Der Flur war weiß gestrichen, an den Wänden hingen keine Bilder oder Fotos. Die Küche war penibel sauber und aufgeräumt.

»Geht es um die alte Sache?«, fragte Anne Wagner. Ihre Stimme klang seltsam unbeteiligt, ihr kurzes Lächeln wirkte aufgesetzt auf Enna. Die junge Frau trug einen Hosenanzug mit weißer Bluse. Die kurzen dunklen Haare standen ihr nicht. Sie war groß und schlank und sah Enna distanziert an.

Enna erklärte Anne Wagner, warum sie die Ermittlungen wieder aufgenommen hatten, und stellte die erste Frage. »Die Mutter von Marie hat uns erzählt, dass Sie die beste Freundin ihrer Tochter gewesen sind. Ist das richtig?«

Anne Wagner zuckte mit den Schultern. »Ja, so könnte man es sehen. Wir kannten uns schon seit dem Kindergarten und sind dann in die gleiche Klasse gekommen. Da rückt man wohl automatisch etwas näher zusammen.« Während sie sprach, hatte sie mehrfach ihren Blick auf das Aufnahmegerät gerichtet. Offensichtlich fiel es ihr schwer, frei zu reden.

»Marie kannte Wangerooge«, fuhr Enna fort. »Waren Sie auch vorher schon einmal auf der Insel gewesen?«

»Nein.«

»Aber Sie wussten, dass Maries Familie dort schon häufiger den Urlaub verbracht hatte?«

Sie nickte. »Ja, davon hat Marie mir erzählt.«

»Marie kannte sich also gut aus auf Wangerooge?«

»Ich glaube schon. Das ist jetzt neun Jahre her und ... sicher verstehen Sie, dass ich nicht so gerne an die Zeit zurückdenke.«

Enna beschloss, nicht auf ihre Bemerkung einzugehen. »Durften Sie damals auch alleine in den Ort gehen?«

»Nein, nicht alleine, aber zu zweit.«

»Und Sie sind mit Marie zusammen gegangen?«

Anne Wagner zögerte. Auf Enna wirkte es, als überlege sie, worauf die Fragen hinauslaufen würden. »Ja, das wird wohl so gewesen sein.«

»Sind Sie während dieser kleinen Ausflüge jemandem begegnet, der oder die nichts mit der Schulfreizeit zu tun hatte?«

Anne Wagner warf Enna einen strengen Blick zu. »Das Gleiche bin ich doch schon damals immer wieder gefragt worden. Haben Sie keine Akten, in denen das steht?«

Enna zwang sich, ruhig zu bleiben. »Natürlich haben wir die Akten studiert. Aber es sind neun Jahre vergangen und es kommt vor, dass man als Erwachsener Ereignisse plötzlich in einem anderen Licht sieht. Ist Ihnen in Erinnerung, dass Sie mit Marie bei Ihren Streifzügen auf Wangerooge auf eine ihr bekannte Person getroffen sind?«

»Es ist quasi unmöglich, nach so langer Zeit noch eine konkrete Erinnerung an letztlich Kleinigkeiten zu haben. Das sollten Sie als Polizistinnen eigentlich wissen.«

Pia Sims warf einen Blick zu Enna, die ihr aufmunternd zunickte.

»Das kann ich mir vorstellen. Ich bin ja nur wenig älter als Sie …«, begann Pia Sims daraufhin, »… und wenn ich mich an die Schulfreizeit in meiner vierten Klasse erinnere, ist da auch nicht mehr viel vorhanden. Außer …« Sie lächelte zurückhaltend. »Außer dass wir Mädchen alle in den Sportlehrer verliebt waren, der damals leider nicht mitfahren konnte, weil er kurz zuvor einen Autounfall hatte.«

»Interessant«, kommentierte Anne Wagner das Gehörte mit abfälliger Miene.

Pia Sims ließ sich nicht beirren und fuhr fort: »Natürlich weiß ich nicht mehr, was wir an den einzelnen Tagen gemacht haben, aber daran, was mir damals wirklich wichtig war, kann ich mich gut erinnern. Was war das bei Ihnen? Waren die Mädchen Ihrer Klasse auch in den Lehrer verliebt?«

Ein zärtliches Lächeln huschte über Anne Wagners Mund, sie schloss die Augen, als erinnere sie sich mit einem Mal. Als sie wieder aufsah, schien sie zum ersten Mal unbekümmert zu antworten. Ihre Stimme klang weicher. »Natürlich. Wir alle fanden Herrn Martens fürchterlich süß. Das war unser Klassenlehrer. Ein Hansdampf in allen Gassen, manchmal vollkommen überdreht.« Sie legte den Kopf in den Nacken und atmete tief durch. »Aber das waren Kinderschwärmereien. Sonst nichts.«

»Sicherlich«, pflichtete ihr Pia Sims bei. »Es kam mir auch gerade nur so in den Sinn, als Beispiel.« Sie hielt kurz inne. »Was war Marie und Ihnen damals in der vierten Klasse wichtig? Die Jungs aus dem Jahrgang doch bestimmt nicht? Bei mir in der Klasse gab es nur Milchbubis, die rot wurden, sobald man ihnen einen Blick zugeworfen hat.«

Anne Wagner lachte. Sie schien inzwischen Enna Andersen vollkommen vergessen zu haben. »Oh ja, wie Erstklässler haben sie sich verhalten. Sie waren Lichtjahre von uns Mädchen entfernt.«

»Hat Marie das auch so gesehen?«, schob Pia Sims vorsichtig die nächste Frage nach.

»Ach, Marie! Sie war doch die Vernünftigste in der Klasse, manchmal richtig erwachsen.«

»Wusste Marie um die Gefahren, die von erwachsenen Männern ausgehen konnten?«

»Selbstverständlich. Das wurde uns doch von unseren Eltern und den Lehrern immerzu eingebläut. Niemals mit einem Fremden mitgehen, egal was der sagt.«

Dieses Mal lachte Pia Sims. »Stimmt! Ich habe mir diesen Mann immer vollkommen in Schwarz gekleidet vorgestellt, mit einer Maske und Handschuhen. Und natürlich agierte er in meiner Vorstellung nur in der Nacht.«

Anne Wagner hob theatralisch den Zeigefinger. »*Die bösen Männer* hat meine Mutter sie immer genannt.« Sie wurde ernst. »Heute denke ich manchmal, sie hat damit alle Männer gemeint. Einschließlich meines Vaters.« Sie rollte mit den Augen. »Meine Mutter.«

»Und Marie?«, kam Pia Sims wieder auf die eigentliche Frage zurück.

Anne Wagner zuckte kurz zusammen und wandte den Blick zu Enna. Sie wirkte, als wäre sie gerade aus einem kurzen Nickerchen aufgewacht und müsste sich zunächst orientieren, wo sie eigentlich war. Schließlich richtete sie sich auf und bog den Rücken durch. »Wer kann schon in die Köpfe von anderen Menschen hineinschauen. Und wie soll ich nach so langer Zeit noch wissen, wie Marie dies oder das gesehen hat?« Ihr Lächeln wirkte nun wieder einstudiert. »Es tut mir wirklich leid, dass ich Ihnen nicht helfen kann.«

Sieben

Enna Andersen überlegte, wie sie am schnellsten zurück in ihr Büro kommen würden. Schließlich entschied sie sich für Schleichwege durch mehrere Wohngebiete, da die Hauptverkehrsstraße in die Innenstadt um die Mittagszeit überfüllt war.

»Das war mehr oder weniger nichts«, sagte Pia Sims, die sichtlich enttäuscht von der Befragung war. »Wollte sie nicht oder konnte sie sich wirklich nicht erinnern?«

»Beides, vermute ich.«

»Wie das?«

Enna schaltete den Motor wieder aus. »Das menschliche Gehirn hat so eine Art Schutzmechanismus. Wenn eine Erinnerung zu belastend ist, wird sie unter Umständen verdrängt oder sogar durch eine alternative Variante ersetzt. Sozusagen eine neue Wahrheit, eine Schutzwahrheit. Aber selbst wenn es so sein sollte, glaube ich, dass Anne Wagner ahnt, dass sie mehr weiß, und vielleicht erinnert sie sich auch an das eine oder andere Detail, das sie nur nicht richtig zuordnen kann. Sie hat Angst, etwas über die Zeit und den Umstand von Maries Verschwinden zu erfahren, und blockt ab. Ohne zu wissen, weshalb sie es tut.«

»Deshalb war sie plötzlich wie weggetreten, quasi in einer anderen Welt, als ich sie persönlich angesprochen habe?«

»Ja, das könnte sein. Sie war für einen Moment wieder zehn oder zumindest so in Gedanken in der Zeit, dass ihr Schutzmechanismus nicht mehr funktionierte. Leider nur kurz.«

»Klingt logisch«, sagte Pia Sims nachdenklich. »Aber bringt uns das irgendwie weiter?«

Enna startete den Motor erneut. »Im Moment nicht. Nein, zumindest nicht direkt.«

Als Enna Andersen und Pia Sims das Büro betraten, kamen ihnen zwei Handwerker entgegen, die von einem LKA-Beamten begleitet wurden.

»Heute schon?«, wunderte sich Enna und warf einen Blick in ihr Büro. An einer der fensterlosen Wände hing eine drei Meter lange und zwei Meter hohe Magnettafel, die mit Spezialfilzstiften beschreibbar war.

»Wow!«, entfuhr es Pia Sims. »Da können wir alle offenen Fälle platzieren.«

»Einen nach dem anderen«, sagte Enna lachend und griff nach einem der Filzstifte, die in einer Schachtel auf dem Tisch lagen. Sie schrieb *Marie Hansen* oben auf die Tafel und unterstrich den Namen zweimal. In diesem Augenblick hörten sie, wie die Außentür aufgeschlossen wurde und jemand mit schweren Schritten in den Flur trat. Gleich darauf stand Jan Paulsen in der Tür, drei Pizzakartons in der Hand.

»Oder haben Sie beide schon was gegessen?«

Neben einer vegetarischen Pizza hatte Paulsen eine mit Thunfisch und eine mit Serrano-Schinken und Rucola gekauft. Sie setzten sich in die Küche und teilten sich die Pizzen, bevor sie in Ennas Büro gingen, um das weitere Vorgehen zu besprechen. Pia Sims gab Jan Paulsen einen kurzen Überblick über die beiden Befragungen und verwies auf die im System hinterlegte Tonaufnahme und das Protokoll, das sie nach dem Meeting schreiben würde.

»Die Freundin mauert«, sagte Jan Paulsen. »Habe ich das richtig verstanden?«

»Sie scheint mehr zu wissen, als sie uns sagen kann oder will«, erklärte Pia Sims. »Eventuell hat sie etwas sehr Belastendes verdrängt.«

»Der Vater und der Onkel des Opfers waren auch nicht gerade gesprächig«, sagte Jan Paulsen und gab eine kleine Zusammenfassung. Maries Vater hatte er in seiner Wohnung angetroffen. Seit zwei Jahren war er arbeitslos und wirkte auf Paulsen, als habe er in naher Zukunft nicht vor, etwas daran zu ändern. Seine Freude über die Wiederaufnahme des Falles hielt sich laut Paulsen in Grenzen. Er machte keinen Hehl daraus, dass seiner Meinung nach seine jüngere Tochter nicht mehr am Leben war und die Täter ihre Spuren dank der Unfähigkeit der Polizei verwischt hatten. Er sprach von massiven Fehlern, die den ermittelnden Beamten unterlaufen seien, und deutete mit der Bemerkung, dass Pädophile in allen Kreisen der Gesellschaft zu finden seien, eine Verschwörung an.

»Ulfert Hansen ist Alkoholiker«, fuhr Paulsen fort.

»Woher wissen Sie das?«, fragte Pia Sims.

»Das sieht man auf hundert Meter Entfernung. Der Mann ist ein seelischer Krüppel.« Paulsen schien auf Pia Sims' Frage nicht weiter eingehen zu wollen. »Hören Sie sich die Aufnahme an.«

»Machen wir später. Was hat er sonst gesagt?«, drängte Enna.

»Sich in einer Tour bemitleidet. Er ist einer dieser Typen, die jedem die Schuld geben, sie aber nie bei sich selbst suchen. Elender Jammerlappen, der sein Leben nicht auf die Reihe bekommt.«

Neben Fehlern der Polizei machte Maries Vater die Schule verantwortlich und beschuldigte den Klassenlehrer als Pädophilen. Auch Paulsen hatte schnell herausgehört, dass die Familie Hansen regelmäßig auf Wangerooge Urlaub gemacht hatte, und gezielte Fragen gestellt, deren Sinn Ulfert Hansen erst nach einer Weile verstand. Schnell hatte er sich auf die Familie Müller mit ihrem halbwüchsigen Sohn eingeschossen und behauptete, dass der Junge ihm immer suspekt vorgekommen sei. Er nannte ihn zurückgeblieben und erinnerte sich urplötzlich an merkwürdige Blicke und anzügliche Kommentare. Kurz darauf verdächtigte er den Mann ihrer Gastgeberfamilie, der ihm angeblich von seinen sexuellen Neigungen zu blutjungen Mädchen erzählt hatte.

»Noch Fragen?«, beendete Jan Paulsen seinen Bericht über die Befragung von Ulfert Hansen.

»Im Moment nicht«, antwortete Enna. »Den Bruder haben Sie auch angetroffen?«

»Ja, bei der Arbeit. Er hat eine eigene Autowerkstatt mit einer Reihe von Mitarbeitern. Enrik Hansen, fünf Jahre jünger als sein Bruder, also dreiundvierzig.«

»Ist er auch Alkoholiker?«, fragte Pia Sims spöttisch.

»Nein, aber ich habe einen leichten Cannabis-Geruch in der Werkstatt wahrgenommen. Entweder er kifft oder einer seiner Mitarbeiter. Ich tippe eher auf ihn.«

»Sozusagen eine Drogenfamilie«, stichelte Pia Sims weiter.

Jan Paulsen warf ihr einen kalten Blick zu. »Brillante Analyse. Interessiert noch jemanden, was der Bruder gesagt hat?«

Enna stöhnte auf. »Mir scheint, wir klären die Missstimmung besser gleich, bevor es unsere Arbeit permanent behindert. Wer fängt an?«

Die beiden Kommissare schwiegen. »Okay, dann mache ich das«, fuhr Enna fort. »Auch wenn unser Büro wie eine

Wohnung daherkommt, dies hier ist keine Wohngemeinschaft. Wir leben nicht zusammen, sprich: Ich erwarte eine professionellere Herangehensweise an die Teamarbeit.«

»Bin dafür«, murmelte Jan Paulsen.

»Professionell ist das richtige Stichwort«, sagte Pia Sims nach kurzem Zögern. »Wir sind Polizisten und sitzen nicht an einem Stammtisch zusammen und ziehen über einen uns verhassten Mitmenschen her.«

Jan Paulsen klatschte einige Male in die Hände. »Wo gehobelt wird …«

»… fallen Späne«, fiel Enna ihm ins Wort. »Wie wäre es mit: Ein Wort gibt das andere? Passt das Sprichwort nicht besser zu unserem Team?«

»Soll ich jetzt eine Fortbildung in politisch korrekter Sprache belegen?«, mokierte sich Jan Paulsen. »Das ist Kinderkacke!«

Enna sah, dass Pia Sims etwas entgegnen wollte, und riss ihre Arme hoch. »Stopp! Alle beide! Ich erwarte, dass hier ab sofort ein anderer Ton herrscht. Und zwar von beiden Seiten. Habe ich mich deutlich genug ausgedrückt?«

Jan Paulsen und Pia Sims nickten beide, schienen aber keinesfalls geneigt, das Kriegsbeil zu begraben.

»Was ist jetzt mit dem Bruder?«, kam Enna auf den Fall zurück.

Jan Paulsen nickte. »Okay. Also, dass der Bruder damals komplett durchleuchtet wurde, habt ihr in den Akten gelesen. Er war nachweislich weder an dem Tag, als die Kleine verschwand, auf Wangerooge noch konnte man ihm irgendwelche pädophilen Neigungen nachweisen. Absolut lupenrein.«

»Sie hatten einen anderen Eindruck?«, fragte Enna und warf einen drohenden Blick zu Pia Sims.

»Jup! Wenn Sie mich so direkt fragen, es war mir nicht wohl dabei, als ich mit ihm gesprochen habe. Und ganz ehrlich, das passiert mir ausgesprochen selten.«

»Bedeutet?«, fragte Pia Sims, der man anhörte, dass sie sich um einen neutralen Ton bemühte.

»Es war gar nicht das, was er sagte, sondern wie er es sagte. Seine Stimme, seine Augen, seine ganze Körperhaltung schienen keinen Widerspruch zuzulassen. Tut mir leid, ihr müsst es selbst erleben. Ich würde tippen, der ist ein Psychopath.«

Pia Sims schien der Atem zu stocken, sie schluckte und stand auf. »Bin nur kurz auf der Toilette.«

Jan Paulsen sah Enna achselzuckend an. »Tut mir leid, anders kann ich es nicht ausdrücken.«

»Wir warten auf Pia Sims«, sagte Enna, stand auf und griff nach dem dicken Filzstift, mit dem sie die lange Tafel mit einem senkrechten Strich in zwei Hälften teilte.

Als Pia Sims wieder auf ihrem Stuhl saß, schrieb Enna auf die eine Seite der Tafel *Personen* und auf die andere Seite *Neue Ansatzpunkte*. Sie setzte sich wieder. »Ich kann mir ungefähr vorstellen, auf was Sie anspielen, Herr Paulsen. Mir ist auch schon mal so ein Mensch begegnet.« Vor ihrem geistigen Auge liefen in schneller Folge Bilder ab, die sie sofort wieder verdrängte. »Aber kommen wir doch erst mal zu den Fakten.«

Jan Paulsen nickte. »Klar, kein Problem.«

Enrik Hansen hatte Maschinenbau studiert, die Hochschule allerdings kurz vor dem Abschluss verlassen, um eine verkürzte Ausbildung zum Kfz-Mechaniker zu durchlaufen und anschließend seinen Meister zu machen. Kurz darauf begab er sich auf eine zweijährige Weltreise, die er immer wieder unterbrach, um zu arbeiten und sich so die Weiterreise zu finanzieren. Drei Jahre vor dem Verschwinden seiner Nichte kehrte er nach Aurich zurück und schlug sich mit gelegentlichen Jobs in Autowerkstätten durch. In den ersten Monaten nach seiner Rückkehr wohnte er im Haus seines Bruders und war später regelmäßig dort zu Gast. Zu den beiden Nichten hatte er ein inniges Verhältnis und war ihr Babysitter, wenn sein Bruder und seine Frau einen Abend oder auch das ganze Wochenende nicht zu Hause waren.

»Lebt er alleine?«, fragte Pia Sims, die aus den Akten wusste, dass er nie verheiratet gewesen war.

»Er war nicht sehr erfreut, als ich ihm diese Frage gestellt habe«, sagte Jan Paulsen. »Ihm war natürlich klar, woher der Wind wehte.«

»Und?«, fragte Enna.

»Keine Antwort von dem sonst so redegewandten Herrn Hansen. Aussage verweigert.« Mit Blick auf Pia Sims fügte er schnell hinzu: »Was natürlich sein gutes Recht ist.«

Enna stand inzwischen an der Tafel und schrieb unter dem Punkt *Neue Ansatzpunkte* das Stichwort *Wangerooge-Urlaub.*

»War der Bruder auch mit auf Wangerooge?«

»Er sagt, nein, schließt aber nicht aus, dass er in den Jahren schon mal zu einem Kurzbesuch dort aufgelaufen ist.«

»Hat die Familie Zugang zu einer Segel- oder Motorjacht?«, fragte Pia Sims.

»Angeblich nicht«, antwortete Jan Paulsen. »Weder heute noch damals. Keiner der beiden Brüder hat einen Segel- oder Motorbootschein, falls das die nächste Frage sein sollte. Und auch keinen Flugschein oder …«

»Wäre ja auch zu schön gewesen«, unterbrach ihn Pia Sims. »Bringt es wirklich etwas, Maries Onkel noch einmal auf die Verdächtigen-Liste zu setzen?«

»Ja«, antwortete Jan Paulsen.

Enna tippte mit dem geschlossenen Filzstift auf den Punkt auf der Tafel. »Wir brauchen neue Ansätze. Die Verdächtigen kommen dann schon von alleine.«

»Okay. Brainstorming!«, schlug Jan Paulsen vor. »Ich fange dann mal an. Neunjähriges Mädchen – Entführung – keine Lösegeldforderung – wo ist die Kleine?«

»Pädophilen-Ring«, fuhr Pia Sims fort. »Warum Wangerooge? – viel zu kompliziert und gefährlich – Landschulheime gibt es viele – Kinder kann man überall entführen.«

»Vielleicht gerade eine Insel«, nahm Enna den Faden auf. »Eine Motorjacht – ein guter Plan – niemand verfolgt dich – du verschwindest einfach auf der Nordsee – drei Stunden bis nach Holland, ein paar mehr bis nach Dänemark – niemand wird deinen Weg nachvollziehen können.«

»Reiner Zufall, dass es Marie Hansen traf?«, fragte Jan Paulsen.

»Nein!« Pia Sims' Stimme klang aufgeregt. »Marie hat freiwillig das Zimmer verlassen – sie wurde rausgelockt – das war gefährlich für die Entführer – die Insellage ist gefährlich – zu viele Menschen auf engem Raum – die Operation muss minutiös geplant gewesen sein – wie eine militärische Aktion.«

»Das kann niemand alleine machen«, sagte Jan Paulsen. »Zwei Leute, drei oder sogar vier – alles Mitwisser – gefährlich.«

Enna, die bisher an der Tafel Stichpunkte aufgeschrieben hatte, lief zum Fenster und öffnete es. Abrupt drehte sie sich zu ihren Kollegen um. »Es ging um Marie Hansen, ausschließlich um Marie. Es war kein Zufall. Jemand wollte genau dieses Kind.«

Acht

Nachdem sie die verschiedenen Theorien zwei Stunden von allen Seiten abgeklopft hatten, verabschiedete sich Enna, um Elias vom Kindergarten abzuholen.

Bei der Diskussion waren sie immer wieder zu den gleichen Fragen gekommen: Warum Wangerooge, warum Marie Hansen, warum eine so aufwendige und gefährliche Aktion? Als die Sprache auf die in den Akten nicht erwähnten Urlaube der Familie Hansen kam, hatte sich Pia Sims an ein Protokoll erinnert, das einen Monat nach dem Verschwinden von Marie Hansen angefertigt worden war. Tatsächlich war hier in einem Nebensatz vermerkt, dass die Familie Hansen in den Jahren zuvor Urlaub auf der Insel gemacht hatte. Jan Paulsen hatte daraufhin mit Gerd Stroh telefoniert, der ihm bestätigte, dass die SoKo sich nie mit diesem Punkt beschäftigt hatte und er persönlich sich nicht an das besagte Protokoll erinnern konnte.

Enna entdeckte ihren Sohn im Hof des Kindergartens, wo er mit Lukas im Sand spielte. Enna beobachtete die beiden aus der Entfernung. Lukas erklärte Elias etwas, kurz darauf gruben sie weiter, vollkommen versunken in ihr Spiel. Als Enna näher kam, rief ein anderes Kind aus der Gruppe Elias zu, dass er abgeholt würde. Elias drehte sich freudestrahlend um, sprang im nächsten Augenblick auf und rannte auf Enna zu. Lukas schaute ihm mit traurigen Augen hinterher. »Kann Elias nicht noch hierbleiben?«

»Eigentlich geht das heute nicht. Aber deine Mama kommt bestimmt bald«, sagte Enna, die zuvor auf die Uhr geschaut hatte. Lukas' Mutter Sarah arbeitete außerhalb von Oldenburg und war abhängig vom Verkehr. Sie hatte sich zwei Jahre vor Simons Unfalltod von ihrem Mann getrennt und lag seitdem mit ihm im Streit um Lukas.

Elias lief zu seinem Freund zurück, streichelte ihm über die Schulter und sagte: »Wir bleiben noch hier, Lukas.«

Enna gab sich geschlagen und setzte sich neben Elias' Erzieherin Brit auf eine Bank. Sie begrüßte sie und fragte, ob sich die beiden Streithähne wieder vertragen hätten.

»Heute Morgen war alles wieder vergessen«, sagte Brit lachend und wurde gleich darauf ernst. »Hat dir Elias erzählt, worüber sie sich gestritten haben?«

»Er hat nur gesagt, Lukas wollte nicht mit ihm spielen.«

»Das war mehr die Folge des Streites. Soweit ich das mitbekommen habe, hat Lukas Elias von dem Wochenende bei seinem Vater erzählt. Ich vermute, dass Elias darauf abweisend reagiert hat und Lukas ihn daraufhin damit aufgezogen hat, dass Elias keinen Vater hat. Aber wie gesagt, das habe ich mir jetzt aus den späteren Gesprächen mit den beiden Jungs zusammengereimt. Als ich dazukam, schrien sich die beiden Jungs schon gegenseitig an und traten mit Füßen um sich. Ich habe sie dann getrennt. Eine schwierige Situation.«

»Davon hat Elias mir natürlich nichts erzählt«, sagte Enna betroffen. »Ich arbeite wieder und bin abends ganz schön fertig mit der Welt. Vielleicht fühlt sich Elias vernachlässigt. Ich weiß es nicht.«

»Oder ihm wird immer mehr bewusst, dass sein Vater nie wieder bei ihm sein wird?« Die Erzieherin hatte die Frage leise und zurückhaltend gestellt.

Enna nickte nachdenklich. »Ja, das könnte natürlich auch sein. Der Kinderpsychologe hat mir schon vor ein paar Monaten gesagt, dass so etwas passieren könnte.« Sie seufzte. »Ich werde ihn anrufen.«

»Geht Elias nicht mehr zu dem Kinderpsychologen?«

»Nein, seit einem halben Jahr nicht mehr. Dr. Franzen hätte gern noch länger mit ihm gearbeitet, aber Elias hat sich verweigert. Wir haben uns dann schweren Herzens für eine Pause entschieden.«

»Ich achte auf ihn«, bot Brit an. »Vielleicht war es ja nur eine Ausnahme und hat nicht viel zu bedeuten.«

»Danke, Brit.« In diesem Augenblick kam Lukas' Mutter Sarah in den Hof des Kindergartens. Enna stand auf und umarmte sie zur Begrüßung. Seit ihre Söhne beste Freunde waren, hatte sich durch zahlreiche gegenseitige Besuche schnell eine Freundschaft entwickelt. Und nach Simons Tod war Sarah Enna eine große Stütze gewesen.

»Wie geht es dir?«, fragte Enna. »Wollen wir mal wieder einen Kaffee trinken?«

»Das würde ich sehr gern, aber im Moment bin ich ziemlich unter Druck. Die Arbeit und … na ja, du weißt ja, dass die Scheidung ansteht.«

»Probleme?«

»Ja, reichlich.« Sie sah zu den beiden Jungs hin, die auf ihre Bank zugestürmt kamen. »Ich erzähle es dir ein anderes Mal. Lange Geschichte.«

»Jederzeit«, konnte Enna gerade noch antworten, bevor die beiden Jungen sie erreichten.

Enna küsste Elias auf die Wange und zog die Bettdecke über seine Schultern. »Schlaf gut, Großer!«

»Das tue ich, Mama. Gehst du auch bald ins Bett?«

Enna lächelte. »Nicht sofort. Ich muss noch das Wohnzimmer aufräumen. Irgendein kleiner Wirbelwind hat da eine Menge Unordnung gemacht.«

»Aber bei uns im Wohnzimmer war doch gar kein Wind, Mama!«

»Dann war es vielleicht doch ein kleiner Junge, kann das sein? Gute Nacht.« Sie küsste ihn auf die Stirn. »Ich liebe dich, mein Großer.«

»Ich liebe dich auch, Mama.«

Enna schaltete das Licht aus, warf einen letzten Blick auf ihren Sohn, der sich gerade ins Kopfkissen kuschelte, und verließ sein Zimmer.

Nachdem sie die Küche und das Wohnzimmer aufgeräumt hatte, stellte sie leise Musik von Norah Jones an und goss sich ein Glas Weißwein ein. Das Gespräch mit Elias hatte sie verschoben, weil sie Angst gehabt hatte, dass ihre Kräfte dazu nicht reichen würden. Dr. Franzen würde sie auf jeden Fall am nächsten Tag anrufen, um seinen Rat zu suchen.

Nach einem Glas Weißwein wurde Enna müde und wollte gerade aufstehen, als ihr Handy klingelte. Sie sah aufs Display. Es war Sarah. Nach kurzem Zögern nahm sie das Gespräch an.

»Habe ich dich gestört?«, war Sarahs erste Frage.

»Alles gut. Ich sitze hier und höre bei einem Glas Wein Musik.«

Enna hörte ihr erleichtertes Aufatmen. »Gut, ich war mir nicht sicher …« Sie seufzte leise. »Es ist wegen Lukas' Vater. Er macht Stress. Megastress, sozusagen.«

»Was ist los?«

»Dieser Idiot hat doch tatsächlich das Aufenthaltsbestimmungsrecht beantragt. Was sage ich, er will es einklagen. Ich habe vor drei Tagen den Schriftsatz vom Familiengericht bekommen. Du kannst dir ja vorstellen, was ich seitdem gemacht habe. Ein Anwaltstermin jagt den nächsten.«

»Er will, dass Lukas bei ihm lebt?«, fragte Enna erstaunt.

»Ja, seine neue Flamme arbeitet doch nicht und könnte sich so gut um Lukas kümmern. Ich könnte kotzen.«

»Aber das reicht doch nicht als Argument. Warum sollte eine fremde Frau …«

»Natürlich nicht«, unterbrach Sarah sie. »Er behauptet, dass ich Lukas permanent vernachlässige und überfordert bin mit ihm. In der Nacht lasse ich ihn angeblich alleine zu Hause, hole ihn immer zu spät vom Kindergarten … bla, bla, bla. Und wenn er nächstes Jahr zur Schule kommt, könnte ich mich erst recht nicht ausreichend um ihn kümmern. Aber auch das reicht natürlich noch nicht. Angeblich hat Lukas ihm immer wieder gesagt, dass er nicht mehr bei mir wohnen will, sondern bei ihm.«

»Was ist das denn für ein hirnverbrannter Blödsinn?«, entfuhr es Enna. »Alles von vorne bis hinten erstunken und erlogen. Unfassbar!« Enna hatte immer wieder beobachtet, wie liebevoll Sarah mit ihrem Sohn umging und wie sehr dieser an seiner Mutter hing.

»So ist das vor dem Familiengericht, sagt mein Anwalt. Und dass Väter im Moment gute Karten hätten, weil sie jahrelang Lobbyarbeit gemacht und immer wieder auf die Tränendrüsen gedrückt haben.«

»Was hast du denn für einen Anwalt?«

»Auch deshalb rufe ich an. Ich traue dem ehrlich gesagt nicht mehr über den Weg. Bis auf hohe Rechnungen ist da noch nicht viel bei rausgekommen. Kennst du nicht jemanden?«

»Ja, eine Freundin aus Kindergartentagen. Sie hat sich vor drei Jahren selbstständig gemacht mit Schwerpunkt Familienrecht. Ich fürchte nur, sie hat keine Zeit für neue

Mandanten. Ich habe gerade erst vor ein paar Tagen mit ihr telefoniert.«

»Kannst du sie trotzdem fragen?«

»Klar, mache ich gleich morgen Vormittag. Vielleicht …« Enna stockte. Die Chancen, dass Christine eine weitere Mandantin übernehmen würde, standen nach allem, was sie von ihr gehört hatte, mehr als schlecht.

»Danke. Aber ich habe noch eine Bitte. Ich brauche Zeugen, sozusagen. Und da du doch bei der Polizei arbeitest und selbst alleinerziehend bist …«

»Zeugen?«

»Ja, könntest du aufschreiben, wie du Lukas und mich erlebt hast? Du kannst dir ja vorstellen, um welche Punkte es geht. Wir können das dann auch noch genau besprechen, wenn du schon mal etwas aufschreibst. Wenn ich das bei allen mache, klingt das später so gleich. Für meine Eltern schreibe ich das natürlich. Die können das nicht.«

»Klar, Sarah. Das mache ich gerne. Reicht es, wenn ich das morgen mache?«

»Überhaupt kein Problem. Das zieht sich über viele Monate hin, hat mein Anwalt gemeint. Soll ich dir noch den Schriftsatz von diesem Arsch von Vater schicken? Dann siehst du gleich, worauf es ankommt.«

»Gute Idee! Ich fass es immer noch nicht. Ein Kind ist doch keine Sache, um die man vor Gericht streitet und schachert. Ich kenne deinen Ex ja nur vom Sehen, aber so etwas …«

Sie unterhielten sich noch eine Weile. Enna spürte, dass Sarah am Ende ihrer Kräfte war und dringend Unterstützung brauchte. Sie nahm sich vor, sie in den nächsten Tagen zu besuchen. Vielleicht konnte sie ihr außer bei der Anwaltssuche noch bei etwas anderem helfen.

Als Enna am nächsten Morgen das Büro betrat, kam ihr Pia Sims entgegen. »Die Schwester hat sich bei mir gemeldet. Wir können nachher mit ihr per Skype sprechen.«

»Klingt doch gut. Wo machen wir's?«

»Bei mir im Büro? Sie hat gesagt, sie meldet sich in einer halben Stunde.«

Enna nickte und verschwand in ihrem Büro, um noch einmal die vorhandenen Fakten zu Imke Hansen durchzugehen. Sie war zum Zeitpunkt von Maries Entführung gerade zwölf Jahre alt geworden und besuchte das Gymnasium in der siebten Klasse, da sie in der Grundschule ein Jahr übersprungen hatte. Mit siebzehn Abitur, anschließend ein Freiwilliges Soziales Jahr beim Roten Kreuz, wo sie schließlich eine Ausbildung zur Rettungsassistentin machte, bevor sie mit zwanzig Jahren als Au-pair nach Australien ging. Hier lebte sie inzwischen seit über zwei Jahren. Ihr Vater hatte Jan Paulsen erzählt, dass sie als Klassenbeste das Abitur bestanden hatte.

Enna griff nach ihrem Notizbuch und machte sich auf den Weg in Pia Sims' Büro. Auf dem Flur traf sie Jan Paulsen, dem sie im Vorbeigehen erklärte, dass sie mit Marie Hansens Schwester über Skype reden würden.

Als die Verbindung hergestellt war, stellte Pia Sims sich und Enna vor und bedankte sich dafür, dass Imke Hansen sich gemeldet hatte. Die junge Frau trug halblange blonde Haare und wirkte sehr weiblich. Nur die etwas zu lang geratene Nase störte das ansonsten harmonische Gesicht. Imke Hansen lächelte matt, als sie gleich zu Beginn die Frage stellte, ob es etwas Neues im Fall ihrer Schwester gebe. Enna erklärte ihr die neuen Ermittlungen und betonte, dass sie alle Angehörigen und Freunde der Familie erneut befragten.

Enna sah ihr die Enttäuschung an und stellte gleich die erste Frage: »Sie gehen davon aus, dass Ihre Schwester noch lebt?«

Pia Sims warf Enna einen erschrockenen Blick zu. Sie hatte natürlich in der Ausbildung gelernt, dass Suggestivfragen im Rahmen von Zeugenbefragungen nichts zu suchen hatten.

»Ich habe es immer gehofft, auch wenn ich weiß, dass das unrealistisch ist«, antwortete Imke Hansen.

»Mein Ermittlungsteam und ich schließen die Möglichkeit auch nicht aus«, fügte Enna hinzu und bemerkte, wie Imke Hansen erleichtert aufatmete.

»Die Polizei damals hat das ganz anders gesehen. Die waren doch von Anfang an überzeugt, dass Marie nicht mehr lebt. Nicht nur das war schrecklich für mich.« Sie schluckte. »Wie kann ich Ihnen helfen?«

»Wir sind noch ganz am Anfang unserer Arbeit und versuchen, uns ein Bild von Ihrer Familie zu machen. Können Sie uns schildern, wie die Atmosphäre in der Zeit vor der Entführung war?«

Imke Hansen verschwand vom Bildschirm. Als sie nach einer Weile nicht wieder auftauchte, begann Enna zu befürchten, dass sie zu sehr mit der Tür ins Haus gefallen war und Imke Hansen das Gespräch abgebrochen hatte. Pia Sims schien das Gleiche zu denken, schaute immer wieder auf die Uhr und flüsterte schließlich Enna zu: »Schon drei Minuten. Was machen wir?«

In diesem Augenblick erschien Imke Hansen wieder auf dem Bildschirm und fuhr fort, ohne auf die Unterbrechung einzugehen: »Atmosphäre, fragen Sie. Sie war katastrophal. Und bevor Sie weiterfragen, meine Eltern waren damals schon zerstritten, die Ehe war an einem Tiefpunkt angelangt. Selbst mit meinen zwölf Jahren habe ich das gecheckt. Als Marie dann noch verschwand, wurde es von Tag zu Tag schlimmer. Kaum vorstellbar, aber so war es. Jeder hat jeden verdächtigt. Das ging so weit, dass sogar ich gefragt wurde, ob ich mit Marie unter einer Decke stecke. Ich war gerade mal zwölf Jahre alt und sollte die Entführung oder das Verschwinden meiner kleinen Schwester organisiert haben?« Die letzten Worte hatte sie mit deutlich spürbarer Empörung, die an Verachtung zu grenzen schien, von sich gegeben.

»Wer hat Ihnen das vorgeworfen?«, fragte Enna. Während der letzten Minute war Jan Paulsen leise ins Zimmer getreten, er blieb aber außerhalb des Blickfelds der Kamera.

»Mein ach so kluger Onkel.« Sie lachte. »Haben Sie diesen Armleuchter schon kennengelernt? Er hatte immer fantastische Ideen und hat meinen Erzeuger damit angesteckt. Und Ihre Kollegen haben damals diesen Quatsch aufgesogen und gegen unsere …« Sie malte Anführungsstriche in die Luft. »… Familie ermittelt und dabei alle anderen Spuren ignoriert.«

»Welche zum Beispiel?«, fragte Pia Sims und beugte sich leicht vor.

»Ich bin keine Polizistin und war das damals erst recht nicht. Aber wenn ein neunjähriges Mädchen spurlos verschwindet, denkt doch jeder zuerst an diese Arschlöcher, die sich an …« Sie atmete schwer. »Sie wissen schon, was ich meine.«

»Diesen Ermittlungsansatz haben die Kollegen damals selbstverständlich lange verfolgt, aber keinerlei Ansatzpunkte gefunden«, sagte Enna und legte bewusst eine kurze Pause ein. »Wir haben in den Akten keinen Eintrag über, ich sage mal, die angespannte Atmosphäre in Ihrer Familie gefunden. Sind Sie nie danach gefragt worden?«

»Keine Ahnung. Ich bin nicht direkt von Polizisten befragt worden. Das war ein Psychologe vom Jugendamt. Aber konkret erinnere ich mich nicht. Vielleicht hat er gefragt und ich habe nicht alles gesagt. Meiner Mutter war immer schon der schöne Schein wichtiger als alles andere. Sie hat uns eingeschärft, dass es niemanden etwas angeht, was in unseren vier Wänden passiert.« Imke Hansen verzog das Gesicht. »Und bevor Sie fragen, warum sie das gemacht hat: Ich habe wirklich keine Ahnung.

Aber heute weiß ich, dass sie am meisten unter dem ganzen Streit gelitten hat. So sind wohl die Frauen ihrer Generation, sie nehmen alles auf sich, um die Familie zusammenzuhalten.«

»Sie erinnern sich nicht an einen konkreten Anlass für die Streitereien Ihrer Eltern?«

Imke Hansen zuckte mit den Schultern. »Sie meinen, ob mein Erzeuger fremdgegangen ist? Kann schon sein, aber so etwas hat man als Kind natürlich nicht richtig mitbekommen.«

»Und Ihre Mutter? Hatte sie …«

Imke Hansen lachte. »Sicher nicht. Mein Erzeuger ist ein Arsch und fürchterlich eifersüchtig gewesen. Was sage ich, er war krankhaft eifersüchtig. Und wie sollte meine Mutter eine Affäre in Aurich geheim halten? Wo sollte sie überhaupt einen Mann kennenlernen? Die wachsen nun mal nicht im Vorgarten.«

»Wie war das Verhältnis Ihrer Schwester zu Vater und Mutter?«

Erneut verschwand Imke Hansen vom Bildschirm. Als sie kurz darauf wieder zu sehen war, fragte sie: »Was genau meinen Sie damit?«

»Zu wem hatte sie ein besseres Verhältnis?«

»Mein Erzeuger ist so ein richtiger Arsch, wie er im Buche steht. Hatte ich das noch nicht erwähnt? Was für ein Verhältnis soll man schon zu so jemandem haben? Nein, Marie war damals Mamas kleines Mädchen. Um unseren Erzeuger haben wir beide einen riesigen Bogen gemacht.« Sie hielt kurz inne und schaute zur Seite, bevor sie wieder in die Kamera sah. »Zumindest soweit es ging.«

Enna beschloss, das Thema zu wechseln. »Hatten Sie oder Ihre Schwester damals einen Computer oder ein Handy?« In den Akten hatte sie hierzu keinen Eintrag gefunden.

»Weder noch. Mein Erzeuger meinte, das wäre rausgeschmissenes Geld. Ich habe erst viel später einen Laptop bekommen.«

»Hatte Marie vielleicht über jemand anderen Zugang zum Internet?«, fragte Pia Sims.

Imke Hansen legte den Kopf in den Nacken und schien nachzudenken. »Das weiß ich nicht. Vielleicht über ihre Freundin. Wie hieß sie noch gleich …?«

»Meinen Sie Anne Wagner?«

»Richtig, Anne. Ich glaube, ihre Eltern waren da nicht so verbissen. Aber wie gesagt, ich kann dazu nicht viel sagen. Diese Anne müsste es doch wissen.«

»Wir werden mit ihr sprechen«, sagte Enna. »Ich will ehrlich zu Ihnen sein. Unser Team ist nicht davon überzeugt, dass Ihre Schwester ein Zufallsopfer war.«

»Was heißt das?«, fragte Imke Hansen und schien für einen Moment zu erstarren.

»Sie ist eventuell bewusst ausgesucht worden. Warum, wissen wir natürlich nicht. Aber wir untersuchen, ob Marie zuvor Kontakt mit ihrem Entführer gehabt hat. Ist Ihnen in den Wochen vor der Schulfreizeit etwas Besonderes an ihr aufgefallen?«

»Sie meinen, ob Marie aufgeregt war?«

»Zum Beispiel.«

»Das mag sein, aber mir wäre es wohl kaum besonders aufgefallen. Eine Fahrt über mehrere Tage ist in dem Alter natürlich aufregend. Sie war doch erst in der vierten Klasse.«

Enna hatte bemerkt, dass Imke Hansens Augen nach den letzten Worten feucht geworden waren. Die junge Frau wandte sich kurz vom Bildschirm ab, vermutlich um nicht die Fassung zu verlieren. Als sie wieder zu sehen war, lächelte sie matt. »Selbst nach so vielen Jahren lässt einen das nicht los. Entschuldigen Sie.«

»Das ist überhaupt kein Problem«, sagte Enna. »Geht es wieder?«

Imke Hansen nickte.

»Sie haben mit Ihrer Familie in den Jahren vor der Entführung mehrere Male auf Wangerooge Urlaub gemacht. Erinnern Sie sich an eine Familie Müller?«

»Ja, ich glaube schon. So merkwürdige Leute waren das. Mein Erzeuger konnte ganz gut mit dem Mann. Doch, sie waren ein Mal bei uns oder wir bei ihnen.«

»War der Sohn der Familie Müller auch bei den Treffen?«

»Ja, ich glaube. Wie hieß er noch? Marco. Der war aber viel älter als wir. Fünf oder sechs Jahre? So ungefähr, glaube ich.« Sie hielt inne, als ihr klar wurde, worauf die Frage hinauslief. »Sie meinen … Das glaube ich nicht. Der Typ war zwar etwas merkwürdig, aber ich habe ihn als schüchtern und unbeholfen in Erinnerung.«

»Wir konnten die Müllers bisher noch nicht ausfindig machen. Wissen Sie mehr über die Familie?«

»Wie gesagt, Marco Müller war der Sohn. Die Mutter hatte so einen komischen Vornamen. Warten Sie …« Sie strich sich mit der Hand über die Stirn. »Arianna. Arianna Müller. Und der Mann. Das weiß ich nicht mehr. Sie kamen aus dem Ruhrgebiet oder aus der Nähe davon. Ein Ort in der Nähe von Krefeld. Kempen. Ja, es war Kempen. Hilft Ihnen das?«

»Auf jeden Fall. Können Sie mir noch etwas über Maries Freundin Anne sagen? Waren die beiden sehr gut befreundet?«

»Oh ja! Ich habe sie immer Zwillinge genannt. Sie haben jeden Tag zusammengehockt und alles gemeinsam gemacht.«

»Und wie hat sich Anne Wagner nach der Entführung verhalten?«, fragte Pia Sims.

»Sie war nur einmal zusammen mit ihren Eltern da. Das war eine ganz merkwürdige Sache, fast wie ein Kondolenzbesuch. Ich weiß noch, dass ich irgendwann aus dem Wohnzimmer gestürmt bin und mich in meinem Zimmer eingeschlossen habe.«

»Sie haben vorhin gesagt, dass Ihre Schwester kein gutes Verhältnis zu Ihrem Vater hatte.«

»Ja, das stimmt auch«, sagte Imke Hansen, ohne zu zögern. »Marie hat, genau wie ich, unseren Erzeuger für den ganzen Stress verantwortlich gemacht. Da waren wir uns einig.«

»Hat Ihre Mutter Sie beide damals gleichbehandelt?«, schob Pia Sims eine provokante Frage nach.

Die junge Frau erstarrte für einen Moment, atmete dann tief durch und sah direkt in die Kamera. »Wie schon gesagt, Marie war Mamas Liebling. Fragen Sie mich bitte nicht, was ich war. Ich weiß es nicht und heute interessiert es mich auch nicht mehr. Ich habe keinen Kontakt mehr zu meinen Eltern – zu meinem Vater sowieso nicht, aber auch nicht zu meiner Mutter. Das ist Vergangenheit.«

Enna und Pia Sims befragten Imke Hansen noch so lange, bis sie den Eindruck hatten, dass sich das Gespräch im Kreis drehte. Sie bedankten sich und Enna versprach, sie über mögliche Ergebnisse der Ermittlungen zu informieren, während die junge Frau sich anbot, für ein weiteres Gespräch zur Verfügung zu stehen.

Neun

Enna bat ihre beiden Kollegen in ihr Büro und stellte sich mit einem Filzstift bewaffnet an die Tafel.

»Das Gespräch mit der Tochter war sehr aufschlussreich«, sagte sie und schrieb *Konflikte in der Familie* an die Tafel.

»Ich kenne keine Familie, in der es nicht über kurz oder lang hoch hergeht«, sagte Jan Paulsen.

»Bullshit!«, kommentierte Pia Sims seinen Kommentar und imitierte dabei Paulsens tiefe Stimme. »Ich halte den Umstand auch für relevant, denn die Frage ist doch, warum die Stimmung so schlecht war.«

»Andrea Hansen ist eine attraktive Frau, was vor neun Jahren sicherlich nicht anders war«, sagte Enna. »Ich habe in Ihre Befragung von Ulfert Hansen hineingehört, Paulsen. Wenn er damals auch schon diese Anwandlungen hatte, muss das für sie nur schwer auszuhalten gewesen sein.«

»Das hätte ich jetzt aber nicht sagen dürfen«, murmelte Jan Paulsen.

»Deshalb habe ich es ja auch gesagt«, entgegnete Enna trocken. »Können wir jetzt zur Arbeit zurückkehren?«

»Alles gut.« Jan Paulsen hob entschuldigend die Hände. »Okay, gehen wir einmal davon aus, dass Frau Hansen eine

Affäre hatte. Was könnte das mit dem Verschwinden der Tochter zu tun haben?«

»Rache?«, fragte Pia Sims.

»Hansen entführt die eigene Tochter, um sich an seiner Frau zu rächen?« Jan Paulsen schüttelte den Kopf. »Und dann? Hat er sie auch noch getötet? Wenn etwas Bullshit ist, dann das.«

»Mag sein«, ruderte Pia Sims zurück. »Außerdem hat der Vater ein wasserdichtes Alibi.«

»Denken wir mal in eine andere Richtung«, sagte Enna. »Imke Hansen hat davon gesprochen, dass die Atmosphäre katastrophal war. Sie selbst hat den Kontakt zu den Eltern abgebrochen und nennt ihren Vater nur noch verächtlich *Erzeuger*. Ihre Schwester war zweieinhalb Jahre jünger als sie und wird den Streit der Eltern vielleicht noch schlechter weggesteckt haben können.«

»Sie meinen, jemand hat diese Situation ausgenutzt?«, fragte Pia Sims. »Marie Hansen wurde manipuliert, sprich: Sie ist quasi freiwillig mitgekommen?«

»Ja, in diese Richtung habe ich gedacht«, sagte Enna.

»Und das hat ihre superbeste Freundin nicht mitbekommen?«, wandte Jan Paulsen ein.

Enna trat wieder an die Tafel, schrieb auf der noch leeren Hälfte, die für die Personen reserviert war, *Marie Hansen* in die Mitte. Direkt daneben platzierte sie *Anne Wagner* und verband beide mit einem dicken blauen Strich. Die Schwester fand Platz auf der anderen Seite von Marie und wurde mit einer dünnen blauen Linie mit ihr verbunden. Die Eltern standen weit am Rand, der rote Strich zwischen ihnen signalisierte Streit, zu ihrer Tochter Marie gab es keinen positiven Kontakt und somit nur eine dünne rote Linie zum Vater und eine etwas dickere zur Mutter.

»Wo steht Maries Onkel?«, fragte Enna in die Runde.

»Neben seinem Bruder«, schlug Jan Paulsen vor. »Die beiden kann man definitiv mit einem blauen Strich aneinanderketten. Die tun sich nicht viel. Der eine Amateurpsychopath, der andere Verschwörungstheoretiker.«

Enna folgte seinem Vorschlag. »Und wie steht er zu seiner Schwägerin?«

»Machte sie den Eindruck, als würde sie freiwillig vom Regen in die Traufe gehen wollen?«, fragte Jan Paulsen.

»Sicher nicht«, antwortete Pia Sims.

»Also war ihr werter Ehemann entweder grundlos eifersüchtig – worauf ich nach dem Gespräch mit ihm tippe – oder sie war schon vor der Entführung ihrer Tochter auf dem Absprung und hat ihrem Mann Hörner aufgesetzt«, sagte Jan Paulsen. »Allerdings sehe ich immer noch nicht, was das mit unserem Fall zu tun haben sollte.«

»Marie war ihre Lieblingstochter, zumindest wenn wir Imke Hansen Glauben schenken«, sagte Enna. »Ohne Marie hätte Andrea Hansen sicher nicht den Schritt weg von ihrem Mann gewagt.«

»Aber die beiden sind nicht mehr zusammen. Das ist doch alles reine Spekulation, die wir nicht im Ansatz beweisen können«, sagte Jan Paulsen. »Selbst wenn es so gewesen wäre, warum der ganze Aufwand und die Gefahr, erwischt zu werden? Nein, das ist eine Sackgasse, Leute. Diese wirren Vermutungen führen zu nichts.«

Enna wiegte den Kopf. »Bei so einem kalten Fall sollten wir auch vollkommen abstrus klingende Thesen aufstellen dürfen. Darin könnte ein wahrer Kern stecken, den wir nicht sofort erkennen. Natürlich glaube ich auch nicht, dass die Mutter auf solch eine schräge Idee gekommen ist. Aber da ich es für möglich halte, dass Marie freiwillig das Landschulheim verlassen hat, liegt auch nahe, dass ihr Seelenleben und damit die Situation in der Familie eine zentrale Rolle spielt.« Sie wandte sich wieder zur Tafel und betrachtete die Aufzeichnungen. »Wangerooge. Warum dort? Warum?«

Jan Paulsen und Pia Sims waren unterwegs nach Rotenburg an der Wümme, um den ehemaligen Klassenlehrer von Marie Hansen zu befragen. Sie hatten Holger Martens vorab telefonisch erreicht und mit ihm ein Treffen in der Nähe seiner Schule ausgemacht. Um zwölf Uhr hatte er zwei Freistunden und würde in einem Café auf die beiden Ermittler warten. Pia Sims hatte zunächst gezögert, als Enna vorschlug, dass sie Jan Paulsen begleiten könne, war ihm aber schließlich grummelnd hinterhergegangen.

Enna klopfte an der Bürotür von Frieder Schmidt und wartete, bis sie ein »Herein!« hörte.

»Enna!«, rief der Hauptkommissar und stand auf, um sie zu begrüßen. »Ich habe schon gehört, dass du wieder bei der Truppe bist. Finde ich super.«

Frieder Schmidt war ein fünfzigjähriger Beamter, klein, aber mit ausgesprochen sportlicher Figur. Enna wusste, dass er regelmäßig an Marathonläufen teilnahm und dafür täglich trainierte. Er war verheiratet und hatte, wie er es nannte, einen Stall voller Mäuler, die er mit seinem kargen Gehalt stopfen musste. Wenn seine sieben Kinder nebeneinanderstanden, erinnerten sie Enna an Orgelpfeifen, die allerdings in regelmäßigen Abständen größer wurden.

»Neue Abteilung. Hast du sicher auch gehört, oder?«

»Klar, aber keiner weiß was Genaues.« Er grinste. »Scheint ja eine sehr geheime Geheimtruppe zu sein.«

Enna lachte und setzte sich auf den Stuhl, der vor seinem Schreibtisch stand. »Extrem geheim!« Sie wurde ernst. »Mein Traumjob ist es nicht, aber ich habe mich erst mal breitschlagen lassen.«

»Um was geht es?«

»Altfälle. Ein Projekt des LKA. Wir sind zu dritt. Frag mich jetzt aber nicht nach meinen Kollegen. Wir sind sozusagen noch in der Findungsphase.«

»Klingt anstrengend. Dann wünsche ich dir mal viel Kraft für deine neue Aufgabe.« Er musterte sie. »Aber das hier ist sicher kein Antrittsbesuch bei einem alten Kollegen, oder?«

Enna schmunzelte. »Nicht so ganz. Natürlich freue ich mich, dich wiederzusehen. Wir sind allerdings an einem Fall dran, bei dem es um ein verschwundenes neunjähriges Mädchen geht. Gut neun Jahre alt ist der Fall.«

»Marie Hansen?«

Enna warf ihm einen erstaunten Blick zu. »Du kennst den Fall?«

»Ich war damals vier Wochen mit von der Partie. Danach wurde ich wieder hier in Oldenburg gebraucht. Eine Mordserie, vielleicht erinnerst du dich daran.«

Enna nickte. »Die Prostituierten-Morde. Ja, das habe ich verfolgt.«

»Was kann ich für dich tun? Vermutlich geht es um mein Spezialgebiet?«

Frieder Schmidt gehörte seit ein paar Jahren einer europaweiten Ermittlungsgruppe an, die sich auf internationale kriminelle Pädophilen-Ringe spezialisiert hatte. Immer wenn Niedersachsen in den Fokus der Ermittler geriet und hier Mitglieder einer überregionalen oder internationalen Gruppe vermutet wurden, traten er und weitere Kollegen von anderen Dienststellen in Aktion.

»So ist es. Bei der Entführung einer Neunjährigen liegt das natürlich nahe. Schon gar, da sie nie gefunden wurde.«

Frieder Schmidt nickte. »Stimmt natürlich. Aber wenn ich mich richtig entsinne, gab es damals keine Anzeichen, dass Marie Hansen …«

»Ich weiß, wir haben die Akten durchgearbeitet. Trotzdem, wir rollen ja den Fall neu auf, da müssen wir auch in diese Richtung ermitteln. Kannst du mich auf den neuesten Stand bringen, wie ihr arbeitet?«

»Gerne. Das Mädchen ist vor neun Jahren verschwunden. In dieser Zeit hat sich in der Szene einiges getan. Damals wurden Filme und Fotos noch überwiegend per DVD transportiert. Aber seitdem das Internet immer schneller geworden ist, lassen sich problemlos ganze Filme in kürzester Zeit übertragen. Wartete man vor zehn bis fünfzehn Jahren teilweise noch Stunden, sind das heute eher Minuten oder Sekunden.«

»Wir reden vom Darknet?«, fragte Enna.

»Nicht nur. Aber in den letzten Jahren verlagert sich die Szene tatsächlich immer mehr ins Darknet. Und das aus einem einfachen Grund: Der Nutzer ist dort – zumindest wenn er alles richtig macht – nicht oder nur extrem schwer zu identifizieren. Das macht es für uns schwierig bis unmöglich, schnell und effektiv einzugreifen.«

»Bedeutet?«

»Die Profis und zunehmend auch die Abnehmer agieren so anonym, dass uns in aller Regel nichts anderes übrig bleibt, als das Spiel mitzuspielen. Sprich: Es gibt etliche Kollegen, die verdeckt im Darknet agieren und dort auch einkaufen. In unserem Fall also Fotos und Filme von Jungen und Mädchen. Ich erspare dir mal die Einzelheiten, weil sie so unappetitlich sind, dass es immer wieder vorkommt, dass Kollegen nach kurzer Zeit um Versetzung bitten. Die Fluktuation in diesen Abteilungen ist extrem hoch.« Er hielt inne. »Aber deshalb bist du sicher nicht hier.«

»Wir haben drei Männer, die wir näher unter die Lupe nehmen wollen. Den Vater des Mädchens, den Onkel und den Klassenlehrer. Kannst du mir dabei helfen?«

»Gute Frage, nächste Frage«, sagte Frieder Schmidt. »Aber im Ernst, wir sind leider keine Superhacker, die sich mal eben bei einem Verdächtigen einloggen könnten. Ganz davon abgesehen wäre das illegal. Nein, wir sprechen hier von sehr langwierigen und komplizierten Ermittlungen. Bis ein international agierender Kinderschänder-Ring ausgehoben werden kann, vergehen manchmal Jahre.«

»Das verstehe ich schon, Frieder. Aber gibt es überhaupt keine Abkürzung, um die drei Männer zu überprüfen?«

Frieder Schmidt stöhnte. »Ich kann sie durch unsere interne Datenbank jagen und schauen, ob dort was ist.«

»Aber?« Enna ahnte, dass ihr das nicht unbedingt weiterhelfen würde.

»Wenn einer der Männer oder gar alle drei im Rahmen laufender Ermittlungen aufgefallen sind und bisher noch nicht angeklagt wurden, hat das natürlich einen Grund. Wenn wir ein Glied aus einer langen Kette herausreißen, könnte das die jeweiligen Ermittlungen gefährden und damit unter Umständen jahrelange Arbeit.«

»Sprich: Ich dürfte die Info, falls es denn überhaupt eine gibt, nicht nutzen.«

»Auf keinen Fall. Im schlechtesten Fall müsstest du sogar komplett deine Finger von dem Verdächtigen lassen. Ich würde dir auch nicht sagen, um was es sich handelt, sondern allenfalls, dass der Name aktenkundig ist. Schon das wäre, gelinde gesagt, mehr als fahrlässig von mir.«

»Ich würde mich definitiv an deine Vorgaben halten, das weißt du, Frieder.«

Er stöhnte leise. »Ja, das weiß ich. Du bist eine der wenigen, denen ich überhaupt eine solche Info anvertrauen würde.«

»Danke, Frieder. Ich rechne dir das hoch an, wirklich. Kann ich denn, außer auf eure Datenbank zu hoffen, noch etwas machen?«

»Kambodscha. Eventuell auch Thailand.«

Enna sah ihn fragend an.

»Wenn einer deiner Verdächtigen dort gerne mal Urlaub macht, solltest du aufhorchen. Gerade Kambodscha ist ein beliebtes Reiseziel.«

»Okay.« Enna griff nach ihrem Handy und schrieb Pia Sims eine Nachricht. »Entschuldige, zwei meiner Kollegen befragen gerade einen der Kandidaten.«

Frieder Schmidt lächelte. »Kein Problem. Habt ihr schon mal über Nachahmungstäter nachgedacht? Als Marie Hansen entführt wurde, war es gerade mal zwei Jahre her, dass Natascha Kampusch ihrem Peiniger entkommen war. Darüber wurde damals in den Medien rauf und runter berichtet, bis in alle Einzelheiten. Die Gefahr, dass dadurch jemand animiert wurde, habe ich immer als hoch eingeschätzt.«

»Kampusch! Okay, darauf bin ich tatsächlich noch nicht gekommen. Meinst du wirklich, dass ...«

»Oh ja!«, unterbrach Frieder Schmidt sie. »Wie ich mir habe erzählen lassen, ist der widerliche Kerl damals in der Szene von vielen bewundert worden. Das ist natürlich das eine, aber vielleicht hat sich da auch jemand durch ihn *motiviert* gefühlt.«

»Klingt nach Nadel im Heuhaufen«, sagte Enna nachdenklich. »Im Moment gehen wir davon aus, dass der Täter Marie Hansen bewusst ausgesucht hat, also sie kannte oder irgendetwas mit ihr zu tun hatte. Familie, Schule, Freunde und Bekannte der Eltern, Nachbarschaft. Aurich ist schließlich keine Großstadt.«

Frieder Schmidt zuckte mit den Schultern. »War auch nur so ein Gedanke, weil wir über kriminelle Pädophile gesprochen haben. Wir reden hier über Menschen, die äußerlich sehr normal wirken und denen du das niemals zutrauen würdest. Die haben sich zum Teil über Jahre oder auch Jahrzehnte versteckt und versucht, gegen ihre Neigung anzukämpfen. Was ich sagen will: Sie sind nur sehr schwer zu erkennen.«

»Danke, Frieder. Das habe ich verstanden. Hast du sonst noch einen Tipp?«

»Schwer, so pauschal. Wenn du eine Befragung aufgenommen hast, am besten per Video, könnte ich mir die Männer mal ansehen.«

»Wir haben nur Tonaufnahmen, aber von allen Befragungen.«

»Schick sie mir. Wenn ich Zeit finde, höre ich rein.«

Zurück im Büro schickte Enna Frieder Schmidt einen Link für die Tonaufnahmen und kündigte die dritte Befragung für den nächsten Tag an. Anschließend öffnete sie die Mail von Sarah und überflog den Schriftsatz, der fünfzehn Seiten umfasste. Sarahs baldigem Ex-Mann musste eine ziemlich lange Nase gewachsen sein; die meisten Behauptungen, die von seiner Anwältin aufgestellt wurden, waren selbst von Enna leicht zu widerlegen. Sie spürte eine wachsende Wut auf Eltern, die auf den Rücken ihrer Kinder ihre eigenen Interessen durchboxten. Sie konnte sich gut vorstellen, in welcher schwierigen Lage sich ihre Freundin befand. Ihr blieb letztlich nichts anderes übrig, als sich auf den bevorstehenden Prozess beim Familiengericht einzulassen und damit ihren Sohn noch mehr zu belasten – oder sich kampflos zu ergeben.

Enna entwarf ein Schreiben für das Gericht, in dem sie schilderte, wie liebevoll Mutter und Sohn miteinander umgingen und wie wohl sich Lukas offensichtlich bei seiner Mutter fühlte. Sie beschrieb Lukas als ausgeglichenes Kind, das die Trennung der Eltern bisher ohne für sie sichtbare Schäden überstanden hatte, und lobte seine freundliche und ruhige Art. Enna las ihr Schreiben mehrere Male durch, korrigierte einzelne Stellen und schickte es per Mail an Sarah.

Nach einer kurzen Pause, in der sie sich einen Kaffee machte, konzentrierte sich Enna wieder auf ihre Arbeit und machte sich auf die Suche nach der Familie Müller. Weder fand sie eine Arianna Müller oder einen Hans Müller in Kempen noch war der Sohn Marco dort gemeldet. Langsam zog sie den Kreis um die Stadt größer und suchte in Krefeld und Mönchengladbach nach der Familie. Erst nach einer Stunde Suche fand sie eine Arianna Müller in Moers. Kurz darauf hatte sie im Internet-Telefonbuch eine Nummer gefunden, bei der sie sofort anrief.

»Müller!«, hörte sie eine Frauenstimme.

Enna stellte sich vor und fragte, ob Frau Müller eine Familie Hansen kenne, die im Jahr 2009 gleichzeitig mit ihr auf Wangerooge Urlaub gemacht hatte.

»Wangerooge? Seit dem Tod meines Mannes vor fünf Jahren war ich nicht mehr im Urlaub. Aber an Wangerooge und die Familie Hansen erinnere ich mich. Ist das schon so lange her?«

»Ja, fast zehn Jahre«, sagte Enna. »Die Hansens hatten zwei Töchter. Marie und Imke.«

»Stimmt. Sie waren jünger als mein Sohn. Was ist aus ihnen geworden? Warum rufen Sie denn an?«

»Ich bin auf der Suche nach Ihrem Sohn, es geht um eine Zeugenaussage. Würden Sie mir sagen, wo ich ihn erreichen kann?«

»Marco? Warum wollen Sie ihn sprechen? Ich verstehe das jetzt alles nicht.«

»Es sind wirklich nur ein paar Routinefragen, Frau Müller. Wo kann ich Ihren Sohn denn erreichen?«

»Er lebt in Osnabrück. Das ist in Niedersachsen.«

»Haben Sie auch eine Telefonnummer für mich?«

Die Frau nannte ihr eine Handynummer und die Adresse ihres Sohnes. Nachdem Enna ihr mehrfach versichert hatte, dass es lediglich um eine Zeugenaussage gehe, beruhigte sich Frau Müller.

Nach dem Telefonat schrieb Enna als Erstes Frieder Schmidt eine Mail mit Marco Müllers Daten und bat darum, auch seinen Namen zu kontrollieren. Anschließend versuchte sie, im Internet Informationen über den jungen Mann zu finden, fand aber keine digitalen Spuren, die sie ihm sicher zuordnen konnte. Zu viele Männer trugen den gleichen Namen. Sie machte sich ein paar Notizen und ging anschließend in die Küche, um sich noch einen Kaffee zu kochen.

Zehn

Enna öffnete das Fenster ihres Büros. Pia Sims hatte sich aus dem Auto gemeldet, die beiden Kommissare befanden sich auf der Rückfahrt und standen bei Bremen im Stau.

Für Anfang Juni war das Wetter ausgesprochen mild. Seit den frühen Morgenstunden schien die Sonne und hatte die Temperaturen inzwischen auf weit über zwanzig Grad hochgetrieben. Enna musste an Elias denken, der vermutlich gerade mit seinen Freunden Fußball spielte. Seit einigen Wochen begeisterten sich Jungs wie Mädchen aus seiner Gruppe für dieses Spiel. Als Simon noch gelebt hatte, hatte er fast jeden Tag im Garten mit seinem Sohn Ball gespielt. Erinnerte Elias sich jetzt daran? Enna nahm sich vor, mehr Zeit mit ihm zu verbringen. Ihr Anruf bei Dr. Franzen, Elias' Kinderpsychologen, hatte ergeben, dass dieser im Urlaub war und erst in über zwei Wochen wiederkam. Enna würde sich gedulden müssen.

Vielleicht konnte sie Elias heute etwas früher aus dem Kindergarten abholen und mit ihm einen Spaziergang im Botanischen Garten machen. Elias liebte die vielen verschiedenen Pflanzen und Bäume, die hier ihren Platz gefunden hatten. Zwar lag der Garten direkt neben der Stadtautobahn, aber der Lärmschutzwall hielt einen Großteil der Fahrzeuggeräusche fern, zumindest wenn der Wind günstig stand.

Als ihr Tischtelefon klingelte, griff sie danach, ohne nach der eingehenden Nummer zu schauen.

»Andersen!«

»Albrecht hier.«

»Moin, Albrecht«, begrüßte Enna wenig enthusiastisch ihren ehemaligen Chef.

»Hast du kurz Zeit für mich?«

»Klar, was kann ich für dich tun?«

»Nein, nein, du musst gar nichts für mich tun.« Er legte eine kurze Pause ein. Enna hörte, wie er tief durchatmete. »Es gibt Nachrichten von Grothe.«

Enna stockte der Atem. Wenn Albrecht Heinzen sie auf diesen Mann ansprach, ging es garantiert nicht um irgendeine Kleinigkeit.

»Ja?«

»Ich habe mit einem befreundeten Oberstaatsanwalt in Hannover gesprochen. Die Chance, dass Grothe mit seiner Klage durchkommt, ist nicht so gering, wie wir beide es eingeschätzt haben.«

Enna schwieg. Der Mörder ihrer Eltern war nach seiner fünfzehnjährigen Haftzeit in die Sicherheitsverwahrung überführt worden, wo er seit nunmehr sieben Jahren einsaß.

»Die Richter scheinen damals nicht ganz so gründlich vorgegangen zu sein, wie es notwendig gewesen wäre.«

»Wann?«

»Das konnte mir mein Freund nicht mit Bestimmtheit sagen. Er rechnet damit, dass der Prozess in den nächsten zwei Monaten beginnt. Es könnte auch schneller gehen.«

»Verdammter Mist!«

»Es kommt noch schlimmer«, sagte Albrecht Heinzen zögerlich.

»Doch nicht …« Enna verstummte.

»Leider ja. Sein Anwalt hat verlauten lassen, dass sie die Wiederaufnahme des Verfahrens beantragen werden.«

»Warum?«, fragte Enna nach einer langen Pause. »Wenn dieses Monster freikommt, hat er doch, was er wollte.«

»Grothe hat nie gestanden und immer behauptet, er sei reingelegt worden. Auch wegen des fehlenden Geständnisses hat das Gericht damals so ein hartes Urteil gefällt.«

»Willst du den Kerl auch noch in Schutz nehmen?«

»Nein, natürlich nicht, Enna. Damit wollte ich sagen, dass mit dem Schritt zu rechnen war. Allerdings weißt du auch, wie schwierig eine solche Wiederaufnahme ist. Es müsste wirklich gravierende Gründe geben. Ich glaube nicht, dass er eine realistische Chance hat.«

»Es reicht schon, wenn er es nur versucht«, sagte Enna. »Sei mir nicht böse, Albrecht, ich muss das erst mal verdauen. Wir sprechen später noch mal, okay?«

»Natürlich! Du kannst mich jederzeit auf dem Handy erreichen.«

»Ich weiß. Danke.« Enna legte auf.

Zweiundzwanzig Jahre. Sie war dreizehn gewesen, als ihre Eltern ermordet wurden. Sie hatte in der Nacht bei einer Freundin geschlafen und war erst nach der Schule nach Hause gegangen. Schon von Weitem hatte sie die Absperrung gesehen, zunächst an einen Brand gedacht, bis eine Polizistin auf sie zukam und sie nach ihrem Namen fragte. Zweiundzwanzig Jahre, und sie spürte immer noch den stechenden Schmerz in ihrer Brust, als die Polizistin sie zur Seite nahm und in einen Wagen setzte.

Enna sprang auf und lief in die Küche, wo sie ihr Gesicht mit eiskaltem Wasser wusch. Ohne sich abzutrocknen, stellte sie sich an das geöffnete Fenster und starrte hinaus auf die Straße. Ronald Grothe, achtundfünfzig, verurteilter Doppelmörder und Psychopath. Enna war fest davon ausgegangen, dass er nie wieder freikommen würde. Schon vor zehn Jahren hatte er ihr einen Brief geschickt, in dem er beteuerte, nicht für den Mord an ihren Eltern verantwortlich zu sein. Enna hatte noch am gleichen Tag über ihren Anwalt eine Verfügung erwirkt, die Grothe untersagte, Kontakt, in welcher Form auch immer, mit ihr aufzunehmen.

Sie schloss das Fenster und trocknete sich mit dem Handtuch das Gesicht ab. Schließlich sank sie auf einen der Stühle und blieb gedankenverloren dort sitzen. Erst das Klingeln ihres Handys ließ sie aufschrecken. Sie brauchte eine Weile, um sich zu orientieren, bevor sie das Gespräch annahm.

»Enna, Gott sei Dank«, hörte sie Frieder Schmidts Stimme. »Kannst du vorbeikommen?« Er klang gehetzt. »Jetzt gleich?«

»Du hast etwas gefunden?«

»Komm einfach vorbei. Ich muss mit dir sprechen.«

»Ich bin in zehn Minuten bei dir«, sagte Enna und legte auf.

»Jetzt mach es nicht so spannend. Was hast du gefunden?« Enna stand vor Frieder Schmidts Schreibtisch und sah ihn fragend an.

»Setz dich doch erst mal«, sagte der Hauptkommissar ruhig. »Es ist etwas knifflig.« Er wartete, bis Enna auf dem Stuhl vor dem Schreibtisch Platz genommen hatte. »Ich habe vor einer Woche eine streng geheime Liste mit vier Namen aus meinem Einzugsbereich bekommen. Sie ist Teil einer internationalen Ermittlungsarbeit zwischen zehn Ländern. Darunter die USA, Großbritannien, Frankreich und Schweden. Meine Aufgabe ist die, die Männer vorsichtig unter die Lupe zu nehmen und nach Möglichkeit zu verhindern, dass von Kollegen vor Ort gegen sie ermittelt wird. Jede Verhaftung oder auch nur eine Befragung oder ein Verhör könnte die gesamte Aktion gefährden. Die Leute sind extrem gut vernetzt und tauchen sofort unter, wenn der Verdacht besteht, dass sie auffliegen könnten.«

»Wer ist es?«

»Gleich, Enna. Vor zwei Jahren waren wir einer richtig großen Sache auf der Spur, bis Kollegen in London durch Zufall auf einen der Organisatoren des Pädophilen-Netzwerks gestoßen sind. Es folgte eine Hausdurchsuchung aufgrund eines anonymen Tipps, woraufhin einen Tag später alle Aktivitäten der Gruppe eingestellt wurden. Komplett. Die ganze Arbeit für die Katz. Ich erzähle dir das deshalb, weil wir jetzt vermuten, dass genau diese Gruppe unter anderem Label wieder aktiv ist.«

»Lange Rede, kurzer Sinn: Du kannst mir den Namen nicht geben.«

»Im Gegenteil. Ich muss ihn sogar nennen, wenn ich von Ermittlungen gegen die Person erfahre. Aber die Konsequenz ist, dass ihr, also du und dein Ermittlungsteam, diesen Mann außen vor lassen müsst.«

»Bis auf einen haben wir schon alle befragt.«

»Ich weiß.«

»Marco Müller!«

Frieder Schmidt nickte. »Ich muss die Staatsanwaltschaft darüber informieren. Von denen wirst du dann die entsprechenden Anweisungen bekommen.«

»Muss das unbedingt sein, Frieder?«

Frieder Schmidt schwieg.

»Ich garantiere dir, dass wir Marco Müller nicht befragen werden oder etwas anderes machen, das ihn aufschrecken könnte.«

»Aber?«

»Wir ermitteln doch schon im Umfeld. Wenn du auf einen ängstlichen Staatsanwalt stößt, wird er uns die gesamten Ermittlungen untersagen. Schließlich liegt der Fall schon seit über acht Jahren auf Eis.«

»Eben!«

Enna stand auf und war kurz davor, grußlos aus dem Zimmer zu laufen. Schließlich sank sie zurück auf den Stuhl. »Habe ich jemals mein Wort gebrochen, Frieder?«

»Wenn das rauskommt, fliege ich nicht nur aus der Ermittlungsgruppe, sondern habe auch noch ein Verfahren am Hals. Von dir einmal ganz abgesehen.«

»Ich war niemals hier. Lösch meine E-Mail von vorhin und vergiss mich einfach. Ich garantiere dir, dass wir Marco Müller nicht zu nahe kommen.«

Frieder Schmidt überlegte lange, bevor er zur Tastatur griff und etwas eintippte. »Die Mail ist gelöscht. Mach bitte das Gleiche. Du warst selbstverständlich heute hier. Warum auch nicht? Wir sind alte Freunde und du bist gerade nach einem Jahr wieder zurück in den Dienst gekommen. Wo ist da das Problem?«

»Überhaupt keins.« Enna stand auf. »Danke, Frieder. Du kannst dich auf mich verlassen.«

»Wie bitte?«, fragte Jan Paulsen, als Enna ihm und Pia Sims erklärte, dass sie Marco Müller nicht befragen konnten.

»Warum?«, fragte jetzt auch Pia Sims.

Enna stöhnte leise. Sie hatte geahnt, dass sich die beiden Ermittler nicht mit einer einfachen Anweisung abspeisen lassen würden.

»Er ist Teil einer internationalen Ermittlung, die wir mit unseren Aktivitäten schnell sprengen könnten.«

»Internationale Ermittlungen?« Jan Paulsen starrte sie an. »Der Kerl ist ein elender Kinderficker. Und das passt hundertprozentig ins Bild. Und wir sollen ihn links liegen lassen?«

»Stimmt das?«, fragte Pia Sims.

»Es gibt nur zwei Möglichkeiten: Wir halten uns an diese Vorgabe und machen ansonsten weiter oder der Kollege, von dem ich die Information habe, wird ganz offiziell die

Staatsanwaltschaft informieren. Wir wissen alle, was das bedeutet. Der Fall würde auf Eis gelegt. Erst nur vorläufig, aber vermutlich für immer.«

»Was ist das für ein Bullshit?!«, donnerte Jan Paulsen.

»Wir müssen dann eben andere Wege finden«, gab Pia Sims nach. »Und wir wissen auch gar nicht, ob Marco Müller etwas mit dem Verschwinden von Marie Hansen zu tun hat.«

»Klar! Alles ein großer Zufall. Träum weiter. Natürlich hat der Typ etwas damit zu tun. Vielleicht war das sein Eintrittsgeschenk.«

Enna klopfte mit ihrem Kaffeelöffel auf den Tisch. »Stopp, Kollegen! Wenn wir weiter ermitteln, muss eins klar sein: Ich muss mich voll und ganz auf euch verlassen können. Wenn von diesem Gespräch etwas nach außen dringt, haben nicht nur wir riesengroße Probleme, sondern auch der Kollege, der den Vorgang nicht an die Staatsanwaltschaft gemeldet hat, kriegt gewaltigen Ärger. Sind wir uns da einig?«

Pia Sims nickte, während Jan Paulsen etwas Unverständliches brummte.

»Ja oder nein?«, beharrte Enna energisch.

»Ja, verflucht, ich bin doch nicht bescheuert«, sagte Paulsen. »Aber bitte, wie kommen wir an den Kerl heran, ohne uns ihm zu nähern? Hat jemand hier in der Runde einen Vorschlag?«

»Marco Müller kann das nicht alleine gemacht haben«, sagte Enna, die mit der Frage gerechnet hatte. »Zunächst einmal hat Kollegin Sims berechtigterweise angemerkt, dass er nicht automatisch der Täter oder auch Tippgeber gewesen sein muss. Natürlich wäre es ein großer Zufall, wenn Marie Hansens Entführung und die eventuelle Veranlagung von Müller nicht zusammenhängen. Aber es gibt noch mehr Möglichkeiten als die scheinbar naheliegende Erklärung.«

»Und das wären welche?«, brummte Jan Paulsen.

»Als Marie Hansen entführt wurde, war Müller siebzehn und nach den bisherigen Aussagen ein schüchterner und introvertierter junger Mann. Vielleicht war die Tat, die er vermutlich über die Presse verfolgt hat, ein Auslöser dafür, dass Müller angefangen hat, seine sexuellen Vorlieben auszuleben. Es muss für ihn aufregend gewesen sein, das Mädchen, das entführt wurde, zu kennen. Zumal kurz zuvor der Fall von Natascha Kampusch in allen Medien war.«

»Ich bekomme gleich Mitleid mit dem Milchbuben«, murmelte Jan Paulsen.

Enna schüttelte genervt den Kopf. »Paulsen, es reicht! Sie gehen mir so was von auf den Wecker mit Ihrer permanent schlechten Laune. Wenn Ihnen die Arbeit nicht schmeckt, melden Sie sich einfach krank. Was halten Sie von dem Vorschlag?«

Jan Paulsen schluckte und schien vollkommen überrascht von Ennas Ausbruch zu sein. Schließlich atmete er tief durch. »Ich bin vielleicht nicht in der besten Stimmung, seit ich hier in Oldenburg bin, das mag sein, aber das heißt noch lange nicht, dass ich keinen Biss mehr habe. Lasst uns einfach weitermachen. Okay?«

Jan Paulsen schaute von Enna zu Pia Sims, aber keine von ihnen verzog eine Miene.

»Verflucht, ja, ich reiß mich zusammen. Reicht das?«

Elf

Holger Martens, Maries ehemaliger Lehrer, hatte sich wenig erfreut über die Befragung der beiden Ermittler gezeigt. Er gab an, dass sein Leben durch *den Vorfall* komplett aus den Fugen geraten sei. Seine Familie sei auseinandergebrochen und er hätte immer wieder neu beginnen müssen, wenn an der Arbeitsstelle die Gerüchte um Maries Verschwinden überhandgenommen hätten. Die Polizei habe ihn damals von oben bis unten durchleuchtet und lange im Verdacht gehabt, aber nichts gefunden.

»Wie hat er auf euch gewirkt?«, fragte Enna nach dem ersten kurzen Bericht.

»Verzweifelt«, sagte Pia Sims.

»Wie ein Jammerlappen«, fügte Jan Paulsen hinzu, der sich anscheinend immer noch nicht von Ennas Rüge erholt hatte.

»Seine Frau hat ihn vor fünf Jahren verlassen«, sagte Pia Sims kopfschüttelnd. »Er durfte über zwei Jahre seine Kinder nicht sehen und musste ein weiteres Mal die Schule wechseln. Wer würde sich da nicht als Opfer sehen?«

»Ich hatte trotzdem den Eindruck, dass er nicht nur Opfer ist«, erwiderte Paulsen. »Er weiß was und will es nicht sagen.«

»Er war ihr Lehrer!«

»Ja und?«

»Was hat er über Marie gesagt?«, mischte sich Enna in die wenig fruchtbare Diskussion der beiden ein.

Pia Sims nahm den Faden auf. »Er hat unumwunden zugegeben, dass sie seine Lieblingsschülerin gewesen ist. Dieser Umstand hat wohl auch zu dem Ermittlungsansatz geführt, dass er etwas mit dem Verschwinden von Marie zu tun haben könnte.«

»Mit Recht«, warf Jan Paulsen ein und erntete einen scharfen Blick von Enna.

»Wie wir alle wissen, haben die Kollegen damals viele Fotos der Kinder auf seinem Computer gefunden. Letztlich alles ganz normale Bilder von seinen Schülern in der Klasse oder bei Ausflügen und sonstigen Aktivitäten. Sein großer Fehler war wohl, auch im Schwimmbad fotografiert zu haben und am Strand von Wangerooge. In beiden Fällen waren die Kinder natürlich nur leicht bekleidet.«

»Was hat er dazu gesagt?«, wollte Enna wissen.

»Das Übliche«, antwortete Jan Paulsen für Pia Sims.

»Er hat klar gesagt, dass es ein Fehler war. Aber auch, dass vor neun Jahren alle engagierten Lehrer, gerade in der Grundschule, das so gehandhabt haben. Da er eigene Kinder in dem Alter hatte und auch die in allen Lebenssituationen fotografiert hat, fand er nichts dabei, die Schüler auch beim Baden zu fotografieren.«

»Ich höre mir heute Abend noch die Aufnahme an, aber trotzdem noch einmal meine Frage: Wie war euer Eindruck von ihm?«

»Schwer zu sagen«, sagte Pia Sims. »Zunächst war er extrem ablehnend, aber dann hat er meiner Meinung nach bereitwillig geantwortet. Mein Eindruck …« Sie legte den Kopf in den Nacken. »Ja, was soll ich sagen? Ich konnte ihn nicht so ganz einschätzen. Nach dem ersten Schock schien er sich ziemlich schnell gefasst zu haben und war – eigentlich benutze ich diesen Ausdruck ungern –, ja, er war aalglatt. Er kann reden, ohne Frage. Und ehrlich gesagt glaube ich nicht, dass seine Ehe nur an den Gerüchten kaputtgegangen ist. Er ist nicht der Typ, der nachgibt, der seine Fehler einsehen und dann auch noch zugeben kann. Und wenn er es tut, wie in unserem Fall bei den Fotos, steckt ein klares Kalkül dahinter. Er ist manipulierend, sehr von sich und seiner Wirkung überzeugt, besonders von der auf Frauen. Ich gehe davon aus, dass er reihenweise Affären hatte, trotz seiner zwei Kinder.«

»Respekt, Frau Kollegin«, sagte Jan Paulsen, der aufrichtig beeindruckt von Pia Sims' Analyse zu sein schien. »Ich glaube auch nicht, dass er sich wegen irgendwelcher haltloser Gerüchte über Geschichten, die Jahre zurückliegen, hat versetzen lassen. Aber das werden wir schnell herausbekommen.«

»Wer kümmert sich darum?«, fragte Enna.

»Kann ich machen«, murmelte Pia Sims.

»Konnten Sie noch nach Kambodscha oder Thailand fragen?«

»Schwierig. Der Mann ist nicht blöd«, sagte Jan Paulsen, obwohl Enna Pia Sims angesprochen hatte.

Pia Sims räusperte sich. »Ich habe vorsichtig nach dem letzten Urlaub gefragt. Leider nicht vorsichtig genug. Er hat sich gegen die Frage verwehrt und sie als unverschämt abgekanzelt.«

Enna sah Jan Paulsen an. »Für Kambodscha braucht man ein Touristenvisum. Stellen Sie über die Botschaft eine Anfrage, ob sich Holger Martens, die Hansen-Brüder oder Marco Müller in den letzten Jahren in dem Land aufgehalten haben. Nach Thailand kann man für dreißig Tage ohne Visum reisen. Versuchen Sie, über die Fluggesellschaften etwas herauszubekommen.«

»Mache ich.« Jan Paulsen notierte sich die Aufgabe. »Wie geht es weiter? Wir sind jetzt etwas von unserem Problemfall Marco Müller abgeschweift.«

»Vorschläge?«, fragte Enna.

»Ich habe in Osnabrück noch Kontakte, auf die ich mich hundertprozentig verlassen kann. Die könnte ich anzapfen.«

»Kollegen?«

»Nein, sicher nicht. Informanten, die auch den Namen wert sind.«

»Kostenpunkt?«

»Das bekomme ich schon hin. Wenn es sich um eine einmalige Sache handelt, werde ich wohl Kredit bekommen.«

»Aber bitte extrem vorsichtig. An was genau haben Sie gedacht?«

Jan Paulsen zuckte mit den Schultern. »Erst mal allgemein. Ist er jemandem bekannt in der Szene? Was macht er? Arbeit? Ist er vernetzt? Hat er weitere Deals laufen?« Als Enna zu einem Kommentar ansetzen wollte, hob er eine Hand und fuhr fort: »Mir ist klar, dass die Wörter *pädophil* und *Kinder* nicht fallen dürfen. Und ich werde auch keinen Auftrag vergeben, ihn zu observieren oder Ähnliches. Reines Abtasten. Meine Informanten sind – wie gefordert – extrem vorsichtig. Schon aus Eigennutz.«

Pia Sims hob die Hand. »Ich könnte Anne Wagner noch einmal befragen. Vielleicht mehr auf der persönlichen Ebene. Wir sind ja fast gleich alt. Vielleicht kann sie mir noch mehr über Marco Müller erzählen.«

»Auch hier: Bitte extrem vorsichtig. Auf keinen Fall nur Müller ansprechen, sondern immer im Zusammenhang mit dem gesamten Fall Marie Hansen.«

»Reichen wird das noch nicht«, kommentierte Jan Paulsen die Aufgabenverteilung.

Pia Sims räusperte sich. »Ich habe vor Kurzem ein Programm geschrieben«, sagte sie zögerlich.

»Programm?«, brummte Jan Paulsen.

»Software-Programm. Man kann damit das Internet nach bestimmten Einträgen absuchen. Zum Beispiel nach bestimmten Personen.«

»Hinterlässt das Spuren?«, fragte Enna.

»Das war eben meine Intention. Ich meine, keine Spuren zu hinterlassen. Es gibt ein paar Programme auf dem Markt, aber ich war mir nicht sicher, ob sie sozusagen geräuschlos arbeiten. Bei meinem Programm bin ich mir zu neunundneunzig Prozent sicher. Ich habe diverse Tests gemacht und es ist nie etwas passiert.«

Enna wiegte den Kopf. »Fehlt noch ein Prozent.«

»Gut, ich bin mir hundertprozentig sicher«, sagte Pia Sims. »Ich habe wirklich lange getestet. Keine Spuren. Selbst da, wo ich Fallen aufgestellt habe.«

»Klingt gut.«

Jan Paulsen verfolgte die Diskussion der beiden Frauen mit ungläubigem Blick. »Und das bringt uns jetzt weiter?«

»Kommt drauf an, wie vorsichtig unser Mann war«, erklärte Pia Sims. »Allerdings vergisst das Netz kaum etwas. Es würde mich wundern, wenn ich nichts finde.«

»Okay, lassen Sie das Programm durchlaufen. Wie lange dauert es?«

»Leider lange. Bis zu zehn Stunden habe ich es schon laufen gehabt.«

»Darknet?«

»Gute Frage. Ich habe ein paar Tests gemacht, aber nur sehr einfache. Außerdem dauerten die Durchläufe immer erheblich länger.«

»Dann halten wir uns davon fern. Es scheint mir ohnehin zu gefährlich. Weitere Vorschläge?« Beide Ermittler schüttelten den Kopf. »Ich gehe das Strafregister durch und versuche, auch eventuelle Jugendstrafen zu finden.« Da fiel ihr etwas ein. An Heinz-Werner Hagenbeck hatte sie noch gar nicht gedacht.

Der Hauptkommissar war in Krefeld tätig, das nur wenige Kilometer von Marco Müllers früherem Wohnort entfernt lag. »Ich kenne einen Kollegen, der in der Nähe von Kempen arbeitet. Vielleicht kann er mir helfen.«

Enna schaute auf die Uhr. Sie würde sich beeilen müssen, um rechtzeitig im Kindergarten zu sein. Erst jetzt fiel ihr wieder ein, dass sie Elias eigentlich früher hatte abholen wollen. Sie stand auf. »Ich muss leider. Mein Sohn wartet.«

Elias saß bereits angezogen im Flur des Kindergartens, neben ihm Lukas und seine Mutter. Als er Enna sah, kam Elias auf sie zugerannt und rief: »Lukas' Mama hat uns eingeladen. Können wir mit zu Lukas gehen?«

Sie bückte sich und umarmte ihren Sohn. »Ja, das können wir.«

Jubelnd liefen die beiden Jungs voraus zum Parkplatz, während Enna mit Sarah langsam hinterherging.

»Hast du mein Schreiben schon lesen können?«, fragte Enna.

»Ja! Absolut super. Ehrlich, das wird uns sicher helfen.«

Enna blieb stehen und sah ihre Freundin direkt an. »Und wie geht es dir?«

»Frag nicht. Im Moment schleppe ich mich so durch die Tage. Ich denk einfach über den ganzen Mist nicht nach. Sonst würde ich vermutlich durchdrehen.«

Enna hielt Sarah die Eingangstür des Kindergartens auf. »Verstehe ich gut. Ich mag gar nicht darüber nachdenken, was ich machen würde, wenn jemand Elias …«

Schweigend gingen sie zum Parkplatz. Die Jungs warteten schon bei den Autos. »Auf geht's!«, rief Sarah und öffnete Lukas die Tür.

»Hat dir der Kuchen geschmeckt?«, fragte Sarah, nachdem die beiden Jungen in Lukas' Zimmer verschwunden waren.

»Absolut köstlich. Du musst mir unbedingt das Rezept geben. Ich bekomme das zwar so nicht hin, aber einen Versuch ist es wert.«

Sarah hatte am Vorabend eine Schokoladentorte aus Zartbitterschokolade gezaubert, die auf der Zunge wie ein Traum dahinschmolz. Selbst die Kalorienzahl hielt sich für eine solche Torte noch in Grenzen.

»Das ist wirklich nicht schwer«, beteuerte Sarah. »Ich schreib dir das genau auf und dann … wirklich, das klappt schon beim ersten Mal.«

Ennas Backtalent hielt sich zu Elias' Leidwesen in Grenzen. Ihr Sohn war ein absoluter Kuchen- und Tortenfan und war jedes Mal begeistert, wenn er bei Lukas Sarahs Backkünste genießen durfte.

»Schau'n wir mal«, sagte Enna schmunzelnd. »Wenn es gar nicht klappt, rufe ich dich zu Hilfe.«

Sarah lachte. »Klar! Kein Problem.« Gleich darauf wurde sie wieder ernst. »Sag mal, ich habe da eine Frage. Ihr habt doch bei der Polizei sicher häufiger mit DNA und so zu tun, oder?«

»DNA-Abgleich, meinst du. Klar, bei schweren Straftaten auf jeden Fall. Warum fragst du?«

»Mir geht da etwas nicht aus dem Kopf. Es ist etwas heikel, sozusagen. Und absolut nicht für fremde Ohren bestimmt.«

»Sarah, du weißt, dass ich absolut verschwiegen bin. Erzähl schon, um was geht es?«

Sarah stand auf und schloss die Tür zum Flur. Nachdem sie sich wieder gesetzt hatte, brauchte sie eine Weile, bis sie begann. »Ich habe dir ja mal erzählt, dass meine Ehe schon eine Weile auf Messers Schneide stand. Bevor ich schwanger wurde, war es so schlimm, dass ich eigentlich schon beschlossen hatte, mich von André zu trennen. Ja, und dann wurde ich plötzlich schwanger und von einem Tag auf den anderen war alles anders. André schien ein anderer Mensch zu sein und ich habe ihm alles abgekauft, was er mir vorgespielt hat. Ich wollte es glauben und habe mir dann vorgemacht, dass jetzt alles besser werden würde.«

Enna versuchte zu durchschauen, worauf Sarah hinauswollte. Warum ein DNA-Abgleich, wenn der Vater des Kindes doch feststand. Oder wollte Sarah ihr …

»Um es kurz zu machen, ich bin mir nicht sicher, dass André der Vater von Lukas ist. Und wenn er es nicht ist, dann kann er ja wohl kaum Ansprüche erheben, oder?«

Enna stockte der Atem. Also doch!

»Bist du jetzt schockiert?«, fragte Sarah mit sorgenvoller Miene.

»Quatsch! Nur habe ich irgendwie nicht damit gerechnet. Wie sicher bist du dir denn, dass Lukas nicht Andrés Sohn ist?«

Sarah seufzte leise. »Überhaupt nicht sicher. Damals war ich froh, dass ich schwanger war, wo es doch so lange nicht geklappt hatte. Ich habe einfach gehofft, dass es der Richtige war.« Sie schüttelte den Kopf. »Der Richtige. Was für ein Irrsinn! Heute der, morgen der.«

»Wer war es?«

»Ein One-Night-Stand. Eigentlich ein Three-Night-Stand, aber das ist jetzt auch egal. Ja, ich habe seinen Namen und die damalige Adresse. Mehr aber auch nicht.«

»Das ist kein großes Problem. Wofür hast du eine Kommissarin als Freundin. Aber noch mal: Wie wahrscheinlich ist es, dass André nicht der Vater ist?«

»Darüber denke ich auch schon seit Tagen nach. Wir haben vier Jahre versucht, ein Kind zu bekommen. Ich habe mich untersuchen lassen und es wurde nichts gefunden, aber André hat sich geweigert, zum Arzt zu gehen. Liegt es da nicht nahe, dass es an ihm lag?«

»Der Logik nach schon. Und du hast nicht verhütet? Ich meine bei dem …«

»One-Night-Stand, nenn ihn ruhig so. Das war aus einer Laune heraus, und ja, ich habe einmal nicht verhütet. Das war beim ersten Mal. Alexander, das ist sein Name, hatte keine Kondome dabei, wir hatten Alkohol getrunken und da habe ich gesagt, dass ich die Pille nehme.«

»Und jetzt willst du quasi André die Vaterschaft aberkennen?«

»Wenn du es so ausdrücken willst.«

»Aber er ist doch als leiblicher Vater in Lukas' Geburtsurkunde eingetragen, oder?«

»Ja, das habe ich damals so angegeben und es könnte ja auch sein, dass er der Erzeuger ist. Aber wenn er es nicht ist, hätte er doch keinen Anspruch auf Lukas, oder?«

Enna schenkte sich Mineralwasser nach und trank einen Schluck. »Ich fürchte, so einfach wird das nicht sein. Ohne Andrés Einwilligung gibt es erst mal auch keinen Vaterschaftstest. Warum sollte ein Gericht das anordnen? Und hast du dabei auch an Lukas gedacht? Er würde plötzlich seinen Vater verlieren. Was ich von Prozessen vor dem Familiengericht gehört habe, wird dort mit ziemlich harten Bandagen gekämpft. Sprich: gelogen und betrogen. Die Behauptungen, wer wann was gesagt und getan hat, lassen sich in aller Regel nicht überprüfen. Es gibt keine Zeugen, und selbst wenn: Ich glaube, das Gericht interessiert das eigentlich gar nicht. Weißt du, wie viele Frauen zum Beispiel behaupten, von ihrem Mann geschlagen oder vergewaltigt worden zu sein? Ich fürchte, das wird nicht so leicht, aber ich bin keine Anwältin und schon gar keine Familienanwältin.«

»Du meinst, es ist vollkommen egal, ob André der leibliche Vater ist oder nicht?«, fragte Sarah entsetzt.

»Ich weiß es nicht, wirklich nicht, Sarah. Natürlich kann ich dir helfen, einen DNA-Test zu machen, aber ob dir das später wirklich was bringt, da musst du bei Fachleuten nachfragen.« Enna legte die Hand auf die ihrer Freundin. »Ich habe übrigens mit meiner Anwaltsfreundin telefoniert. Sie hat zwar einen extrem vollen Terminkalender und eigentlich keine Zeit, aber für mich würde sie deinen Fall übernehmen.« Enna zog einen Notizzettel aus ihrer Tasche und reichte ihn Sarah. »Am besten, du machst schnell einen Termin mit ihr ab und besprichst die ganze Angelegenheit.«

Sarah nickte nachdenklich. »Und was brauchst du für den Test?«

Enna stand auf. »Warte kurz.«

Sie ging zum Auto und holte eines der kleinen Plastikröhrchen, die in sterile Beutel eingeschweißt waren. Zurück in Sarahs Küche, legte sie das Röhrchen auf den Tisch. »Du hast das sicher schon im Film gesehen. Einfach den Wattestab rausziehen und bei Lukas einmal an der Mundinnenseite entlangziehen. Du musst aufpassen, dass du nicht selbst mit dem Stäbchen in Berührung kommst.«

Sarah griff nach dem eingeschweißten Teststäbchen und legte es in eine der Küchenschubladen. »Und von André?«

»Hast du noch eine Bürste von ihm?«

»Kann sein. Ich muss im Abstellraum nach seinen alten Sachen suchen. Geht auch eine Zahnbürste?«

»Ja.« Enna zögerte. »Trotzdem würde ich an deiner Stelle noch einmal genau überlegen, ob du …«

»Ich habe schon verstanden«, unterbrach Sarah. »Vielleicht hast du ja recht und ich habe einfach zu viel Angst vor einem solchen Prozess. Aber ich habe gelesen, dass die ganze Prozedur schnell mal eineinhalb Jahre dauern kann. Es kommt wahrscheinlich ein Gutachter ins Haus, bei mir und bei André,

Lukas wird von ihm und vor Gericht befragt und unser ganzes Leben kommt auf den Prüfstand.«

»Angenehm wird das sicher nicht.«

Über Sarahs Wangen liefen die Tränen, ohne dass sie sich darum kümmerte. »Verdammt, Enna. Dagegen muss man doch was machen können. Dieser Idiot kann doch nicht einfach unser ganzes Leben auf den Kopf stellen, nur weil er plötzlich einen auf Vater machen will.«

Enna stand auf und nahm ihre Freundin in den Arm. »Wir stehen das zusammen durch, Sarah. Ich helfe dir.«

Enna schluckte. Sie stand tief in Sarahs Schuld, die ihr über viele Monate nach Simons Tod beigestanden hatte. Sarah hatte sie nächtelang getröstet, war zusammen mit dem schlafenden Lukas zu ihr gekommen, hatte Frühstück für alle gemacht und die Jungs vor der Arbeit zum Kindergarten gefahren.

»Du kannst dich auf mich verlassen«, fügte Enna leise hinzu und reichte ihr ein Taschentuch.

Sarah trocknete ihre Tränen und lächelte. »Ich weiß, Enna.«

Zwölf

Enna gab Elias einen Kuss und verabschiedete sich vor dem Gruppenraum von ihm. Lukas saß schon in der Bauecke und wartete auf seinen Freund.

Zurück im Auto überlegte Enna, ob sie zuerst zum Institut für Rechtsmedizin, einer Außenstelle der Uni Hannover, fahren sollte oder gleich ins Büro. Sarah hatte ihr noch am Nachmittag eine alte Haarbürste ihres Ex herausgesucht und den Abstrich bei Lukas gemacht. Nach kurzem Zögern machte sich Enna auf den Weg zum Institut. Während ihrer Zeit im Dezernat 11 hatte sie regelmäßig mit dem zuständigen Oberarzt Dr. Vincent Reinbach zu tun gehabt. Er war zehn Jahre älter als sie, nicht verheiratet und, wenn man den Gerüchten glaubte, ein begehrter Mann. Enna hatte ihn noch vor der Zeit mit Simon kennengelernt und mehrere Abende mit ihm in guten Restaurants verbracht. Er hatte keinen Hehl daraus gemacht, dass er an ihr interessiert war, aber klaglos ihren Korb akzeptiert. Sie waren Freunde geblieben und hatten sich regelmäßig auf einen Kaffee oder zu einem Spaziergang getroffen. Enna kannte Vincent Reinbach als sensiblen Mann, der sein Leben lang nach der großen Liebe gesucht hatte. Das Casanova-Image traf keinesfalls auf ihn zu. Die wenigen Bekanntschaften, die in seinem Bett endeten, wurden fast ausschließlich von den Frauen beendet.

»Enna! Schön, dich zu sehen!«, rief Vincent, als sie sein Büro betrat. Er sprang auf und lief auf sie zu. Sie umarmten sich herzlich und Reinbach trat einen Schritt zurück. »Wie lange ist das her, dass wir uns gesehen haben?«

»Das war Ende letzten Jahres«, sagte Enna. »Zufällig, im Florian.« Das Florian war ein Café in der Fußgängerzone, das Vincent Reinbach fast täglich aufsuchte. Enna war auf einem ihrer seltenen Bummel in der Innenstadt dort eingekehrt und hatte sich, als sie ihn bemerkte, an seinen Tisch gesetzt. Nach Simons Beerdigung, auf der Vincent Reinbach gewesen war, hatten sie über vier Monate keinen Kontakt mehr gehabt, bis Enna ihn eines Tages im Büro angerufen hatte. Seitdem telefonierten sie wieder regelmäßig, ihre Treffen waren aber seltener geworden.

»Setz dich doch. Ich habe gehört, dass du seit Kurzem wieder arbeitest. Eigentlich wollte ich dich schon angerufen haben, aber …« Er drehte sich um und zeigte auf seinen übervollen Schreibtisch. »Mein Kollege ist krank und alles bleibt an mir hängen. Ich komme hier kaum vor zehn Uhr abends raus. Und dann bin ich so kaputt, dass ich nur noch ins Bett falle.«

»Im Moment bin ich abends auch ziemlich fertig.«

Er nickte. »Das kann ich mir vorstellen. Du hast deine alte Stelle nicht wiederbekommen, hat mir jemand erzählt. Stimmt das?«

»Lange Geschichte, Vincent. Lass uns ein anderes Mal darüber reden.«

»Gerne. Was hältst du von einem schönen Abendessen im …«

»Vincent, deshalb bin ich nicht hier«, unterbrach sie ihn sanft. Im Moment konnte sie sich nicht vorstellen, mit einem Mann essen zu gehen. Selbst mit Vincent Reinbach käme es ihr vor, als würde sie Simon hintergehen. »Vielleicht können wir uns ja zu einem Kaffee im Florian treffen. Du bist doch immer noch fast jeden Tag dort?«

»Im Moment leider nicht. Aber der Kollege hat angekündigt, dass er nächste Woche wieder einsatzbereit ist. Und dann werde ich definitiv ein paar Tage Urlaub nehmen. Soll ich dich anrufen?«

»Ja, tu das.« Sie schrieb ihm ihre neue Telefonnummer auf und reichte ihm den Notizzettel. »Meine Handynummer hast du ja.«

»Ich komme bestimmt darauf zurück. Der Rhabarber-Kuchen im Florian ist im Moment das Highlight. Du wirst ihn lieben.« Er hielt kurz inne. »Aber deshalb bist du nicht gekommen, sagst du?«

Enna erklärte ihm ihr Anliegen. Er runzelte die Stirn, sagte ihr aber zu, den DNA-Abgleich schnellstmöglich durchzuführen.

»Dass ich offiziell nichts ausstellen kann, weiß deine Freundin aber?«

»Ich werde ihr das noch einmal sagen. Eigentlich bin ich gar nicht so froh, dass sie gerade jetzt den Test machen will. Ich habe Angst, dass sie sich da in etwas verrennt, das sie später einmal bitter bereuen wird.«

»Solche Situationen kenne ich. Schwer, sehr schwer, wie man sich da als Freund verhalten soll.«

Sie unterhielten sich noch eine Weile, bevor Enna sich verabschiedete und ins Büro fuhr.

Jan Paulsen hatte sich bereits am Vortag abgemeldet, um in Osnabrück seine Kontakte persönlich aufzusuchen. Pia Sims saß in ihrem Büro und starrte auf den Bildschirm ihres Laptops, als Enna sie begrüßte und fragte: »Läuft das Programm?«

»Ich musste die Suchanfrage noch einmal präzisieren, weil es zu viele Personen gibt, die Marco Müller heißen. Auch mit der Eingrenzung werde ich anschließend noch eine Menge Arbeit reinstecken müssen. In zwei Stunden werde ich wohl damit beginnen können.«

»Okay. Hat sich Paulsen bei Ihnen gemeldet?«

»Ist die Frage ernst gemeint?«

»Hätte ich sie sonst gestellt?«

Pia Sims seufzte. »Er hat hier im Büro nicht angerufen und auf meinem Handy auch nicht.«

»Vermutlich bleibt er am Wochenende in Osnabrück«, sagte Enna und fügte in Gedanken hinzu: *Und hoffentlich hält er sich an meine Vorgaben.*

Pia Sims stand auf. »Das Programm läuft jetzt. Ich fahre zu Anne Wagner. Sie weiß, dass ich komme.«

Enna bemerkte, dass ihrer Kollegin noch etwas auf dem Herzen lag, und sah sie fragend an.

»Das soll ja ein eher privates Gespräch werden«, begann Pia Sims zögernd. »Soll ich das wirklich aufnehmen? Sie hat schon bei der letzten Befragung komisch geguckt, als ich das Gerät auf den Tisch gelegt habe.«

»Hat Ihr Handy eine Aufnahmefunktion und genug Speicher?« Als Pia Sims nickte, fuhr Enna fort: »Dann schalten Sie einfach auf Aufnahme und legen Sie das Handy auf den Tisch. Sie merkt es gar nicht.«

»Das ist nicht …«

»Ich weiß, nicht ganz legal. Von der Befragung werden Sie nachher ein ausführliches Protokoll anfertigen. Die Aufnahme ist nur für uns intern. Ich möchte hören, wie sie auf Ihre Fragen reagiert hat.«

»Alles klar. Das müsste klappen.«

»Haben Sie sich eine Strategie zurechtgelegt?«

»Ich wollte, aber dann … Wird sie das nicht sofort merken? Ich meine, es soll doch wie ein privates Gespräch rüberkommen.

Vielleicht erwähne ich sogar, dass es mehr ein privater Besuch ist.«

»Klingt gut. Wenn Sie so nicht weiterkommen, können Sie immer noch offiziell werden und das Aufnahmegerät aus der Tasche ziehen.«

»Anne Wagner weiß mehr, oder?«

»Ich hatte auch den Eindruck. Wir haben da ja auch schon über unbewusste Verdrängung und neue Wahrheiten gesprochen, aber ihre Reaktionen können auch Folge der Ereignisse sein. Immerhin ist ihre beste Freundin entführt worden und nie wieder aufgetaucht. Angst, Unsicherheit, Trauer, Scham. Anne Wagner war noch ein Kind, als das passierte. Das alles muss für sie ein einschneidendes Erlebnis gewesen sein, das vermutlich ihr ganzes Leben beeinflusst hat. Und jetzt kommen wir und wühlen in Dingen herum, die sie für sich eigentlich abgeschlossen hatte.«

»Ich soll sehr vorsichtig vorgehen, ist es das, was Sie mir sagen wollen?«

»Sollten wir das nicht bei jeder Befragung und jedem Verhör?«

Pia Sims nickte und verließ das Büro.

Enna fand zu Marco Müller keine Einträge in der Datenbank. Bis auf drei Punkte in Flensburg hatte er sich als Erwachsener keine Verfehlungen zuschulden kommen lassen. Enna suchte die Nummer ihres Kollegen in Krefeld heraus und wählte.

»Hauptkommissar Hagenbeck!«, erklang die feste, tiefe Männerstimme.

»Moin, Heinz-Werner!«, sagte Enna, ohne ihren Namen zu nennen.

Nach kurzem Schweigen lachte Heinz-Werner Hagenbeck. »Enna Andersen, habe ich recht?«

»Der Kandidat hat …«

»… hundert Punkte«, vervollständigte Hagenbeck den Satz. »Wie lange habe ich von dir nichts mehr gehört? Wann war das? Kurz nach der Geburt deines Sohnes, oder?«

»Die Zeit vergeht. Alles gut bei dir?«

»Ich warte auf meine Pensionierung. Zehn Jahre noch.«

»Red keinen Quatsch! Du und darauf warten. Das glaube ich im Leben nicht.«

»Einmal Polizist, immer Polizist, meinst du? In letzter Zeit bin ich mir da nicht immer so sicher. Aber lassen wir das. Wie geht es dir?«

Enna schluckte. Ihr Kollege schien nichts von Simons Unfalltod gehört zu haben. Sie entschied sich, daran auch nichts zu ändern.

»Alles gut. Der Kleine wächst und wächst und kommt bald in die Schule.«

Heinz-Werner Hagenbeck lachte. »Das kenne ich. Man fühlt sich dann unglaublich alt, oder?«

»Bis jetzt hält es sich bei mir noch in Grenzen«, sagte Enna. »Schau'n wir mal, wie es wird.« Sie machte eine kurze Pause, bevor sie fragte: »Ich habe hier eine extrem knifflige Sache am Laufen. Uns ist bei einem Entführungsfall eine Person ins Fadenkreuz geraten, der ich leider nicht näher kommen darf.«

»Wieso?«

»Der junge Mann ist im Zusammenhang mit einer internationalen Ermittlungssache aufgefallen, und wenn ich ihn jetzt aufscheuche …« Sie brach ab und wartete auf die Reaktion ihres Kollegen.

»Schon klar. Soll ich raten, worum es geht?«

»Lieber nicht. Mein Team will aber nicht stillhalten, bis diese Ermittlungen beendet sind. Um es kurz zu machen, dieser jetzt fast siebenundzwanzigjährige Mann hat seine Kindheit und Jugend in Kempen verbracht. Im Strafregister habe ich nichts gefunden und deshalb dachte ich, ich rufe dich mal an.«

»Klingt danach, als ob man lieber seine Finger davonlassen sollte.«

»Deine Entscheidung, Heinz-Werner. Ich wäre dir nicht böse, wenn du mir einen Korb gibst.«

Der Hauptkommissar seufzte. »Das Leben ist nun mal gefährlich. Wie heißt unser Mann?«

»Marco Müller, Jahrgang …«

»Kenne ich«, sagte Hagenbeck mit ernstem Ton. »Hast du noch die gleiche private Handynummer?«

»Ja.«

»Ich rufe dich in zehn Minuten an.«

Hagenbeck hatte aufgelegt. Enna stand auf, griff nach ihrem Handy und lief unruhig im Zimmer umher, bis ihr Krefelder Kollege sie anrief.

»Entschuldige, aber sicher ist sicher. Unsere Wände sind so durchlässig, man weiß nie, wer alles mithört.«

»Wo bist du jetzt?«

»Mache gerade einen kleinen Spaziergang. Dieser kleine Park ganz in der Nähe des Präsidiums. Erinnerst du dich?«

»Im Kaiser-Friedrich-Hain?«

Hagenbeck lachte. »Die Kandidatin hat hundertachtzig Punkte.«

Enna stimmte in sein herzliches Lachen ein. »Eigentlich nur ein gutes Gedächtnis.« Sie wurde ernst. »Was ist jetzt mit Marco Müller?«

»Erinnerst du dich an die mutmaßlichen Mafia-Morde in Düsseldorf im Jahr 2013? Vier Männer, quasi hingerichtet in einem italienischen Restaurant?«

»Natürlich, ich glaube, wir haben sogar einmal darüber gesprochen. Du warst in der SoKo, oder?«

»So ist es. Ich war einer der zwei stellvertretenden Leiter. Von daher habe ich naturgemäß so gut wie alles mitbekommen. Für deinen Mann war ich sogar persönlich verantwortlich.«

»Was hatte Marco Müller denn mit den Morden zu tun?«

»Ein Laufbursche der ’Ndrangheta.«

»Die kalabrische Mafia? Und die haben einen Deutschen in ihren Reihen?«

»Marco Müllers Mutter ist Italienerin und ihre Familie kommt aus Kalabrien. Wusstest du das nicht?«

»Nein, wie gesagt, wir müssen unsere Füße stillhalten. Da kommt eine offizielle Anfrage in der Datenbank nicht so gut. Also Laufbursche. Und dann?«

»Wir hatten ihn in der Mangel und haben versucht, ihn als Informanten anzuwerben. Wie gesagt, versucht. Zunächst sah es gut aus, aber letztlich ging es aus wie das Hornberger Schießen. Er ist dann kurz darauf aus Kempen verschwunden. Nachweisen konnten wir ihm nie etwas.«

»Verrückte Geschichte. Bist du dir hundertprozentig sicher, dass er nicht für uns gearbeitet hat? Vielleicht hat ihn ja eine andere Abteilung übernommen und ihr habt davon …«

»Absolut sicher. Ich war die ganze Zeit mit der Angelegenheit beschäftigt und habe auch zweimal persönlich mit ihm gesprochen.«

»Wie war dein Eindruck von ihm?«

»Er war gerade mal einundzwanzig, wirkte aber eher wie achtzehn. Nicht nur vom Äußeren, auch vom gesamten Verhalten. Unsicher und tapsig. Wenn du verstehst, was ich meine.«

»Und den wolltet ihr als V-Mann anwerben?«

»Wirkte, habe ich gesagt. Ich war der Meinung, dass er mit allen Wassern gewaschen ist und nur so tut, als wäre er dumm wie Brot.«

»Er hat aber nicht eingewilligt?«

»Keine Chance. Als er merkte, dass ich ihm die Doof-Nummer nicht abgenommen habe, hat er einen auf unschuldig gemacht. Er wusste von nichts und wollte angeblich auch mit den ganzen kriminellen Sachen nichts zu tun gehabt haben. Er hat doch tatsächlich gezittert wie Espenlaub, als er mir erzählt hat, wie viel Angst er habe. Ich sag dir, der ist ein hervorragender Schauspieler und hat es faustdick hinter den Ohren. Nun gut, wir konnten ihm nichts nachweisen beziehungsweise seine Vergehen waren so unbedeutend, dass der Staatsanwalt sie nicht zur Anklage gebracht hat.«

»Das ist wirklich ein irrer Zufall, dass ausgerechnet du an der Sache dran warst«, sagte Enna. »Kannst du mir denn sonst noch etwas von ihm erzählen? Bei meinem Fall geht es um ein neunjähriges Mädchen, das vermutlich entführt wurde.«

»Wann?«

»Vor neun Jahren. Ich bearbeite neuerdings Altfälle.«

»Okay!« Enna spürte, wie erstaunt ihr Kollege war. »Denkt ihr in Richtung kriminelle Pädophile?«

»Möglicherweise. Wir sind noch ganz am Anfang.«

»Das Thema stand damals natürlich nicht in unserem Fokus.« Er schwieg eine Weile. »Wenn wir einmal davon ausgehen, dass er wirklich so ein guter Schauspieler ist, wie ich vermute, wird er sich keine Blöße gegeben haben. Vielleicht hat er auch die ganze Show nur abgezogen, um ja nicht in dieser Richtung aufzufallen. Tut mir leid, ich muss passen. Das Einzige, was ich dir sagen kann: Er hatte nach meinen Recherchen keine Freundin. Das hat mich damals schon gewundert, weil er eigentlich ganz passabel aussieht. Schwarze Haare, südländischer Typ, groß, fein geschnittenes Gesicht. Eigentlich fliegen Frauen auf solche Typen.«

»Du musst es ja wissen«, sagte Enna schmunzelnd.

»Nicht alle, schon klar. Sonst würde ja für unsereins nichts mehr übrig bleiben.«

»Das lass mal nicht deine Frau hören, Heinz-Werner.«

Der Hauptkommissar lachte. »Sie weiß, dass ich ihr auf ewig treu bin.«

Dreizehn

Enna machte sich Notizen zu ihrem Gespräch mit dem Krefelder Kollegen und nahm sich anschließend die Tonaufnahme der Befragung von Holger Martens vor. Aufgrund der Nebengeräusche aus dem Café war es für Enna mühsam, dem Gespräch zu folgen.

Martens sprach allerdings sehr deutlich und es schien, als überlege er sich jedes seiner Worte vorab. Er sprach von den Tagen vor neun Jahren, als sei er nur als Beobachter dabei gewesen. Enna wertete dies als Schutzhaltung, mit der er unbewusst oder bewusst seine Verantwortung für Marie relativierte. Sie konnte ihn verstehen. Kein Lehrer war in der Lage, rund um die Uhr auf alle seine Schützlinge aufzupassen. Vermutlich hatte sich Holger Martens im Laufe der Jahre selbst ausreichend Vorwürfe gemacht und musste irgendwann einen Abschluss finden. Oder er wusste mehr über die Entführung, als er zugab?

Enna hörte, wie Jan Paulsen eine Frage stellte: »Ist Ihnen an Marie oder auch an ihrer Freundin Anne Wagner in den Tagen auf Wangerooge etwas Besonderes aufgefallen?«

»Was meinen Sie, wie oft ich mir genau diese Frage in den letzten neun Jahren gestellt habe? Hunderte, wenn nicht Tausende Male.«

»Und wie waren die Antworten?«, fragte Jan Paulsen mit leicht spöttischem Unterton.

Es entstand eine Pause. Enna konnte nur vermuten, was zwischen den beiden Männern nonverbal vorging. Schließlich antwortete Martens. »Die Antworten haben sich in der Zeit verändert. Vielleicht verstehen Sie das nicht, aber wir als Lehrer haben ein besonderes Verhältnis zu unseren Schützlingen. Wenn einem von ihnen etwas zustößt, es muss nicht mal wie in Maries Fall der Worst Case sein, sondern kann sich auch nur um einen kleinen Unfall oder einen Streit unter den Kindern handeln, der mit Tränen endet …« Martens schien kurz den Faden verloren zu haben, fuhr dann aber fort: »Also, wenn einem unserer Schützlinge etwas passiert, trifft einen das schnell mitten ins Herz. Man wird nicht nur Lehrer, um einen feinen, gut bezahlten Job zu haben. Bei den meisten von uns steckt sehr viel Herzblut im Job.« Wieder entstand eine Pause. »Können Sie das verstehen?«

Enna ahnte, wie sehr sich Jan Paulsen zusammenreißen musste, um ruhig zu antworten: »Das kann ich durchaus, Herr Martens. Nur haben Sie bisher noch nicht meine Frage beantwortet.«

»Ach ja. Ob mir an Marie oder Anne etwas aufgefallen ist?«

Holger Martens schien für seine Antwort mehr Zeit zu brauchen als für die vorherigen. Enna klickte auf Pause und machte sich eine Notiz, bevor sie weiterhörte.

»Die Kinder sind alle aufgeregt bei einer solch langen Klassenfahrt.« Enna hörte Martens schwer atmen. »Das war bei Marie nicht anders. Allerdings, so im Nachhinein, nach all den Jahren der immer wiederkehrenden Grübelei … Es mag sein, dass Marie und auch Anne sich etwas mehr zurückgezogen haben als andere.«

»Wie genau muss ich mir das vorstellen?«, fragte Pia Sims.

»Dass Marie für ihr Alter ein sehr vernünftiges Kind war, haben Sie sicher schon gehört. Ich persönlich würde es nicht so nennen, sondern eher klug oder – wenn Sie so wollen – intelligent, weiter entwickelt als die anderen Kinder in der Klasse. Sie machte sich Gedanken um viele Dinge, die weit über ihr direktes Umfeld hinausgingen. Zum Beispiel um die Umweltzerstörung. Sie las schon Bücher, die eigentlich für viel ältere Schüler gedacht sind. Sachbücher, aber auch Romane. Sie war ein außergewöhnliches Mädchen.«

»Kommen wir doch auf meine Frage zurück«, sagte Jan Paulsen.

»Ja, stimmt. Was ich sagen wollte, sie war noch ernster als normalerweise. Und wenn ich das richtig beobachtet habe, traf das auch auf Anne zu. Aber ich will mich auch nicht zu weit aus dem Fenster lehnen, das könnte nach all den Jahren auch ein Produkt meiner Fantasie sein.«

»Noch ernster? Was bedeutet das?«, hakte Pia Sims nach.

»Ruhiger, sie war ruhiger und ständig nur mit Anne Wagner zusammen. Und hielt sich mit aktiven Beiträgen zurück. Normalerweise war sie als Klassensprecherin eine, die nicht nur die Diskussion moderierte, sondern auch Vorschläge machte, häufig Kompromissvorschläge. Aber während der Freizeit auf Wangerooge hat sie sich auffallend zurückgehalten.«

»In den damaligen Befragungen haben Sie das aber nicht erwähnt«, merkte Pia Sims an. »Ich habe in keinem der Protokolle dazu etwas gefunden.«

»Sagte ich nicht vorhin, dass mir das erst im Nachhinein klar geworden ist? Außerdem werde ich wohl eine Weile unter Schock gestanden haben. Ist das nicht verständlich?«

Enna schaltete die Aufnahme aus, um sich einen frischen Kaffee zu brühen und über das Gehörte nachzudenken. Neun Jahre waren eine sehr lange Zeit, aber vermutlich wäre die Entführung eines Kindes für jeden Lehrer ein kaum aufzuarbeitendes Trauma. Sie nahm sich vor, den Rest der Befragung am Abend zu hören, wenn Elias im Bett war.

Während Enna auf den Kaffee wartete, rief sie Jan Paulsen an.

»Was gibt's, Chefin?«, fragte er, ohne sie zu begrüßen.

»Andersen reicht, Herr Paulsen. Ich vermute, dass Sie heute nicht mehr ins Büro kommen?«

»So ist es. Montag in aller Frische.«

Paulsen schien kurz angebunden zu sein, was Ennas Misstrauen in seine Mission nährte. »Als Info für Sie: Müller hat oder hatte Kontakte zur italienischen Mafia. Er ist übrigens Halbitaliener. Bitte seien Sie noch vorsichtiger, als Sie es ohnehin wären.«

»Werde ich beherzigen«, antwortete Jan Paulsen. »Sonst noch was?«

»Ich will sofort informiert werden, wenn es etwas Außergewöhnliches gibt. Egal zu welcher Uhrzeit.«

Enna hörte Paulsen stöhnen. »Sie dürfen mir ruhig etwas vertrauen, Frau Hauptkommissarin.«

»Dann sehen wir uns spätestens Montagfrüh im Büro. Viel Erfolg.«

Enna ließ das Handy in die Tasche gleiten. Wieso vertraute sie Pia Sims ein unter Umständen extrem delikates und wichtiges Gespräch mit Anne Wagner zu, misstraute aber Jan Paulsen, der mehr Erfahrung in Polizeiarbeit hatte als sie beide zusammen? Sie hatte keine rationale Erklärung, aber ihre Intuition sagte ihr eindeutig: Paulsen roch nach Ärger und Alleingängen. Und das war etwas, was Enna im Moment überhaupt nicht gebrauchen konnte.

Sie schäumte Milch auf und goss den starken Kaffee hinzu. Sie schlenderte gerade mit dem Glas in der Hand von der Küche zu ihrem Büro, als Pia Sims die Eingangstür öffnete.

»Auch einen?«, fragte Enna und hielt ihr das Glas entgegen.

»Gerne. Danke.«

Enna lächelte. »Ich mache mir nur kurz einen neuen und komme dann gleich zu Ihnen.«

Pia Sims stand am weit geöffneten Fenster und trank ihren Kaffee, als Enna zu ihr ins Büro trat.

»Langes Gespräch bei Ihnen.«

Pia Sims nickte. »Ja, ich habe mich am Anfang zurückgehalten, wollte nicht, dass Anne sich verhört fühlt.«

»Anne?«

»Ich habe ihr gleich zu Beginn das Du angeboten. Schien mir nützlich zu sein. Keine Angst, ich halte schon die notwendige Distanz zu den Zeugen, aber hier schien es mir …« Sie zuckte mit den Schultern. »Ich denke, es war der richtige Weg.«

Enna stellte sich zu ihrer jungen Kollegin ans Fenster und erzählte ihr in wenigen Worten, was sie inzwischen zu Marco Müller herausgefunden hatte.

Pia Sims sah sie mit aufgerissenen Augen an. »Mafia? Das wird ja immer verrückter. Macht die Mafia auch beim Markt für Kinderpornografie mit?«

»Nicht dass ich wüsste. Zumindest ist es mir nie untergekommen, und Organisierte Kriminalität war früher mein Spezialgebiet. Deshalb kann ich mir im Moment noch nicht vorstellen, dass das etwas mit unserem Fall zu tun hat.«

»Okay, also nur ein Zufall.« Pia Sims schloss das Fenster und setzte sich an ihren Schreibtisch, um die Tonaufnahme vom Handy auf den Laptop zu überspielen. »Wie gesagt, Anne hat einiges erzählt. Ich habe nicht mitgeschrieben und die Aufnahme hat sie auch nicht bemerkt. Ich überspiele sie gleich ins System, dann können Sie sich die Befragung anhören.«

»Mache ich heute Abend. Kann ich jetzt das Wesentliche hören?«

»Die beiden waren mehr als Freundinnen, sie fühlten sich wie Schwestern, und der Schock über das plötzliche Verschwinden von Marie hält Anne Wagner selbst nach den neun Jahren fest im Griff. Zumindest dachte ich das am Anfang.«

»Und dann?«

»Ich hatte das Gefühl, dass die neuen Ermittlungen ihr Angst machen. Klar habe ich mich gefragt, wieso. Bis ich aus mehreren Nebensätzen meinte herauszuhören, was Sache ist. Sie werden sich das Gespräch ja sicher anhören.« Pia Sims atmete mehrmals schwer aus. Es schien ihr nicht leichtzufallen, ihre Vermutung zu äußern. »Wenn mich nicht alles täuscht, hat oder hatte sie Kontakt zu Marie. Nach der Entführung.«

Enna horchte auf. »Direkt danach?«

»Nein, das glaube ich nicht. Das hätte sie vermutlich als Kind kaum geheim halten können. Und die Möglichkeiten der Kontaktaufnahme sind für Neun- oder Zehnjährige ja auch nicht so umfassend. Nein, später. Ich vermute – aber jetzt lehne ich mich wirklich weit aus dem Fenster –, also, ich vermute, es ist erst ein paar Jahre her. Und vielleicht ist der Kontakt auch wieder abgerissen.«

Enna ließ sich ihre Skepsis nicht anmerken. »Wie genau kommen Sie zu der Einschätzung?«

Pia Sims legte den Kopf in den Nacken. »Wie gesagt, es waren einzelne Nebensätze. Wie sie über Marie sprach, als ob sie sicher wüsste, dass sie noch lebt. Mehr noch, dass es ihr gut geht. Ich muss mir das noch einmal auf der Aufzeichnung anhören. Sicher ist sicher.«

»Und Sie meinen, dass sie Angst hat, dass wir genau das entdecken?«

Pia Sims nickte. »Das würde ich vermuten. Gleichzeitig hatte ich den Eindruck, dass Anne Wagner mir mehr sagen wollte, aber es nicht konnte. Sie wirkte auf mich, als ob sie etwas loswerden wollte, befreit werden möchte von einem

Geheimnis.« Pia Sims sah Enna unsicher an. »Das ist alles sehr weit hergeholt und extrem spekulativ. Weder gerichtsverwertbar noch anderweitig nützlich für unsere Ermittlungen.«

Enna stand auf. »Ja, ich muss zugeben, dass ich mir einen Kontakt zwischen den beiden nicht vorstellen kann. Aber manchmal bringen einen die verrücktesten Ideen weiter. Ich höre mir später die Aufzeichnung an und dann sehen wir weiter.«

Pia Sims zeigte auf ihren geöffneten Laptop. »Der Suchdurchlauf zu Marco Müller ist übrigens durch. Ich muss jetzt aber jeden einzelnen Fund kontrollieren und bewerten. Das kann dauern.«

Enna schaute auf die Uhr. »Ich mache heute etwas früher Schluss. Wir sehen uns dann am Montagmorgen zur Besprechung.«

»Halb neun?«

»Ja, da sollte ich hier sein. Und machen Sie nicht zu lange heute.«

»Mal sehen«, murmelte Pia Sims, die sich bereits ihrem Laptop zugewandt hatte.

Enna ahnte, dass ihre junge Kollegin nicht vor Mitternacht Schluss machen würde. Sie nahm sich vor, in der nächsten Zeit Pia Sims' Arbeitspensum zu kontrollieren, um rechtzeitig eingreifen zu können. Sie wusste aus Erfahrung, dass der Ehrgeiz nicht nur gute Seiten hatte. Ab einem bestimmten Punkt bestand die Gefahr, in die Arbeit hineingesogen und von ihr komplett vereinnahmt zu werden. Enna war das mehr als einmal passiert und ohne ihren damaligen Kollegen – einen kurz vor der Pension stehenden Oberkommissar – wäre sie gnadenlos gescheitert und sicher schon längst aus der Truppe ausgeschieden.

Enna traf Sarah auf dem Kindergartenparkplatz und begrüßte sie herzlich. »Hast du Christine erreicht?«

»Mehr noch. Ich war heute schon bei ihr.«

Enna sah ihrer Freundin an, dass der Termin erfolgreich gewesen sein musste. »Das freut mich. Sie hatte gute Nachrichten für dich?«

»Kommt drauf an. Wenn André tatsächlich nicht der biologische Vater ist, kann ich eine Änderung der Geburtsurkunde beantragen. Ich hoffe jetzt auf das Ergebnis. Du hast sicher noch nichts gehört?«

»Ich kann, wenn ich zu Hause bin, noch einmal telefonieren. Wenn ich was erfahre, melde ich mich sofort bei dir.«

Sarah umarmte sie. »Danke.«

»Reinbach!«

»Moin, Doc! Darf ich noch stören?«, fragte Enna.

»Frau Hauptkommissarin. Selbstverständlich dürfen Sie das. Was kann ich heute für Sie tun?«

Enna lachte. »Wie immer der Charme selbst. Sag schon, hast du den Abgleich fertig?«

»Vor genau fünf Minuten kam das Ergebnis. Ich wollte gleich anrufen, hatte hier aber noch etwas anderes auf dem Schreibtisch.«

»Vincent! Sag schon, was ist herausgekommen?«

»Oh, so einiges, würde ich sagen.« Dieses Mal lachte er. »Nein, im Ernst. Es gibt keine Übereinstimmung. Ich vermute mal, es geht um eine Vaterschaftssache?«

»Absolut sicher?«

»Auf solche Fragen habe ich nicht einmal als Student geantwortet.«

»Entschuldige, Vincent. Ist mir so rausgerutscht. Also keine Übereinstimmung.« Sarah würde sich freuen. Ob das für Lukas am Ende auch gelten würde, bezweifelte Enna.

»Bist du noch da?«, fragte Vincent Reinbach.

»Ja, ich musste das Ergebnis erst mal verdauen. Danke dir für den schnellen und diskreten Einsatz. Es bleibt auch die absolute Ausnahme, versprochen.«

»Och, einer so lieben Freundin tut man doch gerne mal einen Gefallen. Und nicht vergessen: unser Date im Florian.«

Enna musste unwillkürlich schmunzeln. »Ganz sicher nicht, Doc. Wollen wir uns gleich am Montag treffen?«

Vincent war einverstanden und sie verabschiedeten sich.

Vierzehn

Enna horchte, ob die CD, die Elias in seinem Zimmer hörte, noch lief, und rief dann Sarah an.

»Ich habe das Ergebnis gerade bekommen. Du bist dir sicher, dass du es wissen willst?«

»Auf jeden Fall! Sag schon.«

»Lukas ist nicht bei dir?«

»Nein, der spielt gerade in seinem Zimmer mit Lego.«

»André ist nicht der Vater von Lukas.«

Am anderen Ende der Leitung schien Sarah die Luft anzuhalten. Kurz darauf hörte Enna, wie ihre Freundin laut ausatmete. »Also doch! Okay. Jetzt bin ich …« Wieder entstand eine Pause. »… leicht geschockt, auch wenn ich auf genau das Ergebnis gehofft hatte.«

»Du solltest nichts überstürzen, Sarah. Für Lukas ist André der Vater und es würde für ihn eine Welt zusammenbrechen, wenn plötzlich …«

»Verdammt, Enna. Was soll ich denn machen? André zwingt mich doch zu solchen Schritten. Wenn es hart auf hart kommt, bleibt mir nichts anderes übrig.«

»Ja, das verstehe ich doch. Und ich würde es in einer absoluten Zwangslage genauso machen. Trotzdem … lass dir etwas

Zeit, um darüber nachzudenken, und sprich mit Christine darüber.«

»Keine Angst, ich überstürze nichts. Versprochen.«

Enna hörte ihren Sohn rufen. »Sarah, ich muss mal zu Elias. Wir sprechen später noch, ja?«

»Ja, natürlich. Und danke, dass du mir geholfen hast.«

»Sarah, das Thema hatten wir doch schon. Bis später dann.«

Enna lief ins Kinderzimmer, wo Elias verzweifelt vor seinem CD-Player stand und auf den Tasten herumdrückte. »Mama, die CD ist plötzlich ausgegangen und geht nicht wieder an!«

Enna kniete sich vor das Bord, auf dem das Gerät stand, und zog den Netzstecker. Nachdem sie es wieder eingesteckt hatte, probierte sie die verschiedenen Tasten durch. »Sieht nicht gut aus«, sagte sie nach dem dritten Testlauf. »Da müssen wir wohl einen neuen kaufen.«

Elias' Miene verdunkelte sich. »Haben wir denn so viel Geld, Mama?«

Enna lächelte. »Da bin ich mir ganz sicher. Am besten, wir fahren gleich mal los und versuchen unser Glück. Was meinst du?«

Mit einem Glas Wein setzte sich Enna gegen neun Uhr abends vor den Laptop und lud sich die Tonaufnahme des Gesprächs mit Anne Wagner herunter. Pia Sims hatte weit über eineinhalb Stunden mit ihr gesprochen und sich am Anfang sehr vorsichtig vorgetastet.

»Wieso bist du Polizistin geworden?«, fragte Anne Wagner.

Pia Sims schien zu zögern und sagte schließlich: »Das hat was mit einem Freund zu tun. Kein so richtiger Freund, sondern einer aus meiner damaligen Clique. Sein Vater wurde verhaftet, als wir in der Oberstufe waren. Nur ein paar Tage, dann hatte sich wohl aufgeklärt, dass er versehentlich verdächtigt wurde. Eine Namensverwechselung, wenn ich mich richtig erinnere.

Na ja, auf jeden Fall hat das das Leben der Familie von Grund auf geändert. Natürlich hatten die Nachbarn die Verhaftung mitbekommen und die Freunde und Arbeitskollegen irgendwann auch. Dann passierte wohl das Übliche. Misstrauen, man ging ihnen aus dem Weg, es gab Gerüchte und Andeutungen. Ich will das jetzt hier alles nicht erzählen, aber am Schluss ist die Familie weggezogen und der Freund musste auf eine andere Schule.«

»Kann passieren«, sagte Anne Wagner und klang unbeteiligt.

»Ja, klar. Aber dann hat sich mein Freund …« Pia Sims machte wieder eine kurze Pause. »Ja, er hat sich umgebracht. Ist vom Hochhaus gesprungen. Er hatte keine Chance.«

»Oh Gott! Der Arme. Er hatte doch mit der ganzen Sache nichts zu tun. Und dann macht er …« Nach den Geräuschen zu urteilen atmete Anne Wagner mehrmals schwer ein und aus. »Und das hat dich jetzt dazu gebracht, zur Polizei zu gehen?«

»Ja, klingt komisch, oder?«

»Nein, finde ich nicht.« Nach einer kurzen Pause fuhr Anne Wagner fort: »Kommt es nicht wie überall darauf an, was für Leute den Job machen? Du wirkst nicht auf mich, als ob du eine knallharte Polizistin wärst. Ich meine so eine, der alles egal ist.«

»Danke! Nein, das bin ich wohl nicht und möchte ich auch nicht werden.«

Enna war sich sicher, dass es diesen Freund in Pia Sims' Leben nie gegeben hatte, dass sie ihn erfunden hatte, um Anne Wagner zum Sprechen zu bringen.

»Ist es nicht schwer, mit so einer Einstellung bei der Polizei zu arbeiten?«, fragte Anne Wagner weiter.

»Ich bin noch ganz am Anfang, frag mich in zehn Jahren noch einmal.« Nach einer kurzen Pause fügte Pia Sims hinzu: »Wenn ich dann noch dabei bin.«

Anne Wagner lachte. »Deine Einstellung gefällt mir.«

Sie unterhielten sich eine Viertelstunde über ihre Träume als Teenager und was daraus geworden war. Schließlich fragte Pia Sims wie beiläufig: »Denkst du oft an Marie?«

Eine Pause entstand. Enna hörte es rascheln, als würde eine Tasse auf dem Tisch hin und her geschoben.

»Nicht mehr so viel wie früher«, sagte Anne Wagner leise.

»Ja, irgendwann muss man mit solchen Sachen abschließen, sonst wird man verrückt«, entgegnete Pia Sims ebenso leise.

»Marie ist … war meine allerbeste Freundin. Wir haben uns geschworen, dass wir immer zusammenbleiben. Es war unfassbar, dass sie so einfach verschwunden ist. Es hat wehgetan. Sehr weh. Eine Zeit lang wusste ich nicht, ob ich ihr das jemals verzeihen würde.«

Enna hielt die Aufnahme an. War es diese Aussage gewesen, die Pia Sims zu ihrer Vermutung gebracht hatte? Mit sehr viel Fantasie konnte man tatsächlich heraushören, dass Anne Wagner davon ausging, dass ihre Freundin noch lebte. Sie machte nicht nur Marie indirekt verantwortlich für ihr Verschwinden, sondern hatte Schwierigkeiten gehabt, ihr zu verzeihen. Für so eindeutig wie Pia Sims hielt Enna die Aussage aber nicht.

Enna ließ die Aufnahme weiterlaufen. Anne Wagner schien nicht aufgefallen zu sein, dass sie womöglich zu viel gesagt hatte. Sie plauderte weiter über ihr Leben, schien aber jeder Frage nach Marie auszuweichen. Erst eine knappe halbe Stunde später, als Enna schon fast die Hoffnung auf weitere interessante Stellen aufgegeben hatte, horchte sie auf. Pia Sims hatte wieder einmal geschickt das Thema auf die verschwundene Freundin gebracht und das mit einer Frage verbunden.

»Marie war immer schon etwas eigen, ein Sturkopf, würde meine Mutter sagen. Wenn es sein musste, hat sie keine Freunde mehr gekannt. Sie hat einfach ihre Sachen durchgezogen. Und wenn sie einmal eine Entscheidung getroffen hatte, konnte man sie nicht davon abbringen. Verrückt, oder?«

»Wie meinst du das?«

»Na ja, jeder von uns hört doch auf andere Menschen, die ihm wichtig sind. Ist das bei dir nicht auch so?«

»Natürlich. Wenn ich da an meine Mutter und meine Berufswahl denke …«

Enna musste unwillkürlich schmunzeln. Pia Sims war weit geschickter im Umgang mit Menschen, als Enna es ihr zugetraut hatte. Sie ging Risiken ein und hatte auch keine Probleme damit, einer Zeugin nach dem Mund zu reden.

»Sag ich doch. Aber Marie … Keine Chance. Auf die konnte man einreden, wie man wollte. Ein absoluter ostfriesischer Sturkopf. Dabei sollte man denken, dass in dem …« Anne Wagner brach ab und zum ersten Mal hatte Enna das Gefühl, dass die junge Frau meinte, zu weit gegangen zu sein. »Na ja, so war das auf jeden Fall. Aber wir waren ja alle mal Kinder.«

Die nächsten Minuten vergingen wieder mit unverfänglichem Geplauder. Ein Außenstehender hätte das Gefühl haben können, dass die beiden Frauen schon eine Ewigkeit befreundet waren. Kurz vor Ende der Aufnahme kam Anne Wagner doch noch einmal von sich aus auf das für die Ermittlungen wichtige Thema.

»Ich würde Marie … ich meine, dir so gerne helfen. Das Ganze muss doch mal ein Ende haben, oder? Aber man weiß nie so richtig, was man tun und sagen soll. Hast du das schon mal gehabt, diese Zweifel und Sorge um einen Menschen, den man so lieb hatte? Ja, das war eine kindliche Liebe, aber wir beide, Marie und ich, waren wie Schwestern, ach, fast wie eineiige Zwillinge. Ich war erst zehn Jahre alt, als das passierte. Was versteht man schon mit zehn Jahren? Nichts und gar nichts. Das war so verwirrend für mich, so belastend, so schmerzhaft. Und Marie? Ich war so verzweifelt. Kannst du dir das vorstellen?«

Pia Sims antwortete nicht und schien darauf zu warten, dass Anne Wagner weitersprach.

»Mein ganzes Leben war auf den Kopf gestellt. Ich war total leer. Alles wegen Marie, als könnte ich nicht alleine leben, ohne sie. Dabei konnte ich das gut. Ich sitze jetzt ja auch hier und wir reden. Nach so vielen Jahren.« Anne Wagner hielt kurz inne. »Klar, ohne diese Sache wäre mein Leben vielleicht anders verlaufen. Das habe ich mich schon häufig gefragt, wie sonst alles gekommen wäre. In dem Jahr vor dem Abitur, da war es besonders schlimm. Wir, Marie und ich, wollten doch zusammen studieren, das hatten wir uns vorgenommen, zumindest an der gleichen Uni, und zusammen in eine Wohnung ziehen. Daraus ist nichts geworden. Warum das nicht möglich war, habe ich nie verstanden. Nie!«

Anne Wagner verstummte. Nach einer kurzen Pause versuchte Pia Sims wieder, mit ihr ins Gespräch zu kommen, aber ihre Antworten wirkten, als sei sie plötzlich in einer anderen Welt, weit weg und nicht in der Lage, sich zu erinnern.

Enna hörte weiter, bis die Aufnahme abbrach, machte sich weitere Notizen zu den schon geschriebenen und ließ sich zurück ins Sofa fallen. Sie konnte sich weiter vorstellen, dass Anne Wagner mehr über Marie Hansen wusste, als sie ausgesagt hatte. Unter Umständen hatte Marie sie in Geheimnisse eingeweiht, die mit der Entführung zu tun hatten und die bei der zehnjährigen Anne Wagner Schuldgefühle ausgelöst hatten. Diese Schuldgefühle konnten die Ursache dafür sein, dass Anne Wagner sich ihre eigene Welt erschaffen hatte, in der Marie noch am Leben war und es ihr gut ging.

Enna warf einen Blick auf die große Uhr, die auf der Kommode stand. Es war kurz vor elf. Enna entschied sich, die Befragung von Holger Martens am nächsten Abend zu Ende zu hören.

Fünfzehn

»Möchtest du wieder die schwarzen Oliven ohne Knoblauch?«, fragte Enna Elias.

Nach einem ausgiebigen Frühstück waren sie zum Wochenmarkt gegangen und standen nun vor dem Verkaufsstand mit Oliven.

»Ja, ja, bitte, Mama.«

Enna gab dem Verkäufer das mitgebrachte Glas und bat darum, es mit den Oliven zu füllen. Elias aß für sein Leben gern Oliven, schwarze wie grüne, allerdings durften sie nicht in Knoblauch oder Chili eingelegt sein. Enna nahm das gefüllte Glas zurück und verschloss es mit dem Plastikdeckel. Nachdem sie noch Schafskäse und Fladenbrot eingekauft hatten, zogen sie zum nächsten Stand weiter.

Der Samstagvormittagseinkauf auf dem größten Oldenburger Wochenmarkt war für Enna und ihren Sohn zu einem festen Ritual geworden. Wenn es nicht regnete und das Thermometer nicht auf weit unter null Grad gesunken war, verbrachten sie mindestens eine Stunde hier.

Zurück im Haus packten sie gemeinsam aus, Enna machte Elias einen heißen Kakao und sich einen Milchkaffee, bevor sie sich gemütlich im Wohnzimmer aufs Sofa setzten – jeder mit einem Buch in der Hand – und eine Weile Ruhe einkehren ließen.

Kurz nach ein Uhr begann Enna, das Mittagessen vorzubereiten. Lachs mit frischen Nudeln und einem Salat aus Eichenlaub, Rauke und frischen Tomaten vom Markt.

Wie immer half Elias nach dem Essen beim Tischabräumen und spielte dann in seinem Zimmer, bis Enna mit der Küchenarbeit fertig war.

»Was machen wir heute Nachmittag?«, stellte Enna die traditionelle Wochenendfrage, als sie sich zu ihm auf den Teppich setzte und seine Lego-Roboter bewunderte. »Willst du einen deiner Freunde besuchen? Oder sollen wir ins Naturkundemuseum gehen? Die haben gerade eine neue Ausstellung. Und die Fische im Keller guckst du dir doch auch gerne an.«

»Was ist das für eine Ausstellung?«, fragte Elias.

»Es geht da um Vögel in Australien. Das ist ein Kontinent auf der anderen Seite der Erde.«

»Das weiß ich doch, Mama.« Er schien zu überlegen, was er unternehmen wollte.

»Wir können auch mit dem Tretboot auf der Hunte fahren. Der Bootsverleih hat diese Woche wieder aufgemacht.«

»Oh ja. Tretboot! Kann Lukas auch mitkommen?«

»Soll ich seine Mama anrufen?«

Elias nickte freudestrahlend. Doch als sie gerade Sarahs Namen auf ihrem Handy antippen wollte, klingelte das Gerät. Auf dem Display erschien der Name *Paulsen*.

»Herr Paulsen, noch in Osnabrück?«

»Können Sie sprechen?«, fragte er. Er klang gehetzt.

»Augenblick!« Enna sagte Elias, dass sie kurz telefonieren müsse, bevor sie sich in die Küche zurückzog. »Jetzt! Was ist passiert?«

»Bisher noch nichts, aber ich bin mir absolut nicht sicher, ob das so bleibt.«

»Wo sind Sie genau und was ist passiert?«

»Wollen Sie das wirklich wissen?«

»Paulsen!«

»Ja, schon gut. Nachdem ich ein paar Quellen angezapft hatte, schien es mir ratsam, den Vogel etwas genauer unter die Lupe zu nehmen.«

»Sie haben ...«

»Ja! Und er hat mich nicht bemerkt. Dafür habe ich aber durchaus etwas mitbekommen. Unser Vögelchen wird beschattet. Und zwar definitiv nicht von Kollegen. Südländische Typen, bewaffnet und nach meiner Einschätzung Profis.«

»Verdammt, Sie sollten doch ...«

»Jetzt halten Sie mal die Luft an, Frau Kollegin. Ich bin lange genug bei der Truppe, um selbst Entscheidungen zu treffen. Fragen Sie mich lieber, was diese Typen mit unserem Mann vorhaben.« Ohne auf Ennas Reaktion zu warten, fuhr er fort: »Sicher nichts Gutes. Ich würde sogar wetten, dass es ausgesprochen unangenehm für unseren Freund wird.«

»Bedeutet?«, fragte Enna, die Paulsen auf der Stelle vom Dienst suspendiert hätte, wenn er vor ihr gestanden hätte.

»Seine Zeit ist rum. Das sind professionelle Killer. Ich habe so was im Urin. Vertrauen Sie mir.«

»Vertrauen! Ich hatte Ihnen eine klare Ansage gemacht. Keine Observation. Was war daran so schwer zu verstehen?«

»Können wir den Mist auf später verschieben und jetzt über wichtigere Sachen sprechen?«

»Und die wären?«

»Ich weiß nicht, ob Sie mir zugehört haben. Müller hat nicht mehr lange zu leben! Ist uns das egal? Dann ziehe ich mich jetzt zurück.« Enna hörte ein Geräusch. »Da tut sich was. Ich melde mich wieder.«

Die Verbindung wurde unterbrochen. Enna starrte wütend das Handy an und stieß einen Fluch aus. Was lief da in Osnabrück? Sie konnte Paulsen unmöglich freie Hand lassen. Im schlimmsten Fall würde er ihre ganze Einheit sprengen und noch die internationale Ermittlung zum Pädophilen-Ring gefährden.

Kurz entschlossen rief sie Sarah an und fragte, ob Elias den Nachmittag bei Lukas verbringen und unter Umständen auch bei ihnen übernachten konnte. Sarah stimmte sofort zu, Elias erst nach zähen Verhandlungen. Enna packte eine Reisetasche für ihren Sohn und verfrachtete ihn ins Auto. Eine halbe Stunde später fuhr sie auf der Autobahn A29 Richtung Ahlhorn. Dort würde sie auf die A1 stoßen, die direkt nach Osnabrück führte. In spätestens einer guten Stunde würde sie vor Ort sein.

Kurz vor Ahlhorn rief Jan Paulsen wieder an. »Sind Sie im Auto?«

»Ich bin in einer Dreiviertelstunde in Osnabrück. Wie ist die Lage?«

Paulsen schien ihre Antwort zu überraschen. »Oh! Okay! Auch gut. Ich bin im Moment ziemlich in Bewegung. Schreiben Sie mir eine Nachricht, wenn Sie die Stadtgrenze erreichen. Sie bekommen dann von mir die Koordinaten.«

Enna verzog das Gesicht. Koordinaten. Räuber-und-Gendarm-Spiel. Warum sagte dieser Mensch ihr nicht einfach, wo sie sich treffen konnten? Ein Killer in Osnabrück, was für eine absurde Vorstellung! Paulsen fantasierte sich da etwas zusammen. Vielleicht hatte Marco Müller Schulden und wurde von einem Geldeintreiber beobachtet, der eine günstige Gelegenheit abwartete, um ihm eine schmerzhafte Warnung zu überbringen. Selbst diese Vorstellung fand Enna noch so weit hergeholt, dass sie kurz davor war, Paulsen komplett abzuziehen. Würde er ihren Anweisungen folgen? Vermutlich nicht. Von daher war es besser, sie traf sich mit ihm und erklärte ihm vor Ort noch einmal die Lage. *Unsinn*, fuhr es ihr durch den

Kopf. *Paulsen hat genau verstanden, um was es geht, und trotzdem die Anweisungen missachtet.*

Kurz vor Osnabrück hielt Enna auf einem Autobahnparkplatz und schickte Jan Paulsen eine Nachricht. Direkt darauf erhielt sie von ihm einen Straßennamen und eine Beschreibung, wo genau er zu finden war. Sie startete das Navi und gab die Straße ein. Die freundliche Frauenstimme forderte sie auf, wieder auf die Autobahn aufzufahren und nach vier Kilometern abzufahren. Als das Navi anzeigte, dass es noch dreihundert Meter bis zum Ziel waren, stellte sie das Auto auf dem Parkplatz eines großen Supermarkts ab und ging zu Fuß weiter. Sie lief an einer wenig befahrenen Straße entlang auf ein Wohngebiet mit unzähligen vierstöckigen Mietshäusern zu, die hintereinander aufgereiht waren wie Perlen auf einer Kette. Schon aus der Ferne erkannte sie Paulsens alten Mercedes-Benz mit Osnabrücker Kennzeichen. Sie schlenderte auf den Wagen zu und öffnete beiläufig die Beifahrertür und schlüpfte ins Wageninnere.

»Da sind Sie ja endlich«, fauchte Paulsen sie an.

Enna ihrerseits sah ihn wütend an. »Bericht bitte.«

»Müller ist vor einer Stunde mit dem Taxi hier angekommen.« Er reichte ihr ein handliches Fernglas. »Der letzte Hauseingang in der Reihe. Ungefähr fünfzig Meter von hier.«

»Und was soll ich da sehen?« Enna hatte Mühe, ruhig zu bleiben.

»Erst mal gar nichts. Wie gesagt, einer von zahlreichen identischen Hauseingängen. Interessanter ist der schwarze BMW 5er. Ungefähr zwanzig Meter weiter auf dem Parkplatz an der Straße. Duisburger Kennzeichen. Ich habe es schon überprüfen lassen. Ist auf eine Im-und-Export-Firma angemeldet.«

»Und?«

»Die beiden Typen, die im Auto sitzen, verfolgen Müller schon seit gestern Abend. Allerdings war er bisher nie alleine unterwegs. Zwei bis drei Leute wieseln immer um ihn herum.

Ganz junge Typen. Sicher nicht aus einem katholischen Internat entlaufen.«

»Alles schön und gut. Und woher wissen Sie, dass die Duisburger ihn, aus welchem Grund auch immer, nicht nur observieren?«

»Das merke ich, ich bin doch nicht blöd. Das sind keine einfachen Handlanger, die irgendeiner dummen Fratze wie Müller hinterherlaufen. Die warten auf etwas. Dafür lege ich meine Hand ins Feuer. Ich habe lange genug als Personenschützer gearbeitet. Glauben Sie mir, die führen etwas im Schilde.«

Enna lehnte sich auf ihrem Sitz zurück und schloss die Augen. Wo war sie hier reingeraten? Sollte sie Paulsens Aktion sofort abbrechen oder seinem Gespür vertrauen? Sie hatte in seiner Personalakte gelesen, dass er fünf Jahre im Personenschutz von extrem gefährdeten Personen gearbeitet hatte, mehrmals in brenzlige Situationen geraten war und sogar einmal einen Anschlag verhindert hatte. Weitere vier Jahre hatte er bei einem Spezialeinsatzkommando verbracht, das sich mit Organisierter Kriminalität befasste und bei verschiedenen hochgefährlichen Einsätzen im gesamten Ruhrgebiet eingesetzt wurde. Erst anschließend war er nach Osnabrück versetzt worden und hatte dort in verschiedenen Dezernaten gearbeitet.

»Wenn Sie falschliegen, können wir beide einpacken. Ist Ihnen das klar?«, sagte Enna mit geschlossenen Augen.

»Vollkommen klar. Die werden uns, ohne mit der Wimper zu zucken, den Arsch aufreißen.«

Enna seufzte leise. Sie musste sich entscheiden und wog noch einmal hastig das Für und Wider ab. »Wir bleiben und ich mache mir ein Bild davon, was hier los ist. Aber wenn ich die Aktion abbreche, gibt es keine Diskussion.«

Wider Erwarten stimmte Jan Paulsen sofort zu. Er drehte seine Sitzlehne nach hinten und machte es sich bequem. »Das kann dauern. Übernehmen Sie die erste Schicht?«

Gegen achtzehn Uhr stieg Enna aus dem Benz aus, um in einer nahe gelegenen kleinen Pizzeria etwas zu essen zu besorgen. Zwanzig Minuten später saß sie wieder neben Jan Paulsen, dem das Warten im Auto nicht das Geringste auszumachen schien. Seit mindestens sechsunddreißig Stunden war Paulsen inzwischen ununterbrochen im Einsatz, ohne dass Enna ihm das ansah.

Er öffnete die Pappschachtel und griff beherzt hinein. »Nicht so Ihr Ding, oder? Ich meine, stundenlang im Auto sitzen und warten.«

»Eher nicht«, sagte Enna, die sich einen Salat und Pizzabrot mitgebracht hatte. Sie reichte ihrem Kollegen eine Flasche Mineralwasser und öffnete ihre eigene.

»Als ich zur Truppe kam, war noch nicht viel mit Internet und den ganzen Datenbanken. Oldschool. Da qualmten einem schon manchmal die Socken, wenn man abends nach Hause kam.«

»Und der Zeit trauern Sie nach?« Enna biss in das Pizzabrot und trank einen Schluck Wasser.

»Hab ich nicht gesagt. Aber manchmal können die Erfahrungen ganz nützlich sein.« Paulsen schien seine Pizza zu schmecken. Die erste Hälfte hatte er schon verdrückt und für den Rest würde er vermutlich auch nicht mehr lange brauchen.

»Was denn?«, fragte Paulsen, der ihren Blick bemerkt zu haben schien. »Ich habe heute gerade mal zwei Tassen Kaffee bekommen.«

Enna musste unwillkürlich schmunzeln. »Alles gut. Lassen Sie es sich ruhig schmecken.«

Ihr Blick fiel auf den Hauseingang, den sie jetzt seit Stunden beobachteten. »Ist er das?«, fragte sie und reichte Paulsen das Fernglas. Er riss es hoch, schloss im nächsten Augenblick mit einem Ruck den Pizzakarton und warf ihn auf den Rücksitz. »Es geht los.«

Enna beeilte sich, die Plastikschüssel mit ihrem Salat wieder zu verschließen, und ließ sie anschließend zwischen ihre Füße gleiten. Das Pizzabrot warf sie achtlos daneben.

»Er ist wieder nicht alleine. Was machen denn die drei?«, murmelte Paulsen und hielt das Fernglas weiter auf den Hauseingang gerichtet. »Die warten doch auf was.«

»Taxi?«

»Nein, das wäre sicher schon da.«

»Und der BMW? Sehen Sie was?«

»Die Scheiben sind zu dunkel. Sie werden warten. Garantiert!«

In diesem Augenblick kam ein Porsche Cayenne angeschossen und hielt vor den drei Männern. Einer von ihnen – Enna vermutete, dass es Marco Müller war – öffnete die Beifahrertür und stieg ein. Seine beiden Begleiter rührten sich nicht und gingen erst wieder ins Haus, nachdem der Porsche losgefahren war. Paulsen wartete, bis der BMW sich ebenfalls in Bewegung gesetzt hatte, bevor er beiden in gebührendem Abstand folgte.

Sechzehn

Der Porsche hielt vor einem griechischen Restaurant, Marco Müller und der Fahrer des Wagens stiegen aus und betraten das Lokal. Jan Paulsen war an dem parkenden Porsche und dem BMW, der dreißig Meter vor dem Restaurant angehalten hatte, vorbeigefahren und in die nächste Straße nach rechts abgebogen. Sie fuhren einmal um den Block und stellten den alten Benz auf einem Behindertenparkplatz ab.

»Der Klassiker«, sagte Enna, als Müller mit seinem Begleiter fünf Minuten später das Restaurant wieder verließ.

Jan Paulsen grinste. »Jap. Das gute alte Geldeinsammeln. Offensichtlich gibt es für diese Art von Geschäft immer noch keine digitale Variante.«

Eines nach dem anderen setzten sich die drei Fahrzeuge wieder in Bewegung, um wenige Minuten später vor einer Pizzeria zu halten. Wieder stiegen die beiden Männer aus, hielten sich knapp zehn Minuten in dem Lokal auf und fuhren anschließend weiter. Nach dem fünften Restaurant kehrten sie in einer Shisha-Bar ein.

»Das wundert mich jetzt aber doch«, sagte Enna und sah ihren Kollegen mit erhobenen Augenbrauen an.

»Ich denke, die beiden machen Pause. Kontakte pflegen, neue Projekte planen und solche Dinge halt. Nennt man das nicht neudeutsch netzwerken?«

Enna ging nicht auf seine Bemerkung ein. »Haben Sie noch Verbindungen zu Osnabrücker Kollegen, die Ihnen wohlgesonnen sind? Für den Notfall?«

Er schmunzelte. »Doch, ich denke, einem oder zweien werde ich noch vertrauen können.«

»Gut. Wie lange wollen wir das Spiel hier noch mitmachen? Wenn es nur um Schutzgelderpressung geht, sollten wir die Finger davonlassen.«

»Warten wir's ab. Könnten Sie kurz die Bar im Blick behalten? Eine Mütze voll Schlaf könnte ich gut gebrauchen.« Ohne Ennas Antwort abzuwarten, schraubte er seinen Sitz nach hinten und schloss die Augen. Wenige Sekunden später hörte Enna seine gleichmäßigen Atemzüge. Er war eingeschlafen.

Enna nutzte die Zeit und rief bei Sarah an, um Elias zu sagen, dass er heute bei Lukas übernachten würde. Anschließend sprach sie mit Sarah und nahm deren Einladung zum Frühstück am nächsten Morgen gerne an.

Sie warf einen Blick auf den immer noch schlafenden Paulsen und fragte sich zum wiederholten Mal, was sie hier in Osnabrück machte. War es ihre fürsorgliche Art, sich um alles und jeden zu kümmern, oder hatte sie nur Angst, dass ihr die Ermittlungen entglitten? Mit Typen wie Jan Paulsen, die anscheinend ohne Rücksicht durchs Leben preschten, hatte sie immer schon ihre Probleme gehabt. Ihre Art war zurückhaltender. Sie hörte zunächst den Menschen zu, bevor sie sich eine Meinung bildete oder einen Ermittlungsansatz entwickelte. Sie seufzte leise. Es würde eine Weile dauern, bis ihr kleines Team zusammengewachsen sein würde. Doch sie hielt es für genauso wahrscheinlich, dass es auseinanderbrach, bevor es so weit war.

Wieder einmal öffnete sich die Tür der Shisha-Bar. Enna griff nach dem Fernglas und stieß im nächsten Augenblick Jan Paulsen mit dem Ellbogen in die Seite. »Aufwachen. Es geht wieder los.«

Jan Paulsen schien augenblicklich hellwach zu sein, schob mit einer schnellen Bewegung seinen Sitz in Position und beobachtete währenddessen die Straße vor sich. Erst nachdem sich die beiden anderen Fahrzeuge in Bewegung gesetzt hatten, startete Paulsen den Motor und fuhr langsam an.

»Wir müssen uns etwas mehr zurückhalten«, murmelte er. »Die Typen im BMW sind Profis. Ich möchte nicht von ihnen entdeckt werden. Das könnte gefährlich werden.«

Das Fahrzeugaufkommen hatte inzwischen weiter abgenommen, was Paulsens Mercedes die Deckung nahm. Er ließ sich zurückfallen und ging dabei das Risiko ein, den Duisburger BMW zu verlieren. Als sie aus der Innenstadt raus in südöstliche Richtung fuhren, stieß Jan Paulsen einen Pfiff aus. »Es geht nach Fledder.«

»Bedeutet?«, fragte Enna, deren Anspannung spürbar zugenommen hatte.

»Altes Industriegebiet. Karmann, Klöckner. Schon mal gehört?«

»Karmann schon, aber gibt es die Firma noch?«

»Die sind von VW übernommen worden. Und Klöckner war ein Stahlwerk mit langer Tradition. Sind aber schon viele Jahre nicht mehr da. Ich vermute, Müller will sich mit jemandem treffen. Ungesehen.« Er lachte kurz auf. »Richtig klassisch. Eine stillgelegte Halle oder sonst ein stilles Örtchen. Ich vermute mal.«

Der BMW vor ihnen bog nach rechts in eine Nebenstraße. Paulsen stoppte in gebührendem Abstand, wartete kurz, bevor er hinterherfuhr.

»Da wird es ruhiger. Sehr ruhig«, murmelte er.

Enna sah auf ihr Handy und fragte sich zum wiederholten Male, ob sie die ganze Sache nicht doch abblasen und Frieder Schmidt anrufen sollte. Aber dann würde Marco Müller den Abend wohl nicht überleben. Sie konnte jetzt nur noch verlieren – aber vielleicht noch ein Menschenleben retten.

Nachdem der BMW zwei weitere Male abgebogen war, parkte er am Straßenrand. Paulsen war in die letzte Straße nicht mehr eingebogen, weil er wusste, dass es sich um eine Sackgasse handelte. Er stoppte den Mercedes und stellte den Motor ab. Schließlich löste er den Sicherheitsgurt und zog seine Waffe aus dem Holster, um sie zu überprüfen.

»Haben Sie eine Weste an?«, fragte Enna.

»Brauch ich nicht«, hörte sie ihn noch sagen, bevor er aus dem Auto ausstieg.

Kopfschüttelnd folgte Enna ihm. Sie hatte bereits auf dem Parkplatz vor Osnabrück ihre Schutzweste angelegt und trug zu diesem Zweck ein extraweites Hemd. Sie zog ebenfalls ihre Waffe und kontrollierte, ob sie Handyempfang hatte.

Vorsichtig bog sie zu Fuß in die Seitenstraße ein. Fünfzig Meter weiter stand der BMW in einer Nische, er war kaum zu sehen. Von dem Porsche fehlte jede Spur.

»Ganz sicher, dass das eine Sackgasse ist?«

»Wenn da hinten nicht ein Hubschrauber auf Müller wartet …«, antwortete Paulsen leise, aber mit seinem üblichen spöttischen Unterton.

Es dauerte mehrere Minuten, bis sie sich unbemerkt an den BMW herangepirscht hatten. Sie überprüften das Innere, und als sie sichergestellt hatten, dass der Wagen leer war, machten sie sich auf die Suche nach den früheren Insassen. An beiden Seiten der Straße befanden sich alte Industriehallen, von denen sich einige in der letzten Phase des Verfalls befanden, während andere anscheinend noch benutzt wurden. Die beiden

Ermittler arbeiteten sich mühsam Garage für Garage vor und blieben immer wieder stehen und lauschten.

»Verdammt, wir sind zu langsam«, brummte Paulsen.

»Wollen Sie, dass die uns bemerken?«, antwortete Enna.

In diesem Augenblick hörten sie ein dumpfes, leises Geräusch. Enna war sofort klar, dass sie einen Schuss aus einer Waffe mit Schalldämpfer gehört hatte. Fast gleichzeitig mit Paulsen lief sie los, weiter bemüht, in Deckung zu bleiben.

Der Körper lag reglos in einer Einfahrt, Enna sah niemanden, der den Schuss hätte abgefeuert haben können. Sie rannte gebückt auf die Person am Boden zu, während Paulsen sie mit gezogener Waffe sicherte.

»Kopfschuss«, flüsterte Enna und hielt dem Mann auf dem Boden zwei Finger an die Halsschlagader. Als sie keinen Puls spürte, schüttelte sie den Kopf.

»Das ist der Fahrer von Müller. Weiter?«, fragte Paulsen.

Enna nickte und entsicherte ihre Waffe. Nachdem sie ein paar Meter weitergeschlichen waren, zeigte Paulsen stumm nach links. Im Halbschatten einer verfallenen Halle bemerkte sie zwei Personen, die sich langsam im Schutz wild wuchernder Büsche fortbewegten.

Enna nickte und griff nach ihrem Handy.

»Keine Zeit«, raunte ihr Paulsen zu, der im nächsten Moment mit der Waffe im Anschlag die Führung übernahm.

Enna blieb nichts anderes übrig, als ihm zu folgen. Während sie sich auf die Büsche zubewegten, verschwanden die Personen plötzlich. Als Enna hinter Paulsen die Hallenwand erreichte, sah sie die Öffnung in der Wand, die ehemals eine Tür gewesen sein musste.

»Sie sind da drin«, flüsterte Paulsen und griff nach der Taschenlampe, die an seinem Gürtel befestigt war. »Ich gehe als Erster.«

Ohne auf Ennas Reaktion auf seine Ankündigung zu warten, glitt er durch die dunkle Öffnung in die verfallene Halle. Enna atmete tief durch und folgte ihm. Das Schummerlicht im Inneren gab nur schemenhafte Konturen frei. Erst als sich Ennas Augen an die neuen Lichtverhältnisse gewöhnt hatten, sah sie die drei Personen in der Mitte der etwa vierhundert Quadratmeter großen Halle. Zwei der Männer hielten ihre Waffen auf einen Dritten gerichtet, bei dem es sich vermutlich um Marco Müller handelte. Die bedrohte Person begann zu jammern und sprach die Männer mit der Waffe auf Italienisch an.

»Polizei!«, donnerte Paulsen durch die Halle und gab gleich darauf einen Warnschuss ab. »Auf den Boden! Alle!«

Enna hatte ihre Waffe wie Paulsen auf die drei Männer gerichtet, die knapp fünfzehn Meter von ihnen entfernt standen. Während Paulsen noch seine Befehle durch die Halle schrie, wurde Marco Müller von einem Schuss aus der schallgedämpften Waffe getroffen. Müller, der sich einen Sekundenbruchteil zuvor zur Seite bewegt hatte, flog jetzt wie von einer Riesenwelle getroffen nach hinten. Er verlor das Gleichgewicht und schlug, ohne sich abzufangen, auf dem Boden auf. Während Enna noch seinen Fall beobachtete, hatte Paulsen bereits mehrere Schüsse in schneller Folge in Richtung der anderen Männer abgegeben. Einer der beiden zuckte zusammen und fasste sich gleich darauf an die Schulter. Der andere richtete seine Waffe auf Enna und Jan Paulsen und begann zu schießen. Enna warf sich auf den Boden, rollte sich ab und legte die Waffe auf die Männer an, die bereits zu einer weiteren Tür auf der anderen Seite der Halle liefen. Der nicht verwundete Mann ging rückwärts und schoss in ihre Richtung. Enna hörte, wie hinter ihr die Kugeln in der Wand einschlugen. Während sie sich weiter über den Boden drehte, schoss sie jedes Mal, wenn sie auf dem Bauch lag, in Richtung der fliehenden Männer.

Ganz plötzlich hörte der Beschuss auf, dann herrschte Stille in der Halle. Enna richtete sich auf und betastete ihren Körper. *Glück gehabt*, schoss es ihr durch den Kopf, während sie sich nach Paulsen umsah. Der hatte sich offensichtlich wie sie nach dem ersten Schuss auf den Boden geworfen und rappelte sich jetzt leicht benommen auf. Über sein Gesicht lief Blut. Er wischte es ab und starrte dann entgeistert auf seine rot gefärbte Hand.

»Sind Sie getroffen worden?«, rief Enna ihn zu.

Er sah sie an, als wäre sie ein Geist. Schließlich kniff er die Augen zusammen, griff sich noch einmal an den Kopf und sagte: »Nur ein Streifschuss.«

Enna nickte und hastete zum immer noch auf dem Boden liegenden Marco Müller. Aus seiner Schulter trat Blut aus, aber soweit Enna das in der Eile beurteilen konnte, handelte es sich um einen harmlosen Treffer im Schulterbereich, der weder eine Arterie noch andere lebenswichtige Organe getroffen hatte. Sie bückte sich zu ihm hinunter und bemerkte erst jetzt, dass er nicht bei Bewusstsein war. Vorsichtig drehte sie ihn in die Seitenlage und entdeckte dabei ein klaffendes Loch am Hinterkopf. Ihr nächster Blick fiel auf einen im Boden verankerten Metallblock, der offensichtlich als eine Art Fundament für eine große Maschine gedient hatte. Das Metall schimmerte nass und dunkelrot. Marco Müller war durch den Schulterschuss unglücklich nach hinten geschleudert worden und auf den zwanzig Zentimeter aus dem Boden ragenden Metallblock gefallen.

»Lebt er noch?«, fragte Jan Paulsen, der inzwischen zu Enna getreten war und sich jetzt ebenfalls zum verletzten Marco Müller herunterbeugte.

»Ja, ich rufe einen Krankenwagen. Sehen Sie zu, dass Ihre Osnabrücker Kollegen hier auflaufen. Und zwar schnell. Und ich brauche den Namen und die Telefonnummer des zuständigen Staatsanwalts.«

Jan Paulsen nickte, griff nach seinem Handy und ging ein paar Schritte. Enna wählte den Notruf, bat um einen Notarzt und Krankenwagen und gab die Adresse durch.

Jan Paulsen kam zu ihr zurück. »In einer Viertelstunde.« Er nannte ihr den Namen des Staatsanwalts und dessen Nummer, bevor er sich zur Straße aufmachte, um den Kollegen und dem Notarzt den Weg zu weisen.

Enna wählte die Nummer des Staatsanwalts, die ihr Paulsen gegeben hatte, und brauchte zwei Minuten, um ihn davon zu überzeugen, sich direkt auf den Weg zu ihnen zu machen. Während sie telefonierte, hatte sie die ganze Zeit ein Auge auf Marco Müller, der aber kein Lebenszeichen von sich gab. Sie kontrollierte noch einmal seinen Puls und seine Lage, bevor sie wieder zum Telefon griff und Frieder Schmidt anrief.

»Verdammt, Enna. Wir hatten eine klare Abmachung«, sagte er, nachdem sie ihm kurz die Lage geschildert hatte.

»Hätten wir ihm nicht helfen sollen? Das konnte ich nicht mit meinem Gewissen vereinbaren.«

»Nein, das Problem ist, dass ihr überhaupt dort gewesen seid.«

»Das war ein Zufallstreffer. Mein Kollege hat erfahren, dass Müller auf einer Todesliste steht und der Auftrag gerade ausgeführt werden sollte. Da mussten wir uns dranhängen, Frieder. Das hättest du auch nicht anders gemacht. Und glaub mir, wenn sich nicht sofort gezeigt hätte, dass die Info richtig ist, hätte ich die Observation abgebrochen. Ganz klar!«

Enna hatte weder Zeit noch Energie, Frieder in alle Details einzuweihen. Von daher musste er sich mit einer etwas geschönten Variante zufriedengeben.

»Und was willst du jetzt von mir?« Er klang äußerst verärgert.

»Der zuständige Staatsanwalt taucht hier gleich auf. Ich möchte ihm möglichst reinen Wein einschenken. Und genau da liegt der Haken. Was soll und kann ich ihm sagen?«

Sie hörte Frieder Schmidt schwer atmen. »Du hast mich vor einer Stunde angerufen. Da warst du schon bei der Observation. Ich hatte vorher von dir die drei Namen. Der Vater, der Onkel und der Lehrer. Du hast mir dann aktuell den Namen von Müller genannt und ich habe dich darüber informiert, was Sache ist. In dem Augenblick war aber schon klar, dass ein Killer auf ihn angesetzt ist, und ihr habt das Beste daraus gemacht.«

»Ja, so könnte es klappen. Er kann dann bei dir die weiteren Informationen abfragen. Mit etwas Geschick und gutem Willen können wir verhindern, dass die anderen Mitglieder deiner Gruppe aufgeschreckt werden.«

»Ich bin erreichbar, Enna.«

»Bis später. Ich höre schon die Sirenen.«

Siebzehn

Der Notarzt versorgte den Verletzten und stellte anschließend den Tod von Müllers Begleiter fest. Währenddessen trafen zwei Beamte der örtlichen Kriminalpolizei vor Ort ein, informierten sich zunächst kurz bei Jan Paulsen, bevor sie Enna ansprachen. Sie wies sich als LKA-Ermittlerin aus und bat darum, auf den Staatsanwalt zu warten.

»Ach, den haben Sie auch schon herzitiert?«, fragte der ältere der Osnabrücker Ermittler, ein großer kräftiger Mann in Paulsens Alter, der sich als Roland Moos vorgestellt hatte.

»Kollege Moos, wir hatten wirklich nicht vor, in Ihrem Revier zu wildern. Marco Müller ist in den Fokus unserer Ermittlungen geraten, und als wir ihn befragen wollten, haben sich die Ereignisse überschlagen. Wie ich soeben von einem Oldenburger Kollegen erfahren habe, ist Müller in andere, internationale kriminelle Aktivitäten verwickelt.«

Roland Moos warf ihr einen spöttischen Blick zu. »Kleiner geht's gerade nicht?«

In diesem Augenblick hielt eine schwarze Limousine vor der Halle. Der Fahrer stieg aus und kam direkt auf sie zu. Noch bevor er sie erreicht hatte, wurde Marco Müller auf einer Trage zum Krankenwagen gebracht. Der Notarzt lief nebenher und hielt einen Infusionsbeutel hoch. Er nickte Enna zu.

Der Mann aus der Limousine trat auf sie zu, nickte einmal in die Runde und wies Roland Moos an, den Notarzt zu befragen.

»Schicken Sie zwei Beamte in das Krankenhaus. Sie sollen den Herrn auf der Trage im Auge behalten«, fügte er hinzu, bevor er sich an Enna wandte und ihr die Hand reichte. »Frau Hauptkommissarin Andersen?«

»Herr Dr. Padberg?«, antwortete Enna. »Können wir uns kurz unter vier Augen unterhalten?«

Staatsanwalt Padberg, ein Mann Mitte vierzig, Maßanzug und glänzende Lederschuhe, zurückgekämmtes dunkles Haar und markante männliche Gesichtszüge, nickte und trat ein paar Schritte zur Seite. Enna folgte ihm.

»Ich habe mit Hauptkommissar Schmidt in Oldenburg gesprochen und bin so weit informiert. Was schlagen Sie vor?«

»Kollege Paulsen hat das Fahrzeug der Täter bereits in die Fahndung gegeben«, begann Enna und ignorierte Padbergs abfälligen Blick, als der Name Paulsen fiel. »Wir sollten die Duisburger Kollegen informieren, auch wenn ich nicht glaube, dass das Auto dort auftauchen wird.«

»Weiter.«

»Solange nicht klar ist, ob Müller durchkommt, sollten wir ihn offiziell sterben lassen. Sie könnten verlautbaren lassen, dass bei einer Auseinandersetzung im Schutzgeldmilieu zwei Männer getötet wurden und nach den Tätern gefahndet wird.«

»Sehr gewagt, Frau Hauptkommissarin«, kommentierte Padberg ihren Vorschlag. »Warten wir ab, was die Ärzte sagen. Ich werde gleich eine Informationssperre verhängen, morgen sehen wir weiter.«

Enna reichte ihm ihre Visitenkarte. »Hier können Sie mich Tag und Nacht erreichen.«

Staatsanwalt Padberg setzte ein professionelles Lächeln auf. »Ich melde mich, falls es notwendig sein sollte.«

»Ich vermute, dass Marco Müller in unseren aktuellen Ermittlungen eine entscheidende Rolle spielt. Ich wäre Ihnen dankbar, wenn Sie mich informieren, sobald die Ärzte seinen Gesundheitszustand beurteilen können.«

»Schau'n wir mal«, antwortete er und wandte sich ab.

»Wird er überleben?«, fragte Jan Paulsen, als Enna zu ihm in den Wagen stieg. Der Staatsanwalt hatte sich nach einem kurzen Gespräch mit Roland Moos wieder auf den Weg gemacht und die Kriminaltechniker waren gekommen. Nachdem Jan Paulsens Streifschuss von einem Sanitäter verarztet worden war, waren Enna und er den Ablauf der Ereignisse mehrmals mit Roland Moos durchgegangen, hatten, soweit möglich, die beiden Täter beschrieben und vom Verlauf der Observation berichtet.

»Ich bin keine Ärztin. Kopfverletzungen können manchmal ziemlich gravierende Folgen haben. Ich habe noch kurz mit dem Notarzt sprechen können. Er konnte natürlich noch nicht viel sagen, aber es schien mir, dass er Müller nicht als hoffnungslosen Fall einstuft.«

»Und jetzt?«

»Sie fahren mich zu meinem Auto, ich fahre nach Oldenburg und dann warten wir ab. Der Staatsanwalt schien nicht sehr geneigt zu sein, auf meine Argumente einzugehen.«

»Ich kenne ihn«, murmelte Jan Paulsen und startete den Motor.

Sie schwiegen, bis der Mercedes hinter Ennas Passat hielt.

»Was ich noch sagen wollte«, begann Enna. »Dass Sie geschossen haben, war vollkommen korrekt, und falls Müller überleben sollte, ist es Ihr Verdienst.«

»Das ist doch nicht etwa ein Lob?« Paulsens Stimme hatte wieder einmal den typisch spöttischen Unterton angenommen.

»Wollen Sie ein Lob von mir? Wohl kaum. Sie haben in einer brenzligen Situation schnell und effektiv reagiert. Das ist gut zu wissen. Ich wollte nicht mehr, aber auch nicht weniger sagen.«

Paulsen brummte etwas Unverständliches. Als Enna ihn fragend ansah, murmelte er: »Dann noch einen schönen Sonntag für Sie.«

Enna öffnete die Tür. »Wünsche ich Ihnen auch.«

Kurz nach Mitternacht fuhr Enna auf der A1 Richtung Norden. Nach kurzem Zögern wählte sie die Nummer von Pia Sims. Sie meldete sich nach dem ersten Klingelton.

»Kann ich noch stören?«, fragte Enna.

»Kein Problem! Was ist passiert?«

Enna gab ihr eine Kurzfassung der Ereignisse.

»Und jetzt liegt Marco Müller in einer Osnabrücker Klinik?«

»Ja, aber das ist unser geringstes Problem. Ich fürchte, der Staatsanwalt ist nicht sehr kooperativ in Bezug auf unseren Fall.«

»Ein Dr. Padberg, sagten Sie?«

»Ja.«

»Ich meine, den Namen schon mal gehört zu haben.«

»Über Ihren Onkel?«, fragte Enna vorsichtig nach.

»Vermutlich ja. Vielleicht sollte ich ihn morgen anrufen? Was meinen Sie? Unter Umständen kann er ja Dr. Padberg …« Pia Sims ließ den Gedanken unausgesprochen.

»Das könnte durchaus nützlich sein, Kollegin Sims.«

»Warum auch nicht.« Sie lachte. »Irgendeinen Nutzen muss doch diese lästige Verwandtschaft haben.«

»Dann bleibt mir nur noch, eine gute Nacht zu wünschen. Bis Montag!«

Enna spürte die Müdigkeit in sich aufsteigen. Sie fuhr bei der Raststätte *Dammer Berge* ab und suchte sich einen Parkplatz in der Nähe des Restaurants, das als Brücke über die Autobahn gebaut war. Mit einem doppelten Espresso setzte sie sich über der Mitte der Fahrbahn ans Fenster. Unter ihr donnerten die Fahrzeuge in beide Richtungen über die A1 und Enna wunderte sich, dass mitten in der Nacht noch so viele Menschen unterwegs waren. Unwillkürlich musste sie an Simon denken und ihr Herz zog sich schmerzhaft zusammen. Dann stellte sie sich Elias vor, wie er friedlich unten in Lukas' Stockbett schlief, ahnungslos, welcher Gefahr sie sich heute ausgesetzt hatte. Die Kriminaltechnik hatte acht Kugeln in der Hallenwand hinter ihnen gefunden, fünf davon waren für Paulsen bestimmt gewesen, drei für sie. Dieses Mal hatte sie Glück gehabt und war unverletzt geblieben, aber eine Garantie dafür gab es nicht. Was würde aus Elias werden, wenn sie für längere Zeit im Krankenhaus lag? Und was, wenn …

Enna stand auf und ging schnellen Schrittes zu ihrem Auto. Erst als sie am Steuer saß, atmete sie tief durch. In einer halben Stunde würde sie in ihrem Bett liegen und morgen früh Elias wiedersehen.

»Hat sich mein Großer anständig benommen?«, fragte Enna, nachdem Elias, der ihr gleich entgegengerannt war und ihre Beine lange fest umschlungen hatte, mit Lukas wieder in dessen Zimmer verschwunden war.

»Überhaupt kein Problem«, sagte Sarah lachend. »Die beiden waren um neun Uhr so müde, dass sie freiwillig ins Bett gegangen sind.«

Sarah umarmte Enna. »Alles gut bei dir gelaufen? Du siehst völlig geschafft aus. Komm erst mal rein und trink einen Kaffee.«

Enna fand den Frühstückstisch gedeckt vor, ließ sich seufzend auf einem der Stühle nieder und nahm dankbar die große Tasse Milchkaffee entgegen.

»Wahrscheinlich darfst du mir nicht erzählen, was passiert ist, oder?«

»Sei froh drum«, antwortete Enna. »Ich war außerhalb von Oldenburg in einem nicht so schönen Einsatz.«

»War es gefährlich?«, fragte Sarah entsetzt.

Glücklicherweise stürmten in diesem Augenblick die beiden Jungen in die Küche und fragten lautstark nach einem Kakao mit Sahne. Als sie Sarahs skeptischen Blick bemerkten, fügten sie schnell im Chor ein *bitte* hinzu.

Nach dem ausgiebigen Frühstück half Enna ihrer Freundin beim Aufräumen.

»Du hast mir vorhin nicht mehr geantwortet«, kam Sarah auf ihre Frage zurück. »War es gefährlich?«

»Es ist doch nichts passiert«, wich Enna ihr aus.

Sarah legte das Küchenhandtuch zur Seite. »Also ja.« Sie schüttelte mit entsetzter Miene den Kopf. »Wie hältst du das nur aus? Ich würde wahnsinnig werden vor Angst.«

»Ich bin nun mal Polizistin, Sarah. Was anderes habe ich nicht gelernt.«

»Gibt es denn keinen anderen Job bei der Polizei? Nicht in der Kleiderkammer oder so, aber …«

Enna lachte. »Eine Kleiderkammer. So etwas gibt es bei uns nicht.« Sie wurde ernst. »Eigentlich habe ich in der Abteilung einen recht ruhigen Job, sozusagen rund um die Uhr Akten lesen. Aber in diesem Fall ließ es sich nicht verhindern – wir mussten eingreifen.«

»Und es ist richtig brenzlig geworden?«

»Sarah, das darf ich dir nicht erzählen. Ich bin wieder da und alles ist gut.« Sie umarmte ihre Freundin. »Das ist doch das, was zählt.« In Gedanken fügte sie hinzu: *Zumindest jetzt und heute.*

Achtzehn

»Dann eröffne ich mal die neue Woche«, sagte Enna am Montagmorgen zu ihren beiden Kollegen. Jan Paulsen war gerade eingetroffen und hatte sich, mit einer Tasse Kaffee in der Hand, zu Enna und Pia Sims gesellt. »Kollegin Sims weiß bereits über die Vorkommnisse in Osnabrück Bescheid, über die Ermittlungsergebnisse vom Freitag habe ich Kollege Paulsen ebenfalls informiert.«

»Dann können wir ja loslegen«, sagte Jan Paulsen und schickte gleich ein bemühtes Lächeln hinterher.

»Wie geht es Ihrem Kopf?«, fragte Enna.

»Alles gut«, murmelte Paulsen. »Unkraut vergeht nicht.«

Enna nickte und trat an die Tafel. Sie schrieb den Namen *Marco Müller* darauf und kreiste ihn mit einem Rotstift mehrmals ein. »Der Osnabrücker Staatsanwalt scheint nun doch kooperativer, als vorgestern Abend zu vermuten war«, begann Enna und bemerkte Paulsens erstaunte Miene. »Dr. Padberg rief mich gestern am frühen Nachmittag an und hat mir mitgeteilt, dass Müller so weit stabil ist, aber ins künstliche Koma versetzt wurde. Er hat sich eine Hirnprellung zugezogen. Bevor die Ärzte ihn wieder aufwecken können, muss sie erst abklingen. Auf jeden Fall scheint die Chance groß zu sein, dass Müller überlebt und mit Glück auch ansprechbar ist. Dass er offiziell als tot gilt, war meine Idee, die der Staatsanwalt dankenswerterweise aufgegriffen hat.«

Jan Paulsen hatte seine rechte Hand in die Luft gestreckt. »Eine Frage hätte ich schon dazu. Wie kommt es, dass dieser Schnösel von Staatsanwalt plötzlich seine Meinung geändert hat?«

»Gute Argumente, mein einnehmendes Wesen?«, sagte Enna. »Wer weiß das schon. Wichtig ist doch, dass er mit uns kooperiert.«

Paulsen ließ sich in seinen Stuhl zurückfallen. »War nur eine Frage. Machen wir einfach weiter.«

»Okay«, nahm Pia Sims den Faden auf. »Sehe ich das richtig, dass wir Müller, auch wenn er wieder aufwachen sollte, nicht befragen dürfen?«

»Nicht ganz. Aktuell ist er offiziell tot. Wenn die Duisburger Killer das schlucken, müssen wir nur noch dafür sorgen, dass es im kriminellen Pädophilen-Sumpf keine Probleme gibt. Voraussetzung wäre sicher, dass sich Müller bereit erklärt, in der Pädophilen-Sache voll und ganz zu kooperieren. Dann könnte er als Kronzeuge fungieren und ins Zeugenschutzprogramm übernommen werden.«

Enna hatte am Sonntagnachmittag ein langes Telefongespräch mit Frieder Schmidt geführt und dabei mit ihm über eine gemeinsame Strategie gegenüber der Staatsanwaltschaft gesprochen. Schmidts Groll auf Enna hatte sich zu dem Zeitpunkt bereits gelegt und er hatte ebenso wie Enna Überlegungen angestellt, wie der Mordanschlag auf Müller zum Vorteil der internationalen Ermittlungen genutzt werden konnte.

»Was ist mit der Mutter?«, fragte Pia Sims.

»Die ist darüber informiert, dass ihr Sohn im Koma liegt und warum die Nachricht über seinen Tod verbreitet wird. Weitere nahe Verwandte hat er nicht.«

»Verdammt, das mit dem Zeugenschutz kann ewig dauern«, fluchte Jan Paulsen. »Diesen Mist kenne ich zur Genüge.«

»Nicht unter diesen Bedingungen«, sagte Pia Sims. »Laut Staatsanwalt ist Müller nicht mehr am Leben. Spätestens wenn er aufwacht, muss es eine schnelle Entscheidung geben.«

»Darauf hoffe ich auch«, fügte Enna hinzu. »Also können wir im Moment nur abwarten und hoffen, dass Müller bald wieder aufwacht.« Sie tippte noch einmal auf Müllers Namen an die Tafel. »Die Frage ist jetzt: Was hat er mit der Entführung von Marie Hansen zu tun?«

»Er war siebzehn damals«, dachte Pia Sims laut nach und blätterte in ihren Unterlagen. »Hier, Hauptschulabschluss, angefangene Lehre als Elektriker. Er hat Anfang Juni Geburtstag, war also fast achtzehn, als Marie verschwunden ist.«

»Arbeitslos?«, fragte Jan Paulsen.

»Er war ein halbes Jahr zuvor aus der Ausbildung geflogen«, bestätigte Pia Sims mit Blick auf ihre Notizen.

»Lassen Sie mich raten: Er hat seine Firma bestohlen«, sagte Jan Paulsen.

»Darüber konnte ich nichts finden, aber sicher wird sich jemand in der Firma erinnern, wenn ich dort anrufe.« Pia Sims richtete sich auf. »Dann fange ich mal an. Mein Internetdurchlauf hat extrem wenig gebracht. Seit fünf Jahren hält sich Marco Müller komplett von sozialen Medien fern. Das ist ungewöhnlich für einen jungen Mann. Ich habe alte Facebook-Einträge von ihm gefunden, die vor dieser Zeit liegen, und ich vermute, dass er sein Profil 2014 gelöscht hat.«

»Und woher wissen wir von den Einträgen?«, fragte Jan Paulsen misstrauisch.

»Das habe ich in den Tiefen des Netzes gefunden. Soll ich das im Detail erklären?«, fragte Pia Sims offen in die Runde.

»Die Ergebnisse reichen uns«, schritt Enna ein, bevor Jan Paulsen antworten konnte. »Was gab es weiter?«

Pia Sims nickte und fuhr fort: »Wie gesagt, ab Anfang 2014 habe ich nichts mehr gefunden. Zuvor nur Facebook. Die üblichen Postings von testosterongesteuerten jungen Männern. Wenig bis gar nicht bekleidete Frauen, übermotorisierte Autos, Verschwörungstheorien und dumme Sprüche.«

»Hochinteressant«, murmelte Jan Paulsen.

»Eigentlich nicht«, entgegnete Pia Sims. »Interessant sind die Personen, mit denen er verbunden war oder von denen ich zumindest vermute, dass er etwas mit ihnen zu tun hatte. Da sein Profil gelöscht ist, kann ich das nicht mit hundertprozentiger Sicherheit sagen. Marco Müller hat im Januar 2014 seinen Wohnsitz nach Osnabrück verlegt. Zumindest offiziell. Die Personen, mit denen er in NRW über Social-Media-Kanäle befreundet war, waren Kleinkriminelle. Ich habe viele von ihnen in unserer Datenbank gefunden. Einbruch, Drogen, Körperverletzung.«

»Was bringt uns das jetzt?«, fragte Jan Paulsen, der sich um einen moderaten Ton zu bemühen schien.

»Geduld! Müller war nicht einer der Mitläufer. Wenn ich alle gefundenen Einträge bewerte, komme ich zu dem Schluss, dass er eine Art Anführer war. Als er nach Osnabrück umgezogen ist, fiel die Gruppe auseinander. Bis dahin scheint er sozusagen für Ruhe gesorgt zu haben, ohne ihn haben sich seine ehemaligen Freunde nicht mehr lange gut verstanden.«

»In diese Zeit fallen die Morde in Düsseldorf«, warf Enna ein. »Er sollte als Informant angeworben werden, hat sich aber letztendlich aus der Affäre gezogen. Mein Kollege in Krefeld meinte, er sei ein Laufbursche der Mafia gewesen. Er hielt ihn für erheblich intelligenter, als er sich gab.«

»Laufbursche«, wiederholte Pia Sims. »Dann hat er sich sozusagen ein zweites Standbein aufbauen wollen. Die Ermittlungen kamen ihm vermutlich dazwischen. Das passt in meine Recherchen zu dem plötzlichen Verschwinden aus dem ursprünglichen Wirkungskreis.«

»Bleibt die Frage, wie er so schnell in Osnabrück Fuß fassen konnte«, sagte Enna und sah Jan Paulsen an. »Ist Ihnen Marco Müller nie aufgefallen?«

»Schutzgeld war nicht mein Bereich. Allerdings scheint er ziemlich unter dem Radar geblieben zu sein. Ich habe am Freitag auch einige Zeit gebraucht, bis ich halbwegs taugliche Informationen über ihn bekommen habe. Letztlich wusste niemand so richtig, für wen der Typ arbeitet, wo er herkommt und so weiter.«

»Er ist aufgestiegen«, sagte Enna mehr zu sich selbst.

»Sie meinen, er hat noch Kontakt zur Mafia?«, fragte Pia Sims.

»Genau. Er hat sich bei seinen Befragungen im Zusammenhang mit den Pizzeria-Morden elegant aus der Affäre gezogen. Vielleicht war er gar kein Laufbursche mehr und schon auf dem Absprung nach oben.«

»Die haben ihn nach Osnabrück versetzt«, sagte Jan Paulsen. »Mit einem klaren Auftrag.«

»Und warum sollte er jetzt getötet werden?«, fragte Pia Sims. »Hat er die Mafia betrogen?«

Jan Paulsen schüttelte den Kopf. »Nein, das glaube ich nicht. Die hätten ihn einfach zu sich herzitiert und dann exekutiert. Bestenfalls in Italien. Das wäre erheblich unauffälliger gewesen als die Aktion in Osnabrück. Die sieht mir eher nach einer persönlichen Abrechnung aus.«

»Gut, gehen wir also davon aus, dass Marco Müller weiter für die 'Ndrangheta gearbeitet hat«, fasste Enna zusammen. »Die Frage ist, warum er trotzdem in den Fokus der internationalen Ermittlungen geraten ist. Ich habe mich noch einmal umgehört, die Mafia agiert normalerweise immer noch nicht im kriminellen Pädophilen-Milieu. Wie passt das zusammen?«

»Vielleicht hat er nach einem Zuverdienst gesucht«, schlug Jan Paulsen vor. »Und die Mafia ist ihm auf die Schliche gekommen …« Er brach ab. »Nein, so weit waren wir ja schon. Sie hätten ihren eigenen Mann niemals vor Ort liquidiert. Es muss einen anderen Grund geben.«

»Können Sie noch einmal Ihre Osnabrücker Quellen anzapfen?«, sprach Enna Jan Paulsen an. »Jetzt, mit den neuen Informationen.«

Jan Paulsen wiegte skeptisch den Kopf. »Der Mann ist tot und das wird sich schnell rumsprechen. Ich fürchte, die Angst geht um. Aber ich versuche es.«

»Gut. Und wir …«, Enna wandte sich an Pia Sims, »… sollten noch einmal mit Imke Hansen sprechen. Wir brauchen mehr Informationen über die Familie Müller, und vor allem über Marco. Hatte er Kontakt zu den Schwestern, wie hat Marie ihn gesehen, was hat sie von ihm gedacht?«

»Ich werde sie gleich anschreiben. In Sydney ist es jetzt früher Abend, vielleicht hat sie ja gleich noch Zeit für uns.«

Jan Paulsen stand auf. »Und ich verabschiede mich nach Osnabrück. Morgen früh um neun?«

Enna nickte. »Wie immer bitte vorsichtig. Ich möchte nicht, dass der Staatsanwalt einen Grund findet, uns doch noch außen vor zu lassen.«

Gegen zehn Uhr kam Pia Sims zu Enna ins Büro. »Imke Hansen hat mir geantwortet. In zehn Minuten können wir sie über Skype erreichen.«

»Klasse. Ich bin gleich bei Ihnen.«

Enna, die dabei war, den Rest der Befragung von Holger Martens anzuhören, stoppte die Aufnahme und machte sich ein paar Notizen. Sie war sich inzwischen sicher, dass Maries ehemaliger Lehrer etwas zu verbergen hatte oder sich in den neun

Jahren so sehr in seine Abwehrhaltung hineingesteigert hatte, dass der Eindruck entstehen musste, er verheimliche etwas.

Enna kam gerade rechtzeitig, als Pia Sims Skype startete und Imke Hansen anrief.

»Guten Abend, Frau Hansen«, begrüßte Pia Sims sie mit einem freundlichen Lächeln. »Vielen Dank, dass Sie ein weiteres Mal mit uns sprechen.«

»Das hatte ich ja angeboten. Haben Sie noch weitere Fragen?«

»Frau Hauptkommissarin Andersen kennen Sie bereits«, sagte Pia Sims und wandte sich zu Enna, um ihr das Gespräch zu übergeben.

»Guten Abend. Wir hatten Sie beim letzten Kontakt schon nach der Familie Müller gefragt. Erinnern Sie sich?«

Imke Hansen nickte. »Ja, natürlich.«

»Wir interessieren uns besonders für Marco Müller. Sie haben ihn uns als schüchtern und zurückhaltend beschrieben.«

»Ja, das ist zumindest meine Erinnerung.«

»Können Sie sich an noch andere Einzelheiten erinnern? Hatte er Kontakt zu Ihnen und Marie, wie wirkte er auf Sie, wie hat er sich Ihnen beiden gegenüber verhalten?«

»Sie haben ihn in Verdacht?«, fragte Imke Hansen erstaunt.

»Nein, dazu wissen wir noch zu wenig über ihn.«

Imke Hansen nickte nachdenklich. »Ja, Marco. Ehrlich gesagt habe ich nach unserem Gespräch immer mal wieder über ihn nachgedacht. Und ja, wir haben doch hin und wieder mit ihm gesprochen. Ich glaube sogar, er hat mit uns Fußball gespielt.« Sie hielt einen Augenblick inne. »Da fällt mir ein, dass Marie zu der Zeit darüber nachgedacht hat, in einem Verein zu spielen. Fußball, meine ich.«

»Und Marco Müller hatte da Erfahrung?«

»Ich meine schon. Er lief auch immer in einem dieser Trikots herum. Irgendein Bundesligaverein in der Nähe von dem Ort, wo er wohnte.«

»Mönchengladbach?«, warf Pia Sims ein.

»Ja, vielleicht. Also, es könnte tatsächlich sein, dass Marie mehr mit ihm zusammen war als ich. Aber dabei ging es garantiert nur um Fußball. Und irgendjemand von uns war immer in der Nähe. Wir durften auch nur zu zweit über die Insel laufen. Marie und ich. Oder halt mit unseren …« Sie zögerte kurz. »… Eltern. Also, da war nichts. Und er war ja auch viele Jahre älter als wir.« Sie stutzte. »Sie vermuten jetzt aber nicht, dass Marco Müller …«

»Wie gesagt, Frau Hansen. Wir sind ganz am Anfang der Ermittlungen. Noch einmal die Frage: Was machte Marco auf Sie für einen Eindruck? Nicht nur damals, sondern vor allem aus heutiger Sicht.«

»Verloren. Er wirkte verloren. Als suche er die ganze Zeit nach etwas. Und, aber das habe ich damals natürlich nicht begriffen, es lag eine unterschwellige Aggressivität in allem, was er machte und sagte.«

Enna horchte auf. »Können Sie das mit der Aggressivität noch etwas ausführlicher schildern?«

»Schwer. Das ist mehr ein Eindruck und natürlich auch aus meiner Erwachsenenperspektive. Als Kind habe ich nicht verstanden, was da in der Familie Müller für ein Klima herrschte.« Sie sog tief Luft ein und atmete langsam wieder aus. »Ich glaube, es war kein Zufall, dass sich Marcos Vater und mein Erzeuger so gut verstanden haben. Beide sind oder waren autoritäre Arschlöcher, die von ihrem Umfeld verlangt haben, dass man ihnen widerspruchslos gehorchte. Der Unterschied zwischen den beiden war, dass Marcos Vater das brutal durchgesetzt hat, während mein Erzeuger uns totgequatscht hat. Der konnte nur bei uns den großen Macker markieren und sich alles erlauben.

Eigentlich ist er eine Memme und zieht beim ersten Gegenwind den Schwanz ein.«

»Brutal durchgesetzt?«, versuchte Enna, das Gespräch wieder auf die Familie Müller zu lenken.

»Er hat ihn geschlagen. Das habe ich selbst gesehen. Ich erinnere mich an mindestens zwei Mal. Das eine Mal war es nur eine kräftige Ohrfeige. Wir haben alle zusammen gegrillt und Marcos Vater hat es überhaupt nicht gekümmert, dass er bei uns zu Gast war. Ich weiß nicht mehr, um was es zwischen Vater und Sohn ging, aber an die Ohrfeige erinnere ich mich. Und das zweite Mal habe ich sie heimlich beobachtet. Da hat er Marco regelrecht zusammengeschlagen.«

»War Marie auch dabei?«

Imke Hansen nickte. »Ja, beide Male. Beim zweiten Mal waren wir alleine im Ort unterwegs und wollten nur kurz bei den Müllers vorbeischauen, als wir Vater und Sohn im Garten beobachtet haben. Wir sind dann aber schnell weggelaufen und haben darüber auch mit niemandem gesprochen.«

»Marco hat sich nicht gewehrt?«, fragte Pia Sims. »Er war immerhin siebzehn.«

»Das weiß ich nicht. Wir waren ja nur am Anfang dabei. Da hat er die Schläge so hingenommen.«

»Wie hat Marie damals darauf reagiert?«, fragte Enna weiter.

»Sie hat geweint, das weiß ich noch. Ich habe sie getröstet, und dann ging es schnell wieder. Aber Marie war immer sehr sensibel. Da war es nichts Besonderes, dass schnell Tränen kamen.«

Enna und Pia Sims versuchten, noch mehr über die Familie Müller und ihren Kontakt zu Hansens zu erfragen, doch Imke Hansen fielen kaum mehr Details ein. Schließlich bedankte sich Enna bei ihr und beendete die Befragung.

Neunzehn

»Können Sie bitte überprüfen, woran Marcos Vater gestorben ist?«, bat Enna nach der Befragung von Imke Hansen Pia Sims.

»Sie haben einen speziellen Verdacht?«

»Nein, eher eine Ahnung.«

»Ich gehe da hinterher. Ich habe noch die Versetzungen von Holger Martens auf dem Tisch. Außerdem hat Paulsen mir die Sache mit dem Visum für Kambodscha und den Fluggesellschaften wegen Thailand aufs Auge gedrückt.«

Enna stöhnte leise. »Das habe ich mir schon gedacht. Okay, dieses Mal ist es in Ordnung, aber das sollte nicht zur Regel werden.«

»Sehe ich genauso«, murmelte Pia Sims und wandte sich wieder ihrem Laptop zu.

»Ich habe ein paar Termine und bin den Rest des Vormittags außer Haus. Sie können mich auf dem Handy erreichen, falls etwas ist«, sagte Enna, als sie das Zimmer verließ.

Auf dem Weg in die Oldenburger Fußgängerzone rief Enna sich das Gespräch mit dem Osnabrücker Staatsanwalt in Erinnerung. Er hatte ihr gegenüber keinen Hehl daraus gemacht, dass ihm die Intervention von oben nicht gefiel und Enna sich in Zukunft aus seinem Verantwortungsbereich herauszuhalten sollte. Enna hatte freundlich geantwortet und auf ihre Ermittlungen als Leiterin einer LKA-Sondereinheit hingewiesen. Nach kurzem Hin und Her hatten sie sich auf eine Art Waffenstillstand geeinigt und vereinbart, sich gegenseitig zu informieren, wenn es relevante Erkenntnisse gab. Enna traute Dr. Padberg nicht über den Weg, hoffte aber, dass er kein Risiko eingehen würde, um seine Karriere nicht zu gefährden. Bewusst hatte Enna ihn im Unklaren darüber gelassen, wie weit ihre Beziehungen reichten.

Zum Mittagessen hatte sich Enna mit Frieder Schmidt in der Kantine der Polizeiinspektion verabredet und hoffte, dass er sie unterstützen würde.

Enna genoss den Weg durch die Fußgängerzone, eine der größten Deutschlands, die fast die gesamte historische Altstadt umfasste. Nur wenige Bausünden aus den Sechziger- und Siebzigerjahren des letzten Jahrhunderts störten den fast einheitlichen Stil der klassizistischen Fassaden. Auch wenn um diese Zeit schon die Lieferfahrzeuge und Fahrradfahrer aus der Fußgängerzone verbannt waren, mied Enna die Hauptverkehrswege und nahm Schleichwege zum Café Florian, in dem sie sich mit Vincent Reinbach verabredet hatte. Das Lokal lag in einem denkmalgeschützten Bürgerhaus direkt gegenüber dem historischen Rathaus. Sie betrat das Café, das seine Besucher mit Kaffeehaus-Flair und vielen Jugendstil-Details empfing, und sah sich nach ihrem Freund um. Er winkte ihr von der großen Fensterfront zu, wo er in einem bequemen Sessel saß und Zeitung las. Als Enna sich dem Tisch näherte, stand er auf und umarmte sie.

»Haben dir deine Kollegen eine kleine Pause gegönnt?«, fragte er und schob für Enna einen Sessel vor.

Sie lachte. »Fünf Minuten und keine Sekunde mehr.«

»Huh!« Vincent riss seinen Arm hoch und winkte einem Kellner. »Dann brauchen wir ja ganz schnell einen Milchkaffee für dich.«

Er bestellte und setzte sich zu Enna. »Ein Stündchen Zeit hast du schon, oder?«

»Klar! Ich bin erst zum Mittagessen mit Frieder Schmidt verabredet.«

»Grüß ihn von mir. Den guten Frieder habe ich bestimmt schon zwei Jahre nicht mehr gesehen. Na ja, meine heiligen Hallen sind auch nicht jedermanns Sache.« Er lächelte. »Jetzt erzählst du mir erst mal, wie es dir geht. Und Elias. Ob du es glaubst oder nicht, aber ich habe deinen Kleinen vor einer Woche im Botanischen Garten gesehen. Er kam mir mit seiner Kindergartengruppe entgegen. Ich vermute, sie wollten zur Turnhalle gleich um die Ecke.«

»War das mittwochs?«

»Genau. Ich habe ihn gegrüßt, aber ich glaube nicht, dass er mich erkannt hat.«

Enna lachte. »Er hat mir davon erzählt. Ein Mann habe ihn angesprochen und dass das ganz komisch war.«

Vincent Reinbach rieb sich mit der flachen Hand über die Stirn. »Das habe ich mir fast gedacht. Ist aber ja auch richtig, wenn die Kleinen nicht so vertrauensselig sind. Und du, wie geht es dir?«

Enna erzählte von den letzten Wochen seit ihrem letzten Telefongespräch und dem Start in der neuen Abteilung. Schließlich kam sie auf den Fall zu sprechen, an den sich Vincent Reinbach gut erinnern konnte. »Das war ja damals über Monate in den Regionalzeitungen. Starker Tobak, das jetzt nach neun Jahren aufklären zu wollen.«

Enna erzählte von dem Zufallslos, das, wie Vincent Reinbach lachend erklärte, genau seinem Sinn für Humor entsprach.

»Wart ihr schon auf Wangerooge?«

»Nein, noch nicht. Wir wollten erst mal hier vor Ort unsere Hausaufgaben machen.«

»Ich war einige Male dort. Du weißt ja, dass ich eine kleine Segeljacht habe.«

Vincent Reinbachs Jacht war mit zwölf Meter Länge keineswegs klein. Der Rechtsmediziner war leidenschaftlicher Segler und hatte seine Jacht im Hafen von Neuharlingersiel liegen, einem von Oldenburg gut zu erreichenden, kleinen Ort direkt an der Nordsee.

»Stimmt, sehr klein«, antwortete Enna schmunzelnd. »Und du liegst mit der Jacht manchmal im Wangerooger Hafen?«

»Im Segler-Hafen bin ich auch schon gewesen, klar. Wir machen aber auch gerne Station am alten Ostanleger beziehungsweise an dem, was davon übrig geblieben ist.«

»Ein Hafen im Osten der Insel? Den habe ich auf der Karte gar nicht gefunden.«

»Der Anleger ist schon Anfang der Fünfzigerjahre stillgelegt worden. Ursprünglich haben da die Fähren von Wilhelmshaven angelegt, sogar tideunabhängig. Das ist der Westhafen ja nicht. Die Schienen der Inselbahn führten früher quer über die Insel bis in den Ort hinein. Aber sie wurden dann schnell abgebaut. Der Anleger rottet seitdem vor sich hin. Heute sind nur noch ein paar Holzpfähle übrig, an denen unsereiner gerne mal sein Boot festmacht.«

»Kannst du dir den Liegeplatz im Hafen nicht mehr leisten?«, fragte Enna amüsiert.

»So viel verdiene ich auch nicht«, empörte sich Vincent Reinbach mit theatralisch finsterer Miene. »Nein, im Ernst. Es ist einfach romantisch da und meistens ankern da noch Freunde und Bekannte, die dort auch liegen, und wenn ich …« Vincent Reinbach brach ab. »Was ist los? Hab ich was Falsches gesagt?«

»Nein, ganz im Gegenteil! Da wir nicht wissen, wie das kleine Mädchen von der Insel gekommen ist, ist das natürlich eine interessante Information, dass es noch einen zweiten Anleger gibt.«

»Anleger ist zu viel gesagt. Es sind die Reste des Anlegers. Wenn du an Land willst, musst du dein Beiboot aussetzen. Wenn du eines hast.«

»Aber möglich wäre es, dort an Land zu gehen? Auch bei Nacht?«

»Wenn es nicht gerade stürmt – klar ist das möglich.«

»Aber?« Enna spürte, dass ihr Freund nicht an diesen Weg von der Insel glaubte.

»Der Anleger ist am äußersten Zipfel von Wangerooge. Da ist nichts. Wie gesagt, die Schienen sind vor vielen Jahren abgebaut worden. Wo liegt das Landschulheim?«

»Auf Höhe des Flugplatzes.«

»Das sind noch fast fünf Kilometer. Dafür brauchst du zu Fuß mindestens eine Stunde, in der Nacht noch mehr. Und das mit einem neunjährigen Kind, das du entführt hast? Dass die Insel autofrei ist, weißt du ja sicher. Nein, ich kann mir nicht vorstellen, wie das vonstattengegangen sein soll. Aber gut, du bist die Kriminalistin, nicht ich.«

»War auch nur so ein Gedanke. Wenn ich auf der Insel bin, werde ich mir das genauer anschauen.«

»Tu das!« Er lächelte. »Was hältst du von einem kleinen Segeltörn? Elias ist natürlich auch eingeladen. Wie wäre es im Juni oder Juli? Ein Wochenende zu dritt!«

»Ich auf einer Segeljacht? Ich würde dir doch nur im Weg stehen.«

»Ganz sicher nicht. Und Elias bekommt eine Schwimmweste um und noch einen Gurt mit Leine. Da kann nichts passieren.« Er sah sie halb belustigt, halb verwundert an. »Enna, jetzt schau nicht so. Das war wirklich ernst gemeint.«

»Zwei Tage bestimmt nicht. Aber ein Tagestörn, warum nicht? Natürlich nur, wenn es nicht zu windig ist.«

Vincent Reinbach strahlte übers ganze Gesicht. »Fantastisch! Ich freue mich.«

Mit gemischten Gefühlen betrat Enna die Polizeiinspektion an der Friedhofstraße. Die beiden fünf- und siebenstöckigen Betonklötze waren über Jahre ihre berufliche Heimat gewesen, ohne dass sie dem gewaltigen Bau jemals etwas hatte abgewinnen können. Über sechshundert Kollegen, endlos lange Flure, Büros im Stil der Achtzigerjahre. Zumindest in dieser Hinsicht hatte sie sich mit ihrem neuen Domizil erheblich verbessert.

Frieder Schmidt, der im Flur vor der Kantine auf sie wartete, begrüßte sie nicht ganz so herzlich wie gewohnt.

»Du bist noch sauer wegen Osnabrück?«, fragte Enna, als sie sich mit ihren Tabletts an einem ruhigen Tisch niederließen.

»Ach, ich habe mich schon abgeregt. Meine Frau meinte, dass ich am Sonntagvormittag nicht zu genießen war.« Er schnitt sich ein Stück von seinem Kotelett ab.

»Die Ereignisse haben mich mehr oder weniger überrollt, Frieder. Mein Mitarbeiter hat …«

»Schon gut, Enna. Du hast es mir ja schon erklärt.« Er lächelte. »Jetzt wird erst mal gegessen, sonst ist gleich alles kalt.«

Während sie aßen, erzählte Frieder ihr aus dem Leben seiner Großfamilie. Sein Ältester würde bald zum Studieren nach Hamburg gehen, die Jüngste freute sich, wie Elias, auf ihre Einschulung. Als sie fertig waren, holte Enna zwei Tassen Kaffee, während Frieder Schmidt die beiden Tabletts mit den leeren Tellern auf einen der bereitstehenden Küchenwagen stellte.

»Du bist doch sicher nicht nur wegen unserem netten Plausch vorbeigekommen, oder?«, fragte Frieder Schmidt, als sie wieder am Tisch saßen.

»Nicht nur, das stimmt«, sagte Enna lächelnd, wurde dann aber ernst. »Du hattest doch gesagt, dass du dir die Aufnahmen der Befragungen anhören wolltest. Deine Meinung würde mich interessieren und ...« Enna zögerte, ihren Vorschlag ohne große Einleitung zu präsentieren.

»Auch wegen Marco Müller«, ergänzte Frieder Schmidt.

»Ja, der junge Mann lässt mir keine Ruhe, das ist wohl wahr.«

»Gut, dann fange ich mal an mit den Aufnahmen. Ich habe in die drei Befragungen reingehört. Ich mache es mal kurz, der Vater des vermissten Kindes ist meiner Meinung nach nicht der klassische Typ für einen Kinderschänder. Ihm fehlt der Biss, die Energie. Er klang wie ein begossener Pudel, der schon lange nichts mehr auf die Reihe bekommt. Der Onkel des kleinen Mädchens scheint mir das genaue Gegenteil zu sein. Der rechtfertigt dir auch noch wortreich die schlimmsten moralischen Verfehlungen. Eine gute Voraussetzung, wenn man seine pädophilen Neigungen in die Tat umsetzen will. Versteh mich nicht falsch, Pädophile sind per se keine Monster und viele von ihnen haben ihre Veranlagung im Griff. Die, die das nicht schaffen, sind auch Menschen und brauchen letztlich eine Rechtfertigungsstrategie, um damit leben zu können. Es sei denn, sie sind skrupellose Kriminelle, für die das nur ein Geschäft ist. Um es kurz zu machen: Den Onkel würde ich an deiner Stelle noch einmal gründlich überprüfen. Der Vater ... in dem Zustand, wie er sich bei den Befragungen präsentiert hat, sicher nicht.« Er rieb sich mit dem Finger über den Nasenrücken. »Ja, dann haben wir noch den Lehrer. Es kommt durchaus vor, dass Männer mit pädophilen Neigungen Lehrer oder Erzieher werden. Sie sind häufig hochengagiert und scheinen für ihren Beruf zu leben. Was aber definitiv noch nicht heißt, dass sie übergriffig werden. Den allermeisten reicht eine rein platonische Freundschaft zu Kindern, sie missbrauchen sie nicht. Aber sie müssen ihre Neigung geheim halten, weil sie ansonsten ihren Job verlieren. Der Druck, der dadurch entsteht, kann enorm sein. Es gibt natürlich auch Ausnahmen. Siehe Odenwaldschule. In dem Internat wurden über lange Zeit Schüler missbraucht, immer wieder haben sich hier die kriminellen pädophilen Pädagogen die Klinke in die Hand gegeben.«

Enna hörte interessiert dem kleinen Exkurs zu und wartete darauf, dass ihr Kollege auf Holger Martens zu sprechen kam.

»Entschuldige«, sagte er. »Das war jetzt eine lange Vorrede. Ob dein Lehrer zu diesen speziellen Pädagogen gehört, kann ich nicht beurteilen. Aber ich habe Angst rausgehört. Wovor, müsst ihr schon herausbekommen. Er war vorsichtig, abwartend. Aber das kann auf vieles zurückzuführen sein.«

»Ja, ich weiß, Frieder. Auf jeden Fall schon mal ein Riesendankeschön für deine Mühe. Es ist immer gut, eine andere Meinung zu hören.«

Er legte den Kopf leicht schief und sah sie an. »Und was war der zweite Grund, weshalb du mich sprechen wolltest?« Da Enna nicht direkt antwortete, fuhr er fort: »Marco Müller. Dein Einfall, ihn für tot zu erklären, war auf jeden Fall sehr gut. Ich habe heute Vormittag im Kreis der niedersächsischen Kollegen unserer Sonderabteilung darüber berichtet und alle waren froh, dass bis jetzt alles so glimpflich verlaufen ist und, wie es im Moment aussieht, die Ermittlungen nicht betroffen sind. Die Kollegen müssen natürlich aufpassen, was sie verlautbaren.«

»Bist du der Meinung, dass Marco Müller im Osnabrücker Krankenhaus ausreichend sicher ist?«, fragte Enna.

Frieder Schmidt hob die Augenbrauen und sah sie fragend an.

»Wie lange werden die das dort geheim halten können? Und wenn erst herauskommt, dass Müller noch lebt, sprießen die Spekulationen schneller, als du etwas dagegen unternehmen kannst. Dein krimineller Pädophilen-Ring wird sich schnell darauf einen Reim machen, allerdings den falschen.«

»Du willst Müller nach Oldenburg holen?«, schlussfolgerte Frieder Schmidt.

»Im Evangelischen Krankenhaus gibt es eine Abteilung, die sich auf Polytrauma spezialisiert hat. Also auf Menschen mit mehreren Verletzungen, wovon mindestens eine lebensbedrohlich ist. In aller Regel sind das verunglückte Motorradfahrer, aber letztendlich trifft es doch auch auf unseren Mann zu. Die Schussverletzung ist zwar nicht direkt lebensbedrohlich, aber die Kopfverletzung ganz offensichtlich schon.«

»Ich kenne Dr. Padberg aus zwei Ermittlungen. Das macht er niemals mit.«

»Versuch's doch einfach. Vielleicht ist er ja mittlerweile etwas offener.«

Frieder Schmidt sah sie skeptisch an. »Entweder weißt du mal wieder mehr als ich oder deine Fantasie ist da gerade mit dir durchgegangen.«

»Du könntest mit Müller, sollte er wieder aufwachen und halbwegs klar sein, einen Deal machen und ich hätte dann die Möglichkeit, meine Fragen loszuwerden, ohne eure Ermittlungen zu behindern.«

»Enna Andersen, wie sie leibt und lebt. Allen immer einen Schritt voraus.« Er seufzte leise. »In Ordnung. Ich spreche das zunächst in unserer Ermittlungsgruppe an, dann brauche ich grünes Licht von der internationalen Ebene und danach kann ich den verehrten Dr. Padberg aufsuchen.«

»Wie lange wird das dauern?«

Frieder Schmidt schien sich ein Lächeln nicht verkneifen zu können. »Geduld, junge Frau. Geduld.«

Enna lachte. »Ich versuch's, Frieder.« Sie wurde ernst. »Vielleicht habe ich doch noch einen dritten Punkt auf der Liste.«

Frieder Schmidt seufzte. »Das dachte ich mir schon.«

»Ich komme mit Marco Müller nicht weiter. Sprich: Ich kann ihn nicht einordnen in unsere Liste der Verdächtigen. Er war damals, als das neunjährige Mädchen verschwand, noch nicht einmal achtzehn, und nach unseren Recherchen sieht es nicht danach aus, dass er pädophil ist. Ich gehe der Theorie nach, ob er ausschließlich aus geschäftlichem Interesse in deiner Sache mit drinsteckt.«

»Du willst mehr Infos über seine Rolle im Pädophilen-Ring?«

Enna nickte.

»Lass uns in mein Büro gehen«, schlug Frieder Schmidt nach kurzem Zögern vor und erhob sich. Schweigend gingen sie nebeneinander her, bis sie das Büro in der dritten Etage erreichten. Frieder Schmidt ließ sich hinter seinem Schreibtisch nieder und wartete, bis Enna auf der anderen Seite Platz genommen hatte.

»Eine Bedingung: Alles, was ich dir jetzt sage, bleibt unter uns. Kein Wort davon zu deinen Kollegen oder zu wem auch immer. Kann ich mich darauf hundertprozentig verlassen?«

»Falls eure Erkenntnisse für unsere Ermittlungen wichtig sind, muss ich mich zumindest darauf beziehen können, ohne irgendein Detail weiterzugeben.«

»Ungern, sehr ungern. Aber ich verstehe dein Dilemma. Machen wir Folgendes ab: Wenn es notwendig sein sollte, etwas von unseren Ermittlungen weiterzugeben, kommst du zuerst zu mir. Alles Weitere sehen wir dann.«

»In Ordnung. Das ist fair.«

Frieder Schmidt nahm einen Kugelschreiber in die Hand und tippte damit rhythmisch auf die Schreibtischplatte. »Ich habe die Informationen auch erst heute Vormittag bekommen.« Er holte tief Luft, bevor er fortfuhr: »Also, Marco Müller ist vor ungefähr vier Monaten zum ersten Mal als Anbieter aufgetreten. Er war den Kollegen bisher nicht bekannt, weder in Osnabrück und Umgebung noch im nationalen oder internationalen Rahmen.«

»Das ist ungewöhnlich?«

»Eigentlich schon. Normalerweise fängt eine kriminelle Karriere in dem Bereich klein an und es dauert Jahre, bis man langsam in diesen Kreisen hochsteigt. So lange unter dem Radar zu bleiben ist fast unmöglich. Eigentlich bestätigt das eher deine Theorie, dass wir es hier mit einem Quereinsteiger zu tun haben, der rein geschäftlich mit Filmen und Fotos handelt.«

»Was hat er angeboten?«

»Genau das hat uns stutzig gemacht. Nicht ein Filmchen oder zwei, nein, gleich einen Pool von hundertzwanzig Filmen und, wie es aussieht, aus den letzten fünf bis zehn Jahren.«

»Hat er einen Abnehmer gefunden?«

»Es gab mehrere interessierte Gruppen. Letztendlich hat er sich zu *unserem* Ring durchgearbeitet und hat hier sozusagen gepunktet. Innerhalb von wenigen Wochen ist er aufgestiegen und steht offensichtlich kurz davor, in den inneren Kreis aufgenommen zu werden.«

»Was schließt du aus den gesamten Infos? Mir sagt das alles erst mal nicht so viel.«

Frieder Schmidt lehnte sich auf seinem Sitz zurück. »Gute Frage. Quereinsteiger, habe ich ja schon erwähnt, keine Hinweise auf vorherige Aktivitäten. Meine einzige Erklärung ist die, dass er neben der Schutzgelderpressung ein neues Betätigungsfeld gefunden hat. Die Frage ist, wie er an das Filmmaterial rangekommen ist und ob die Quelle noch größer ist, als wir im Moment abschätzen können.«

»Nach meinen Vermutungen ist er Teil der 'Ndrangheta, der kalabrischen Mafia, und hat für sie in Osnabrück den Schutzgeldhandel aufgebaut.«

»Mafia und Kinderpornografie? Tut mir leid, aber das ist mir noch nicht untergekommen.«

»Ja, das kann ich von meiner Seite bestätigen. Die Italiener sind doch mehr als öffentlichkeitsscheu und meiden jedes unkalkulierbare Risiko. Oder?«

»Normalerweise schon.«

»Also arbeitet Müller auf eigene Rechnung? Das wäre aber ganz schön mutig, oder?«

Frieder Schmidt zuckte mit den Schultern. »Ich bin kein Mafia-Experte. Aber dafür haben wir ja dich.«

Zwanzig

Als Enna gegen vierzehn Uhr zurück ins Büro kam, fand sie Pia Sims in der gleichen Stellung hinter ihrem Laptop vor, wie sie sie Stunden zuvor verlassen hatte.

»Haben Sie schon etwas gegessen?«, fragte Enna und merkte im gleichen Moment, dass sie wie ihre Mutter klang.

»Keinen Hunger«, murmelte die junge Kollegin.

»Kaffee? Tee? Wasser?«

Pia Sims sah mit leerem Blick auf, schien einen Moment über Ennas Fragen nachzudenken und grinste dann. »Ich weiß, manchmal bin ich wie besessen von der Arbeit. Ich sollte wohl zwischendurch mal eine Pause machen. Und ja, wenn Sie sowieso Kaffee machen, nehme ich auch einen.«

Fünf Minuten später servierte Enna ihrer Kollegin den Kaffee. Sie selbst hatte sich ein Glas Wasser eingeschenkt.

»Sind Sie weitergekommen?«

»Die Visum-Anfrage läuft. Vermutlich dauert das ein bis zwei Tage. Die Fluggesellschaften habe ich angeschrieben. Ich fürchte, wir brauchen da einen Beschluss.«

»Versuchen wir es erst mal so. Ansonsten kümmere ich mich darum.«

»Das wäre gut.« Pia Sims sah auf ihren Notizblock. »Der Vater von Marco Müller ist bei einem Autounfall tödlich verunglückt. Ich habe die Kollegen vor Ort angerufen. Der Bremsschlauch war gerissen oder hatte ein Loch und Hans Müller ist quasi ungebremst von der Straße abgekommen und auf einen Baum aufgefahren.«

»Kein Verdacht auf Manipulation?«

»Das habe ich den Kollegen auch gefragt, er wusste darüber allerdings nichts, weil er nicht selbst ermittelt hat. Er informiert seinen Kollegen, der mich dann hoffentlich morgen anruft.«

»Bleibt noch der Stellenwechsel von Holger Martens. Jetzt sagen Sie nicht, dass Sie da auch schon dran waren.«

Pia Sims nickte leicht verlegen. »Allerdings bin ich nicht sehr weit gekommen. Datenschutz. An die Personalakte, wenn dort überhaupt etwas hinterlegt ist, kommen wir nicht so einfach ran. Allerdings …« Pia Sims schmunzelte. »Ich habe in Hannover eine freundliche Schulsekretärin am Telefon gehabt. Wir haben über das eine und andere geplaudert, und wenn mich nicht alles täuscht, hatte Martens eine Affäre mit einer Mutter. Es könnte auch sein, dass es nicht nur eine war. Wie gesagt, Datenschutz. Die Schulsekretärin hat Andeutungen gemacht.«

»Interessant. Waren auf der Schulfreizeit nicht auch Mütter dabei?«

»Ja, zwei. Wir haben sie aber noch nicht befragt. Soll ich das nachholen? Wir hatten das ja als nicht so relevant …« Sie hielt inne. »Ach, Sie meinen, das war kein Einzelfall?«

»Haben wir die drei Lehrerinnen, die bei der Schulfreizeit dabei waren, schon befragt?«

»Nein«, antwortete Pia Sims. »Die eine lebt auf Mallorca. Ihre Adresse und Telefonnummer habe ich heute herausgefunden, die anderen beiden arbeiten ja noch in der Schule.«

»Und was hat Holger Martens zu der Nacht, als Marie verschwand, gesagt? Wo war die Aufsicht für die Nacht?«

»Ich habe die Frage gestellt und er ist ausgewichen. Man könne auf solch einer Reise die Kinder nicht permanent im

Blick haben. Damit hat er natürlich recht. Die Kinder durften auch zu zweit ins Dorf, da war auch kein Erwachsener dabei.«

»Geben Sie mir doch die Telefonnummer von der pensionierten Lehrerin. Ich versuche, sie zu erreichen.«

Annette Fischbach meldete sich mit freundlicher Stimme auf Spanisch. Enna stellte sich vor und erklärte ihr Anliegen.

»Woher weiß ich, dass Sie nicht Journalistin sind und für irgendein Schmierblatt arbeiten?«

Enna bat sie, bei der Oldenburger Polizeiinspektion anzurufen und sich von Kriminaldirektor Heinzen bestätigen zu lassen, dass sie LKA-Kommissarin war.

Zehn Minuten später versuchte Enna zum zweiten Mal ihr Glück.

»Haben Sie mit Herrn Heinzen gesprochen?«

»Ja, das habe ich. Entschuldigen Sie mein Misstrauen, aber damals, als die kleine Marie verschwand, haben uns die Journalisten über Monate verfolgt. Was kann ich für Sie tun?«

»Im Grunde genommen habe ich nur zwei Fragen. Die erste betrifft Ihren ehemaligen Kollegen Herrn Martens. Können Sie mir etwas über ihn erzählen?«

»Sie haben ihn in Verdacht?« Als Enna schwieg, fuhr Frau Fischbach fort: »Das dürfen Sie natürlich nicht erzählen. Also gut, Kollege Martens ist oder war damals ein unglaublich engagierter Lehrer. Das war die eine Seite. Menschlich war ich nicht so bei ihm. Wenn Sie verstehen, was ich meine.«

»Hatte er Affären mit Müttern und Kolleginnen?«, kam Enna direkt auf das Thema zu sprechen, weshalb sie Annette Fischbach angerufen hatte.

Die alte Lehrerin schwieg und Enna war kurz davor nachzufragen, ob sie noch in der Leitung sei, als sie sich leise räusperte. »Wenn Sie es schon wissen … Was soll ich da noch sagen?«

»Wissen Sie, welche Mütter … *betroffen* waren?«

»Das ist lange her und ehrlich gesagt haben mich die Details nicht so interessiert.«

»Wie ist es mit Frau Hansen, der Mutter von Marie?«

»Möglich. Wenn ich mich recht erinnere, war sie eine attraktive Frau. Aber fragen Sie doch lieber meine ehemaligen Kolleginnen. Ich habe mich aus diesem Thema so weit wie nur irgend möglich rausgehalten.«

»Die zweite Frage betrifft die Nacht, in der Marie verschwand. Wir haben natürlich die alten Akten gelesen, aber vielleicht können Sie mir doch etwas dazu sagen. Immerhin waren fünf Erwachsene als Betreuer im Haus und niemandem ist etwas aufgefallen.«

»Wenn Sie die Akten gelesen haben, wissen Sie ja auch, dass ich in dieser Nacht nicht auf der Insel war. Mein Mann musste akut ins Krankenhaus und ich war am Nachmittag, bevor Marie verschwand, zurückgeflogen.«

»Das ist mir bekannt, Frau Fischbach. Ebenso, dass Herr Martens sein Zimmer am Ende von einem der Flure mit den Schülerzimmern hatte.«

Wieder schwieg Annette Fischbach eine Weile, bevor sie zögernd antwortete: »Es gab wohl … Sie wissen ja, dass es die letzte Nacht auf der Insel war, und traditionell gab es da eine, wie soll ich das jetzt nennen, Feier. Etwas Sekt, leise Musik. Natürlich erst, wenn alle Kinder am Schlafen waren.«

»Haben Sie im Nachhinein etwas von dieser Feier gehört?«

»Nein. Das Entsetzen über Maries Verschwinden hat alles überlagert. Die ganze Schule stand unter Schock, und dazu kamen noch die vielen Fragen der Polizei.«

»In den Akten haben wir nichts über eine Feier gefunden. Anscheinend hat niemand gegenüber unseren Kollegen etwas erwähnt.«

»Dazu kann ich nichts sagen. Ich wurde nach dem Abend und der Nacht nicht befragt, weil ich ja Wangerooge schon wieder verlassen hatte.«

Enna wartete bewusst mit der nächsten Frage, in der Hoffnung, dass Annette Fischbach mehr zu der von ihr erwähnten Tradition sagen würde.

»Feier ist eigentlich übertrieben. Man sitzt zusammen und trinkt das eine oder andere Glas. Niemand konnte ahnen, dass ein Kind entführt wird.«

»Ist es auch schon vorgekommen, dass die Betreuer anschließend noch kurz ins Dorf gingen?«

Zum dritten Mal schien Annette Fischbach um eine Antwort zu ringen. »Ich weiß nicht, ob das je vorgekommen ist. Ich hätte da nicht mitgemacht. Aber wenn das mal passieren sollte, würden sicherlich zwei Betreuer im Haus bleiben.«

»Danke, Frau Fischbach. Sie haben mir sehr geholfen.«

Die alte Lehrerin räusperte sich. »Ich wollte aber auf keinen Fall eine meiner ehemaligen Kolleginnen und auch nicht die Mütter, die mitgefahren sind, in irgendeiner Weise … also, belasten.«

»Keine Angst, Frau Fischbach. Das ist nicht der Fall.«

Enna verabschiedete sich von Annette Fischbach und griff nach dem Wasserglas. War es wirklich möglich, dass alle Betreuer das Landschulheim verlassen hatten? Alleine für den Weg bis ins Dorf hätten sie mindestens eine Viertelstunde gebraucht. Und woher hätten die Entführer wissen können, dass kein Betreuer vor Ort war? Nein, der Gedanke war absurd.

Ihr Handy vibrierte. Enna hatte sich den Timer auf fünfzehn Uhr gestellt, um an Elias' Abholzeit erinnert zu werden. Seufzend stand sie auf, verabschiedete sich von Pia Sims und machte sich auf den Weg zum Kindergarten.

Als Enna über den Parkplatz des Kindergartens lief, sah sie, dass Sarah gerade in denselben einbog. Enna wartete und gemeinsam gingen sie in den Kindergarten.

»Danke noch mal, dass du Elias am Samstag so spontan aufgenommen hast.«

»Lass doch, Enna. Das war und ist selbstverständlich. Ich weiß doch, wie schwer es uns Alleinerziehenden manchmal gemacht wird.«

Enna musste unwillkürlich an die nächsten Tage denken. Der Aufenthalt auf Wangerooge stand an und sie musste dringend Greta anrufen. Elias' Großmutter hatte schon vor einiger Zeit angeboten, auf ihren Enkel aufzupassen, falls Enna einen Einsatz außerhalb von Oldenburg haben sollte.

»Hast du noch einmal über den Test nachgedacht?«, fragte Enna.

Sarah blieb stehen. »Die ganze Zeit, seitdem ich es weiß. Du hast ja recht, es geht auch um Lukas. Für ihn ist André der Vater und einen anderen werde ich ihm nicht schnitzen können.«

»Sprich doch noch mal mit Christine. Vielleicht ist ja ein Gespräch zwischen André und dir, zusammen mit den Anwälten, der richtige Weg. Er muss doch einsehen, dass er alles verliert, wenn du die Vaterschaft überprüfen lässt.«

»Er wird mir nicht glauben. Niemals. Bevor er das nicht schwarz auf weiß sieht, hält er mich garantiert für eine Lügnerin.«

Enna nickte nachdenklich. Offensichtlich hatte sie keine Vorstellung davon, wie schmutzig Auseinandersetzungen um Kinder werden konnten. »Ich bin wohl die Falsche für dieses Thema. Ich wünsche mir einfach immer nur Frieden, wenn es um Kinder geht.«

Sarah umarmte sie. »Du bist genau die Richtige für mich. Sag mir weiter deine ehrliche Meinung. Das hilft mehr als nach dem Mund reden.«

Um neun Uhr abends sank Enna erschöpft aufs Sofa. Am Nachmittag war sie zusammen mit Elias durch die Geschäfte der Innenstadt gezogen, um für ihn, nachdem er in den letzten Wochen zwei Zentimeter gewachsen war, neue Hosen zu kaufen. Die Suche gestaltete sich wie üblich schwierig, weil Elias so schmal war, dass die meisten Hosen ihm sofort herunterrutschten. Hosenträger lehnte er kategorisch ab und Gürtel waren ihm auch unangenehm. Übrig blieben Hosen, die extrem eng geschnitten waren und nach Möglichkeit noch einen Gummizug im Bund hatten. Mit Mühe hatte sie schließlich drei Hosen gefunden, die halbwegs den Anforderungen entsprachen. Anschließend hatten sie noch nach einem bestimmten Buch von Astrid Lindgren gesucht – »Michel bringt die Welt in Ordnung« – und waren in der zweiten Buchhandlung fündig geworden.

Von Jan Paulsen hatte sie den ganzen Tag nichts gehört. Enna hoffte, dass das ein gutes Zeichen war und Paulsen sich am nächsten Morgen wieder zum Dienst melden würde.

Die neuen Informationen, die sie von Frieder Schmidt bekommen hatte, beschäftigten sie den ganzen Nachmittag und Abend. Marco Müller war vor allem wegen des Verdachts, dass er mit Kinderpornografie handelte, in den Fokus ihrer Ermittlungen gelangt. Wenn Frieder Schmidts Vermutung zutraf, dass Müller erst seit Kurzem in der Szene mitmischte und seine Motivation darüber hinaus ausschließlich geschäftlicher Natur war, wurde es nicht wahrscheinlicher, dass er etwas mit Marie Hansens Verschwinden zu tun hatte. War ihr Ermittlungsansatz, sich auf Marco Müller zu konzentrieren, voreilig gewesen? Für Enna kam erschwerend hinzu, dass sie Müller nicht befragen konnten und sie sich von daher keinen persönlichen Eindruck von dem jungen Mann hatte machen können.

Enna stand auf, um sich ein Glas Weißwein aus der Küche zu holen. Mit dem Glas in der Hand trat sie auf die Terrasse. Die Temperaturen waren inzwischen auf zwölf Grad gesunken, der Wind hatte etwas zugenommen. Enna zog den Reißverschluss ihrer Wolljacke hoch und setzte sich auf einen der Gartenstühle. Der zweite Sommer ohne Simon stand vor der Tür. Ihr Blick wanderte über den Garten, der immer Simons Leidenschaft gewesen war. Alles hier erinnerte Enna an ihren Mann. Er hatte zusammen mit einem befreundeten Gärtner die Bepflanzung geplant und den Garten vor vier Jahren in mühsamer Wochenendarbeit umgestaltet. Am Schluss hatten sie zusammen neue Gartenmöbel ausgesucht und sich einen großen, aber transportablen Grill gekauft. Seit Simons Tod stand er ungenutzt in der Garage.

Enna spürte die Tränen über ihre Wangen laufen. »Ich vermiss dich so, Simon. Wir vermissen dich«, flüsterte sie. »Warum nur? Warum du?«

Einundzwanzig

»Guten Morgen!« Enna hatte durch die geöffnete Tür in Pia Sims' Büro geschaut und sie begrüßt. »Schon lange da?«

»Es geht«, murmelte die junge Kommissarin, ohne von ihrem Laptop aufzublicken.

»Ist was passiert?«, fragte Enna.

Pia Sims schwieg. Enna trat ins Büro, zog sich einen Stuhl an den Schreibtisch und setzte sich.

Pia Sims schaute hoch. »Sie sind auch unerbittlich, oder?« Im nächsten Augenblick zuckte sie leicht zusammen und schien von ihren eigenen Worten entsetzt. »Entschuldigung. Ist mir so rausgerutscht.«

»Kein Problem. Besser, man sagt, was man denkt, als dass man es in sich hineinfrisst. Ihnen liegt doch was quer im Magen, oder?«

»Mag sein.«

»Sie wollen nicht darüber reden?«

Pia Sims legte den Kopf in den Nacken und atmete tief durch. »Wird mir wohl nichts anderes übrig bleiben. Also besser jetzt gleich.« Ihr Lächeln wirkte verkrampft.

»Dann mal raus damit«, ermunterte Enna die junge Kollegin.

»Bei meinem zweiten Gespräch mit Anne Wagner hat sie mich für eine Weile alleine gelassen, als sie auf Toilette ging.«

»Ja, ich weiß. Da haben Sie die Aufzeichnung unterbrochen.«

»Als sie den Raum verlassen hat, habe ich … ja, ihr Laptop stand dort auf dem Schreibtisch. Ich habe ihn geöffnet und er hatte kein Passwort. Ich konnte also direkt auf die Daten zugreifen.«

Enna ahnte, worauf die Beichte hinauslaufen würde: Wahrscheinlich hatte sich Pia Sims unberechtigt Zugang zu den Daten verschafft. Es war nur die Frage, wie weit sie gegangen war.

»Ein kurzer Blick auf die Daten wäre sinnlos gewesen, das wissen Sie auch«, sagte sie schließlich zögerlich.

»Was haben Sie gemacht?«

»Ein Programm installiert, das mir den Fernzugriff erlaubt. Ich kann damit in Echtzeit beobachten, was auf dem Laptop passiert.«

»Und weiter?«

»Anne Wagner hat gestern Kontakt zu jemandem aufgenommen. Per Skype. Ich vermute, dass es Marie Hansen war.«

»Sind Sie sicher?« Enna hatte angesichts dieser Information ihre geplante Strafpredigt für einen Moment zurückgestellt.

»Nein, natürlich nicht. Das ist eine Vermutung. Ich habe auch nur einen Screenshot machen können, weil Anne Wagner die Nachrichten gleich wieder gelöscht hat.«

»Zeigen Sie her.«

Pia Sims drehte den Laptop zu ihr um. Anne Wagners erste Nachricht bestand nur aus dem Wort *Hallo!* Die Antwort kam nach einer halben Stunde in Form von einem *Ja?* von einem Account mit Namen *12200.*

Anne: *Die Polizei war bei mir. Zweimal!*

12200: *Warum?*

Anne: *Wegen Wangerooge, warum sonst.*

12200: *Wir sollten nicht mehr skypen.*

Anne: *Tolle Idee. Vielleicht solltest du etwas ganz anderes tun.*

12200: *Das kann ich nicht. Und das weißt du auch.*

Anne: *Klasse! Damit wäre ja wieder mal alles geklärt.*

12200: *Kann ich mich auf dich verlassen?*

Anne: *Klar, wie immer. Anne, die Gute, Anne, die immer alles macht.*

12200: *Ich kann jetzt nicht mehr schreiben. Wir müssen*

In den nächsten vier Minuten kam keine Meldung mehr von *12200.*

Anne: *Hallo? Bist du noch da?*

Wieder vergingen einige Minuten, bis Anne Wagner erneut nachfragte.

Anne: *Noch da?*

Nach weiteren zwei Minuten, in denen sich *12200* nicht meldete, schrieb Anne Wagner ein letztes Mal.

Anne: *Ich melde mich jetzt ab.*

»Wer ist 12200?«, fragte Enna. »Ist das ein Geburtsdatum? 12.2.2000 vielleicht? Wann ist Marie Hansen geboren?«

Pia Sims blätterte in ihren Unterlagen. »Nein, das kommt nicht hin. Sie wurde am 4. Juni 2000 geboren.«

»Und Anne Wagner?«

»Auch nicht. Sie hat am 2. Februar Geburtstag.«

»Eine Fantasiezahl?«, fragte Enna.

»Vielleicht ist an dem Datum etwas Bestimmtes passiert.«

»Das liegt fast zwanzig Jahre zurück. Was sollte das sein?«

Pia Sims zuckte mit den Schultern. »Ist das jetzt so wichtig? Was denken Sie von dem Inhalt des Gesprächs? Hinter der Zahl könnte sich doch Marie Hansen verstecken, oder?«

»Das ist nicht gesagt«, antwortete Enna. »Anne Wagner nennt sie niemals beim Namen.« Enna stand auf und ging zum

Fenster. »Ihnen ist klar, dass wir die Information nicht benutzen können?«

»Ja, natürlich. Aber wir hätten auch niemals einen richterlichen Beschluss bekommen, um bei Anne Wagner …«

»Was hat das damit zu tun, dass Sie sich illegal Zugriff auf einen Rechner einer Zeugin verschaffen? Wenn das rauskommt, war's das mit Ihrer Karriere. Und vermutlich mit meiner auch.«

»Ich kann alles von hier löschen. Niemand wird jemals …«

»Frau Sims! Mir reicht Paulsen, der sich nicht an meine Anweisungen hält. Und jetzt fangen Sie auch noch mit den Alleingängen an. Wenn überhaupt so eine Aktion infrage kommt, dann mit meinem Einverständnis. Ist das jetzt klar?« Nur mit Mühe hatte sie auch die letzten Worte ruhig und in normaler Lautstärke herausbringen können.

»Ja, ich habe es verstanden«, antwortete Pia Sims kleinlaut. »Auch wenn das alles nicht gerichtsverwertbar ist, können wir doch unsere Schlüsse daraus ziehen und uns Anne Wagner noch einmal vornehmen.«

Enna setzte sich wieder auf den Stuhl an Pia Sims' Schreibtisch und las die Nachrichten ein weiteres Mal. »Möglich wäre es – ich meine, dass Anne Wagner da gestern mit Marie Hansen geskypt hat. Allerdings muss ich auch ehrlich sagen, dass ich es nicht für sehr wahrscheinlich halte. Aber auch wenn es nicht Marie Hansen war, scheint die andere Person irgendwie mit dem Fall auf Wangerooge zu tun zu haben. Warum sonst sollte Anne Wagner das gleich zu Beginn erwähnen?«

Pia Sims nickte, schien aber von Ennas Reaktion enttäuscht zu sein.

Enna hörte, wie die Haustür aufgeschlossen wurde und jemand über den Flur ging. Gleich darauf kam Jan Paulsen an der geöffneten Bürotür vorbei, blieb stehen und grüßte.

»Wir treffen uns in fünf Minuten in meinem Büro«, verkündete Enna. Paulsen nickte und ging weiter.

»Was machen wir jetzt mit dem Skype-Gespräch?«, fragte Pia Sims.

»Das sehen wir später. Gab es sonst noch etwas auf dem Laptop, was uns interessieren könnte?«

»Bisher habe ich nichts gefunden, ich bin die Daten aber auch nur oberflächlich durchgegangen.«

Enna stand auf. »Bis gleich bei mir.«

»Soll ich anfangen?«, fragte Jan Paulsen, nachdem sie sich in Ennas Büro zusammengefunden hatten.

»Tun Sie das«, antwortete Enna und schlug ihr Notizbuch auf.

»Okay. Zunächst habe ich mit zwei ehemaligen Kollegen gesprochen, die auch im Bereich Schutzgelderpressung arbeiten. Um es kurz zu machen: Es gibt tatsächlich handfeste Gerüchte, dass sich die italienische Mafia in Osnabrück breitmacht. In den letzten vier Jahren sind drei Lokale überfallen worden. Zweimal mussten Scheiben dran glauben, einmal brannte es. Vor elf Monaten ist ein Restaurantinhaber zusammengeschlagen worden und lag einen Monat im Koma. Vor einem halben Jahr hat in einem türkischen Restaurant fast die ganze Küchenmannschaft gekündigt. Das Lokal musste zwei Wochen schließen. Die vier Ermittlungen, Sachbeschädigung und Körperverletzung, sind wegen fehlender Zeugenaussagen eingestellt worden.«

»Ist Marco Müller nie in den Fokus der Ermittlungen geraten?«, fragte Enna.

»Eigentlich nicht. Es gab Hinweise aus der Szene, dass er dahinterstecken könnte, aber bis auf eine mehr oder weniger belanglose Befragung von Müller ist nichts passiert. Es gab nicht genügend Anhaltspunkte für eine Hausdurchsuchung oder gar eine Abhöraktion.«

»Den offiziellen Weg können wir also vergessen«, merkte Pia Sims an.

»So ist es, Kollegin«, antwortete Jan Paulsen und schien dabei ein Grinsen zu unterdrücken. »Deshalb habe ich mich auch noch mal in die Niederungen der Osnabrücker Unterwelt begeben. Nach dem brutalen Vorgehen gegen Müller und seinen Fahrer ist allerdings das große Schweigen in der Szene ausgebrochen. Weicheier halt.«

»Sie haben sicher noch ein hartes Ei gefunden«, kommentierte Pia Sims trocken.

Jan Paulsen grinste breit. »Ihre Intuition funktioniert ja doch noch ganz gut. Und ich dachte schon, die Polizeiakademie wäre zu einem Kindergarten verkommen.« Er legte eine Kunstpause ein. »Nun gut, konzentrieren wir uns wieder auf die Arbeit. Meine Suche nach einem harten Ei, wie es die Kollegin Sims ausdrückte, hatte tatsächlich Erfolg – obwohl es sich eher um einen harten Eierstock handelt. Namen kann ich nicht nennen, aber die Dame ist ausgesprochen gut vernetzt und war sich sicher, dass ein großes Rätselraten herrscht. Sprich: Die Mafiosi waren nicht von dem Verein, der Müller nach Osnabrück geschickt hat.«

»Also keine interne Abrechnung?«, fragte Enna, die sah, dass Pia Sims kurz davor war zu explodieren.

»Wie gesagt, sie ist gut vernetzt. Man vermutet, dass jemand die Kalabrier aus dem Geschäft kicken will. Meine Informantin sprach davon, dass Verstärkung aus dem Ruhrgebiet im Anmarsch wäre.« Er lehnte sich zurück und verschränkte die Arme hinter dem Kopf. »Ich glaube nicht an den Hokuspokus. Diese beschissenen Rockerbanden knallen sich vielleicht gegenseitig ab, aber wer bitte schön legt sich mit der 'Ndrangheta an? Ich verwette meinen Arsch darauf, dass da etwas anderes dahintersteckt.«

»Haben Sie außer der gut vernetzten Dame noch weitere Informanten gefunden?«, fragte Enna weiter.

»Ein Junkie hat mir erzählt, dass die Szene in Aufruhr ist. Mehr wusste er nicht oder wollte er nicht sagen.«

»Weiter«, forderte Enna ihn auf, die sicher war, dass Paulsen noch etwas in der Hinterhand hatte.

Er richtete sich auf und lächelte überheblich. »Ich habe einen Freund in der Gastronomie-Szene. Er zahlt nicht an die Italiener, obwohl er ins Raster passt. Sein Onkel ist eine große Nummer in der Cosa Nostra. Er vermutet, dass er deshalb verschont wird.«

»Schöne Freunde«, murmelte Pia Sims.

»Hört, hört!«, konterte Jan Paulsen süffisant. »Gerade Sie sollten eigentlich wissen, dass man sich seine Verwandtschaft nicht aussuchen kann.«

»Was soll das denn heißen?«, giftete Pia Sims lautstark zurück. »Sie sind ein …«

»Leute! Stopp!«, fuhr Enna dazwischen. »Ich dachte, ich hätte mich in den letzten Tagen deutlich genug ausgedrückt. Ich habe verdammt noch mal keine Lust mehr auf diese Kinderkacke!« Sie holte tief Luft. »Wir machen jetzt eine halbe Stunde Pause.« Sie sah zunächst Pia Sims an und anschließend Jan Paulsen. »Danke.«

Paulsen stand auf und ging hinaus, ohne Enna oder Pia Sims eines Blickes zu würdigen.

Pia Sims war mit hochrotem Kopf wie versteinert sitzen geblieben.

»Ich hätte jetzt gerne ein paar Minuten meine Ruhe«, sagte Enna. »Wir sprechen später über die Angelegenheit.«

Pia Sims stand auf und verließ schweigend Ennas Büro.

Zweiundzwanzig

Als Pia Sims und Jan Paulsen sich pünktlich zurückmeldeten, hatte Enna sich eine Strategie zurechtgelegt.

»Ich will ehrlich sein«, sagte sie. »Mir fällt keine Lösung ein, wie sich die Situation entspannen ließe. Haben Sie Vorschläge?«

Jan Paulsen räusperte sich. »Kollegin Sims und ich haben uns eben zusammengesetzt und die … Meinungsverschiedenheiten geklärt. Ich will nicht ausschließen, dass es vielleicht hin und wieder noch zu kleinen Reibereien kommen könnte, aber die große Linie scheint mir geklärt.« Er warf einen Blick zu Pia Sims. »Habe ich unser Gespräch so richtig zusammengefasst?«

Pia Sims nickte schweigend.

»Auch auf die Gefahr hin, dass ich mich wiederhole, möchte ich noch kurz etwas zu unserem Team sagen«, fuhr Enna fort. »Hier sitzen drei hochkompetente Kriminalisten an einem Tisch. Und ja, wir haben alle eine unterschiedliche Laufbahn hinter uns und genauso unterschiedliche Erfahrungen gemacht. Wie immer in einem Team gibt es Eigenarten und Macken. Wenn ich nicht daran glauben würde, dass wir zu einem schlagkräftigen Team zusammenwachsen können, säße ich nicht mehr hier am Tisch. So, und jetzt lösen wir diesen Fall, an dem sich schon hundert Kollegen die Zähne ausgebissen haben.«

Pia Sims wagte ein zurückhaltendes Lächeln, Jan Paulsen nickte ohne erkennbare Gesichtsregung.

Enna nahm den Faden aus der vorangegangenen Berichterstattung wieder auf und fasste noch einmal kurz die Fakten von Paulsens Osnabrück-Einsatz zusammen. Anschließend berichtete sie von ihren und Pia Sims' Ermittlungsergebnissen. Als sie von dem Spähprogramm auf Anne Wagners Laptop sprach, bemerkte sie, wie Paulsen seiner jungen Kollegin einen anerkennenden Blick zuwarf und kurz den Daumen hob.

»So, das wäre erst mal der Stand«, beendete Enna ihren Bericht. Sie stand auf und stellte sich an die Tafel. »Bisher haben sich bei folgenden Personen Verdachtsmomente aufgetan. Marco Müller, Holger Martens, Enrik Hansen und Anne Wagner. Noch nicht befragt und durchleuchtet haben wir die Familie Ottinga, bei denen die Hansens auf Wangerooge untergekommen sind, und den Herbergsvater des Landschulheims.« Enna schrieb *Holger Martens* und *Enrik Hansen* an die Tafel und ergänzte weiter unten die noch zu befragenden Personen auf Wangerooge.

Pia Sims hob ihre Hand. »Wir sind davon ausgegangen, dass Marie Hansen kein Zufallsopfer war, sondern sie bewusst ausgesucht wurde. Was mir bei diesem Ermittlungsansatz fehlt, ist das Motiv. Ich sehe weit und breit keins, das ausschließlich mit Marie zu tun hat und nicht allgemein auf jedes der Mädchen bei der Schulfreizeit zugetroffen hätte.«

Enna schrieb *Motiv* an die Tafel und unterstrich das Wort.

»Wir sollten die Freundin herholen und sie gründlich befragen«, schlug Jan Paulsen vor. Als Enna zu einer Antwort ansetzte, hob er die Hand und fügte hinzu: »Ja, mir ist klar, dass wir diesen Chat zwischen ihr und der ominösen Person nicht benutzen dürfen, aber ich denke, die Wagner wird uns bei etwas Druck mehr verraten als bisher.«

Enna unterstrich Anne Wagners Namen.

»Müller können wir erst mal aus den bekannten Gründen vergessen«, fuhr Paulsen fort. »Der Lehrer ist mein heißer Kandidat und der Bruder weiß auch irgendwas. Außerdem sollten wir uns dringend auf dieser Insel umsehen.« Er zeigte auf die Tafel. »Befragungen haben wir dort auch noch vorzunehmen.«

»Da bin ich ganz Ihrer Meinung«, sagte Pia Sims.

Enna unterdrückte ein Schmunzeln. »Dann sind wir uns ja einig. Ich habe bereits nach den Fährverbindungen geschaut. Die sind tideabhängig und wechseln täglich. Übermorgen legt die Fähre um acht Uhr dreißig ab. Und die letzte Möglichkeit zurückzukommen wäre um siebzehn Uhr dreißig.«

»Klingt doch gut«, sagte Jan Paulsen und warf einen Blick zu Pia Sims. »Oder, Frau Kollegin?«

»Definitiv«, antwortete Pia Sims. »Ich kann Kontakt zum Kollegen auf der Insel aufnehmen und uns ankündigen. Der Herbergsvater muss informiert werden und die Familie Ottinga ebenfalls.«

»Machen Sie das«, sagte Enna. Sie stand immer noch an der Tafel. »Doch vorher sollten wir Anne Wagner hier befragen. Heute oder morgen?«

»Vielleicht nimmt sie ja heute noch einmal Kontakt zu 12200 auf«, sagte Pia Sims. »Eventuell sehen wir dann klarer, um wen es sich da handelt.«

»Gibt es denn keine Möglichkeit herauszubekommen, wer dahintersteckt?«, fragte Paulsen zu seiner jungen Kollegin gewandt.

Pia Sims schüttelte den Kopf. »Nein, selbst mit richterlichem Beschluss würde es Wochen oder Monate dauern, bis wir den Klarnamen haben beziehungsweise den angegebenen Namen. Und ich komme so auch nicht auf den Server von Skype. Keine Chance.«

»Klasse«, murmelte Paulsen.

»Ich würde auch sagen, dass wir Anne Wagner morgen zu uns holen. Am besten gleich früh. Können Sie …« Enna sah Paulsen an. »… schon ab sieben vor ihrer Wohnung Stellung beziehen, damit sie uns nicht entwischt? Ich komme dann, gleich nachdem ich meinen Sohn in den Kindergarten gebracht habe, auch dorthin. Mit Glück bin ich gegen halb acht da. Falls sich Anne Wagner vorher auf den Weg machen sollte, bringen Sie sie alleine her.«

Paulsen nickte. »Alles klar! Haben wir eigentlich schon die Infos zu Kambodscha und Thailand?«

Pia Sims öffnete ihren Laptop. »Augenblick.« Nach wenigen Sekunden nickte sie. »Gerade gekommen. Es hat sogar eine Fluggesellschaft geantwortet.« Sie klickte mehrfach auf das Touchpad und schien dann die Nachrichten zu lesen. »Treffer!«

»Der Lehrer?«, fragte Jan Paulsen.

»Nein, Enrik Hansen, der Onkel von Marie. Sechsmal Thailand, zweimal Kambodscha. Innerhalb der letzten fünf Jahre. Die anderen Kandidaten haben keine Einträge.« Pia Sims raufte sich die Haare. »Die Kollegen haben ihn allerdings seinerzeit von vorne bis hinten durchleuchtet.« Sie fuhr mit dem Finger über das Touchpad und klickte zweimal. »Er hat für den Abend ein bestätigtes Alibi. Eine Sauftour durch die Auricher Kneipen. Von zwanzig Uhr bis gegen zwei Uhr nachts. Seine Freunde wurden befragt und ein Zeuge, Wirt in einer der Gaststätten, soweit ich das hier sehe.«

»Das kann alles geplant gewesen sein«, wandte Paulsen ein. »Er wusste, dass seine Nichte entführt werden sollte, und hat sich ein Alibi verschafft.«

Enna stand auf. »Wir fahren jetzt nach Aurich«, sagte sie. »Ich spreche alleine mit Enrik Hansen, Sie beide suchen die Mütter auf, die die Fahrt begleitet haben. Wenn anschließend Zeit ist, können Sie noch den Lehrerinnen einen Besuch abstatten. Ich würde gerne wissen, was an dem Abend passiert ist.

Wer hat an der Feier teilgenommen? Sind alle Betreuer im Haus geblieben? Wenn nicht, wer hatte zwischen zehn Uhr abends und sechs Uhr morgens die Verantwortung?«

Die Werkstatt lag am Rande eines Gewerbegebiets. Das Gebäude war einfach gehalten, neben der Halle mit zwei Hebebühnen befand sich ein kleiner Büroanbau. Enna betrat die Werkstatt und fragte einen der Mechaniker, wo sie Enrik Hansen finden konnte.

Die Tür des Büros stand offen, der Raum war klein, an zwei Wänden standen Regale, auf denen beschriftete Ordner vor sich hin staubten. Am Fenster stand ein einfacher Schreibtisch, der mit Dokumenten und Schriftstücken überhäuft war. Nur ein kleiner Teil war für die Tastatur des Computers freigeräumt. Als Enna an den Türrahmen klopfte, schaute der Mann hinter dem Bildschirm hervor.

»Herein, wenn's kein Schneider ist«, sagte er und musterte Enna kurz, bevor er ihr einen Platz vor seinem Schreibtisch anbot. »Oldenburger Nummer? Sie sind sicher nicht wegen Ihrem Auto hier, oder?«

Enna zeigte ihm ihren Ausweis und stellte sich vor.

»Die Chefin höchstpersönlich. Wie komme ich zu der Ehre?«

Enna lächelte und schwieg. Ihr Smartphone hatte sie auf Aufnahme gestellt und hielt es in der Hand, als erwarte sie noch einen Anruf.

»Alles klar. Ich eigne mich immer noch als der böse Mann, der seiner Nichte etwas angetan hat. Habe ich da irgendwas nicht mitbekommen? Wurden die Ermittlungen nicht schon vor über acht Jahren eingestellt?«

»Der Fall ist nicht abgeschlossen. Oder können Sie mir sagen, wo ich Ihre Nichte finden kann?«

Er stöhnte genervt. »Sie sind ja noch spaßiger drauf als Ihre Hiwis.« Er schob die Tastatur zur Seite und sah die Hauptkommissarin herablassend an. »Sie erwarten jetzt aber nicht, dass ich Ihnen auf die Frage antworte?«

»Sonst hätte ich sie sicher nicht gestellt.«

»Dann will ich mal nicht so sein und mich der Staatsmacht beugen. Ich habe keinen Kontakt zu Marie.« Er seufzte theatralisch. »Wie auch? Sie wird ja wohl kaum noch am Leben sein.«

»Sie verreisen gerne?«

Enrik Hansen schien kurz irritiert zu sein, fasste sich aber schnell wieder und setzte ein überhebliches Grinsen auf. »Ja, zumindest in der Beziehung bin ich so richtig deutsch.«

»Ansonsten nicht?«

»Ach, möchten Sie jetzt mit mir plauschen?« Er hob die Arme. »Gern, warum nicht. Die meisten Menschen in diesem schönen Land sind durch und durch spießig. Ist Ihnen das noch nicht aufgefallen?«

»Sie sehen die Dinge also eher locker?«

»So könnte man es ausdrücken. Leben und leben lassen. Ich bin da durchaus tolerant, solange meine Mitmenschen sich mir gegenüber korrekt verhalten.«

»Was nicht immer der Fall ist?«

Er grinste. »Tut mir leid, Frau Kommissarin, Sie müssen sich schon eine andere Strategie ausdenken, um mich zum Reden zu bringen.«

»Kein Problem, Herr Hansen. Ich bin immer für klare Worte zu haben. Dass Sie bereits vor neun Jahren in den Fokus der Ermittlungen geraten sind, haben Sie ja bereits erwähnt.«

»War das eine Frage?«

»Herr Hansen, das war jetzt aber unter Ihrem Niveau. Etwas Geduld wäre angebracht.« Enna legte eine kurze Pause ein und fixierte ihn. »Woher hatten Sie das Kapital, um vor acht Jahren diese Werkstatt aufzumachen? Nach meinen Unterlagen haben Sie das Gebäude mit allen Maschinen und allem sonstigen Inventar vom Vorbesitzer gekauft.«

Enrik Hansen erstarrte für einen Moment, was Enna als geschulter Beobachterin nicht entging. Sein rechtes Augenlid zuckte kurz, bevor er wieder die übliche herablassende Mimik annahm. »Ich habe meine Nichte verkauft. Wollen Sie das hören?«

»Wenn es der Wahrheit entspricht, nehme ich das natürlich so auf.«

»Ich habe das Geld beim Pokern gewonnen. Was halten Sie von dieser Variante?«

Enna schwieg und wartete unbeeindruckt.

»Nein, so war es doch nicht. Und der Lottogewinn war auch schon ein paar Jahre früher. Was bleibt denn da noch? Ein Banküberfall? Nein, zu gefährlich. Drogenkurier? Auch nicht mein Ding. Dann muss ich das Geld wohl gespart haben.« Er nickte mit erhobenem Zeigefinger. »Ja, ich denke, wir kommen der Wahrheit langsam näher. Sie müssen wissen, wir Ostfriesen sind ein sparsames Völkchen. Und Banken gibt es ja nicht nur zum Ausrauben. Wenn man nett mit ihnen spricht, bekommt man das Geld sogar geliehen.«

»Kredit, ja oder nein?«, fragte Enna wie beiläufig.

Er seufzte. »Das ist so lange her, Frau Kommissarin. Jetzt erinnere ich mich. Ich habe mir von einem Kumpel etwas geliehen. Den größten Teil hatte ich allerdings gespart.«

»Name, Adresse.«

»Ich bitte Sie. Das war ein Privatgeschäft. Nichts Offizielles, von wegen Finanzamt und so weiter. Tut mir leid, ich kann Ihnen den Namen nicht geben. Dürfen Sie das überhaupt verlangen?«

»Sie haben sicher noch Belege aus der Zeit, in der Sie das Kapital angespart haben?«

»Das ist über acht Jahre her, Frau Kommissarin. Nein, es gibt keine Belege oder was auch immer.« Er klang inzwischen deutlich genervter als zu Beginn des Gesprächs.

»Vierhundertzwanzigtausend sind keine Summe, die man im Sparstrumpf mit sich herumträgt.«

Pia Sims hatte in den letzten Tagen für die zweite Befragung vorgearbeitet und in mühsamer Kleinarbeit die Fakten gesammelt.

»Was wollen Sie genau von mir? Sind Sie bei der Steuerfahndung oder klären Sie den Mord an meiner Nichte auf?« Enrik Hansen hatte sich leicht nach vorne gebeugt und starrte Enna wütend an. Im nächsten Augenblick schien er zu bemerken, dass er dabei war, die Beherrschung zu verlieren. Er sank wieder in seinen Schreibtischstuhl zurück und lächelte. »Es ist alles mit rechten Dingen zugegangen. Glauben Sie mir, wir sind hier in Deutschland, in dem Land, in dem nichts vor der übermächtigen Staatsmacht verborgen bleibt. Ich habe damals alle Tests bestanden. Niemand hatte etwas zu beanstanden.«

»Zeiten ändern sich«, kommentierte Enna seinen kleinen Vortrag.

»Wollen Sie mir drohen? Ernsthaft? Sie?«

»Herr Hansen, niemand droht hier mit irgendwas.« Enna lächelte und ließ bewusst eine Pause entstehen, bevor sie fortfuhr: »Dann halte ich einmal fest: Die Herkunft des Geldes, das Sie für den Kauf der Werkstatt benötigten, ist ungeklärt. Sie erinnern sich im Moment nicht genau, woher Sie das Geld hatten. Lassen wir das erst mal so stehen. Wie ist es mit Ihren Urlauben in Thailand und Kambodscha? Erinnern Sie sich daran?«

»Was soll diese unverschämte Frage?«

»Ich werte Ihre Antwort einmal als Ja. Können Sie mir noch ein wenig darüber erzählen? Wo Sie waren, was Sie so gemacht haben? Sie haben doch sicherlich eine Reihe von Fotos, die Sie mir zeigen könnten.«

»Werden Sie nicht dreist, Frau Kommissarin. Sie überschreiten gerade …«

»Hauptkommissarin, bitte, Herr Hansen«, unterbrach Enna ihn barsch. »Die Zeit werden Sie ja wohl noch aufbringen können. Also keine Fotos. Schade. Das hätte die Ermittlungen in diese Richtung sicher verkürzen können.«

Enrik Hansen erhob sich. »Meine Zeit ist leider begrenzt. Wir müssen unser nettes Gespräch ein anderes Mal weiterführen.«

Enna blieb ruhig sitzen. »Ein nächstes Mal in dieser netten Runde wird es nicht geben. Sie werden eine offizielle Vorladung nach Oldenburg bekommen. Selbstverständlich vom zuständigen Staatsanwalt.«

Er sank zurück auf seinen Stuhl. »Was wollen Sie jetzt noch von mir? Ich hatte nichts mit dem Verschwinden meiner Nichte zu tun. Nicht das Geringste. Würde ich die Leute, die dafür verantwortlich sind, in die Finger bekommen, gäbe es ein paar Verbrecher weniger auf dieser Welt.«

»Kambodscha ist ein ungewöhnliches Reiseziel«, sagte Enna, ohne auf seine Worte einzugehen.

»Ich stehe weder auf kleine Jungs noch auf kleine Mädchen, falls Sie auf so etwas anspielen. Ich finde das widerlich. Reicht das?«

»Nein, das reicht mir nicht.«

Ärgerlich zog Enrik Hansen die Tastatur und die Maus zu sich her und fing an zu tippen. Mit einem kräftigen Ruck richtete er den Bildschirm so aus, dass Enna sehen konnte, was er aufrief.

Die Fotos waren eindeutig. Hansen posierte mit wenig bekleideten Frauen, im Hintergrund war deutlich das Lokal zu erkennen, in dem die Aufnahmen gemacht worden waren. Beim schnellen Durchklicken sah Enna Selfies, auf denen Hansen nicht immer mit nur einer nackten Frau im Bett posierte.

Dreiundzwanzig

Enna fuhr aus Aurich heraus auf der B72 Richtung Süden.

Sie hatte sich eine Reihe unterschiedlicher Fotos von Hansens Urlaubsbekanntschaften auf einen Stick gezogen, um sie in Oldenburg prüfen zu lassen. Vermutlich hatte Pia Sims entsprechende Software zur Verfügung. Laut Dateidatum stammten die Aufnahmen aus den letzten vier Jahren, und wenn sich die Echtheit der Fotos bestätigen ließe, wäre der Verdacht auf pädophile Neigungen von Hansen zwar nicht widerlegt, würde sich doch aber wesentlich abschwächen.

Auf Ennas weitere Fragen nach der Herkunft des Kapitals für den Kauf der Werkstatt hatte Enrik Hansen wieder ausweichend geantwortet. Noch auf der Fahrt ins Büro wählte Enna die Nummer des zuständigen Staatsanwalts und erklärte ihm die Situation. Sie stellte Enrik Hansens Reaktion bei den bisherigen Befragungen als abweisend und distanziert dar, sprach von den ungeklärten Kapitalflüssen unmittelbar nach Marie Hansens Verschwinden und den regelmäßigen Besuchen in Kambodscha und Thailand. Die Fotos, die Enrik Hansen ihr überlassen hatte, verschwieg sie. Nach kurzem Zögern stimmte der Staatsanwalt ihr zu und versprach, sich um einen richterlichen Beschluss zu kümmern. Enna vermutete, dass sich Pia

Sims' verwandtschaftliche Beziehungen bereits bis zu ihm rumgesprochen hatten.

Kurz bevor Enna auf die A28 auffuhr, klingelte ihr Handy. Dr. Padberg, der Staatsanwalt aus Osnabrück. Enna fuhr auf einen Parkstreifen und nahm das Gespräch an.

»Guten Tag, Herr Dr. Padberg«, grüßte sie ihn freundlich.

»Guten Tag, Frau Hauptkommissarin«, antwortete er und klang, als wäre er sehr um einen neutralen Ton bemüht.

»Gibt es etwas Neues im Fall von Marco Müller?«

»Wir hatten ja vereinbart, uns gegenseitig auf dem Laufenden zu halten. Herr Müller liegt zwar immer noch im künstlichen Koma, aber die Ärzte sind guter Hoffnung, dass sie ihn in Kürze wieder aufwecken können. Aber dazu gleich mehr.« Er schien einen Schluck zu trinken und fuhr dann fort: »Die zwei Verdächtigen konnten bisher nicht identifiziert werden. Das Fahrzeug mit Duisburger Kennzeichen wurde zwei Tage vor dem Mordversuch als gestohlen gemeldet und ist inzwischen gefunden worden. Das gefundene DNA-Material ist nicht registriert. Die Duisburger Firma, von der das Auto stammt, wird gerade noch von den Kollegen vor Ort unter die Lupe genommen. Die Spurenlage ist dürftig, was bei der gegebenen Konstellation auch nicht anders zu erwarten war. Zumindest die Kugeln aus den beiden Waffen konnten wir sicherstellen. Der Abgleich läuft. Es kann aber einige Tage dauern, bis wir wissen, ob die Waffen schon einmal aufgefallen sind.«

»Danke für die Informationen. Auf unserer Seite gibt es bisher nichts Neues. Wir halten uns allerdings auch aus bekannten Gründen sehr bedeckt in Bezug auf Marco Müller.«

»Das Gleiche gilt für Osnabrück. Die Ermittlungen zu den mutmaßlichen Schutzgelderpressungen laufen vorerst auf Sparflamme. Nach unseren Informationen steht in den nächsten zwei Wochen ein groß angelegter Zugriff im Zusammenhang mit dem international agierenden Kinderpornografie-Ring bevor.«

»Ja, Hauptkommissar Schmidt hat mich gestern darüber informiert.«

Dr. Padberg räusperte sich. »So weit der Ermittlungsstand. Vor gut einer Stunde hat es eine hochkarätig besetzte Telefonkonferenz gegeben, in der beschlossen wurde, Marco Müller nach Oldenburg zu verlegen. Hauptkommissar Schmidt wird für die Sicherheit von Müller verantwortlich sein. Noch Fragen Ihrerseits?«

»Danke, Herr Dr. Padberg. So weit alles klar. Dann bleibt mir nur noch, Ihnen für die gute Zusammenarbeit zu danken.« Enna war froh, dass sie dem Staatsanwalt nicht gegenübersaß, da sie bei ihren letzten Worten ein Schmunzeln nicht vermeiden konnte.

»Ich wünsche Ihnen viel Erfolg bei Ihrem Fall«, sagte der Staatsanwalt zum Abschied und legte auf.

Enna atmete erleichtert durch. Sie hatte immer weiter den Verdacht, dass Marco Müller mehr mit der Entführung von Marie Hansen zu tun gehabt hatte, als sie bisher nachweisen konnten. Durch die Überführung nach Oldenburg würde sie unmittelbaren Zugriff auf ihn haben, sobald er ansprechbar war. Außerdem hielt sie ihn nach wie vor für gefährdet, auch wenn er als tot galt. Auch in dieser Hinsicht schien Oldenburg sicherer zu sein. Sie startete den Motor und fädelte sich wieder in den Verkehr ein.

Zurück im Büro hörte sich Enna die restliche Befragung von Holger Martens an. Der Lehrer hielt sich am Ende des Gesprächs deutlich mit seinen Antworten zurück und schien immer misstrauischer zu werden. Auf die geschickt eingestreute Frage von Pia Sims, wo er seinen Urlaub in den letzten Jahren verbracht hatte, reagierte er empörter, als Enna nach Pia Sims'

Bericht angenommen hatte. Da sie inzwischen wussten, dass Martens weder in Thailand noch in Kambodscha gewesen war, kam ihr sein Verhalten merkwürdig vor. Hatte Sims hier einen wunden Punkt getroffen oder war es der legendäre Tropfen gewesen, der das Fass zum Überlaufen gebracht hatte?

Eine Weile lief Enna gedankenversunken in ihrem Büro auf und ab. Pia Sims hatte von dem fehlenden Motiv gesprochen und damit natürlich den Nerv ihrer bisherigen Ermittlungen getroffen. Keinem ihrer bisherigen Verdächtigen konnten sie ein Motiv zuordnen oder gar nachweisen. Und das hatte entscheidend damit zu tun, dass sie nicht wussten, was mit Marie Hansen passiert war. Aus welchem Grund war sie entführt worden? Lebte sie noch, und wenn nicht, wann und wie war sie gestorben? Solange sie nicht mehr über Maries Schicksal erfuhren, würde das Motiv der Tat nur schwer zu ermitteln sein.

Nachdem Enna sich den Rest von Holger Martens' Befragung angehört hatte, machte sie sich im Internet auf die Suche nach dem Facebook-Profil des Lehrers. Nach wenigen Klicks hatte sie seine Seite gefunden und ging die öffentlich sichtbaren Beiträge der letzten Jahre durch. Regelmäßig hatte er in den Sommerferien Fotos seines aktuellen Urlaubsziels veröffentlicht. Toskana, Mallorca, Tunesien, Kreta, Sizilien und im vergangenen Sommer erneut Mallorca. Neben Landschaftsfotos gab es Aufnahmen am Strand und eine Menge Selfies, die ihn vor jeweils wechselnder Kulisse zeigten. Als Enna die Fotos des zweiten Mallorca-Urlaubs durchging, fiel ihr auf, dass eins der Fotos einer Aufnahme des vier Jahre zurückliegenden Aufenthalts ähnelte. Sie scrollte zurück und lud dann beide Fotos auf ihren Laptop, um sie besser vergleichen zu können. Im Vordergrund Holger Martens, im Hintergrund beide Male eine Ansicht von Port de Sóller. Obwohl vier Jahre zwischen den beiden Fotos vergangen sein sollten, trug Martens dasselbe T-Shirt und hatte exakt die gleiche Frisur. Im Hintergrund konnte man die bei Touristen sehr beliebte Straßenbahn zwischen Sóller und Port de Sóller sehen.

Enna rief die Fotos aus Tunesien, Kreta und Sizilien auf und verglich die dort gemachten Selfies mit denen aus Mallorca. Nach einer Stunde war sie sich sicher, dass der letzte Urlaub so nicht stattgefunden hatte. Außer natürlich, Holger Martens war im letzten Sommer plötzlich vier Jahre jünger geworden und hatte genau die gleichen Orte besucht wie in seinem ersten Urlaub.

Kurz vor drei betraten Jan Paulsen und Pia Sims im lebhaften Gespräch das Büro und gingen an Ennas geöffneter Tür vorbei, ohne sie zu bemerken.

»Hallo!«, rief sie den beiden hinterher, die gleich darauf umkehrten. »Schon zurück?«

»Wir haben drei von vieren angetroffen«, antwortete Jan Paulsen. »Der Erkenntniswert war aber eher gering.« Er sah Pia Sims an. »Habe ich das so richtig zusammengefasst?«

»Kollege Paulsen und ich sind uns in der Einschätzung der Lage noch nicht ganz einig«, formulierte Pia Sims mit einem Schmunzeln. »Wie ist das mit Ihrer Zeit? Wollen wir uns heute noch zusammensetzen?«

Enna warf einen Blick auf die Uhr. Elias hatte darauf bestanden, heute bis halb fünf mit Lukas spielen zu dürfen. »Ja, ich habe noch eine Stunde Zeit.«

»Dann mache ich uns mal einen Kaffee«, schlug Jan Paulsen vor. »Das Gleiche wie immer, die Damen?«

Enna berichtete von der Befragung in der Werkstatt und fragte Pia Sims nach ihren Erfahrungen mit Fotomontagen.

»Ich habe ein Programm auf dem Laptop, das die Dateien Pixel für Pixel nach Unregelmäßigkeiten absucht.«

Enna reichte ihr den Stick. »Da sind die Fotos drauf.«

Sie erzählte von ihrer Facebook-Recherche und dem Verdacht, dass Holger Martens die Aufnahmen gedoppelt hatte, um einen Urlaub vorzutäuschen, der so gar nicht stattgefunden hatte.

»Und wo war er wirklich?«, fragte Paulsen erstaunt.

»Das ist eine Frage, die wir uns stellen sollten. Natürlich ist absolut nicht klar, ob das etwas mit unserem Fall zu tun hat, aber bisher wäre das die einzige Lüge, die wir ihm nachweisen könnten.«

Pia Sims hob die Hand mit dem Stick hoch. »Haben Sie die Fotos von Martens hier auch gespeichert?« Als Enna nickte, fuhr sie fort: »Dann lasse ich sie auch durch das Programm laufen. Es sollte nachweisbar sein, ob die Fotos alt oder neu sind.«

»Klingt gut. Was war bei Ihnen?«

Pia Sims öffnete ihren Notizblock und begann zu berichten. Die beiden Mütter, Luise Kramer und Ulrike Boysen, waren Nachbarinnen und seit über zwanzig Jahren befreundet. Ihre beiden Söhne waren seinerzeit in die gleiche Grundschulklasse wie Marie Hansen gegangen. Beide sagten übereinstimmend aus, dass sie das Mädchen nur flüchtig gekannt hatten und von daher auch keine Veränderung an ihr feststellen konnten, als sie sie auf der Schulfreizeit auf Wangerooge betreut hatten. Die beiden Mütter waren über Jahre aktiv in der Elternarbeit der Schule gewesen und kannten Holger Martens und die Lehrerinnen gut. Den Abend und die Nacht, in der Marie verschwand, beschrieben sie ebenfalls gleich. Ulrike Boysen hatte zusammen mit Holger Martens um elf Uhr einen Rundgang durch die Schlafräume gemacht. Alle Kinder seien zu dem Zeitpunkt in ihren Betten gewesen und hätten geschlafen. Die Feier unter den mitfahrenden Erwachsenen hätte bis kurz nach Mitternacht gedauert, anschließend sei man schlafen gegangen. Bei den Betreuerzimmern handelte es sich um Einzel- und Zweibettzimmer. Die beiden Mütter hatten einen gemeinsamen

Schlafraum, ebenso zwei der Lehrerinnen. Holger Martens und Annette Fischbach waren in Einzelzimmern untergebracht gewesen.

»Also keine Abweichungen zu den Befragungen vor neun Jahren?«, fragte Enna.

»Absolut keine«, antwortete Pia Sims. »Und genau das hat mich stutzig gemacht. Die Aussagen klangen schon damals abgesprochen – zumindest war das mein Eindruck aus den Protokollen –, aber wenn das nach neun Jahren immer noch so ist, lässt es mich schon aufhorchen.«

»Sie waren sich tatsächlich sehr ähnlich«, sagte Jan Paulsen.

»Es klang alles zu glatt«, fuhr Pia Sims fort. »Ich verstehe nicht, warum das den Kollegen damals nicht aufgefallen ist.«

»Die Wahrscheinlichkeit, dass die beiden Mütter etwas mit dem Verschwinden von Marie Hansen zu tun haben, ist sicher als extrem gering eingeschätzt worden«, sagte Enna. »Wenn sie dann auch noch eng miteinander befreundet sind und in einem Zimmer geschlafen haben, ist eine Übereinstimmung bei den Zeugenaussagen nicht sehr verwunderlich. Sie werden sich, bevor sie verhört worden sind, immer wieder über die Stunden des Abends und der Nacht unterhalten haben.«

»Das Gleiche habe ich Kollegin Sims auch erklärt«, sagte Jan Paulsen.

»Sehe ich ja ein«, antwortete Pia Sims. »Aber trotzdem. Es lag da etwas in der Luft, das verdammt nach Absprache roch. Um es mal mit den Worten von Kollege Paulsen zu sagen.«

Jan Paulsen schmunzelte. »Welch eine Ehre.«

Zumindest scheinen sich die beiden zusammengerauft zu haben, fuhr es Enna durch den Kopf. Sie forderte Pia Sims auf, ihr ungutes Gefühl näher zu beschreiben.

»Wie gesagt, die Aussagen waren mehr oder weniger identisch. Wie einstudiert, und ja, dafür gibt es bei den besagten Umständen vielleicht sogar eine Erklärung, aber …« Sie holte tief Luft und fuhr fort: »Ulrike Boysen hat sich besondere Mühe gegeben. Das klingt jetzt vielleicht komisch, aber anders kann ich es nicht beschreiben. Sie machte immer wieder Pausen, als würde sie genau überlegen, was sie sagen will. Auch dieser Umstand alleine rechtfertigt mein Misstrauen noch nicht. Aber außerdem hatte ich das Gefühl, dass Frau Boysen Angst hatte. Und: Wenn die Sprache auf Holger Martens kam, änderte sich schlagartig ihre Stimmung. So, als würde sie ihm am liebsten etwas anlasten, als könnte sie ihn nicht ausstehen, aber ihre Worte passten nicht dazu. Fantastischer Lehrer, immer für seine Schüler da, aufopferungsvoll und so weiter und so fort.« Pia Sims nickte gedankenversunken. »Es passte einfach nicht.«

»Habe ich verstanden«, sagte Enna. »Gehen wir einmal davon aus, dass Kollegin Sims recht hat. Was sagt uns das?«

»Frau Boysen verheimlicht uns was«, antwortete Jan Paulsen. »Sie ist auf den Lehrer nicht gut zu sprechen und weiß etwas über ihn, will aber nicht in die Sache mit reingezogen werden, weil sie auch nicht ganz unschuldig ist und die Wahrheit für sie Konsequenzen haben würde.«

»Welche?«, fragte Enna.

»Sie hat sich was zuschulden kommen lassen«, nahm Pia Sims den Faden auf. »Hat der Rundgang durch die Schülerzimmer nie stattgefunden?«

Jan Paulsen nickte. »Dann wäre daran aber auch der Lehrer beteiligt gewesen.«

»Aber warum haben sie beide darauf verzichtet?«, spornte Enna die beiden Kommissare an.

»Vergessen kann man so was ja wohl kaum«, brummte Jan Paulsen. »Zumindest nicht zu zweit.«

»Vielleicht waren sie beschäftigt«, spekulierte Enna. »Zu beschäftigt, um sich an ihre Pflichten zu erinnern.«

»Die beiden hatten was miteinander?«, fragte Jan Paulsen. »Dann wäre ihr Schweigen logisch. Boysen ist verheiratet, und ihr Mann sah mir nicht so aus, als würde er eine Affäre seiner Frau locker sehen.«

»Sie sind ihm begegnet?«, fragte Enna.

»Er kam von der Arbeit und hat uns kurz begrüßt«, erklärte Pia Sims.

»Und wo waren die drei anderen Damen, als Marie verschwand?«, fragte Jan Paulsen. »Nicht im Landschulheim? Jeder deckt jeden? Die beiden Lehrerinnen hatten Angst, ein Disziplinarverfahren mit unsicherem Ausgang angehängt zu bekommen.«

»Und Luise Kramer hat geschwiegen, weil ansonsten ihre Freundin Probleme mit ihrem Mann bekommen hätte«, führte Pia Sims den Gedanken weiter. »Außerdem hat auch sie sich schuldig gefühlt, weil sie das Heim mit den beiden Lehrerinnen verlassen hat.«

»Okay«, unterbrach Enna die Gedankenspiele. »Was davon können wir beweisen?«

»Nichts«, antwortete Jan Paulsen und Pia Sims stimmte ihm kopfnickend zu.

»Kann uns die Aussage der Lehrerin vielleicht weiterhelfen?«, erkundigte sich Enna.

Jan Paulsen schüttelte den Kopf. »Sie war extrem wortkarg.«

»Wer von den fünf Personen hat am wenigsten zu verlieren?«, fragte Enna und klopfte dabei gedankenversunken mit einem Kugelschreiber auf die Tischplatte. »Holger Martens. Er hat schon alles verloren. Familie, den ursprünglichen Job. Warum sagt er nicht die Wahrheit? Ihm muss doch klar sein, dass er wieder im Fokus der Ermittlungen steht.«

»Und warum hat er sich bei der Urlaubsfrage so aufgeregt?«, fügte Pia Sims hinzu.

»Ich würde mal sagen, dass der Herr Lehrer lange noch nicht aus dem Schneider ist«, brummte Jan Paulsen.

Vierundzwanzig

»Kommt Oma heute?«, fragte Elias, als Enna seinen Sicherheitsgurt kontrollierte.

»Morgen. Oma kommt morgen und ich fahre übermorgen für einen Tag, vielleicht auch zwei weg.«

Enna drehte sich nach vorne und startete den Motor.

»Wohin musst du denn fahren?«

Enna fuhr vom Kindergartenparkplatz auf die Straße. »Auf eine Insel ganz in der Nähe. Weißt du noch, was ich dir heute Morgen erzählt habe? Wangerooge heißt sie.«

»Komischer Name.«

»Nein, eigentlich nicht. Oog ist ein ganz altes Wort für Insel. Es gibt auch Langeoog und Spiekeroog. Das sind die Inseln, die neben Wangerooge liegen.«

»Fährst du mit einem Schiff?«

»Ja, aber das ist nicht sehr weit, Elias.«

Elias schwieg und wirkte nachdenklich. Ein paar Minuten später bog Enna in ihre Straße ein und parkte das Auto vor der Garage.

»Wenn es gar nicht weit ist, dann kann ich ja mitkommen.«

Enna schmunzelte. Das hatte ihren Sohn also beschäftigt. »Das geht leider nicht, Elias. Du weißt doch, dass ich bei der

Polizei arbeite, und übermorgen muss ich da viel rumlaufen und Leute befragen.«

»Befragen?«

»Das nennt man so, wenn man ganz viele Fragen stellt. Wollen wir jetzt nicht erst mal aussteigen?«

»Ich will aber mit nach Wangooge.«

»Die Insel heißt Wangerooge und du kannst leider nicht mit. Außerdem ist Oma doch hier. Willst du sie ganz alleine lassen? Sie freut sich doch so darauf, dich wiederzusehen.«

Ohne zu antworten, öffnete Elias die Autotür und stieg aus.

»Schläft dein Kleiner schon?«, fragte Sarah, als sie am frühen Abend Enna anrief.

»Nein, glaube ich nicht. Aber er ist im Bett. Warte, ich gehe kurz in die Küche und mache die Tür zu.«

»Ich hatte heute ein Gespräch mit André«, begann Sarah, nachdem Enna sich wieder bei ihr gemeldet hatte.

»Nicht so gut gelaufen?«, fragte Enna. Sarah hatte frustriert geklungen.

»Könnte man so sagen. Ich habe extra drauf verzichtet, dass wir uns bei einem der Anwälte treffen. Das war wohl ein Fehler.«

»Er hat dir nicht geglaubt?«

»Nein, natürlich nicht. Aber ich hätte es vorher wissen sollen. Kein Mann hört gerne, dass das Kind, für das er jahrelang der Vater war, nicht von ihm ist. Zumindest solange es nicht um den Unterhalt geht. Ich würde mir was zusammenfantasieren, hat André gemeint. Und dass ich ihn reinlegen wolle. Lukas wäre sein Sohn.«

»Da hatte ich mir wohl zu viel Vernunft von ihm erhofft.«

»Er hat mir vorgeworfen, dass ich ihn in aller Öffentlichkeit lächerlich machen will. Du kannst dir gar nicht vorstellen, was für einen Unsinn er sich zusammengeredet hat. Er würde sich das nicht gefallen lassen und mir würde es noch leidtun, wenn ich solche Lügen in die Welt setze.« Sarah stöhnte leise. »Willst du noch mehr wissen?«

»Nein, danke. Am besten, wenn Christine mit seiner Anwältin spricht. Sie wird ihr in Ruhe erklären, wie die Sachlage ist und dass es für André der beste Weg ist, es bei der bisherigen Besuchsregelung zu belassen.«

»Meinst du? Ich war eigentlich schon so weit, ihm seine Vaterschaft aberkennen zu lassen.«

Enna seufzte. »Ich will dich nicht beeinflussen, Sarah. Wirklich nicht. Du musst die Entscheidung treffen, mit der du letztendlich leben kannst. Vielleicht ist es wirklich das Beste, einen endgültigen Schlussstrich zu ziehen. Auch wenn Lukas es vermutlich nicht verstehen wird. Noch nicht.«

»Was würdest du machen? Sei ehrlich. In meiner Situation?«

Enna zögerte. Durfte sie Sarah weiter darin bestärken, den Ausgleich mit ihrem Ex zu suchen? Spielte Simons Unfalltod eine Rolle und war sie deshalb so nachsichtig mit André? War sie überhaupt die richtige Person für einen solchen Ratschlag? Sie konnte nicht beurteilen, was zwischen Sarah und André vorgefallen war und wie weit André gehen würde, um Lukas zu sich zu holen.

»Bist du noch da?«, fragte Sarah.

»Ja, natürlich. Ich überlege und bin ratlos. Ich war fest davon überzeugt, dass André sich auf deinen Vorschlag einlassen würde. Daran siehst du, wie wenig ich ihn kenne. Kann ich dir da wirklich einen Rat geben, der hilft? Ich habe Angst, dass ich noch einmal komplett danebenliege und du am Ende die Suppe auslöffeln musst.«

»Ich weiß, was du meinst«, antwortete Sarah nach einer kurzen Pause. »Und das schätze ich so an dir, dass du dir wirklich Gedanken machst und mir helfen willst.« Wieder entstand eine Pause. »Ich werde Christine bitten, mit Andrés Anwältin zu reden. Wenn die auch kein Entgegenkommen zeigt, bleibt mir nichts anderes übrig, als eine Änderung der Geburtsurkunde zu beantragen. Ich will nicht riskieren, dass Lukas zwangsweise bei ihm leben muss. Er ist kein Spielzeug, das man seiner neuen Flamme schenken kann. Nein, das wird niemals passieren.«

»Ich würde dir so gerne helfen, Sarah.«

»Das hast du schon, Enna. Ich schaff das schon irgendwie. Danke, dass du dir noch die Zeit genommen hast. Ich weiß doch, dass du mit der neuen Arbeit gerade genug zu tun hast. Habt ihr beide Lust, morgen Nachmittag bei uns vorbeizuschauen?«

»Eigentlich immer«, sagte Enna. »Elias ist so gern bei euch, nicht nur wegen deiner Kuchen. Aber morgen kommt seine Oma, weil ich am Tag darauf beruflich unterwegs bin. Ich muss Elias morgen auch ganz früh bringen und weiß noch gar nicht, wie er darauf reagiert. Schade, aber wir holen es nach. Einverstanden?«

»Auf jeden Fall. Lukas ist übrigens morgen auch schon früh da. Vielleicht hilft das ja beim Überreden. Und jetzt lasse ich dich in Ruhe.«

Sie verabschiedeten sich herzlich. Enna legte nachdenklich ihr Handy zur Seite. Irgendetwas, weit hinten in ihrem Unterbewusstsein, irritierte sie. Hing es mit den Problemen ihrer Freundin zusammen oder war es der Fall, an dem sie gerade arbeitete? Es fühlte sich an, als habe sie etwas Wichtiges übersehen. Sie stand auf und lief im Zimmer auf und ab, während sie versuchte, sich das Gespräch mit Sarah noch einmal zu vergegenwärtigen. Worüber hatten sie gesprochen? Hatte sie ein Detail übersehen, das für Sarah in ihrer Auseinandersetzung mit André wichtig war? Oder war es doch der Fall, der sie so in Beschlag nahm?

Sie öffnete das Fenster und atmete tief die kühle Abendluft ein.

Enna hatte Elias nur mit Mühe davon überzeugen können, in die Frühgruppe des Kindergartens zu gehen. Erst als sie ihm versicherte, dass Lukas ebenfalls dort sein würde, stimmte er zu. Kurz nach sieben hielt Enna auf dem Parkplatz vor dem Kindergarten und öffnete ihrem Sohn die Tür. Während der Fahrt hatte sie sich laut mit ihm unterhalten, damit er nicht einschlief und dann schlecht gelaunt aufwachte.

»Auf geht's, mein Sohn.«

»Ich bin noch müde, Mama«, antwortete er leise und stieg betont langsam aus dem Auto.

Enna fuhr über die Stadtautobahn zu Anne Wagner und parkte zehn Minuten später hinter Jan Paulsens Mercedes, der in Sichtweite von deren Wohnung stand. Als sie ausstieg und zu seinem Auto ging, bemerkte sie ein Einsatzfahrzeug der Oldenburger Kollegen, das die Straße hochfuhr und hinter ihrem Wagen parkte. Die uniformierten Beamten stiegen aus und sahen sich um.

Enna beugte sich zu Paulsens geöffnetem Seitenfenster herunter. »Haben Sie die Kollegen angefordert?«

»Nein, warum sollte ich?« Er verließ den Wagen und begrüßte die beiden Polizisten.

»Haben Sie uns gerufen?«, fragte der Ältere der beiden.

Jan Paulsen zeigte ihm seinen Ausweis. »LKA, Paulsen! Weshalb seid ihr hier?«

Der ältere der Polizisten nickte Paulsen zu. »Franz Roter. Ein Anruf einer älteren Dame, Haus Nummer 42. Sie hat angeblich etwas gehört. Lärm und Schreie. Sicher das Übliche.«

»Welche Etage?«, fragte Enna, die zu den dreien getreten war.

»Und Sie sind?«, stellte Franz Roter die Gegenfrage.

»Hauptkommissarin Andersen, LKA. Welche Etage?«

Der uniformierte Beamte schluckte. »Über ihr, meinte die Anruferin. Also im Dachgeschoss. Wenn überhaupt etwas passiert ist.«

»Wann hat die Zeugin angerufen?«

Franz Roter zog sein Notizheft heraus und blätterte umständlich darin herum. »Sechs Uhr dreißig.«

Enna warf Paulsen einen Blick zu. Der schüttelte mit dem Kopf.

»Und Sie sind erst jetzt vor Ort?«, fragte Enna und versuchte, sich ihre Verärgerung nicht anhören zu lassen.

»Was soll das denn jetzt?«, fuhr Franz Roter sie an. »Kindermädchen brauchen wir wirklich nicht.«

Enna antwortete genervt: »Wie Sie meinen, Kollege. Ob das Ihr Vorgesetzter auch ...«

»Was ist denn jetzt?«, fiel Franz Roter ihr genervt ins Wort. »Übernimmt das LKA die Angelegenheit, oder was?«

»Wir begleiten Sie«, antwortete Enna, die sich ärgerte, sich auf den Disput mit dem Beamten der Streife eingelassen zu haben.

»Da haben wir aber Glück«, murmelte Franz Roter und gab seinem jungen Kollegen einen Wink. Sie liefen, ohne die beiden Kommissare zu beachten, voraus.

Jan Paulsen seufzte leise. Enna zuckte mit den Schultern und sagte halblaut: »Schon gut, nächstes Mal überlasse ich Ihnen das Reden.«

»Die kriegen sich schon wieder ein«, antwortete Paulsen ebenso leise.

Als Enna und Jan Paulsen die Treppe heraufkamen, standen ihre Kollegen bereits vor einer Tür im zweiten Stock und unterhielten sich mit einer älteren Frau, der man ansah, dass sie verängstigt war. Sie gestikulierte aufgeregt und wiederholte mehrfach, dass sie Schreie gehört hatte.

Jan Paulsen trat vor und begrüßte die Frau freundlich. »Können Sie uns sagen, aus welcher Wohnung die Schreie kamen?«

»Natürlich, junger Mann. Über mir, von Anne.«

»Anne Wagner?«

»Das habe ich doch gerade gesagt. Unternehmen Sie jetzt endlich was? Ich habe schon vor einer Ewigkeit angerufen. Sind Sie überhaupt von der Polizei? Man liest ja so einiges in der Zeitung.«

Jan Paulsen und Enna hasteten bereits die Treppe hinauf. Auf dem Treppenabsatz stoppten sie, zogen ihre Waffen aus dem Holster und horchten in die Wohnung hinein, deren Tür nur angelehnt war. Enna nickte Paulsen zu, der stieß mit dem Fuß die Tür auf und rief: »Polizei! Wir kommen jetzt rein!«

Paulsen betrat die Wohnung und arbeitete sich langsam voran, wobei er sich eng an der Wand hielt. Enna deckte ihn und folgte im Abstand von wenigen Metern. Als sie hinter sich die uniformierten Kollegen die Treppe hochhasten hörte, drehte sie sich kurz um und gab ihnen ein Handzeichen, die Wohnung nicht zu betreten.

Paulsen öffnete bereits die Tür zur Küche, lief blitzschnell nach vorne und wieder zurück. Schließlich trat er einen Schritt vor, sah zu beiden Seiten, um anschließend in Richtung Enna Entwarnung zu geben. Auch im Wohnzimmer und im Bad trafen sie niemanden an.

Paulsen schüttelte den Kopf. »Keiner da.«

Sie gingen zurück ins Treppenhaus, wo die beiden Beamten auf sie warteten.

»Was war das denn?«, fragte Franz Roter irritiert.

»Rufen Sie die Oldenburger Kollegen vom Dezernat 11. Verdacht auf Entführung einer Person. Wir warten hier auf Sie.«

Franz Roter nickte und zog sich mit seinem jungen Kollegen zurück.

Enna warf einen Blick zu Paulsen. »Was denken Sie?«

»Die Spurenlage ist eindeutig. Es hat eine Auseinandersetzung stattgefunden. Kein Mensch hinterlässt seine Wohnung in einem solchen Zustand.«

In der Küche war die Kaffeemaschine angestellt, ein Teller stand auf dem Tisch, als habe jemand das Frühstück vorbereiten wollen. Im Wohnzimmer waren zwei Stühle umgefallen und die Decke vom Tisch gerissen. Die Schale, die vermutlich vorher auf dem Tisch gestanden hatte, lag zerbrochen auf dem Teppich und mehrere Äpfel und Birnen waren im Zimmer verteilt. Eine Wasserflasche war durchs Zimmer gerollt, die Flüssigkeit ausgelaufen.

»Ich glaube auch nicht, dass das eine private Auseinandersetzung war«, sagte Enna. »Dafür ist die junge Frau viel zu beherrscht. Warten wir auf die Kollegen. Das hier ist erst mal nicht unser Fall.«

»Aber hat vielleicht damit zu tun.«

»Ich fürchte, ja.«

Enna informierte Pia Sims, die, wie sich im Gespräch herausstellte, bereits im Büro war und arbeitete. »Je nachdem, wann die Kollegen vom Oldenburger Kommissariat auftauchen, kann es eine Weile dauern«, sagte Enna.

»So weit klar. Kann ich von hier aus was machen?«

»Nein, im Moment nicht.«

Einen der zwei Kriminalbeamten vom Dezernat 11, Oberkommissar Julius Weber, kannte Enna aus der gemeinsamen Arbeit in der SoKo »Katharina«, die fünf Jahre zuvor zu einem Tötungsdelikt an einem zwölfjährigen Mädchen ermittelt hatte. Enna erklärte Julius Weber die Umstände und bat ihn darum, sofort informiert zu werden, wenn Anne Wagner gefunden würde.

»Wenn ich das richtig verstehe, ist die junge Frau noch vor zwei Stunden hier in ihrer Wohnung gewesen?«, fragte Julius Weber.

»Vermutlich ja, Julius. Aber nach der Zeugenaussage der Nachbarin zu urteilen und nach dem, wie die Wohnung aussieht, könnte sie entführt worden sein.«

Er stöhnte leise. »Eben. Könnte. Es könnte aber auch ein Beziehungsstreit gewesen sein und Frau Wagner hatte nur keine Zeit oder keine Lust, die Wohnung wieder in Ordnung zu bringen.«

»Bitte ruf die Kriminaltechnik. Ich nehme es auf meine Kappe, wenn Anne Wagner wieder auftaucht.«

Julius Weber warf ihr einen skeptischen Blick zu. »Bekomme ich das schriftlich?«

»Kein Problem. Sobald ich wieder im Büro bin, schicke ich dir eine offizielle Anfrage auf Amtshilfe. Inklusive der Bitte, die Wohnung kriminaltechnisch untersuchen zu lassen.«

Der Oberkommissar schien immer noch nicht überzeugt zu sein. »Und wie willst du das begründen? Gefahr im Verzug? Weil eine ältere Dame ein paar Schreie gehört haben will? Weil die Wohnungstür offen stand und ein paar Stühle umgefallen sind? Der Staatsanwalt reißt mir den Arsch auf, wenn das schiefgeht.«

»Okay, Julius. Ich rufe den Staatsanwalt an. Wer ist gerade zuständig?«

Julius Weber nannte ihr den Namen und die Telefonnummer, Enna trat ein paar Meter zur Seite und wählte. Zehn zähe Minuten vergingen, in denen Enna darum rang, die kriminaltechnische Untersuchung von Anne Wagners Wohnung durchzusetzen. Am Ende stimmte der Staatsanwalt zu und Enna reichte ihr Handy an Julius Weber weiter.

»Wirklich überzeugt war er nicht«, kommentierte der Oberkommissar das Gespräch, als er Enna ihr Handy zurückgab.

»Wir befragen dann die Nachbarin und klappern noch ein paar Häuser ab. Vielleicht ist ja jemandem was aufgefallen. Mehr können wir erst mal nicht tun.«

»Alles gut«, antwortete Enna. »Warten wir einfach ab. Du erreichst mich rund um die Uhr auf meinem Handy.« Sie reichte ihm ihre Karte und verabschiedete sich von den beiden Beamten.

Fünfundzwanzig

»Aber wer würde Anne Wagner entführen?«, fragte Pia Sims, nachdem Enna ihr ausführlich von den Ereignissen berichtet hatte.

Die drei Ermittler saßen zusammen in Ennas Büro, um das weitere Vorgehen zu besprechen.

»Verflucht, wenn wir das nur wüssten«, antwortete Jan Paulsen.

»Zuerst Marco Müller, jetzt Anne Wagner«, sagte Enna. »Wo ist der Zusammenhang?«

»Ganz klar Marie Hansen und unsere aktuellen Ermittlungen«, sagte Jan Paulsen. »Müller wusste zu viel und sollte liquidiert werden. Wagner hat Kontakt zu Marie Hansen aufgenommen und wurde entführt und ist, wenn ich nicht vollkommen danebenliege, bereits tot. Hier wurde lediglich die Öffentlichkeit gescheut. Vermutlich sollte Müller auch still und heimlich entsorgt werden, nur sind wir den Typen blöderweise in die Quere gekommen.«

»Das hieße aber, dass Marie Hansen nicht nur lebt, sondern auch über entsprechende – ich nenne es mal – *Ressourcen* verfügt«, sagte Pia Sims.

»Oder die Person, die sie entführt hat«, schlug Enna vor. »Wo ist das Motiv? Bisher sind wir davon ausgegangen, dass die Entführung in Zusammenhang mit sexuellem Missbrauch von Kindern steht. Marie Hansen ist vor ein paar Tagen neunzehn geworden. Sie ist eine erwachsene Frau, hat, wenn wir von einem Kontakt über Skype mit Anne Wagner ausgehen, Zugang zum Internet und auch schon vorher gehabt. Was ist passiert? Für mich passt das alles einfach nicht zusammen.«

Jan Paulsen ließ die Hand auf den Tisch fallen. »Gott, dann waren es halt keine kriminellen Pädophilen.«

Pia Sims schüttelte den Kopf. »Paulsen, das ist alles nicht stimmig. Keine Neunjährige, die an ihrer Mutter hängt, haut ab und lebt dann … ja, wo? Immer wieder das Motiv. Warum wurde sie entführt? Meinetwegen auch, warum ist sie weggelaufen beziehungsweise wer hat sie wie dazu gebracht, wohin auch immer mitzukommen?«

»Fangen wir noch einmal ganz von vorne an«, schlug Enna vor. »Brainstorming. Los geht's!« Sie legte den Kopf in den Nacken und starrte an die Decke. »Neun-, fast zehnjähriges Mädchen – hat Stress zu Hause – Vater terrorisiert die Familie – sie ist vernünftiger als ihre Gleichaltrigen – sie hängt an ihrer Mutter – sie verachtet ihren Vater.«

»Sie kommt in Kontakt mit einer erwachsenen Person – die nutzt die Situation aus«, fuhr Pia Sims fort. »Überredet sie, von …« Pia Sims schüttelte den Kopf. »Nein, so nicht.«

»Vielleicht so«, übernahm Jan Paulsen. »Die Person nähert sich Marie Hansen bewusst – er oder sie muss einen Joker haben, den niemand kennt – einen absoluten Hammer – niemand weiß davon.«

»Nur Anne Wagner – ihre beste Freundin – die wie eine Zwillingsschwester ist«, nahm Enna den Faden auf. »Marie redet darüber – vielleicht nur in Andeutungen – aber Anne ahnt was – sie versucht, sie aufzuhalten – schweigt aber danach.«

»Hat sie Angst?«, fragte Pia Sims. »Vielleicht – oder sie ist absolut loyal – oder beides.«

Enna stand auf und drehte eine Runde durch den Raum. »Anne Wagner weiß nicht genug – sie hat Angst, dass man ihr nicht glaubt – sie schweigt zu lange – sie redet sich ein, dass es ihrer Freundin gut geht – sie ist traumatisiert – sie verdrängt das Wissen – eine neue Wirklichkeit entsteht.«

»Bis Marie Hansen mit ihr in Kontakt tritt«, übernahm wieder Pia Sims. »Sie muss sofort gewusst haben, was die Zahl bedeutet – 12200. Nur deshalb war sie sicher, dass es Marie war – die Zahl ist wichtig.«

»Die erwachsene Person – wer ist das?«, fragte Jan Paulsen. »Kein Unbekannter – jemand aus ihrem Umfeld – aber was ist das Motiv?«

Enna schrieb die letzten Notizen auf.

»Es ist zum Verzweifeln. Wir kommen hier nicht weiter. Anne Wagner ist unter Umständen der Schlüssel, aber im Moment kommen wir nicht an sie ran.« Sie schüttelte den Kopf. »Es nützt nichts. Machen wir erst mal mit den Routinearbeiten weiter.« Sie wandte sich an Pia Sims. »Sind eigentlich die Filme der damaligen Kinderbefragung wiedergefunden worden?«

»Nein, nichts. Ich habe noch einmal darauf gedrungen, dass intensiv gesucht wird. Ich fürchte, die sind vollkommen falsch abgelegt worden. Mir ist schleierhaft, wie wir die finden.«

»Nicht gut. Vielleicht hätten wir da neue Anhaltspunkte gefunden.«

»Ich geh noch einmal persönlich ins Archiv.« Pia Sims tippte etwas in ihren Laptop ein.

»Und der Unfalltod von Marco Müllers Vater?«

»Stimmt«, sagte Pia Sims. »Der Kollege hat mich angerufen. Der Verdacht, dass die Bremsleitung manipuliert worden war, stand tatsächlich im Raum. Die Kriminaltechnik hat sich aber nicht eindeutig festgelegt. Es gab ein paar Befragungen und letztendlich ist die Angelegenheit zu den Akten gelegt worden. Soll ich die Akten anfordern?«

»Ich fürchte, das wird uns nicht weiterbringen«, sagte Enna. »Selbst wenn Marco Müller daran beteiligt war, werden wir darüber ohne ihn keine Klarheit bekommen. Haken wir das also ab.«

»Wann wird der Vogel denn jetzt nach Oldenburg verlegt?«, fragte Jan Paulsen.

»Vermutlich heute. Letztendlich haben die Ärzte das letzte Wort. Und falls die nächste Frage sein sollte, wann er ansprechbar ist: Das kann ich nicht beantworten. Ich hoffe aber, dass der Oldenburger Kollege mir morgen oder übermorgen mehr sagen kann. Er selbst will ja auch dringend mit Müller sprechen.« Enna sah in ihr Notizbuch und wandte sich wieder an Pia Sims. »Was ist mit Anne Wagners Laptop? Bei unserem kleinen Rundgang durch die Wohnung war er nicht aufzufinden.«

»Falls er online gehen sollte, bekomme ich sofort eine Meldung auf mein Handy und kann dann auch sagen, wo er sich über WLAN eingeloggt hat. Natürlich ist das nicht so genau wie bei GPS.«

»Trotzdem gut. Haben Sie Daten auf dem Rechner gefunden, die für unseren Fall relevant sind?«

Das Faxgerät, das auf dem Flur stand, summte und begann, Seiten auszuspucken. Jan Paulsen stand auf. »Ich geh schon.«

Pia Sims wartete mit ihrer Antwort, bis Jan Paulsen wieder auf seinem Platz saß. Er legte drei Blätter auf den Tisch. »Der Beschluss wegen Enrik Hansens Finanzen. Soll ich mich später darum kümmern?«

»Gern«, sagte Enna und wandte sich an Pia Sims. »Noch etwas auf dem Laptop gefunden?«

»Ja. Verschiedene Textdateien, die allerdings schon zwei bis drei Jahre alt sind und leider zum Teil überschrieben worden sind, nachdem sie gelöscht wurden. Mir scheint, es handelt sich um eine Art Tagebuch oder vielleicht auch Selbsttherapie. So genau bin ich noch nicht dahintergekommen, da ich offensichtlich nicht alle Dateien gefunden habe.«

Jan Paulsen räusperte sich. »Selbsttherapie? Was soll das denn sein?«

»Wie gesagt, ich brauche noch ein paar Stunden. Anne Wagner hat quasi ihre Gedanken aufgeschrieben. Die älteren Dateien ähneln mehr einem Tagebuch und da, wo sie angefangen hat zu studieren, wird es … ich nenne es jetzt mal: analytischer. Vermutlich hat das mit dem Studium zu tun.«

»Schon erste Erkenntnisse?«, wollte Enna wissen.

»Sie zweifelt sehr an sich selbst. Aber wer tut das nicht in dem Alter. Sie ist auf der Suche nach Antworten. Allerdings kenne ich die Ausgangsfrage nicht oder habe sie noch nicht gefunden.«

»Vielleicht taucht ja noch etwas auf«, sagte Enna. »Was steht ansonsten an?«

»Martens' mysteriöser Urlaub im letzten Jahr«, sagte Paulsen. Er sah zu Pia Sims. »Gibt es Erkenntnisse aus der IT-Abteilung?«

Die junge Kommissarin blickte ihn spöttisch an, schien ihm die Bemerkung aber nicht übel zu nehmen. »Ja, gibt es, Herr Paulsen. Die Fotos sind definitiv aus dem ersten Mallorca-Urlaub. Die Details dazu lasse ich mal weg. Und bevor ich es vergesse, die Aufnahmen von Enrik Hansen sind keine Montagen. Das ist er auf den Bildern, und die Fotos sind von verschiedenen Kameras aufgenommen und auch aus unterschiedlichen Jahren. Insofern scheint er zumindest hier die Wahrheit gesagt zu haben.«

Enna notierte sich die neue Information. »Warten wir seine Finanzen ab. Noch einmal zu Holger Martens und seinem letzten Urlaub. Wo war er und warum macht er darum ein solches Geheimnis?«

»Wieder eine Affäre?«, schlug Paulsen vor.

»Bisschen viel Aufwand«, meinte Pia Sims. »Und hat eine Frau, die in einer Beziehung lebt, überhaupt die Möglichkeit, einen Urlaub mit dem Typen zu verbringen?« Die ansonsten um Sachlichkeit bemühte Pia Sims hatte keinen Hehl aus ihrer Verachtung gegenüber dem Lehrer gemacht.

»Kann es sein …«, begann Enna. »Wann will ich eine Beziehung noch verheimlichen? Wenn es einen weiteren Partner gibt, klar. Aber wann noch? Wenn es nicht erlaubt ist oder sogar verboten.«

»Eine Schülerin!«, rief Paulsen. »Warum sind wir da nicht gleich draufgekommen.«

»Sein Facebook-Account war öffentlich?«, fragte Pia Sims und fuhr, als Enna zustimmend nickte, fort: »Ich nehme ihn mir vor. Es finden sich vermutlich ausreichend digitale Spuren. Solch eine Affäre hat doch ein Vorspiel. Die Schülerin wird seine Beiträge gelikt oder vielleicht auch etwas auf seiner Seite gepostet haben.«

Enna stand auf. »Dann an die Arbeit. Ich schlage vor, dass wir uns zwischen vierzehn und fünfzehn Uhr hier wieder zusammensetzen.«

Ennas erster Anruf galt Frieder Schmidt. Er teilte ihr mit, dass Marco Müller am Nachmittag nach Oldenburg verlegt werden würde. Er selbst würde den Transport begleiten und habe Beamte für die Bewachung eingeteilt.

»Sollte sich was tun bei Müller, erfährst du es als Erste«, sagte Frieder Schmidt. »Ich mache mich jetzt gleich auf den Weg nach Osnabrück.«

Enna berichtete ihm von der mutmaßlichen Entführung von Anne Wagner und dass ihre Ermittlungsgruppe vermutete, dass die gleichen Männer am Werk waren. Frieder Schmidt hörte aufmerksam zu und dachte anschließend laut darüber nach, die Bewachung von Marco Müller zu verstärken.

Der zweite Anruf galt Julius Weber, dem Oldenburger Kollegen, der Anne Wagners plötzliches Verschwinden bearbeitete. Er berichtete ihr, dass die Kriminaltechnik ihre Arbeit abgeschlossen hatte und er im Laufe des Tages die ersten Ergebnisse erwartete. Die Überprüfung der Wohnungstür hatte keine Einbruchspuren ergeben.

»Habt ihr die Eltern informiert?«, fragte Enna.

»Das habe ich persönlich gemacht. Nur die Mutter war zu Hause. Sie hat zum letzten Mal vor einer Woche mit ihrer Tochter gesprochen und weiß nichts von einer geplanten Reise oder Ähnlichem. Das Handy haben wir orten lassen, es ist aber ausgestellt.«

»Hat die Befragung in der Nachbarschaft etwas gebracht?«

»Die alte Dame ein Stockwerk tiefer wirkte ziemlich verwirrt auf mich. Ich vermute mal, das ist durch den ganzen Wirbel gekommen. Ich habe mich morgen noch einmal bei ihr angekündigt. Falls es dann überhaupt noch relevant ist.«

»Ich fürchte, das wird es sein, Julius.«

»Ich bin mir da nicht so sicher, aber warten wir's ab. Was gab es noch? Im Haus haben wir sonst niemanden angetroffen. Da werden wir heute Nachmittag noch einmal vorbeischauen. Um es kurz zu machen: Zwei Anwohner der Straße haben eine angeblich verdächtige Limousine bemerkt. Beides ältere Herren, die früh am Morgen schon aktiv sind. Allerdings schwankten die Aussagen zwischen BMW und Mercedes und bei den Farben zwischen Schwarz und Grau. Zumindest saßen in beiden Fällen zwei Männer im Auto. Die Beschreibung war leider wie so häufig nicht zu gebrauchen. Kennst du ja.«

»Funkzellenauswertung?«

»Läuft. Ich glaube kaum, dass wir die vor morgen haben.«

»Dank dir, Julius. Wir hören voneinander.«

Pia Sims kam in Ennas Büro gestürmt. »Ich glaube, ich habe die Schülerin.« Sie stellte ihren Laptop vor Enna auf den Schreibtisch und scrollte durch Holger Martens' Facebook-Seite. »Ich habe fünfzig Interaktionen gezählt, wahrscheinlich sind es noch mehr.«

»Interaktionen?«

»Das sind Reaktionen von anderen Usern. Das fängt bei einem Like an, andere teilen dein Posting auf ihrer Seite oder man schreibt einen eigenen Kommentar. Leonie Behrends. Im letzten Juli sechzehn, inzwischen siebzehn. Sie ist übrigens nicht mehr an der Schule. Ihre Eltern scheinen umgezogen zu sein. Hude. Gut zwanzig Kilometer von Oldenburg.«

»Ja, kenne ich. Und da geht sie jetzt zur Schule?«

»Vermute ich mal.« Pia Sims reichte ihr einen Zettel. »Die Adresse. Ich habe da gerade unter einem Vorwand angerufen. Die Mutter ist auf jeden Fall da.«

Enna stand auf. »Ich melde mich. Kann sein, dass ich nicht rechtzeitig zur Besprechung zurück bin.«

Sechsundzwanzig

»Sie haben immer noch nicht meine Frage beantwortet, warum Sie von Rotenburg nach Hude umgezogen sind.«

Enna saß in der großen Küche der Familie Behrends. Anja Behrends, die Mutter von Leonie Behrends, hatte ihr die Tür geöffnet und sie nach einigem Zögern ins Haus gebeten. Ihre Tochter war noch in der Schule, ihr Mann für einige Tage beruflich unterwegs.

»Wir hatten unsere Gründe. Private Gründe«, antwortete Anja Behrends. »Ich kann mir nicht vorstellen, dass wir der Polizei darüber Rechenschaft schuldig sind.«

Anja Behrends war, seitdem Enna sich als Polizistin ausgewiesen hatte, ausgesprochen zurückhaltend und antwortete auf ihre Fragen nur ausweichend. Enna war klar, dass sie weder Anja Behrends noch ihre Tochter zwingen konnte, gegen Holger Martens auszusagen. Sie entschloss sich, der Frau ein Angebot zu machen.

»Ich habe eine Ahnung, weshalb Sie Rotenburg mitten im Schuljahr verlassen haben. Ich kann mir auch vorstellen, warum Sie nicht darüber sprechen wollen.«

Frau Behrends schwieg und starrte durch Enna hindurch.

Enna griff nach dem Aufnahmegerät und schaltete es aus. »Ich schlage Ihnen einen Weg vor, der uns beiden hilft. Ich bekomme die Information, die ich benötige, und behandele dafür das Gespräch absolut vertraulich.«

»Vertraulich? Was heißt das?«

»Sobald ich hier vom Tisch aufgestanden bin, habe ich unser Gespräch sozusagen vergessen. Es gibt keine Notizen und keine Akteneinträge. Ich werde Ihre Tochter nicht befragen und auch keine weiteren Recherchen anstellen.«

»Woher weiß ich, dass Sie die Wahrheit sagen?«

»Das wissen Sie nicht. Sie müssen sich entscheiden, ob Sie mir vertrauen oder nicht.«

Eine Weile saßen sie schweigend am Tisch, bis Anja Behrends schließlich seufzte. »Was wollen Sie wissen?«

»Gehen wir anders vor. Ich will keine Details erfahren, das würde mich nur in Gewissensnot bringen. Ich frage und Sie bestätigen mir die Annahme oder auch nicht.«

Frau Behrends nickte.

»Ihre Tochter hat oder hatte ein sehr inniges Verhältnis zu dem Lehrer Holger Martens. Im letzten Sommer ist Ihre Tochter … sagen wir, in eine Ferienfreizeit oder etwas Ähnliches gefahren.«

Wieder nickte Anja Behrends. Sie schien immer noch zu zögern, ob sie das Richtige tat.

»Irgendwann, vermutlich einige Zeit nachdem Ihre Tochter wieder zurück war, kamen bei Ihnen Zweifel auf, ob die Fahrt so stattgefunden hatte. Sie forschten nach und kamen schließlich der Wahrheit auf die Spur. Diese Wahrheit hat Sie erschüttert und war letztendlich der Grund, Rotenburg zu verlassen. Sie haben sich entschlossen zu schweigen, weil Sie der Meinung sind, dass das für Ihre Tochter der beste Weg ist.«

Anja Behrends nickte ein drittes Mal.

»Das reicht mir«, sagte Enna. »Darf ich Ihnen noch einen abschließenden Rat geben?«

»Wenn Sie möchten. Ich kann Ihnen aber nicht versprechen, dass ich mich daran halte.«

»Das ist nicht notwendig. Ich kann verstehen, dass Sie diesen Weg gegangen sind. Wenn Sie den leisesten Zweifel haben, ob Ihre Tochter weiter Kontakt mit ihrem ehemaligen Lehrer hat, sollten Sie die ganze Sache öffentlich machen. Ich weiß nicht, was genau passiert ist, aber wenn es das ist, was ich vermute, ist Herr Martens als Lehrer nicht mehr tragbar.«

Anja Behrends stand auf. »Ich begleite Sie noch bis zur Tür. Meine Tochter müsste in einer Viertelstunde nach Hause kommen.«

Enna reichte der Frau ihre Karte. »Sie können mich jederzeit anrufen. Ich habe auch ein Kind und kann mir vorstellen, wie schwierig die Situation für Sie ist.«

Auf der Rückfahrt nach Oldenburg rief der Osnabrücker Staatsanwalt Dr. Padberg an und teilte ihr mit, dass es sich bei den gefundenen Kugeln um 9-mm-Parabellum-Patronen handelte und der Abgleich inzwischen gemacht worden war. Eine der Waffen sei vor zwei Jahren bei einem Tötungsdelikt in Freiburg benutzt worden. Dort war ein Deutscher mit italienischen Wurzeln in seiner Wohnung erschossen worden. Der Fall war als ungeklärt zu den Akten gelegt worden.

Um kurz vor fünfzehn Uhr parkte Enna vor dem Büro und eilte ins Haus. Wenig später saßen die drei Ermittler um den Küchentisch und trugen die neuen Erkenntnisse zusammen.

»Und damit ist dieser Arsch aus dem Schneider?«, fragte Jan Paulsen aufgebracht. »In dem einen wie dem anderen Fall?«

»Die Eltern werden momentan keine Aussage machen und ich vermute, das Mädchen noch weniger«, antwortete Enna. »Das ist nicht unser Fall. Und zu der Nacht, als Marie Hansen verschwunden ist, ist noch nicht das letzte Wort gesprochen. Ich gehe davon aus, dass Martens seiner Aufsichtspflicht nicht nachgekommen ist, da er vermutlich zu beschäftigt war, um etwas mitzubekommen.« Beim Wort beschäftigt hatte Enna mit beiden Händen Anführungsstriche in die Luft gemalt. »Wir werden uns darum später kümmern. Priorität hat Marie Hansen.«

»Okay. Kümmern wir uns später um den Herrn Lehrer«, stimmte Paulsen zu. »Ich sehe im Moment kein Motiv bei ihm, das auf seine Beteiligung hindeutet.«

»Ich schließe mich da an«, sagte Pia Sims. »Was ist mit der Waffe, mit der in Osnabrück auf die beiden geschossen wurde? Bringt uns das weiter?«

»Ich versuche gleich noch, die zuständigen Kollegen in Baden-Württemberg zu erreichen.«

Pia Sims nickte und warf einen Blick zu Jan Paulsen. »Wollen Sie zuerst oder soll ich?«

»Ich hab nicht so viel«, meinte Paulsen. »Das kann ich schnell loswerden.«

Paulsen berichtete, dass er zwei Banken ausfindig gemacht hatte, bei denen Enrik Hansen Konten unterhielt. Dem Kontostand nach zu urteilen stand seine Werkstatt wirtschaftlich ausgezeichnet da. Der letzte Jahresabschluss, den Paulsen vom Finanzamt gefaxt bekommen hatte, wies einen Gewinn von über fünfhunderttausend Euro aus.

»Also entweder nimmt der gute Mann horrende Preise oder er arbeitet Tag und Nacht in drei Schichten«, kommentierte Paulsen die Zahlen. »Ich tippe auf keins von beiden.«

Enna nickte. »Geldwäsche.«

»Sehe ich auch so. Zusätzlich zum Gewinn kommt noch seine stattliche Mitarbeiterliste. Ich habe aufgrund der Überweisungen durchgängig acht Personen gezählt. Kann mir mal jemand erklären, warum dem Finanzamt das nicht auffällt?«

»Nicht unsere Baustelle«, wiegelte Enna ab. »Paulsen, können Sie sich bei den Kollegen in Aurich erkundigen? Eventuell haben die Hansen schon auf dem Schirm.«

Paulsen grinste. »Und wenn nicht, werde ich dafür sorgen.«

»Weiter«, drängte Enna zur Eile.

»Ich habe in Osnabrück ein paar Leute abtelefoniert. Niemand scheint anzuzweifeln, dass Müller bei der Aktion am Samstag draufgegangen ist. Ein Detail macht mich stutzig. Ein Hotelier hat anscheinend Müller über längere Zeit nicht bezahlen können. Eigentlich ein grober Verstoß gegen die Regel, der öffentlichkeitswirksam geahndet werden muss. Allerdings scheint nichts passiert zu sein.«

»Was hat das mit unserem Fall zu tun?«, fragte Pia Sims.

»Das weiß ich noch nicht so genau, aber es kommt mir sehr komisch vor. Ich lasse da nicht locker. Sprich: Fortsetzung folgt.«

»Dann bin ich dran?«, fragte Pia Sims. »Also gut, die Dateien auf Anne Wagners Laptop.« Sie legte einen Datenstick auf den Tisch. »Ich habe sie lieber nicht auf unseren Server gelegt.« Sie schlug ihre Notizen auf. »Also, ich habe jetzt die Textdokumente in die richtige zeitliche Abfolge gebracht. Leider ist ein erheblicher Teil so zerstört, dass ich davon nur Fragmente finden konnte. Diese wiederum zusammenzufügen würde vermutlich wochenlange Arbeit bedeuten. Deshalb habe ich mich auf die vollständigen Dokumente konzentriert.«

»So weit verstanden«, sagte Jan Paulsen.

Pia Sims grinste. »Perfekt!«, sagte sie und wurde gleich darauf wieder ernst. »Das erste Dokument ist von Anne Wagner im Alter von sechzehn geschrieben, das letzte vor einem guten Jahr. Wie schon gesagt sind alle Dateien vor ungefähr elf Monaten gelöscht worden.« Sie sah kurz in ihre Notizen und fuhr fort: »Fangen wir am Anfang an. Die sechzehnjährige Anne macht sich Gedanken über ihr Leben. Sie fragt sich, warum sie keinen

Freund hat und auch sonst Schwierigkeiten, Freundschaften zu knüpfen. Sie zweifelt sehr oft an sich selbst, flüchtet sich offensichtlich ins Lernen, was ihr Halt gibt und einen Sinn. Dann kommen aber schnell wieder Zweifel. Sie fragt sich, wer sie ist und woher sie kommt. Das geht so weit, dass sie vermutet, ein Kuckuckskind oder gar komplett adoptiert zu sein. Sie lässt den Gedanken auch Taten folgen und sucht in den Unterlagen ihrer Eltern nach Dokumenten, die ihren Verdacht bestätigen könnten. Sie denkt darüber nach, einen DNA-Test zu machen, um festzustellen, ob ihr Vater und auch die Mutter die sind, für die sie sich ausgeben. Die letzten Worte waren übrigens ein Zitat. Mit zunehmendem Alter fallen die Selbstzweifel von ihr ab und sie wird selbstbewusster. Trotzdem hat sie immer wieder Tiefs, die so weit gehen, dass sie über einen Suizid nachdenkt. Aber einen Suizidversuch scheint sie ebenso wenig gemacht zu haben wie den angedachten DNA-Test.«

»Ganz schön durcheinander, die junge Frau«, sagte Jan Paulsen zum ersten Teil des Berichts.

Pia Sims sah ihn kurz an, ließ die Bemerkung aber unkommentiert stehen und wandte sich wieder ihren Aufzeichnungen zu. »Interessant fand ich Anne Wagners Überlegungen zur Zwillingsforschung. Das war nach dem Abitur, wo sie sich Gedanken darum gemacht hat, was sie studieren sollte. Da ihr dank ihrer hervorragenden Noten quasi alle Studiengänge offenstanden, habe ich mich beim Lesen gewundert, dass sie nicht direkt Psychologie studiert hat, sondern eher in den Forschungsbereich gegangen ist. Ich denke, dass sie dadurch das intensive Erforschen ihrer eigenen Psyche vermeiden wollte. Nicht bewusst, aber ganz tief in ihr wird eine Abneigung dagegen bestehen. Dann wählt sie noch einen englischsprachigen Studiengang, was meiner Meinung nach einen ähnlichen Effekt hat. Aber gut, Ausgangspunkt war die Zwillingsforschung.« Sie sah auf. »Allen bekannt, was das ist?«

»Führen Sie es ruhig kurz aus«, sagte Enna, woraufhin Jan Paulsen zustimmend nickte.

»In der Forschung werden eineiige Zwillinge und zweieiige Zwillinge untersucht. Letztlich geht es um den Einfluss genetischer und umweltbedingter Faktoren. Einfach ausgedrückt: Was ist auf die Gene zurückzuführen und was auf das Umfeld, die Erziehung, den sozialen Stand und so weiter. Interessant sind in diesem Zusammenhang natürlich eineiige Zwillinge, die komplett getrennt aufgewachsen sind. Anne Wagner macht sich für eine Studienanfängerin reichlich Gedanken dazu.«

»Interessant«, warf Jan Paulsen ein und schien damit das Gegenteil ausdrücken zu wollen.

»Im richtigen Licht betrachtet durchaus. Anne Wagner hat mir gegenüber davon gesprochen, dass sie und Marie Hansen wie Zwillinge waren. Ich habe mir heute noch einmal die Passage angehört und ich bin mir sicher, dass sie es nicht nur als Vergleich benutzt hat, sondern davon überzeugt ist, dass zwischen Marie und ihr etwas ganz Besonderes bestanden hat beziehungsweise besteht.«

Jan Paulsen zuckte mit den Schultern, während Enna anerkennend nickte. Pia Sims fuhr fort: »Ich halte es für einen Hinweis, dass Anne Wagner fest davon ausgegangen ist, dass Marie Hansen noch lebt. Das Trauma Wangerooge hat sie nicht losgelassen, sie konnte nie mit dem Thema abschließen, konnte nicht um Marie trauern. Schließlich, wir wissen nicht wann, setzt sich ihre Freundin tatsächlich mit ihr in Verbindung. Vermutlich ja schon vor Jahren. Das Trauma beginnt von vorne. Sie ist neben Marie Hansen ein weiteres Opfer dieser Entführung. Oder was immer es war.«

Sie verstummte. Bedrücktes Schweigen herrschte in Ennas Büro, bis Pia Sims halblaut fragte: »Lebt Anne Wagner noch?«

Siebenundzwanzig

Kurz vor vier kam Enna beim Kindergarten an, um Elias abzuholen. Sarah, die sie wohl hatte kommen sehen, wartete beim Eingang auf sie.

»Alles gut bei dir?«, fragte Enna.

»Ich habe eine Entscheidung getroffen. Ich werde André die Vaterschaft aberkennen lassen.« Sarah wirkte erleichtert und gleichzeitig angespannt. Enna umarmte sie lange und fest. Als sie einander wieder losließen, rollte eine Träne über Sarahs Wange. Enna reichte ihr ein Taschentuch.

»Ich will nicht, dass Lukas ewig mit einer Lüge lebt. Ich muss ihm sagen, wer sein leiblicher Vater ist. Nicht jetzt sofort, aber sobald er es versteht. Wenn André weiterhin mit Lukas Kontakt haben will, ist das für mich in Ordnung. Aber ich will klare Verhältnisse. Ansonsten wird Lukas mir das irgendwann vorwerfen – und das mit Recht.«

Sarah hatte schnell gesprochen, als traue sie ihren Argumenten nicht ganz über den Weg. Jetzt atmete sie tief durch und sah Enna fragend an.

Die erwiderte: »Du kennst mich ja. Ich bin schrecklich harmoniebedürftig. Aber so langsam wird mir klar: Man kann es in solch einer Situation nicht allen recht machen. Du tust sicher das Richtige. Und wenn du mich brauchst, bin ich für dich da. Das weißt du, oder?«

Sarah lächelte. »Danke, Enna. Das könnte durchaus passieren.« Sie zog ihr Handy aus der Tasche und spielte ihr eine Sprachnachricht von André vor. Er beschimpfte seine baldige Ex-Frau als Schlampe und drohte ihr mit rechtlichen Schritten. Es war deutlich zu hören, dass André alkoholisiert war. »Das kam in der Nacht. Ich habe es zum Glück erst heute tagsüber abgehört.«

»Ist er, als ihr noch zusammen wart, auch schon aggressiv geworden?«, fragte Enna.

»Nicht körperlich, wenn du das meinst. Aber wenn wir uns gestritten haben, konnte er schon ziemlich wütend werden. Wenn er mich nicht mit Argumenten überzeugen konnte, wurde er schnell laut.« Sarah sah ihre Freundin ängstlich an. »Klingt nicht gut, oder?«

»Das heißt noch nicht, dass er übergriffig wird. André ist nicht dumm, er weiß, was dann passiert.« Sie hakte sich bei Sarah unter. »Lass uns die Kinder holen. Sie warten bestimmt schon.«

»Wann kommt Oooooma?«, rief Elias, als er im Hof des Kindergartens auf Enna zulief.

»Sie ist bestimmt schon da. Oma hat doch einen Schlüssel von unserem Haus.«

Elias nahm seine Mutter an die Hand. »Dann will ich jetzt sofort los.«

Enna lachte. »Deine Sachen müssen wir schon noch holen. Oder?«

Er nickte eifrig und zog sie zur Tür. »Los, Mama!«

Als Elias Gretas roten VW Polo bemerkte, juchzte er vor Begeisterung und konnte es nicht mehr erwarten, sich aus seinem Kindersitz abzuschnallen.

»Oma!«, rief er ins Haus hinein, nachdem Enna ihm die Tür aufgeschlossen hatte, und lief seiner Großmutter, die aus der Küche kam, entgegen. Greta hob ihren Enkel hoch und küsste ihn liebevoll auf beide Wangen.

»Na, du Rabauke!«, sagte Greta, als Elias wieder vor ihr stand. »War's schön im Kindergarten?«

Elias zog seine Großmutter in die Küche und begann, ihr zu erzählen, was er an diesem Tag alles gemacht hatte. Greta kam nur mit Mühe dazwischen, und erst als Elias die Erdbeertorte bemerkte, verstummte er.

»Ich dachte mir, bringe ich doch deinen Lieblingskuchen mit«, sagte Greta schmunzelnd.

»Danke«, rief Elias und drehte sich zu Enna um. »Oma hat einen Kuchen mitgebracht.«

Enna begrüßte Greta mit einer herzlichen Umarmung. »Das wäre doch nicht nötig gewesen.«

»Das mache ich doch gerne. Soll ich für uns einen Kaffee aufsetzen und für den kleinen Mann einen Kakao machen?«

»Ja!«, rief Elias und setzte sich auf seinen Kinderstuhl.

»Wie geht es dir mit der Arbeit?«, fragte Greta, als sie am Abend, nachdem Elias endlich eingeschlafen war, zusammensaßen. »Wird dir das nicht zu viel?«

»Viel ist es schon, das weißt du ja. Aber ich muss einfach raus. Glaub mir, das hilft. Ich werde sonst noch verrückt.«

Greta legte ihre Hand auf Ennas. »Ich weiß ja, dass du deinen Beruf liebst. Und sicher hast du auch recht, wenn du sagst, dass es dir hilft, die …« Sie schien nach dem richtigen Wort zu suchen. »… schlimmen Zeiten zu verarbeiten.«

Enna hörte das unausgesprochene *Aber*, über das sie immer wieder mit Greta gesprochen hatte. Sie war ihrer Schwiegermutter dankbar für ihre Unterstützung und Elias liebte seine Oma heiß und innig, aber ihre Vorstellung von Berufen, die für Frauen geeignet waren, konnte sie nicht teilen.

»Entschuldige, Enna. Ich wollte nicht wieder das alte Thema anfangen. Es ist nur, seit Simon …« Greta schluckte. »Seit er nicht mehr da ist, habe ich noch mehr Angst um dich. Was passiert mit Elias, wenn dir auch etwas zustoßen sollte? Ja, ich bin noch fit und würde mich natürlich um ihn kümmern. Aber in drei Jahren werde ich siebzig und …«

»Greta! Deine Mutter ist zweiundneunzig geworden, und so gesund, wie du bist, wirst du das mindestens auch. Und mir passiert schon nichts. Ich bin auch nicht die einzige alleinerziehende Mutter in diesem Land.«

Greta seufzte. »Ja, das weiß ich doch. Aber ich mache mir nun mal Sorgen.«

Enna stand auf. »So, ich hole uns jetzt ein Glas Wein. Was meinst du? Und dann stoßen wir auf ›die beste Oma der Welt‹ an, wie Elias immer sagt.«

Greta lachte verlegen. »Hoffentlich tut er das noch eine ganze Weile.«

Pünktlich um sieben Uhr hielt Enna vor dem Büro. Ihre beiden Kollegen stiegen zu ihr ein, Jan Paulsen vorne, Pia Sims hinten.

»Guten Morgen«, murmelte Paulsen verschlafen, während Pia Sims auffallend gut gelaunt ein »Moin, Moin« rief.

»Guten Morgen«, kam es von Enna zurück. »Alle bereit für die große Fahrt übers Meer?«

»Sicher«, antwortete Pia Sims. »Allerdings könnte es etwas schaukeln, wenn der Wetterbericht recht behalten sollte.«

»Tatsächlich. Dann muss ich mich wohl …«

Paulsen räusperte sich. »Sollten wir nicht lieber über den Fall reden, wo wir hier so nett zusammensitzen?«

Enna fuhr gerade auf die Autobahn nach Wilhelmshaven auf. »Warum nicht? Gibt es etwas Neues?«

»Ich habe noch einen Kollegen in Aurich erreicht, der im Bereich Wirtschaftskriminalität unterwegs ist«, begann Paulsen.

»Er fand meine Info zur Hansen-Werkstatt sehr interessant, da Mister Großkotz offensichtlich bisher noch durch ihre Maschen geschlüpft ist. Das wird sich jetzt wohl ändern. Wir bekommen von ihm ein Amtshilfeersuchen bezüglich der Zahlen.«

»Und weiter?«, fragte Enna, die vermutete, dass Paulsen noch weitere Informationen hatte.

»Der Kollege hat mir unter der Hand verraten, dass die italienische Mafia im ganzen hohen Norden aktiv ist. Vor allem in der Geldwäsche. Restaurants stehen da wohl im Fokus der Italiener.«

»Wieder die Mafia«, murmelte Pia Sims. »Das kann doch kein Zufall sein.«

»Nach meinen Erfahrungen in Oldenburg überrascht mich das nicht. Dieses Krebsgeschwür wuchert inzwischen im ganzen Land«, sagte Enna. »Allerdings ist nicht überall die 'Ndrangheta aktiv. Hatte der Kollege aus Aurich einen Tipp, wo wir da nachhaken können?«

»Auch wieder unter der Hand«, antwortete Paulsen. »Ein italienisches Restaurant. Ganz klassisch. Aber da können wir wohl kaum einfach so reinmarschieren und uns nach Hansen erkundigen. Oder noch besser, nach der kleinen Marie.«

»Nein, wohl kaum«, bestätigte Enna. »Aber vielleicht kommt uns das Lokal ja in anderen Zusammenhängen unter. Abwarten.« Sie warf einen Blick in den Innenspiegel zu Pia Sims. »Und bei Ihnen?«

»Habe gestern etwas früher Feierabend gemacht. Auf Anordnung von oben«, antwortete Pia Sims und lächelte Enna an. »Aber zuvor bin ich noch mal die Texte von Anne Wagner durchgegangen, ohne etwas wirklich Neues zu finden. Allerdings ist mein Eindruck, dass sie Kontakt mit Marie Hansen hat oder hatte, eher verstärkt worden.«

Enna nickte. »Auch das ist wichtig. Okay, dann bin ich noch dran: Ich habe in Freiburg jemanden erreicht. Es ging da ja um die Kugel, die in einem Tötungsdelikt eine Rolle spielte. Ich mache es kurz: 'Ndrangheta.«

»Sind diese verfluchten Italiener überall im Geschäft?«, platzte Paulsen heraus, hob aber gleich darauf abwehrend die Hände. »Ich nehme die Italiener wieder zurück. Trotzdem, mir war nicht klar, dass diese Terrorbande inzwischen in ganz Deutschland ihr Unwesen treibt.«

Enna verlangsamte das Tempo und fuhr von der Autobahn ab auf die B210 Richtung Norden.

»Die Kollegen in Freiburg haben den Hintergrund ermittelt, weiter sind sie aber nicht gekommen. Wie wir ja auch vermutet haben, sind die Täter Profis und reisen vermutlich nur für die einzelnen Aufträge ins Land.«

»Also gehen wir davon aus, dass die 'Ndrangheta Anne Wagner gekidnappt hat?«, fragte Pia Sims.

»Klingt verdammt nach einem Todesurteil«, murmelte Jan Paulsen.

Nachdem sie Jever auf der Umgehungsstraße umrundet hatten, fuhr Enna auf die B461 ab, die sie direkt nach Harlesiel und zum Fährhafen nach Wangerooge führen würde.

»Warum sind wir eigentlich nicht geflogen?«, fragte Paulsen, als sie auf dem Parkplatz neben dem Fährhaus hielten.

»Ich dachte, wir nehmen den gleichen Weg wie Marie Hansen.«

»Dann hätten wir allerdings von Aurich fahren müssen«, mäkelte Paulsen.

Pia Sims räusperte sich. »Das hat mit mir zu tun. Ich habe schreckliche Flugangst.«

»Oh!« Jan Paulsen drehte sich zu seiner jungen Kollegin um. »Da haben wir ja fast etwas gemeinsam. Schiffe sind nämlich nicht so mein Ding.«

Enna schätzte, dass ungefähr hundert Personen am Kai standen. Die Kommissare warteten, bis alle anderen an Bord gegangen waren, bevor sie als Letzte über die kleine Brücke auf das Schiff liefen. Unter Deck fanden sie einen ruhigen Tisch, an dem sie es sich bequem machten. Pia Sims bot sich an, Kaffee für alle zu holen. Jan Paulsen lehnte dankend ab, während Enna das Angebot gerne annahm.

Als Pia Sims an der Kiosk-Schlange wartete, nutzte Enna die Gelegenheit und sprach Jan Paulsen an. »Sie beide haben sich inzwischen etwas zusammengerauft?«

»So leidlich«, kam die Antwort von Paulsen und er warf zum wiederholten Mal einen besorgten Blick aus dem Schiffsfenster.

»Wird schon nicht so schlimm werden«, sagte Enna. »Kollegin Sims hat mit ihrer Prognose etwas übertrieben. Für die Nordsee ist es relativ windstill.«

»Keine Angst, ich überstehe die Überfahrt schon.« Er schaute sie direkt an. »Und zu Ihrer Frage: Ja, ich komme inzwischen ganz gut mit Sims aus.« Er grinste breit. »Auch wenn sie manchmal ganz schön vorlaut ist.«

»Sie bleiben also?«

»Für die Frühpensionierung bin ich noch zu jung. Ein Grund dafür fällt mir auch nicht ein. Oldenburg ist ein ganz nettes Pflaster und das Team …« Er legte eine Pause ein, während die Maschinen der Fähre deutlich lauter wurden. »… ja, das Team ist auch nicht ganz so übel, wie ich zunächst dachte.«

»Ist das ein Kompliment?«, fragte Pia Sims, die sich mit zwei Bechern in der Hand zu ihnen setzte.

»Keine Ahnung«, murmelte Paulsen und stand auf. »Ich vertrete mir mal etwas die Beine, solange das Schiff noch nicht auf hoher See ist.«

Die beiden Frauen sahen ihm hinterher.

»Alles gut?«, fragte Enna nach einer Weile.

»Wir kommen zurecht, wenn Sie das meinen.« Pia Sims trank einen Schluck Kaffee. »Wie lange, kann ich nicht sagen. Aber im Moment läuft es ganz gut.«

»Dann sollten wir uns jetzt mit Hochdruck auf den Fall konzentrieren. Ich habe das Gefühl, dass wir kurz vor einem Durchbruch stehen.«

Pia Sims nickte. »Meinen Sie? Ehrlich gesagt hätte ich am Anfang niemals gedacht, dass wir jemals so weit kommen, wie wir jetzt schon sind.« Sie stutzte. »Heute Nacht …« Sie schüttelte sich leicht. »Ich bin aufgewacht und habe mich gefragt, was wäre, wenn Marie Hansen noch lebt. Sie also damals entführt wurde und irgendwo anders aufgewachsen ist.«

»Und jetzt wieder auftaucht, meinen Sie?«

»Ja, vielleicht sogar mit ihrem Entführer.« Sie zuckte mit den Schultern. »Oder ist das zu abwegig? Ist die Tat in einem solchen Fall nicht schon verjährt?«

»Darüber habe ich auch schon nachgedacht. Wenn wir nur …« Enna malte mit den Fingern Anführungsstriche in die Luft. »… von einer Entführung ausgehen, könnte die Verjährung schon eingetreten sein. Wenn allerdings sexueller Missbrauch hinzukäme, würde es noch eine ganze Weile dauern.«

»Ja, das ist klar. Soweit ich das mit den Verjährungsfristen recherchieren konnte, hängt es wohl davon ab, wie Marie Hansen aufgewachsen ist. Ob sie sozusagen permanent unter Druck stand und nicht frei entscheiden konnte oder ein ganz normales Leben geführt hat.«

»Wir wissen nicht einmal, ob sie noch lebt«, gab Enna zu bedenken. »Und wenn, wie und wo sie die vergangenen neun Jahre verbracht hat. Und genau da sind wir wieder beim Motiv der Tat.«

»Motiv. Ja, ich habe ja selbst immer wieder danach geschrien. Aber bisher hat mich noch nichts überzeugt. Sie?«

»Ich habe seit Tagen das Gefühl, etwas Wichtiges übersehen zu haben. Ich komme einfach nicht darauf, was es sein könnte.«

Paulsen trat an den Tisch und setzte sich. »Ganz schön viel Wasser da draußen.«

Achtundzwanzig

Die Fähre legte pünktlich nach achtzig Minuten Fahrt an, die Gäste strömten auf den Kai und gingen auf die bereitstehende Inselbahn zu.

Jan Paulsen hatte die Überfahrt dank des doch nicht so starken Wellengangs gut überstanden, schien aber froh zu sein, festen Boden unter den Füßen zu haben. Pia Sims hatte einen Großteil der Fahrtzeit auf dem Oberdeck im Freien gestanden und sich, wie sie anschließend erzählte, den Wind um die Ohren pusten lassen.

Die kleine Schmalspurbahn setzte sich in Bewegung und fuhr durch die Salzwiesen parallel zum Weststrand.

»Wir sind jetzt im Maul des Seepferdchens«, sagte Pia Sims schmunzelnd.

Jan Paulsen schüttelte irritiert den Kopf, während Enna grinste. »Keine Angst, es wird uns schon nicht verschlucken. Soweit ich mich erinnere, fressen die auch nur Salzkrebschen.«

Pia Sims zeigte auf einen hohen viereckigen Backsteinturm mit spitzem Kupferdach. »Ist das der Leuchtturm?«

»Nein«, antwortete Enna. »Das ist eine Kopie eines sehr alten Turmes, der für alles Mögliche benutzt wurde. Als das Original 1914 gesprengt wurde – man hatte Angst, dass es im

Krieg als Orientierungsmarke von feindlichen Schiffen benutzt werden könnte –, stand es schon weit im Meer.«

Paulsen grinste. »Wie kam es da hin?«

»Die Insel ist im Laufe der Jahrhunderte von West nach Ost gewandert. Da musste häufiger mal das ganze Dorf verlegt werden.«

»Und das ist ein Neubau?«, fragte Pia Sims erstaunt.

»Sozusagen. Allerdings ist er auch schon wieder fast neunzig Jahre alt. Er wird jetzt als Jugendherberge genutzt. Und bevor Sie fragen, der Turm rechts daneben ist der eigentliche Leuchtturm von Wangerooge. Er steht direkt am Wasser.«

»Genug der Heimatkunde«, murmelte Paulsen. »Holt uns der Inselkollege am Bahnhof ab?«

»Hat er mir zumindest zugesagt«, kam es von Pia Sims.

Enna sah sich um, ob jemand ihr Gespräch mithören konnte, aber die nächsten Gäste saßen mindestens vier Meter entfernt. »Ich dachte mir, wir teilen uns auf. Sie beide befragen die Familie Ottinga und ich sehe mich derweilen im Landschulheim um«, sagte sie mit gedämpfter Stimme.

»Welche Schwerpunkte sollen wir setzen?«, fragte Pia Sims.

»Es gibt in den Akten keinerlei Hinweise, dass die beiden Familien sich über die Vermietung hinaus kannten. Trotzdem müssen wir das abklären. Allerdings interessiert mich mehr, ob Herr oder Frau Ottinga etwas über die Familienverhältnisse sagen können. Wenn die Hansens quasi im Haus wohnten, werden sie was mitbekommen haben. Gerade im Urlaub lassen sich manche Konflikte nicht mehr unter den Teppich kehren.«

»Das wäre auch mein Ansatz«, sagte Jan Paulsen.

Der Zug lief im Bahnhof ein, die Gäste standen auf und stellten sich wartend an die Türen. Kurz darauf verließen alle die Waggons und füllten den kleinen Bahnsteig des Inselbahnhofs.

Als sie auf das Bahnhofsgebäude zugingen, sahen sie an der Tür einen Polizisten in Uniform stehen. Pia Sims trat auf ihn zu, reichte ihm die Hand und stellte sich und ihre Kollegen vor. Der Inselpolizist Klaus Sievers war ein hochgewachsener Mann um die vierzig, feuerrote Haare, freundliches Gesicht. Als sie einander die Hand gaben, verschwand die von Pia Sims vollständig in seiner.

»Ich habe mir von der örtlichen Feuerwache das Einsatzfahrzeug geliehen. So kommen wir schneller voran.«

Sie folgten ihm zu einem roten VW Golf. »Das nagelneue E-Mobil«, sagte er und öffnete die Türen. »Ich musste eine Menge Überzeugungsarbeit leisten, bevor ich die Schlüssel bekommen habe.«

Enna warf Jan Paulsen einen warnenden Blick zu. Er schien kurz davor zu sein, dem Inselkollegen eine vermutlich nicht so diplomatische Antwort zu geben.

»Sehr nett, Herr Kollege«, sagte Enna und setzte sich auf den Beifahrersitz. Als Klaus Sievers neben ihr saß, bat sie ihn, als Erstes bei der Familie Ottinga vorbeizufahren. Er nickte und startete den Motor.

Als sie auf einen weiteren Leuchtturm zufuhren, murmelte Paulsen: »Schon wieder einer?«

»Das ist der alte Leuchtturm, der ursprünglich im Osten der Insel stand«, erklärte Klaus Sievers freundlich. »Die Insel ist im Laufe der Zeit gewandert, müssen Sie wissen. Jetzt ist hier ein Museum untergebracht und heiraten kann man auch oben im Leuchtturm.«

»Wunderbar«, kommentierte Paulsen das Gehörte. »Bist du schon lange hier auf der Insel, Kollege?«

Klaus Sievers schien sich an dem *du* nicht zu stören. »Vier Jahre. Ich bin gebürtig aus NRW. Ich wollte einfach mal was anderes als den üblichen Trott.«

»Verstehe«, antwortete Paulsen trocken.

»Da sind wir«, sagte Klaus Sievers lächelnd. Das Landschulheim lag etwa zwanzig Meter abseits der Straße. Nachdem sie Paulsen und Sims vor dem Haus der Ottingas abgesetzt hatten, waren sie Richtung Osten gefahren und nach ungefähr eineinhalb Kilometern bei dem Heim angekommen. Der eineinhalbstöckige Backsteinbau zog sich über eine Länge von knapp dreißig Metern hin. Enna wusste aus den Akten, dass ein Parallelbau auf der anderen Seite des Gebäudes stand und beide Teile durch einen überdachten Gang verbunden waren.

»Sie haben sich mit dem Fall vertraut gemacht?«, fragte Enna, bevor sie ausstiegen.

»Ich hatte keine Akteneinsicht, wenn Sie das meinen. Aber mein Vorgänger hat seinerzeit alle Zeitungsartikel gesammelt und abgeheftet. Die habe ich mir schon damals angeschaut. Als ich auf der Insel den Posten angetreten habe, meine ich. Und jetzt noch einmal.«

»Das wird reichen. Ich möchte Sie bitten, mich zu begleiten, sich aber im Hintergrund zu halten. Ich erhoffe mir einen positiven Einfluss, wenn ich den Herbergsvater befrage.«

»Selbstverständlich. Ich kenne Hein Claasen natürlich. Befreundet bin ich aber nicht mit ihm.«

»Das klingt doch gut, Kollege Sievers. Lassen Sie uns reingehen.«

Hein Claasen öffnete ihnen die Tür. Enna vermutete, dass er bereits auf sie gewartet hatte. Er hatte Ennas Größe, war untersetzt mit einem über den Hosenbund schwappenden Bauch. Seiner Gesichtsfarbe nach zu urteilen hatte er hohen Blutdruck – oder er trank regelmäßig zu viel Alkohol. Enna schätzte sein Alter auf Mitte fünfzig.

»Moin, Klaus!«, sagte er mit versteinerter Miene. »Gehen wir doch in mein Büro.«

Enna und Klaus Sievers folgten ihm den Flur entlang bis zu einem kleinen Büroraum, in dem ein Schreibtisch, ein Aktenschrank und drei Stühle eben so Platz fanden.

Hein Claasen setzte sich hinter seinen Schreibtisch und bat Enna und den Inselpolizisten, sich zu setzen.

»Richtig erfreut bin ich nicht, dass die ganze Sache wieder losgehen soll. Das hat damals so viel Wirbel gemacht, dass wir kurz vor der Schließung standen.«

»Nun halt den Ball mal flach, Hein«, beschwichtigte ihn der Inselpolizist. »Die Hauptkommissarin macht auch nur ihre Arbeit. Und wenn das nun mal wieder untersucht werden soll, sollten wir das tunlichst unterstützen. Oder?«

Hein Claasen brummte etwas Unverständliches, nickte aber schließlich. »Was kann ich für Sie tun?«

»Zunächst einmal danke, dass Sie Zeit für mich haben.« Enna beugte sich vor und reichte ihm eine Visitenkarte. »Hauptkommissarin Enna Andersen, Landeskriminalamt. Wie Sie ja wissen, rollen wir den Fall Marie Hansen wieder auf. Ich möchte mir heute einen Überblick über die Örtlichkeiten verschaffen und Ihnen auch noch ein paar Fragen stellen.« Als sie sah, dass Hein Claasen etwas erwidern wollte, fuhr sie schnell fort: »Sie brauchen nicht zu befürchten, alle Fragen von vor neun Jahren noch einmal gestellt zu bekommen. Es geht wirklich um einen Überblick.«

Der Herbergsvater nickte.

»Sie selbst haben seinerzeit ausgesagt, dass Sie in Ihrer separaten Wohnung waren und gegen zehn Uhr schlafen gegangen sind.«

»Wenn das bei Ihnen so steht, wird das wohl stimmen.«

»Sie haben einen festen Schlaf?«

»Stand das nicht in Ihren Unterlagen?«, gab er pampig zurück.

Enna sah ihn ruhig an und wartete auf seine Antwort.

»Mannomann! Ja, ich habe einen guten Schlaf und ich hatte keine Verantwortung für die Kinder. Zumindest nicht so.«

»Niemand macht Ihnen Vorwürfe, Herr Claasen. Sie haben also in der Nacht nichts gehört?«

»Nein!« Er mied den Augenkontakt mit Enna und sah nach unten auf die Schreibtischplatte vor sich. »Noch was?«

»Wann sind Sie aufgewacht?«

Er schüttelte verärgert den Kopf. »Wie soll ich das noch wissen? Irgendwann am frühen Morgen. Wie jeden Tag. Was meinen Sie, was hier immer los ist mit den ganzen Kindern?«

»Das weiß ich nicht, Herr Claasen. Erzählen Sie es mir doch.«

Der Herbergsvater sah sie irritiert an. »Ist das jetzt Ihr Ernst? Ich bin hier für alles zuständig. Komplett alles.«

»Haben Sie keine Mitarbeiter?«

»In der Küche, klar. Alles andere sind nur Aushilfen. Jetzt, in den Monaten vor und nach den Sommerferien, ist am meisten los. Vierhundertfünfzig-Euro-Kräfte. Viel mehr ist nicht drin.«

»Wo finden Sie die Mitarbeiter so?«

»Hier auf der Insel. Manchmal. Studenten bewerben sich auch, aber die wollen in ihren Ferien natürlich mehr arbeiten als die paar Stunden. Im Mai und Juni und dann wieder im September und Oktober kann ich das schon machen.«

»Und sonst?«

»Steht ja auf der Homepage. Da kann sich jeder bewerben. Kein Problem. Manchmal fragen auch Schüler, also ehemalige Schüler, oder Leute, die im Sommer hier ihren Urlaub verbracht haben.«

»Verstehe. Kommen wir noch einmal zurück auf die fragliche Nacht. Sie sind sich sicher, dass Sie nicht zwischendurch aufgewacht sind? Und sei es nur, dass Sie im Halbschlaf etwas mitbekommen haben. Vielleicht haben Sie etwas gehört, was Ihnen damals in der Aufregung der ersten Tage entfallen ist?«

Hein Claasen atmete schwer und fuhr sich mit der Hand durch die Haare. »Ich weiß von nichts. Das habe ich doch jetzt schon dreimal gesagt.«

»Gut, stellen wir das Thema zurück. Ich würde gerne zunächst mal das Landschulheim besichtigen.« Enna stand auf, Klaus Sievers folgte ihr.

»Muss das sein? Hier laufen gerade über fünfzig Schüler herum.«

Klaus Sievers räusperte sich. »Ja, Hein. Das muss sein. Lass uns einfach einen Rundgang machen. Wir werden schon niemanden stören.«

Murrend stand der Herbergsvater auf. »Wenn es denn nicht anders geht.«

Er führte sie in den Trakt, in dem Marie Hansen in der Nacht geschlafen hatte. Neun Zimmer mit jeweils vier bis acht Betten gingen von dem Flur ab. Am Ende standen sie vor dem Lehrerschlafzimmer, das anders als die Schülerzimmer verschlossen war.

»Hier hat der Lehrer geschlafen?«, fragte Enna, obwohl sie aus den Akten die Antwort kannte.

»Ja.«

Enna wusste ebenfalls aus den Akten, dass in diesem Trakt damals die Jungen untergebracht gewesen waren, dass es aber aufgrund des Mädchenüberhangs notwendig geworden war, hier ein zusätzliches Mädchenzimmer einzurichten. Die sanitären Einrichtungen wie Toilette und Dusche mussten die Mädchen in dem etwa zwanzig Meter entfernten zweiten Trakt nutzen. Aus diesem Grund hatten die Mädchen das Zimmer auf dem Gang bekommen, das am weitesten von dem von Herrn Martens entfernt war.

Enna ging zurück zu dem Mädchenzimmer. Von hier aus waren es nur wenige Schritte bis zu einer Außentür. Sie drückte den Türgriff nach unten. Die Tür war nicht verschlossen.

»Die wird erst abends gegen acht verschlossen«, sagte Hein Claasen, der Enna aufmerksam, aber mit einem Kopfschütteln beobachtet hatte.

»Wer hat einen Schlüssel zu der Tür?« Auch die Antwort auf diese Frage kannte Enna aus den Akten.

»Die Betreuungspersonen und ich.«

»Und Ihre Mitarbeiter?«

»Nein.«

»Und wenn Sie und die Lehrer einmal nicht zu erreichen sind?«

»Wann, bitte, sollte das sein? Die Tür ist doch am Tag offen. Und abends ist immer jemand da. Muss ja.«

»Es gibt also keine weiteren Schlüssel?«

»Nur einen Ersatzschlüssel in meinem Büro. Im Tresor, wo auch sonst. Und bevor Sie fragen: Den gab es damals auch schon. Wenn Sie sich überzeugen wollen, bitte.« Er drehte sich um und ging, ohne auf Ennas Reaktion zu warten, zurück zu seinem Büro. Den beiden Polizisten blieb nichts anderes übrig, als ihm zu folgen. Nachdem er die Tür seines Büros aufgerissen hatte, zeigte er auf einen flachen Schlüsselkasten an der Wand. »Da, bitte schön!« Seine Gesichtsfarbe war inzwischen deutlich dunkler geworden. »Verdammt, das habe ich damals alles …«

»Schon gut, Hein«, sagte Klaus Sievers, der hinter Enna stand.

»Sag doch selbst«, fuhr Hein Claasen ihn an. »Das ist doch jetzt die reinste Schikane! Diese Fragen, meine ich.«

Klaus Sievers trat vor und legte dem Herbergsvater die Hand auf die Schulter. »Lass uns das hier in Ruhe zu Ende bringen. Ja?«

Hein Claasen nickte, wirkte aber wenig überzeugt.

»Wir waren bei den Schlüsseln«, fuhr Enna fort. »In dem Kasten dort hängen also alle Schlüssel. Könnten Sie ihn einmal öffnen?«

Widerwillig trat Claasen an den Schlüsselkasten und fingerte am Zahlenschloss herum. Ohne Probleme konnte sich Enna die Kombination merken. Nachdem der Herbergsvater den Kasten geöffnet hatte, fragte er: »Reicht das? Oder gehen wir jetzt jeden Schlüssel durch?«

»Danke«, sagte Enna und wartete, bis er den Kasten wieder verschlossen hatte.

Sie trat neben Claasen. »Darf ich?« Der Herbergsvater war zu überrascht, um zu reagieren. Enna gab die Kombination ein und öffnete das Türchen ein zweites Mal. Doch selbst wenn sie die Kombination nicht gekannt hätte, hätte sie den Metallkasten innerhalb von einer Minute öffnen können.

»Ja, und?« Claasen wendete sich kopfschüttelnd ab und sah den Inselpolizisten an. »Was soll dieser ganze Hokuspokus? Bin ich jetzt etwa verdächtig? Ich glaube, mein Schwein pfeift.«

»Hein, ganz ruhig! Niemand verdächtigt dich. Die Hauptkommissarin Andersen will sich nur ein Bild machen. Sie ist doch heute zum ersten Mal hier.«

»Schnack du man! Wes Brot ich ess …«

»Jetzt ist aber mal gut, Hein!«, fuhr der Inselpolizist den Herbergsvater an. »Etwas mehr Respekt, bitte!«

Enna schloss den Schlüsselkasten. »Ich würde mich auch gerne draußen umschauen. Können wir noch einmal zum damaligen Mädchenzimmer gehen?«

Claasen hob die Hand in Richtung Bürotür und wartete, bis die beiden Polizisten sein Büro verlassen hatten. Anschließend schloss er es mit einer demonstrativen Geste ab und murmelte verächtlich: »Sicher ist sicher.«

Neunundzwanzig

Enna öffnete die Tür, die direkt neben dem damaligen Mädchenzimmer lag, und trat auf den Innenhof des Landschulheims. Von hier führte ein gepflasterter Weg am Haus entlang, der wiederum in einen breiteren Weg mündete. Direkt an der Längsseite des Gebäudes war ein circa sechs mal sechs Meter großer Holzschuppen angebaut. Enna öffnete die nicht verschlossene Tür.

»Vor neun Jahren hatten Sie ein Elektro-Transportfahrrad«, sagte Enna zu Hein Claasen gewandt. »Existiert das noch?«

Der Herbergsvater nickte. »Der Motor wurde gewechselt und das eine oder andere Teil ausgetauscht.« Er zog die Schuppentür ganz auf. »Es steht gleich hier um die Ecke.« Er ging hinein und schob kurz darauf das Transportfahrrad nach draußen. Er warf Enna einen spöttischen Blick zu. »Wollen Sie vielleicht eine Runde drehen?«

»Das ist sehr nett, Herr Claasen. Wenn Sie mir kurz zeigen, wie ich das Fahrrad bedienen muss.«

Hein Claasen erstarrte. »Wollen Sie mich verarschen, dann …«

»Nein, ganz sicher nicht«, unterbrach Enna ihn scharf. »Können wir jetzt weitermachen?«

Hein Claasen schluckte, suchte zunächst Hilfe beim Inselpolizisten, der ihm aber nur auffordernd zunickte. Mit grimmiger Miene erklärte er Enna die Funktionen des Elektrofahrrads.

Enna zeigte auf die große Wanne, die vorne an dem Fahrrad angebracht war und zwei Räder, ähnlich groß wie das Hinterrad, besaß. »Welche Last kann man damit transportieren?«

»Fünfzig Kilogramm sind kein Problem.«

»Wer fährt mit dem Fahrrad?«

»Wer schon? Ich natürlich, und wenn die Betreuer es brauchen, können sie es natürlich ausleihen.«

»Und Ihre Mitarbeiter?«

»Ja, logisch. Wissen Sie, wie weit es bis ins Dorf ist?«

»Der Schuppen ist in der Nacht abgeschlossen?«

Hein Claasen stöhnte auf. »Ja, ja und nochmals ja. Es reicht jetzt wirklich. Vor neun Jahren sind hier Hunderte von Polizisten rumgetrampelt und haben jeden Stein zehnmal umgedreht. Ich habe mit der Sache nichts zu tun.« Den letzten Satz hatte er langsam ausgesprochen und jedes Wort betont.

Enna hatte inzwischen ihr Smartphone aus der Tasche gezogen und rief ein Foto auf, das sie anschließend Hein Claasen zeigte. »Kennen Sie diesen Mann?«

Seine Gesichtsfarbe änderte sich schlagartig von rot zu blass. »Warum? Was soll das?«

»Beantworten Sie meine Frage! Kennen Sie ihn?« Auch Ennas Stimme hatte sich verändert. Selbst Klaus Sievers sah erschrocken auf, als Enna den Herbergsvater scharf zurechtwies. Enna wusste um ihre Wirkung in solchen Situationen. Sie war nicht laut geworden, aber der drohende Unterton ihrer plötzlich extrem eindringlichen Stimme in Kombination mit ihrem stechenden Blick konnte ihrem Gegenüber das Blut in den Adern gefrieren lassen.

»Es könnte sein«, stammelte Hein Claasen. »Wer soll das sein?«

»Beantworten Sie doch einfach meine Frage«, sagte Enna, wobei sie wieder einen moderateren Ton anschlug. »Kommt Ihnen der Mann bekannt vor?«

Der Herbergsvater zuckte mit den Schultern. »Ich will niemanden …«

»Bitte, Herr Claasen!«

»Das könnte … ich meine, der hat Ähnlichkeit mit jemandem, der hier als Aushilfe gearbeitet hat. Aber das ist lange her, sicher zehn …« Er schien erst bei seinen eigenen Worten die Relevanz von Ennas Frage zu erkennen und sah auf. »Sie meinen doch nicht, dass …« Er schluckte.

»Wie ist sein Name?«

»Marco. Also, er hat Ähnlichkeit mit Marco Müller.«

Eine Stunde später stand Enna mit dem Inselpolizisten Sievers vor dem Landschulheim, neben ihr das Lastenfahrrad. Klaus Sievers hatte sich aus dem Bestand der Einrichtung ein Fahrrad ausgeliehen und wartete jetzt auf Ennas Startzeichen.

Zuvor hatten sie gemeinsam Hein Claasen vernommen. In dem offiziellen Verhör, das in seinem Büro stattfand, waren sie immer wieder die Details von Marco Müllers Beschäftigung durchgegangen. Laut Claasens Erinnerung war er im Sommer vor Marie Hansens Entführung ins Landschulheim gekommen, hatte erzählt, er sei mit seiner Familie auf Wangerooge im Urlaub und kenne das Landschulheim aus einem Aufenthalt mit seiner ehemaligen Klasse. Claasen und Müller seien ins Gespräch gekommen, Müller sei während seines Urlaubs mehrere Male zu Besuch gekommen und habe ihn dabei nach einem Job gefragt. Im frühen Herbst des gleichen Jahres habe er dann für acht Wochen als Aushilfe im Landschulheim gearbeitet und während dieser Zeit ein Zimmer in Claasens Wohnung bezogen. Ihm sei keine Arbeit zu schwer gewesen und Überstunden habe er auch nicht bezahlt haben wollen. Alles in allem habe Claasen einen sehr guten Eindruck von Müller gehabt und ihm angeboten, im Frühjahr und Sommer für längere Zeit im Heim zu arbeiten. Allerdings habe sich Marco Müller nach dem Herbsteinsatz nie wieder bei ihm gemeldet.

»Was genau haben Sie vor?«, fragte Klaus Sievers Enna, die sich gerade auf das Lastenfahrrad schwang.

»Sie kennen den alten Ostanleger?«

»Kennen wäre zu viel gesagt. Ich habe natürlich davon gehört, dass es ursprünglich im Osten eine Art Hafen gab, der aber schon lange stillgelegt ist. Die Inselbahn brachte die Passagiere ins Dorf – aber ist dort überhaupt noch etwas zu sehen?«

»Ende der Fünfzigerjahre ist der Ostanleger aufgegeben worden. Nach meinen Informationen gibt es dort noch Reste der Holzpfähle, an denen hin und wieder Sportboote anlegen.«

»Verrückt. Ist das denn damals von den Kollegen untersucht worden?«

»In den Unterlagen findet sich zumindest nichts. Man hat sich damals auf den Sporthafen, den Flugplatz und den Fährhafen konzentriert. Auch mein Team hat keine Anhaltspunkte dafür gefunden, dass Marie Hansen über diesen Weg von der Insel gebracht wurde.« Enna setzte sich auf das Lastenfahrrad. »Aber wo wir nun schon mal vor Ort sind …«

Ihr Handy machte sich bemerkbar. Nach einem Blick aufs Display nahm sie das Gespräch an. »Frau Sims, wie sieht es bei Ihnen aus?«

»Die Eheleute Ottinga waren zunächst nicht sehr gesprächig. Wir mussten sie etwas motivieren, sich zu erinnern. Angeblich haben sie damals nicht mitbekommen, dass das Entführungsopfer und seine Familie mehrmals zu Gast bei ihnen waren. Aber ich tippe darauf, dass sie nicht mit in die Geschichte hineingezogen werden wollten und froh waren, dass die Polizei nicht zu ihnen gekommen ist. Umso größer war jetzt wohl die Überraschung.«

»Entschuldigung, wenn ich Sie unterbreche. Ich habe noch eine kleine Expedition vor mir. Wenn Sie sich kurzfassen könnten.«

»Eine Expedition? Okay, dann die Kurzfassung: Die Familie Hansen hatte wohl gerade im letzten Urlaub Streit, der durchaus hörbar war. Angeblich haben die Ottingas die Familie Müller im Folgejahr auch als Gäste abgelehnt. Die Einzelheiten dazu später. Wir sind jetzt unterwegs zu den Vermietern der Müllers.«

»Das klingt interessant.«

»Sehen Paulsen und ich auch so. Ottingas haben den Besuch der Müllers bei Hansens in nicht so guter Erinnerung und ihnen war bekannt, wo die Müllers untergekommen waren. Wie gesagt, das ist jetzt unser Ziel. Wir sollten gleich vor Ort sein. Ich melde mich wieder.«

Enna beendete das Gespräch und nickte Klaus Sievers zu, der geduldig auf dem Fahrrad gewartet hatte. »Entschuldigung, das war meine Kollegin. Wir können jetzt.«

Sie fuhren vom Gelände des Landschulheims über einen Pfad zu einem befestigten Weg, der in West-Ost-Richtung verlief. Enna spürte die Kraft des Elektromotors, der ihr einen großen Teil der Arbeit abnahm. Links von ihr stiegen die bewachsenen Dünen an, die wenige Meter weiter nördlich in einer breiten Sandbank endeten. Nach knapp einem Kilometer konnte Enna rechts das glänzende Wattenmeer im Sonnenschein sehen. Die Nordsee hatte sich zurückgezogen und würde erst in einigen Stunden wieder auflaufen. Kurz darauf zeigte Klaus Sievers mit der Hand nach links in einen schmalen Sandweg.

Enna bog ab. Auf dem losen Sand musste sie mit Muskelkraft nachhelfen, um die leichte Anhöhe hochzukommen. Nach wenigen Metern zweigte der Weg ab auf einen etwas breiteren Sandweg, der erneut nach Osten führte. Kaum war Enna wieder in Schwung gekommen, stand sie am Ende des Weges. Vor ihr lag ein schmaler Strandstreifen.

»Es gibt keinen befestigten Weg bis zur Ostspitze«, sagte Klaus Sievers. »Am besten, wir fahren hier am Strand entlang. Ich denke, wir kommen problemlos weiter.«

Enna nickte und trat in die Pedale. Sie versuchte, sich vorzustellen, wie es wäre, den Weg in der Nacht und mit einem neunjährigen Kind zurückzulegen. Würde man tiefer in den Sand einsinken? Wie schwer würde das Lastenfahrrad mit Fahrer und Beifahrerin sein? Enna war keine geübte Radlerin, fuhr aber mit dem Gefährt des Landschulheims problemlos über den Strand.

Nach knapp zehn Minuten hatten sie die Ostspitze erreicht. Enna stieg vom Fahrrad und betrachtete die Reihe kleiner Holzpfähle, die nach ihrer Schätzung mindestens hundert Meter weit ins Wattenmeer hineinreichte. Sie vermutete, dass es sich hierbei um die Überreste des ehemaligen Holzstegs handelte, der zum eigentlichen Anleger geführt hatte. An ihrem Ende standen weithin sichtbar einige breite, ins Watt eingelassene Holzpfähle.

»Ist das der alte Anleger?«, fragte Klaus Sievers, der inzwischen neben ihr stand.

»Ich vermute es. Wenn das Wasser steigt, wird dort problemlos eine Jacht festmachen können.«

»Ich bin kein Wassersportler, aber ich vermute es auch.«

Enna sah auf die Uhr. »Wie lange haben wir bis hierher gebraucht?«

»Etwas mehr als zwanzig Minuten. Heute ist es allerdings mehr oder weniger windstill. Aber trotzdem: Alles gut zu schaffen.«

»Und in der Nacht wird das ganz sicher nicht auffallen. Selbst jetzt sind wir niemandem begegnet.«

Enna machte einige Fotos mit ihrem Smartphone, der Inselpolizist half ihr anschließend, das Lastenfahrrad umzudrehen, und machte sich mit ihr zusammen auf den Rückweg.

Dreissig

Enna schrieb Pia Sims eine Nachricht und erhielt gleich darauf eine Antwort. Die Befragung sei noch nicht beendet und sie würde sich gleich melden.

»Fahren wir in mein Büro?«, fragte Klaus Sievers.

»Sehr gern.«

Klaus Sievers ließ das Elektroauto an und fuhr dann im Schritttempo in den Ort hinein. Schließlich hielt er vor einem eineinhalbstöckigen Backsteinbau. Neben der Seitentür hing das übliche blaue Schild mit dem weißen Stern, in der Mitte das Niedersachsen-Ross, darunter in weißer Schrift *Polizei*.

»Hinein in die gute Stube«, sagte der Inselpolizist lächelnd. »Darf ich Ihnen einen Tee anbieten? Oder doch eher Kaffee?«

»Kaffee wäre gut«, antwortete Enna und folgte ihrem Kollegen in die kleine Polizeistation. In seinem Büro befand sich außer dem Schreibtisch eine Sitzecke mit drei Stühlen. Sievers setzte den Kaffee auf, holte zwei Tassen aus dem Schrank und setzte sich damit zu Enna an den Tisch.

»Sie glauben aber jetzt nicht, dass Hein Claasen etwas mit dem Fall zu tun hat?«

»Im Moment deutet zumindest nichts darauf hin. Wieso fragen Sie?«

»Das wäre ein Albtraum für Wangerooge. Ein Herbergsvater in einen Entführungsfall verstrickt. Der Fall hat schon damals hohe Wellen geschlagen und war nicht gerade förderlich für das Image der Insel.«

»Verstehe. Leider können wir darauf keine Rücksicht nehmen.«

Klaus Sievers nickte, stand auf und holte die Kanne mit dem inzwischen durchgelaufenen Kaffee. Enna goss sich reichlich Milch zu der schwarzen Brühe und kostete. Der Kaffee schmeckte und tat ihr gut.

»Hein Claasen ist nicht verheiratet?«

»Nicht mehr, wie ich gehört habe. Seine Frau hat ihn wohl weit vor meiner Zeit verlassen. Warum und wieso, weiß ich nicht.«

»Und sonst?«

Klaus Sievers zuckte mit den Schultern. »Während meiner Zeit hat er sich nichts zuschulden kommen lassen. Und vorher war meines Wissens auch nichts. Er ist hin und wieder etwas aufbrausend, aber ansonsten ein anständiger Typ.«

»Sie meinen, ich habe ihn zu hart rangenommen?«

»Das kann ich wirklich nicht beurteilen. Vielleicht war es ja notwendig, um sicher zu sein, dass er nicht beteiligt war. Ich werde morgen noch einmal bei ihm vorbeischauen.«

»Tun Sie das! Wenn Sie bis zum Nachmittag warten, könnten Sie gleich das Protokoll von ihm unterschreiben lassen. Und ermahnen Sie ihn noch einmal, dass er mit niemandem über die Angelegenheit sprechen darf.«

Klaus Sievers zog eine Augenbraue hoch. »So eindringlich, wie Sie es ihm … verständlich gemacht haben, wird er es wohl kaum vergessen.«

»Das musste leider sein«, sagte Enna. Sie hatte Hein Claasen mit einer Anzeige wegen Behinderung der Ermittlungen gedroht, sollte er Informationen weitergeben.

Bevor Enna weitersprechen konnte, klopfte es an der Tür. Klaus Sievers stand auf und kam gleich darauf mit Pia Sims und Jan Paulsen zurück.

»Dann besorge ich noch mal zwei Tassen und einen Stuhl«, sagte er.

Das Ehepaar Ottinga hatte die beiden Ermittler zusammen empfangen und ihre Fragen nur zögerlich beantwortet. Sie behaupteten, sich kaum noch erinnern zu können, da sie jedes Jahr unzählige Gäste im Haus beherbergen würden. Nach einer mühsamen Stunde schlug Jan Paulsen einen anderen Ton an und stellte den beiden in Aussicht, vom Staatsanwalt nach Oldenburg vorgeladen zu werden. Zunächst reagierten sie empört, zeigten sich aber in der Folge kooperativer. Sie erzählten von den regelmäßigen Streitereien der Hansens, die zwar auch in den Urlauben zuvor zu hören gewesen waren, aber erst im Sommer vor Marie Hansens Entführung eskaliert seien. Fast jede Nacht sei es zu lauten Auseinandersetzungen gekommen, sodass sogar die Nachbarn sich beschwert hätten. Worum es seinerzeit gegangen war, konnte das Ehepaar Ottinga nicht mehr sagen. Allerdings waren sie sich einig, dass Ulfert Hansen häufiger zu hören gewesen war als seine Frau.

Herr Ottinga erinnerte sich im Laufe des weiteren Gesprächs an die Familie Müller, die mindestens zwei Mal zu Besuch gewesen sei. Beide Male sei viel Alkohol getrunken worden und die Ottingas mussten Ulfert Hansen zur Ruhe auffordern. Der entscheidende Hinweis kam dann von Frau Ottinga, die von Andrea Hansen erfahren hatte, wo die Familie Müller auf Wangerooge untergekommen war.

Der Vermieter der Ferienwohnung erinnerte sich gut an die Familie Müller, die die Wohnung, wie er sich ausdrückte, als »Dreckstall« hinterlassen und zwei Möbelstücke zerkratzt habe. Soweit er wusste, war die Familie seinerzeit zum ersten Mal auf Wangerooge und in den Folgejahren auch nicht wiedergekommen.

»Allerdings meint der Vermieter, Marco Müller im Herbst des Jahres gesehen zu haben«, beendete Pia Sims ihren Bericht.

»Ja, das kann gut sein«, sagte Enna. »Und jetzt dürfen Sie einmal raten, wo Müller gearbeitet hat.«

Jan Paulsen richtete sich auf. »Nicht doch! Im Landschulheim?«

Enna nickte und berichtete von der Befragung und ihrer anschließenden Tour zum Ostende der Insel.

»Verdammt!«, entfuhr es Paulsen. »Wie konnten die Kollegen das damals übersehen?«

»Niemand hatte eine Ahnung von der Familie Müller«, sagte Enna. »Trotzdem verstehe ich nicht, warum die Mitarbeiter des Landschulheims nicht alle überprüft wurden.«

Pia Sims setzte ihre Tasse auf dem Tisch ab und sah von Enna zu Jan Paulsen. »Also Müller!«

»Wo ist denn dieser Marco Müller?«, fragte der Inselpolizist, der sich bisher zurückgehalten hatte. »Das muss doch schnell zu klären sein, wenn er …«

»Er liegt leider im Koma«, unterbrach ihn Enna. »Selbst wenn er beteiligt war, ist er vermutlich nur Handlanger gewesen.«

»Klingt kompliziert«, sagte Klaus Sievers und stand auf. »Wenn ich nicht mehr gebraucht werde, würde ich gerne das ausgeliehene Auto zurückbringen. Sie nehmen die Fähre um halb sechs?«

»Lange nicht mehr am Strand gewesen«, sagte Jan Paulsen mit dem Blick über die Nordsee.

Die drei Ermittler hatten sich vom Inselpolizisten verabschiedet und sich für seine Unterstützung bedankt. Anschließend waren sie durch den Ort geschlendert, um nach einem Restaurant zu suchen. Sievers hatte ihnen eine Pizzeria empfohlen, die unweit der Polizeistation lag. Sie hatten sich draußen an einen Tisch gesetzt und jeder hatte eine Pizza gegessen. Anschließend waren sie weiter durch den kleinen Ort spaziert und erreichten so auf Höhe des Café Pudding den Strandübergang.

Die Sonne schien, die Temperaturen waren auf angenehme zweiundzwanzig Grad gestiegen, der Wind war kaum zu spüren.

»Gehen wir ein Stück am Strand entlang?«, fragte Enna.

»Auf jeden Fall«, antwortete Pia Sims, während Jan Paulsen sich schweigend anschloss.

Nur vereinzelt saßen Urlauber in den Strandkörben, einige Kinder in nicht schulpflichtigem Alter spielten mit ihren Eltern Ball oder bauten eine Sandburg. Enna warf einen Blick zurück auf das Panorama der Hotels und Häuser, die direkt hinter der Strandpromenade standen. Nur wenige Hundert Meter weiter östlich endete die Bebauung und ging in die typische Dünenlandschaft über. Die drei Kommissare gingen eine Weile schweigend nebeneinanderher, bis sie einen ruhigen Strandabschnitt erreicht hatten.

»Wer hat Marco Müller beauftragt?«, fragte Enna und brach das Schweigen.

Die drei Ermittler waren stehen geblieben und schauten auf die auflaufende Nordsee. Über ihren Köpfen flogen drei Möwen landeinwärts und die Sonne verschwand hinter einer weißen Wolke.

»Müssen wir nicht schon früher ansetzen?«, fragte Jan Paulsen. »Vielleicht war schon der Urlaub der Familie kein Zufall, sondern geplant, um den Kontakt aufzubauen.«

Enna nickte. »Daran habe ich auch schon gedacht. Das hieße aber, dass die Planung mindestens ein Jahr vor der Entführung begonnen haben müsste.«

»Wie konnten die Entführer so früh wissen, wann Marie Hansen mit der Schule auf Wangerooge sein würde?«, fragte Pia Sims.

»Das wird häufig langfristig von den Schulen festgelegt«, antwortete Enna. »Ich meine, mich auch zu erinnern, dass Frau Hansen erwähnt hat, dass Maries Schule mit jeder vierten Klasse nach Wangerooge gefahren ist.«

»Stimmt!«, bestätigte Pia Sims. »Ich erinnere mich auch.«

»Was haben wir übersehen?«, fragte Enna gedankenverloren. »Was?«

Enna trat zu Pia Sims, die wie auf der Hinfahrt auf dem Oberdeck im Freien stand und ihren Blick über die Nordsee streifen ließ. »Dachte ich mir doch, dass ich Sie hier finde.«

»Überlebt Paulsen die Fahrt?«, fragte Pia Sims grinsend.

Kurz bevor sie auf die Fähre gegangen waren, hatte der Wind deutlich zugenommen.

»Bis gerade eben ging es ihm gut«, antwortete Enna schmunzelnd.

Pia Sims nickte. »Gibt es eigentlich Neuigkeiten in Bezug auf Anne Wagner?«

»Leider nein. Ich habe vorhin noch mit dem zuständigen Kollegen gesprochen. Nichts! Weder ist sie wieder aufgetaucht noch gibt es weitere Hinweise auf eine Entführung.«

»Merkwürdig.« Pia Sims sah einer Möwe nach, die die Fähre eine Weile begleitet hatte und sich jetzt anscheinend auf den Rückweg zur Insel machte. »Ich habe über diese Zahlenkombination bei Skype nachgedacht. 12200. Sie muss eine Bedeutung haben, und zwar eine, die Anne Wagner gleich erkannt hat. Ansonsten hätte sie doch nicht geglaubt, dass sich hinter dem Skype-Account ihre Freundin Marie Hansen verbirgt.«

»Wenn sie es denn ist«, gab Enna zu bedenken. »Solange wir Anne Wagner nicht direkt dazu befragen können, werden wir wohl keine Klarheit bekommen.«

»Es muss eine Art Code sein«, fuhr Pia Sims fort. »Allerdings kann er nicht sehr kompliziert sein, da die beiden Mädchen ihn ja benutzt haben, als sie in der vierten Klasse waren.«

»Okay. Das Geburtsdatum hatten Sie ja schon im Fokus und es hat nicht gepasst. Obwohl … die beiden Nullen am Ende weisen auf das Jahr 2000 hin, in dem beide Mädchen geboren wurden.«

»Davon bin ich auch ausgegangen. Und die 12 und die 2?«

»Wann war noch Maries Geburtstag?«

»4. Juni.« Pia Sims klatschte sich mit der Hand an die Stirn. »Teufel! Es ist umgekehrt. Die erste Zahl ist der Monat und die zweite der Tag.«

Enna schaute sie verständnislos an.

»Die zwölf wird durch zwei dividiert und die zwei mit zwei multipliziert. Und so ergibt sich das Geburtsdatum von Marie Hansen.«

»Etwas kompliziert, aber es passt«, gab Enna zu.

»Warum bin ich da nicht gleich draufgekommen? Mit meinen Freundinnen habe ich mir doch ähnlichen Unsinn ausgedacht. Das ging bis hin zur Geheimsprache.«

Eine Windböe erfasste die Fähre und das Schiff wurde kurz hin und her geschaukelt. Enna griff gleichzeitig mit Pia Sims nach der Reling.

»Ups! Der arme Paulsen«, sagte die junge Kommissarin. »Sollten wir nicht lieber zu ihm gehen?«

Enna wunderte sich. Pia Sims schien tatsächlich besorgt um ihren Kollegen zu sein. »Er sitzt in der Mitte des Schiffes. Da schwankt es am wenigsten. Und wenn ihm wirklich schlecht sein sollte, sind wir sicher nicht die richtige Gesellschaft für ihn.«

»Harter Mann und so?«, fragte Pia Sims ohne Häme.

»Ich denke, er passt sehr gut in unser Team. Genau wie Sie natürlich.«

Pia Sims schien das Lob nicht unangenehm zu sein. »Danke für die Blumen. Ich gebe sie gern zurück.«

»Dann wäre ja alles geklärt«, sagte Enna und versuchte dabei, Paulsens Stimme zu imitieren.

Pia Sims lachte. »Das müssen Sie aber noch etwas üben.«

Abends kurz vor neun parkte Enna vor ihrem Haus. Die Fähre hatte pünktlich in Harlesiel angelegt, auch die Rückfahrt war problemlos verlaufen. Alle waren zu erschöpft gewesen, um im Auto weiter über den Fall zu sprechen. Sie hatten vereinbart, sich um neun am nächsten Morgen zu treffen.

Als Enna aufs Haus zuging, stand bereits Greta in der Tür, um sie zu empfangen. »Ich fürchte, du musst noch mal kurz zu Elias. Er wollte nicht einschlafen, bevor du da bist.«

Enna umarmte ihre Schwiegermutter zur Begrüßung. »Kein Problem. Ich gehe kurz zu ihm.«

Vorsichtig öffnete Enna die Tür vom Kinderzimmer und trat an Elias' Bett. Er blinzelte und sagte müde: »Mama?«

Sie küsste ihn auf die Stirn. »Ja, mein Großer. Ich bin gerade gekommen.«

»Warst du denn am Strand?«, fragte Elias, dem die Augen wieder zufielen.

»Ja, das war ich. Und es war wunderschön. Ich erzähle dir morgen alles. Einverstanden?«

Er nickte und schien im gleichen Augenblick einzuschlafen.

Leise verließ Enna sein Zimmer und ging zu Greta in die Küche.

»Hast du noch Hunger? Soll ich dir schnell noch etwas warm machen?«, fragte ihre Schwiegermutter.

»Alles gut, Greta. Ich habe mir etwas auf der Fähre gekauft. Und heute Nachmittag habe ich auch schon eine Pizza gegessen.« Sie setzte sich zu Greta und ließ sich von ihr eine Tasse Tee einschenken. »Und wie war es hier?«

Greta lächelte. »Wir haben uns prächtig amüsiert. Elias ist wirklich ein Goldstück.« Dann wurde sie plötzlich still.

»Ist etwas passiert?«

Greta zögerte. »Eigentlich nicht. Aber Elias hat mich heute nach Simon gefragt. Ob ich ihm auch jeden Tag etwas vorgelesen habe und in welche Schule er gegangen ist. Ich habe ihm natürlich geantwortet. Aber ich war mir unsicher. Er hat mich zum ersten Mal auf Simon angesprochen.«

Enna legte die Hand auf Gretas Arm. »Alles gut, Greta. Hin und wieder fragt Elias mich auch. Da geht es dann meistens um uns drei. Wie es war, als wir im Urlaub waren. Wir haben doch die Fotoalben, und in die schaut er hin und wieder rein. Es ist wichtig, dass er Simon in Erinnerung behält.«

»Ich war etwas überrumpelt, muss ich zugeben. Es kam so plötzlich und klang so natürlich, als ob Simon noch leben würde und er ihn nur gerade nicht fragen könnte.«

»Das kenne ich. Kinder gehen mit dem Tod anders um als wir. Manchmal ist es für sie leichter, manchmal auch schwieriger. Elias' Psychologe hat mir aber erklärt, dass wir das Gespräch über Simon zulassen sollen. Egal in welcher Form es kommt.«

Greta ließ sich Zeit, bevor sie antwortete: »Es ist mir sehr schwergefallen. Ich vermisse Simon so.«

»Ich doch auch. Manchmal wache ich auf und taste das Bett neben mir ab. Es gab Nächte, da bin ich panisch durchs Haus gelaufen und habe nach Simon gesucht. Erst als ich dann vor Elias' Bett stand, bin ich wieder … ja, letztlich wach geworden.«

Greta nickte nachdenklich. »Die Arbeit lenkt dich etwas ab?«

»Ja, vielleicht ist das so. Aber vor allem holt sie mich zurück ins normale Leben. In eine gewohnte Routine. Auch wenn es manchmal anstrengend ist, ich merke jetzt schon, dass es mir guttut.«

»Das verstehe ich. Aber ich habe trotzdem Angst, dass dir etwas passiert. Versprich mir, dass du auf dich aufpasst. Elias braucht dich. Und ich auch.«

Enna beugte sich zu ihrer Schwiegermutter hinüber und umarmte sie. »Und wir beide dich.«

Einunddreissig

Enna schreckte aus dem Schlaf auf. Langsam mühte sie sich hoch und warf einen Blick auf die Uhr. Kurz nach drei. Sie hatte geträumt. Sarah und Lukas waren auf der Flucht und hatten sie um Hilfe gebeten. André verfolgte sie. Enna hatte sich Elias geschnappt und war zu einem verabredeten geheimen Ort gefahren. Eine gefühlte Ewigkeit fuhr sie über schmale Waldwege, stand immer wieder vor einer Kreuzung und überlegte, welche Richtung sie einschlagen sollte. Als sie endlich die kleine Holzhütte gefunden hatte, wachte Elias auf dem Rücksitz auf und fing an zu weinen. Im gleichen Moment öffnete sich die Tür der Hütte und Andrea Hansen, die Mutter von Marie, kam auf sie zu. Enna beruhigte Elias, der daraufhin wieder einschlief, sie stieg aus und ging der Frau entgegen. Auf Ennas Frage, wo Sarah sei, reagierte Andrea Hansen mit einem höhnischen Grinsen und behauptete, dass sie schon immer in der Holzhütte wohne und gerade das Essen für ihre Tochter Marie koche. Enna zeigte ihr den LKA-Ausweis und bestand darauf, die Hütte zu durchsuchen. Andrea Hansen stellte sich breitbeinig vor die Tür, und plötzlich hatte sie eine Pistole in der Hand, mit der sie auf Enna zielte. Enna blieb stehen, fühlte mit der Hand nach ihrer Schutzweste, fand sie aber nicht. Andrea Hansen fing an zu lachen und warf ihr unvermittelt die

Waffe zu. Enna hob sie auf und bemerkte, dass die Pistole aus Schokolade war. Sie zerschmolz in ihren Händen, eine dunkelbraune Masse floss auf den Waldboden. Enna wandte sich angeekelt ab, zog ein Tuch aus der Tasche und reinigte, so gut es ging, ihre rechte Hand. Schließlich stieg sie wieder ins Auto, verfolgt von Andrea Hansens argwöhnischen Blicken. Sie verschloss die Türen und rief Sarah an. Ihre Freundin war verwundert und versicherte ihr, dass sie zu Hause sei und nicht bedroht werde. Wütend stieg Enna aus dem Wagen und lief auf Andrea Hansen zu, die noch immer in der Tür der Holzhütte stand. Sie stürzte sich auf sie, schlug ihr ins Gesicht, bis Blut aus Andrea Hansens Nase floss. Mit weit aufgerissenen Augen fing Maries Mutter an zu schreien und Enna war schweißgebadet aufgewacht.

»Guten Morgen«, begrüßte Enna Pia Sims und Jan Paulsen, die sich in der Küche unterhielten.

»Hallo!«, antworteten beide gleichzeitig.

»In fünfzehn Minuten in meinem Büro?«

Die beiden Kommissare nickten und setzten im nächsten Moment ihr Gespräch fort.

Im Büro rief Enna als Erstes Julius Weber von der Oldenburger Kriminalpolizei an und fragte, wie der Stand der Ermittlungen sei.

»Heute Morgen habe ich endlich die Funkzellenauswertung für die vermutliche Zeit der Entführung – wenn es denn eine war – bekommen. Um es kurz zu machen, es gab keine Überraschungen. Anne Wagners Handy hat sich um 6.41 Uhr ausgeloggt, sich aber in keiner anderen Zelle eingeloggt. Die Personen, die sich von fünf bis sieben Uhr mit dem Handy eingeloggt hatten, wohnen allesamt in der Umgebung. Und bevor du fragst: keine Handys mit ausländischer SIM-Karte, auch nicht aus Italien.«

Enna ging auf die kleine Stichelei nicht ein. »Keinerlei Hinweise, von wem auch immer?«

»Nichts. Wie ich gestern schon gesagt habe, wie vom Erdboden verschwunden. Aber falls sich was tut, bist du die Erste, die ich informiere. Okay?«

»Danke dir«, sagte Enna und schluckte den Kommentar hinunter, der ihr auf den Lippen lag.

Der nächste Anruf galt Frieder Schmidt, der ihr mitteilte, dass Marco Müller weiter im Koma lag und seine Mutter am Vormittag in Oldenburg eintreffen würde.

»Was habt ihr vor, wenn Müller aus dem Koma geholt wird?«, fragte Enna direkt.

Frieder Schmidt stöhnte leise. »Aber bitte absolut vertraulich. Wir werden ihm ein Angebot machen. Vorausgesetzt, er stimmt zu, kommt er ins Zeugenschutzprogramm und wird als Kronzeuge aussagen müssen.«

»Also werden wir mit unseren Ermittlungen wohl in die Röhre gucken«, kommentierte Enna das Gehörte. »Kannst du mir trotzdem ein paar Minuten mit ihm geben, wenn du den Deal unter Dach und Fach hast?«

»Wir werden sehen«, antwortete Frieder Schmidt zögerlich.

»Frieder! Es ist wichtig. So, wie es im Moment aussieht, war Müller aktiv an der Entführung von Marie Hansen beteiligt.«

Am anderen Ende der Leitung blieb es eine Weile still. »Wäre eine Entführung nicht längst verjährt?«

»Das ist juristisch nicht ganz so einfach und hängt von verschiedenen Faktoren ab. Gut, gehen wir einfach mal davon aus, dass es so ist. Dann hätte Marco Müller zumindest vom Staatsanwalt nichts zu befürchten. Warum sollte er unter den Bedingungen keine Aussage machen? Und wenn er ohnehin in ein Zeugenschutzprogramm kommt, wäre er auch vor dem Auftraggeber sicher.«

»Dessen Tat allerdings auch verjährt wäre«, sagte Frieder Schmidt.

»Das kommt darauf an, ob Marie Hansen noch lebt und ob sie gegen ihren Willen festgehalten wurde.«

»Du gehst davon aus, dass der Anschlag auf Müller etwas mit der Entführung zu tun hat?«

»Wäre möglich.«

»Klingt aber abenteuerlich, Enna. Zwei zumindest versuchte Morde, um eine über neun Jahre zurückliegende Entführung zu vertuschen?«

»Mag sein, Frieder. Deshalb ist es ja so wichtig, dass ich mit Marco Müller sprechen kann.«

»Okay, ich kann dir nichts zusagen, aber ich bringe dein Anliegen beim Staatsanwalt vor, sobald Müller aus dem Koma geholt wurde und wir mit ihm gesprochen haben.«

»Danke, Frieder. Hast du übrigens was dagegen, dass ich die Mutter befrage? Wenn sie schon in Oldenburg ist, würde ich gerne persönlich mit ihr sprechen. Bisher haben wir nur kurz telefoniert.«

»Kann ich das verhindern? Wohl kaum. Aber bitte sei vorsichtig, sie soll nicht den Eindruck bekommen, dass wir ihrem Sohn etwas anhängen wollen. Vielleicht brauche ich später noch ihre Unterstützung.«

Enna bedankte sich bei Frieder Schmidt und winkte Pia Sims und Jan Paulsen herein, die unschlüssig in der Tür standen.

Enna berichtete von ihren beiden Telefongesprächen und bat um Vorschläge für das weitere Vorgehen.

»Wir, also Kollege Paulsen und ich, waren etwas früher im Büro und haben uns über mögliche Ansatzpunkte ausgetauscht.«

Jan Paulsen räusperte sich. »Um es kurz zu machen: Wir haben keinen gesehen. Uns kommen die wichtigen Zeugen abhanden, die anderen können oder wollen sich nicht erinnern. Die Spurenlage können wir nach der Zeit vergessen. Was bleibt?« Er hob beide Hände in einer hilflosen Geste. Pia Sims zuckte mit den Schultern und schien ebenfalls ratlos.

Enna stand auf und ging an die Tafel, an der sie einen Teil der Notizen wegwischte. »Ich sehe keinen Grund für Pessimismus. Wir sind nicht mal zwei Wochen an dem Fall dran und haben schon mehr herausbekommen als die Kollegen damals.« Sie schrieb den Namen *Anne Wagner* erneut an die Tafel. »Die junge Frau ist im Moment unsere wichtigste Zeugin. Gut, sie ist gerade nicht auffindbar, aber sollte uns das davon abhalten, weiter zu recherchieren?«

»Sollen wir eine Geisterbeschwörung machen?«, fragte Jan Paulsen.

Pia Sims warf den Kopf in den Nacken. »Paulsen!«

»Ich gehe davon aus, dass Anne Wagner lebt«, sagte Enna. »Falls Sie darauf anspielen wollten.«

»Wie ist Ihr Vorschlag?«, fragte Pia Sims.

Enna sah die junge Kommissarin an. »Sie fahren nach Aurich und sprechen mit den Eltern von Anne Wagner. Natürlich haben das die Oldenburger Kollegen schon gemacht, aber wir haben einen anderen Hintergrund. Spielen Sie damit, dass Sie Anne gut kennen, sich duzen und Sie auch an der Suche nach ihr beteiligt sind. Es muss persönlich rüberkommen. Vielleicht gibt es auch noch alte Unterlagen, Tagebücher oder Ähnliches, die Sie einsehen können. Ich habe da volles Vertrauen in Ihre Intuition. Entscheiden Sie spontan.«

Sie wandte sich an Jan Paulsen. »Was halten Sie davon, noch einmal den alten Kollegen Gerd Stroh zu besuchen? Verwickeln Sie ihn in ein Gespräch und hören Sie genau hin. Inzwischen haben wir erheblich mehr Einsicht in die damaligen Ermittlungen. Stellen Sie Fragen zu den Personen, die uns im Moment wichtig sind. Bis auf Marco Müller waren doch alle im Fokus der Kollegen.«

»Kann ich machen«, sagte Jan Paulsen, schien aber wenig überzeugt von dem Ansatz.

»Wir müssen jetzt nach jedem Strohhalm greifen«, sagte Pia Sims in Paulsens Richtung. »Ich denke auch, dass wir den Ex-Kollegen noch einmal fragen sollten. Als ich mir euer Gespräch mit ihm angehört habe, hatte ich ständig das Gefühl, er wisse noch mehr, könne sich aber in der Situation nicht erinnern.«

»Ist ja gut«, murmelte Jan Paulsen. »Bin schon so gut wie weg.«

»Und anschließend fahren Sie nach Aurich und befragen Maries Vater noch einmal«, sagte Enna und fügte nach kurzem Zögern hinzu: »Sehen Sie zu, dass Sie keine Zeugen haben.«

Jan Paulsen grinste. »Das mache ich doch gerne.«

Enna ging über den langen Krankenhausflur, der vor dem letzten Zimmer endete. Vor der Tür saßen zwei uniformierte Beamte, denen Enna ihren Ausweis zeigte. Der Ältere der beiden telefonierte kurz mit Frieder Schmidt und ließ Enna anschließend passieren.

Mitten im Zimmer stand das Bett, an beiden Seiten Apparaturen, manche mit, manche ohne Monitor. Marco Müller hatte einen Beatmungsschlauch und trug einen Verband um den Kopf. Neben dem Bett saß eine Frau Mitte sechzig, die besorgt auf den liegenden Mann sah. Erst als sich Enna leise räusperte, schaute sie hoch.

»Enna Andersen. Guten Tag, Frau Müller. Wir haben vor ein paar Tagen telefoniert. Sie erinnern sich?«

Arianna Müller nickte. »Hauptkommissar Schmidt hat mir gesagt, dass Sie vorbeikommen.«

Enna zog sich einen Stuhl ans Bett und setzte sich. »Ich habe gehört, dass Ihr Sohn stabil ist und die Ärzte gute

Chancen sehen, dass sie ihn bald aus dem künstlichen Koma holen können.«

Wieder nickte Arianna Müller, ohne aufzusehen. Ihre halblangen schwarzen Haare trug die Frau offen. Sie war schlank und Enna konnte trotz des müden und ängstlichen Gesichts erahnen, dass sie in jungen Jahren eine Schönheit gewesen sein musste.

»Ich will Sie auch nicht lange mit Fragen quälen, Frau Müller. Es geht um den Urlaub auf Wangerooge vor ungefähr zehn Jahren. War das Ihr einziger Urlaub auf der Insel?«

»Ja, danach waren wir nicht mehr dort.«

»Wer hatte die Idee dazu?«

»Es war ein Geschenk. Marco …« Sie streichelte liebevoll seine linke Hand. »Es war, weil Marco sich so für die Arbeit eingesetzt hatte. Er hat es zusätzlich zum Gehalt bekommen. Das war nach seiner Ausbildung …« Sie warf einen Blick auf ihren Sohn und seufzte leise. »Die hat er abgebrochen, dann aber eine gute Arbeit gefunden. Wir konnten dann drei Wochen auf diese schöne Insel fahren.«

»Ja, ich kenne Wangerooge. Die Insel ist wirklich wunderschön.« Enna legte eine kurze Pause ein, bevor sie die letzte Frage stellte. »Sie haben mir ja erzählt, dass Sie dort die Familie Hansen kennengelernt haben. Wie kam es dazu?«

Anders als beim ersten Gespräch schien Arianna Müller den Zweck der Fragen nicht hinterfragen zu wollen. Enna konnte sich vorstellen, dass die Sorge um den Sohn keine anderen Gedanken zuließ.

»Das weiß ich nicht mehr«, antwortete Arianna Müller. Sie schwieg eine Weile, während sie ihrem Sohn die Hand hielt. »Doch, jetzt fällt es mir wieder ein. Marco hatte ihnen geholfen, den Bollerwagen zu reparieren. So einen Holzwagen, wissen Sie?«

»Ja, die kenne ich. Und anschließend hat die Familie Hansen Sie eingeladen?«

»Ja, als Dankeschön. Sie waren sehr nett. Die Töchter auch.« Arianna Müller sah auf. »Geht es den beiden Mädchen gut?«

Enna stand auf. »Ja, den Mädchen geht es gut.« Sie stellte den Stuhl zurück an die Wand und reichte Arianna Müller die Hand. »Vielen Dank, dass Sie Zeit für mich hatten.«

Zurück im Büro schrieb Enna die Protokolle des Vortags, schickte sie nach Wangerooge mit der Bitte, sie von den Befragten unterschreiben zu lassen. Pia Sims hatte die beiden anderen Befragungsprotokolle bereits am Abend zuvor oder sehr früh am Morgen erstellt und zu Klaus Sievers geschickt.

Gegen zwei Uhr schrieb Enna ihren beiden Kollegen eine Nachricht, dass sie sich ins Wochenende verabschiede, aber für den Notfall immer erreichbar sei.

Am späten Freitagnachmittag erreichte Enna eine Voicemail von Pia Sims. Sie habe ein langes Gespräch mit den Eltern von Anne Wagner geführt und Annes alten Laptop mitnehmen dürfen. Der Rechner sei defekt, aber sie sei dabei, ihn wieder zum Laufen zu bringen.

Jan Paulsen schrieb fast zur gleichen Zeit eine kurze WhatsApp-Nachricht:

> Kollege Stroh hat neue Infos geliefert. Hansen-Befragung auch interessant. Bin noch am Ball. Schönes Wochenende.

Zweiunddreissig

Enna schenkte sich ein Glas Weißwein ein und setzte sich in ihren Lieblingssessel. Elias schlief friedlich in seinem Bett. Am Nachmittag waren sie am Jadebusen stundenlang über den Deich gelaufen. Ausgangspunkt war wie immer das ehemalige Dangaster Kurhaus, das seit vielen Jahrzehnten ein beliebtes Ausflugslokal war, in dem man gut und günstig essen konnte. Elias liebte den Rhabarberkuchen, zu dem er heißen Kakao trank.

Greta war nach dem Frühstück nach Hause gefahren. Nach dem Tod von Simons Vater vor vier Jahren war sie in ihren Heimatort, ein Dorf in der Nähe von Münster, zurückgekehrt und hatte sich dort ein kleines Haus am Waldrand gekauft. Bevor sie nach Hause fahren konnte, hatte Elias ihr das Versprechen abgenommen, dass sie bald wieder nach Oldenburg kommen würde.

Enna lehnte sich im Sessel zurück und schloss die Augen. Der Traum der Nacht kehrte ihr ins Bewusstsein zurück. Den ganzen Tag hatte sie nicht an die absurde Geschichte gedacht, die sie in der Nacht aufgeweckt hatte. Weit über eine Stunde hatte sie danach wach gelegen und sich von einer Seite auf die andere gewälzt. Es passierte ihr nicht zum ersten Mal, dass der aktuelle Fall in ihren Träumen auftauchte. So verworren die

Traumgeschichten in aller Regel waren, Enna hatte sie immer ernst genommen und den einen oder anderen Hinweis für ihre Ermittlungen herausgezogen.

Enna fragte sich, warum ihre Gehirnwindungen Sarahs Ärger mit ihrem Ex mit dem Fall Marie Hansen in Verbindung gebracht hatten. Ging es um die Vaterschaft? Um André, der plötzlich erfahren hatte, dass er nicht der leibliche Vater von Lukas war? Und um Andrea Hansen, die ihrem Mann auch etwas verschwiegen hatte? Nirgendwo in den Akten hatte Enna den kleinsten Hinweis gefunden, dass Ulfert Hansen nicht der Vater von Marie war. Auch Maries Mutter hatte es mit keinem Wort angedeutet. Gab es eine andere Verbindung? Sarah hatte sie um Hilfe gebeten, weil sie Angst vor André hatte. War Ulfert Hansen gewalttätig gewesen? Gegen seine Frau und die beiden kleinen Kinder? Was waren die Gründe für die lange andauernden Auseinandersetzungen zwischen Andrea und Ulfert Hansen gewesen? Wieso war die Beziehung direkt nach der Einstellung der Ermittlungen endgültig gescheitert? Warum hatte Imke Hansen ein so schlechtes Verhältnis zu den Eltern, nannte den Vater abwertend Erzeuger?

Enna schüttelte den Kopf. Zu viele Fragen, zu wenige Antworten. Trotzdem beschloss Enna, genauer zu untersuchen, ob es nicht doch einen direkten Zusammenhang zwischen der Entführung und den Familienverhältnissen der Hansens geben konnte.

Enna stand auf, ging in die Küche und stellte das Weinglas in die Spülmaschine. Als Simon noch lebte, hatte sie in solchen Situationen einen langen nächtlichen Spaziergang gemacht, um den Kopf freizubekommen und andere Gedanken zuzulassen. Zu gerne wäre sie auch jetzt in die kühle Nacht gelaufen, aber sie wollte Elias nicht alleine lassen. Es gab immer noch Nächte, in denen er aufwachte und nach ihr rief oder direkt zu ihr ins Schlafzimmer kam und sich bei ihr ankuschelte.

Am Samstag machten Enna und Elias nach dem Frühstück ihren üblichen Gang über den Wochenmarkt und holten anschließend die Fahrräder aus dem Schuppen. Nachdem die Reifen aufgepumpt waren, machten sie sich auf den Weg zur Hunte. An dem Fluss, der Oldenburg teilte, führten in beide Richtungen Fahrradwege entlang.

Am frühen Nachmittag kochte Enna Spaghetti. Elias bekam seine geliebte Tomatensoße, während Enna sich aus einem Mix aus Spargel, Krabben und Käse eine Soße zubereitete.

Bis zum Abend verlief der Tag ruhig. Elias baute in seinem Zimmer ein Haus aus Lego, während Enna einen Roman las. Kurz vor dem Abendessen klingelte Ennas Handy. Auf dem Display erschien der Name Pia Sims.

»Guten Abend!«, sagte Enna und wollte gerade weitersprechen, doch ihre junge Kollegin kam ihr zuvor.

»Anne Wagners Laptop ist ins Internet gegangen«, sagte sie hastig. »Gerade, vor ein paar Minuten.«

»Wo ist sie?«, fragte Enna vollkommen überrascht.

»Das kann ich nicht genau sagen. Aber auf jeden Fall hier in der Gegend. Also vermutlich in Oldenburg.«

»Wenn sie es ist«, dachte Enna laut.

»Was machen wir?«

»Ich muss erst jemanden für meinen Sohn finden. Haben Sie bei Paulsen angerufen?«

»Handy ist ausgestellt. Ich habe ihm eine Nachricht auf die Mailbox gesprochen. Soll ich alleine …«

»Nein, auf gar keinen Fall. Ich melde mich in fünf Minuten wieder.«

Enna rief Sarah an, die sich gleich anbot, auf Elias aufzupassen. Nachdem Enna auch ihren Sohn überzeugt hatte, saßen sie wenige Minuten später im Auto.

Bei Sarah und Lukas angekommen, verabschiedete sich Elias mit einem schnellen Kuss von seiner Mutter und lief zu seinem Freund, der bereits auf ihn wartete.

Enna umarmte Sarah. »Tut mir leid, Sarah. Ein Notfall, sozusagen.«

»Jetzt hör schon auf! Du weißt doch, dass das überhaupt kein Problem ist.«

Enna reichte ihr die kleine Reisetasche. »Eigentlich sollte es nicht so lange dauern, aber man weiß ja nie …«

Zurück im Auto rief sie Pia Sims an. Schon während der Fahrt zu Sarah hatte sie sich mit ihr in der Nähe von Anne Wagners Wohnung verabredet.

»Ich bin jetzt unterwegs. Sind Sie schon da?«

»Ja, am verabredeten Treffpunkt.«

»Haben Sie Ihre Schutzweste an?«

»Ja! Meine Waffe habe ich auch dabei.«

»Bis gleich.«

Enna stellte den Motor ab und griff nach hinten, um die auf der Rückbank liegende Schutzweste nach vorne zu holen. Im Aussteigen zog sie sie an und ging dann auf ihre junge Kollegin zu, die auf dem Bürgersteig auf sie wartete.

»Waren Sie schon in der Nähe des Hauses?«, fragte Enna, während sie ihre Waffe kontrollierte.

»Nein, aber ich habe gerade überprüft, ob der Laptop noch online ist«, sagte Pia Sims und hielt ihr Handy hoch. »Während der ganzen Zeit übrigens.«

»Ich gehe vor, Sie zwei bis drei Meter hinter mir. Falls ich die Aktion abbreche, warum auch immer, und es eventuell brenzlig wird, fahren wir mit meinem Auto.« Enna hatte vorsorglich auf der Straße gewendet, um sich im Notfall schneller vom Gefahrenherd entfernen zu können. »Bitte keine Alleingänge!«

Enna versuchte, sich so unauffällig wie möglich auf das Haus zuzubewegen, auch wenn ihr klar war, dass jeder aufmerksame Beobachter sie als Polizisten erkennen würde. Als ein älterer Herr ihr entgegenkam, grüßte sie ihn freundlich. Er erwiderte ihren Gruß und beachtete sie nicht weiter. Je näher Enna dem Mietshaus kam, desto intensiver besah sie jedes einzelne Fahrzeug, kontrollierte zunächst, ob jemand im Auto saß, bevor sie das Nummernschild in Augenschein nahm. Bis fünfzig Meter vor dem Mietshaus gab es keine auffälligen Fahrzeuge, alle hatten Oldenburger Kennzeichen oder kamen aus einem der umliegenden Landkreise.

Schon von Weitem bemerkte sie das ausländische Nummernschild. Der weiße Fiat Spider, ein zweisitziges Cabrio, hatte ein italienisches Kennzeichen und stand direkt vor dem Mietshaus.

Enna drehte sich kurz zu Pia Sims um und zeigte auf das italienische Fahrzeug. Da das Dach des Spiders geöffnet war, konnte Enna problemlos erkennen, dass niemand im Wagen saß. Sie warf einen Blick hoch zu den Dachfenstern von Anne Wagners Wohnung, konnte aber nichts Auffälliges erkennen.

Langsam ging Enna auf die Haustür zu und wartete, bis Pia Sims neben ihr stand. Während die junge Kommissarin die Straße beobachtete, drückte Enna die erste Klingel im Erdgeschoss. Als niemand öffnete, nahm sie die zweite und schließlich die dritte Klingel. Die Gegensprechanlage rauschte und die Stimme eines älteren Mannes erklang. Enna sagte ihm, sie würde gerne jemandem etwas in den Briefkasten werfen, ob er ihr die Tür öffnen könne? Der Mann stöhnte, öffnete aber ohne weitere Rückfragen die Haustür.

Die Treppe gingen Enna und Pia Sims in einem Sicherheitsabstand hoch. Oben an der Tür angelangt, wartete Enna wieder auf ihre junge Kollegin, die sich schließlich zwei Meter von der Wohnungstür entfernt positionierte.

Auf den ersten Blick hatte Enna gesehen, dass das Polizeisiegel zerrissen war. Sie legte das Ohr an die Tür und horchte. Sie meinte, ein leises Rauschen zu hören, war sich aber nicht sicher, ob das Geräusch wirklich aus der Wohnung kam. Schließlich zog sie die Waffe, warf einen Blick zurück zu Pia Sims, die ebenfalls ihre Pistole in die Hand genommen hatte, und klingelte an der Tür.

Nichts rührte sich. Enna drückte ein weiteres Mal die Klingel und klopfte beim dritten Anlauf zusätzlich kräftig an die Tür. Jedes Mal war sie einen Schritt zurückgetreten, die Waffe im Anschlag.

Sekunden nach dem dritten Klingeln hörte Enna leise Schritte, kurz darauf wurde der Schlüssel in der Tür umgedreht und die Tür geöffnet.

Vor ihnen stand Anne Wagner und starrte Enna entgeistert an. »Was wollen Sie? Warum …« Sie sah zu Pia Sims und verstummte.

»Sind Sie alleine in der Wohnung?«, fragte Enna, die ihre Waffe weiter in der Hand hielt.

»Was geht Sie das an?«, fragte Anne Wagner, die sich von dem ersten Schreck erholt zu haben schien.

»Ist noch jemand in der Wohnung?«, wiederholte Enna schärfer.

»Das geht Sie überhaupt nichts an. Und jetzt lassen Sie mich in Ruhe, bitte.«

Anne Wagner machte Anstalten, die Wohnungstür zu schließen. Enna kam ihr zuvor und stellte ihren Fuß vor die Tür. »Haben Sie nicht das Polizeisiegel gesehen?«

Anne Wagner wurde unsicher. »Diesen merkwürdigen Aufkleber? Ich dachte, das hätte irgendein Scherzbold da angebracht.«

»Darauf steht eine Strafe von bis zu einem Jahr Haft, Anne«, sagte Pia Sims, die inzwischen näher getreten war.

»Woher sollte ich das wissen?«, jammerte die junge Frau.

»Ist noch jemand in Ihrer Wohnung?«, fragte Enna zum dritten Mal und ihre Stimme ließ keinen Zweifel daran, dass sie kurz davor war, die Wohnung zu betreten.

In diesem Augenblick trat jemand hinter Anne Wagner und legte eine Hand auf ihre Schulter. »Lass nur, Anne. Es ist schon in Ordnung.«

Die Frau in Anne Wagners Alter blickte Enna lächelnd an. »Nur ich bin noch in der Wohnung. Kommen Sie doch herein und überzeugen Sie sich selbst.«

Obwohl sie die Antwort zu kennen meinte, fragte Enna: »Wie ist Ihr Name?«

Die junge Frau schob sich an Anne Wagner vorbei und reichte Enna die Hand. »Hansen. Marie Hansen.«

Dreiunddreissig

Soeben hatte Enna zusammen mit Anne Wagner und Marie Hansen ihr Büro betreten. Pia Sims führte die beiden Frauen in getrennte Räume im Dachgeschoss, die jeweils nur mit einem Tisch und mehreren Stühlen ausgestattet waren.

Nachdem sich Marie Hansen zu erkennen gegeben hatte, hatte Enna beschlossen, die Befragung im Büro durchzuführen. Als sich beide Frauen weigerten, sie zu begleiten, hatte Enna sie vorläufig festgenommen und Anne Wagners Laptop beschlagnahmt.

Vor der Befragung rief Enna bei Sarah an. Sie sprach kurz mit Elias, der sie aber nach ein paar Worten zurück an Sarah reichte, da er wieder zu Lukas wollte.

»Tut mir leid, Sarah. Kann Elias heute Nacht …«

»Überhaupt kein Problem. Die beiden amüsieren sich prächtig.«

Enna seufzte. »Danke, Sarah. Meine Schwiegermutter kommt dann morgen früh gegen neun, um Elias abzuholen.«

»Sie kann sich Zeit lassen. Vor zehn sind wir bestimmt nicht fertig mit dem Frühstück.«

Enna dankte ihr noch einmal und rief gleich darauf ihre Schwiegermutter an. Greta versprach, am nächsten Morgen rechtzeitig in Oldenburg zu sein, um Elias zu übernehmen.

»Es kann unter Umständen ein paar Tage dauern«, sagte Enna.

»Ich habe Zeit. Bis morgen.«

Enna lehnte sich auf ihrem Schreibtischstuhl zurück. Zumindest war Elias' Betreuung für die nächsten Tage gesichert. Beim aktuellen Stand war nicht abzusehen, wie sich der Fall weiterentwickeln würde.

Pia Sims trat in ihr Büro. »Paulsen hat sich gerade gemeldet. Er ist auf dem Weg. War in Osnabrück, als er meine Nachricht abgehört hat.«

»Wann ist er hier?«

»In einer halben Stunde.«

»Sind die beiden Damen gut untergebracht?«

Pia Sims schmunzelte. »Sie haben sich zumindest nicht über die Örtlichkeiten beschwert. Marie Hansen, falls sie es denn ist, möchte ihren Anwalt anrufen. Anne Wagner hat nicht einmal auf meine Frage geantwortet, ob sie etwas zu trinken oder essen haben möchte.«

Enna griff nach ihrem Mobiltelefon und reichte es ihrer Kollegin. »Marie Hansen kann das hier benutzen. Die Handys der beiden behalten wir vorläufig noch bei uns.«

Pia Sims machte sich auf den Weg ins Dachgeschoss, während Enna mit dem Staatsanwalt sprach. Der zeigte sich über die Störung zu später Stunde wenig erfreut und ließ sich nur mühsam von Ennas Strategie überzeugen. Schließlich versprach er ihr, so schnell wie möglich einen Beschluss bezüglich des Laptops von Anne Wagner zu besorgen.

Pia Sims war, während Enna noch mit dem Staatsanwalt sprach, zurückgekommen. Wenig später traf Jan Paulsen ein.

Nach einer halbstündigen Besprechung hatten sie sich kurz über die Freitags-Befragungen ausgetauscht und eine Strategie für die Befragungen festgelegt.

»Sie haben Ihren Anwalt verständigt?«, stellte Enna die erste Frage, nachdem sie das Aufnahmegerät angestellt und die vor einer Befragung notwendigen Angaben gemacht hatte.

»Ja, ich erwarte ihn gegen zweiundzwanzig Uhr.«

»Dann werden wir bis dahin warten.« Enna stand langsam auf.

»Nicht nötig. Fragen Sie ruhig«, sagte Marie Hansen lächelnd. »Ich muss ja nicht antworten, wenn ich nicht will.«

»Können Sie sich ausweisen?«

Die junge Frau griff zu ihrer Handtasche und reichte Enna ein Dokument. Es handelte sich um einen Kinderausweis, der auf Marie Hansen ausgestellt war. Das Foto schien kurz vor ihrem Verschwinden aufgenommen worden zu sein. Enna hatte eine ähnliche Aufnahme in den Akten gesehen.

Auch wenn inzwischen neun Jahre vergangen waren, war die Ähnlichkeit zwischen dem Foto und der jungen Frau, die vor ihnen saß, verblüffend. Wie mit neun Jahren trug Marie Hansen ihre dunkelbraunen Haare schulterlang. Auf dem Foto waren sie leicht naturgewellt, aktuell hatte sie die Haare vermutlich geglättet. Enna war schon beim ersten Skype-Gespräch mit Imke Hansen aufgefallen, dass die beiden Schwestern wenig Ähnlichkeit aufwiesen. Jetzt, wo Marie Hansen vor ihr saß, wurden ihr die Unterschiede noch deutlicher bewusst.

»Können Sie uns sagen, wo Sie sich in den letzten neun Jahren aufgehalten haben?«

»Ich habe in Italien gelebt, bin dort zur Schule gegangen und studiere zurzeit in Rom Kunstgeschichte im zweiten Semester.«

Pia Sims, die neben Enna saß, richtete das Mikrofon aus. Jan Paulsen verfolgte die Befragung von seinem Schreibtisch aus auf seinem Laptop. Zwei Kameras übertrugen die Befragung live und zeichneten sie gleichzeitig auf.

»Sie erinnern sich an das Landschulheim auf Wangerooge?«

»Selbstverständlich.«

»Was ist am Abend Ihres Verschwindens dort passiert?«

»Dazu kann ich Ihnen nichts sagen.«

»Bei wem haben Sie in den Folgejahren gelebt?«

»Auch dazu möchte ich mich nicht äußern.«

»Wann haben Sie Anne Wagner getroffen?«

»Wir sind uns zufällig über den Weg gelaufen. Ich war in Köln und habe mir den Dom angeschaut. Anne ebenfalls.«

»Wann genau war das?«

»Gestern, so gegen zehn Uhr.«

»Sollen wir Ihre Eltern informieren?«

»Nein, das ist nicht nötig.«

Enna schaltete das Aufnahmegerät aus und verließ zusammen mit Pia Sims den Raum.

Kurz darauf trafen sich die drei Ermittler in Ennas Büro.

»Lustig«, kommentierte Jan Paulsen, nachdem sie sich die Befragung noch einmal auf einem großen Monitor angesehen hatten.

»Mir scheint, sie weiß genau um ihre Rechte«, sagte Enna. »Das ist alles großes Theater. Den beiden war klar, dass wir sie über kurz oder lang finden würden. Wahrscheinlich ging es genau darum. Dass es jetzt so schnell ging, scheint sie allerdings überrascht zu haben.«

»Wie machen wir weiter?«, fragte Pia Sims.

»Kollege Paulsen und ich werden jetzt erst mal Anne Wagner befragen. Anschließend gehen wir wieder zu Marie Hansen. Sie versuchen inzwischen, Imke Hansen über Skype zu erreichen.«

Zu Beginn des Verhörs fragte Enna Anne Wagner, ob sie einen Anwalt anrufen wolle, worauf diese pampig entgegnete, dass sie den gleichen habe wie ihre Freundin. Enna hatte diese Antwort erwartet und machte sich eine Notiz.

»Und im Übrigen habe ich Ihnen nichts zu sagen«, fuhr Anne Wagner sie an. »Was soll die ganze Geschichte hier? Festgenommen! Was bitte schön haben Sie mir vorzuwerfen?«

Enna legte ihr den richterlichen Beschluss vor. »Wir haben inzwischen Ihren Laptop in Augenschein genommen.«

»Ja, und?«, fragte Anne Wagner, schien aber leicht verunsichert angesichts des vorliegenden Beschlusses.

»Eins – Zwei – Zwei – Null – Null«, fuhr Enna fort. »Wer steckt hinter dieser Zahl?«

Anne Wagner tat verständnislos. »Ich weiß nicht, was das soll.«

»Wir haben noch weitere Dokumente auf dem Laptop gefunden. Sie hatten die Dateien zwar gelöscht, aber es ist heutzutage kein Problem mehr, so etwas zu rekonstruieren.«

Anne Wagner sprang auf. »Unterstehen Sie sich! Das ist privat.«

»Nein, im Moment ist nichts mehr privat, Frau Wagner.«

»Ich sage nichts mehr, bis der Anwalt hier ist.«

»Das ist Ihr gutes Recht, aber vielleicht interessiert es Sie, dass es nicht nur um die Entführung vor neun Jahren geht, sondern auch um ein zweifaches Tötungsdelikt vor wenigen Tagen.«

Anne Wagner erstarrte für einen Moment. »Was reden Sie da?«

»Hat Ihnen Ihre Freundin Marie nichts davon erzählt?«

»Ich weiß nicht, was Sie meinen. Und ich weiß auch nicht, was dieses bescheuerte Siegel an meiner Wohnungstür sollte.«

»Ich denke, das wissen Sie genau. Und Sie können mir nicht erzählen, dass Sie am Dienstag freiwillig Ihre Wohnung verlassen haben. Wir haben klare Indizien dafür, dass Sie gezwungen wurden.« Enna legte eine Pause ein. »Warum decken Sie die Entführer?«

Anne Wagner, die sich wieder gefangen hatte, schaute auf ihre Armbanduhr. »Ich weiß nicht, was Sie meinen.«

Jan Paulsen räusperte sich. »In jungen Jahren hatte ich einen sehr guten Freund, mit dem ich durch dick und dünn gegangen bin. Ich hätte alles für ihn getan.«

»Schön für Sie«, entgegnete Anne Wagner kühl.

»Dachte ich auch«, fuhr Paulsen unbeeindruckt fort. »Bis ich gemerkt habe, dass er mich benutzte. Um ein Haar wäre ich im Knast gelandet, wenn mir mein Onkel nicht rechtzeitig die Augen geöffnet hätte.«

»Ups, da waren Sie wohl in schlechte Gesellschaft geraten, Herr Kommissar«, sagte Anne Wagner mit einem süffisanten Grinsen, dem Enna ansah, wie bemüht es war.

»Vier, Eins, Null, Null«, zählte Enna auf. »Kommt Ihnen diese Zahlenkombination bekannt vor?«

Enna schien ins Schwarze getroffen zu haben. Sie hatte Anne Wagners Geburtsdatum nach dem gleichen Prinzip verschlüsselt, das auch dem Skype-Namen von Marie Hansen zugrunde lag. Die junge Frau wurde schlagartig blass und senkte den Blick.

»Sie haben schon seit Jahren Kontakt zu Marie Hansen gehabt und es bewusst verschwiegen. Wann haben Sie das erste Mal mit ihr über Skype gesprochen?«

Anne Wagner schwieg und schaute zur Tür, als erwarte sie jemanden. Hatte Marie Hansen ihr eingeschärft, keine Aussage zu machen, bis der Anwalt erschien?

Enna hatte zuvor Pia Sims wie vereinbart eine Nachricht geschickt. Die junge Kommissarin trat jetzt ins Zimmer und reichte Enna eine Notiz. Enna dankte ihr und wartete, bis Pia Sims den Raum wieder verlassen hatte, bevor sie den gefalteten Zettel aufschlug und so tat, als würde sie lesen.

»Meine Kollegin teilt mir gerade mit, dass wir den größten Teil Ihrer Skype-Kommunikation mit Marie Hansen wiederherstellen konnten.«

Anne Wagner schloss die Augen und senkte den Kopf.

»Wollen Sie uns dazu etwas sagen?«, fragte Enna.

Als Anne Wagner den Kopf schüttelte, stoppte Enna die Aufnahme und verließ mit Jan Paulsen den Raum.

Kurz darauf beobachteten die drei Kommissare Anne Wagner über die Videokamera im Verhörraum. Sie saß zusammengesunken auf dem Stuhl und starrte auf ihre Hände.

»Wenn der Anwalt kommt, wird er ihr einen Maulkorb verpassen«, sagte Jan Paulsen. »Wir hätten ihr mehr Druck machen müssen.«

»Sie wäre zusammengebrochen, glauben Sie mir«, antwortete Enna. »Sie muss sich selbst dazu entscheiden, Marie Hansen nicht mehr bedingungslos zu folgen.«

»Ich weiß nicht«, murmelte Paulsen und sagte laut: »Ist der Fall Marie Hansen nicht letztlich sowieso geklärt? Sie lebt und scheint auch keinen Schaden genommen zu haben. Oder habe ich da etwas falsch verstanden?«

Enna stöhnte leise. »Können wir die Diskussion auf morgen verschieben und uns jetzt auf die Arbeit konzentrieren? Es könnte eine lange Nacht werden.«

»Ja, bitte«, stimmte ihr Pia Sims zu. »Imke Hansen hat es übrigens abgelehnt, mit uns über Skype zu sprechen. Sie hat mir geschrieben: *Ich möchte nicht weiter von Ihnen belästigt werden. Bitte akzeptieren Sie das.*«

Jan Paulsen pfiff durch die Zähne. »Die kleine Hansen hat selbst ihre Schwester fest im Griff. Alle Achtung. Sie war schneller als wir.«

»Habe ich auch gleich gedacht«, sagte Pia Sims. »Warum lässt Imke sich so von ihrer Schwester manipulieren?«

»Schuldgefühle«, antwortete Enna, die nicht damit gerechnet hatte, dass Imke Hansen sich einem Gespräch verweigern würde. Anscheinend war sie inzwischen von ihrer Schwester informiert worden und wusste somit, dass diese noch lebte. »Ich weiß nur noch nicht genau, warum und was genau da in der Familie vor der Entführung passiert ist.«

»Und wer sie entführt hat«, fügte Pia Sims hinzu.

»Wenn es überhaupt eine Entführung war«, wandte Jan Paulsen ein.

»Wir sprechen hier von einer Neunjährigen. Schon vergessen?«, sagte Enna gereizt.

Er hob schützend die Hände. »Sorry! War nicht so gemeint.«

Das *Wie dann?* verkniff Enna sich und sagte an Pia Sims gewandt: »Schreiben Sie Imke Hansen, dass ihre Schwester verhaftet wurde und im Moment verhört wird. Bitten Sie noch einmal darum, dass sie mit uns spricht. Machen Sie es dringend. Ich denke, sie wird es sich noch überlegen.«

Pia Sims nickte und öffnete ihren Laptop. Nachdem sie die Nachricht verschickt hatte, folgte sie Enna, die bereits auf dem Weg zu Marie Hansen war.

»Wir konnten inzwischen ausführlich mit Anne Wagner sprechen«, begann Enna den zweiten Teil des Verhörs.

»Dann sind Sie ja jetzt voll im Bilde.« Marie Hansen stand auf. »Und wir können endlich gehen?«

»Setzen Sie sich!«, fuhr Enna sie schroff an.

»Schon gut, Frau Hauptkommissarin«, sagte Marie Hansen unbeeindruckt und nahm wieder Platz.

»Ich konnte die Skype-Nachrichten, die Sie mit Ihrer Freundin ausgetauscht haben, wiederherstellen«, begann Pia Sims.

»Interessant. Sie scheinen ein Genie zu sein.«

»Ihr kleines Zahlengeheimnis war dabei meine leichteste Übung. Aber ich gebe gerne zu, dass ich als Neunjährige auch nicht viel pfiffiger war.«

Marie Hansen schwieg, machte aber zum ersten Mal einen leicht verunsicherten Eindruck.

»Kennen Sie Marco Müller?« Enna ließ diese Frage sofort folgen, um Marie Hansen keine Pause zu gönnen.

»Müller? Ist das nicht ein Allerweltsname in Deutschland?«

»Marco Müller, Sommer 2009 auf Wangerooge.«

Sie zuckte mit den Schultern. »Das ist lange her.«

»Haben Sie seinen Mord in Auftrag gegeben?«, schob Enna wieder direkt hinterher.

Marie Hansen, die vor Ennas Frage ein arrogantes Lächeln aufgesetzt hatte, erstarrte von einem Moment auf den anderen. »Er ist tot?«

»Wussten Sie das nicht? Er wurde vor sieben Tagen erschossen, es war ähnlich spät wie jetzt. Sein Begleiter übrigens auch.«

»Zwei … Tote? … Warum …«, stammelte Marie Hansen.

»Weil er vor neun Jahren geholfen hat, Sie von der Insel zu schleusen?«

Enna bemerkte sofort, dass sie die falschen Worte gewählt hatte. Marie Hansen richtete sich auf und nickte ernst. »Das tut mir leid für die beiden Männer. Ich fürchte, ich kann Ihnen nicht helfen, da ich mich nicht an einen … Wie hieß der Mann noch gleich mit Vornamen?«

»Marco.«

»Also ich kann mich nicht an einen Marco Müller erinnern. Ausschließen kann ich nicht, dass ich ihm begegnet bin. Wie alt war er denn damals?«

Ohne auf die Frage einzugehen, fuhr Enna fort: »Lässt Sie das wirklich so kalt?«

Marie Hansen senkte den Kopf und sagte halblaut: »Wenn ich diesen Müller nicht kenne, warum sollte mich dann sein Schicksal interessieren?«

»Ich frage Sie noch einmal: Haben Sie etwas mit dem Tod von Marco Müller und seinem Begleiter zu tun?«

Marie Hansen schluckte und einen Moment dachte Enna, dass sie den richtigen Punkt bei ihr getroffen hatte. Aber schließlich antwortete sie leise: »Nein.«

»Ihre Schwester Imke hat uns erzählt, dass Sie Papas Liebling waren«, probierte Enna eine andere Strategie. Jan Paulsen hatte beim Gespräch mit Gerd Stroh, dem ehemaligen stellvertretenden Leiter der »SoKo Marie«, erfahren, dass Marie von mehreren Zeugen als *Papas Liebling* bezeichnet wurde. Dies stand im Gegensatz zu den heutigen Aussagen von Imke und Andrea Hansen.

Marie Hansen richtete sich auf und sah Enna direkt an. »Das glaube ich Ihnen nicht. Nein, es stimmt nicht. Entweder Sie haben sich verhört oder Sie lügen.«

»Weder noch. Und in den Akten von damals finden sich mehrere Zeugen, die genau dies bestätigen. Sie hatten ein gutes Verhältnis zu Ihrem Vater?«

Auf Marie Hansens Gesicht zeigte sich nun der Zorn. »Was genau verstehen Sie nicht an meinem Nein? Wenn überhaupt, hatte ich ein gutes Verhältnis zu meiner Mutter.« Sie lachte verkrampft. »Aber das war einmal.«

Jemand klopfte an die Tür und gleich darauf trat Jan Paulsen ein. »Der Anwalt wäre jetzt hier.«

Ein Mann um die vierzig drängte sich an Paulsen vorbei ins Zimmer, musterte kurz die beiden Kommissarinnen und ging dann auf Enna zu.

»Alexander von Hollstedt. Ich bin der Anwalt von Frau Hansen und Frau Wagner.« Er reichte Enna eine Visitenkarte. »Könnte ich bitte alleine mit meiner Mandantin sprechen?« Er ließ seinen Blick durch den Raum streifen. »Und stellen Sie bitte die Mikrofone aus.«

Enna ließ sich Zeit mit der Antwort und musterte den Anwalt lächelnd. Er war einen Kopf größer als sie, trug gegelte und zurückgekämmte dunkle Haare, Dreitagebart und einen Maßanzug mit weißem Hemd und Krawatte.

Enna stand auf. Pia Sims folgte ihr. »Selbstverständlich können Sie mit Ihrer Mandantin sprechen. Sagen Sie Bescheid, wenn wir mit dem Verhör fortfahren können.«

Vierunddreissig

»Düsseldorf«, murmelte Enna mit Blick auf die Visitenkarte des Anwalts. »Eine lange Anfahrt.«

Sie öffnete die Tür zum zweiten Befragungszimmer und ließ Jan Paulsen den Vortritt.

Anne Wagner saß am Tisch und schaute nicht hoch, als die beiden Ermittler sich zu ihr setzten. Enna startete das Aufnahmegerät und nannte Zeit und Anwesende.

»Frau Wagner«, begann Enna, »wir haben uns vorhin über Ihren ersten Kontakt zu Marie Hansen nach der Entführung unterhalten. Können Sie uns sagen, wann das ungefähr war?«

»Das weiß ich nicht mehr«, sagte Anne Wagner leise.

Enna richtete das Mikrofon aus. »Sie können sich also nicht mehr an den genauen Zeitpunkt des ersten Kontakts erinnern.«

»Nein«, bestätigte die junge Frau, dieses Mal deutlich hörbar.

»Wann ungefähr war es? Vor einem Jahr, vor zwei Jahren oder ist es noch länger her?«

»Zwei vielleicht. Aber …«

»Sie haben zu dem Zeitpunkt also noch zu Hause gewohnt?«

»Ja.«

»Waren Sie sehr erstaunt, dass Marie noch lebt?«

Sie zögerte und schien etwas sagen zu wollen, doch dann schüttelte sie den Kopf und sank wieder in sich zusammen.

»Im Grunde genommen«, fuhr Enna fort, »sind alle davon ausgegangen, dass Marie nicht mehr lebt. Ihre Mutter, ihr Vater, ihre Schwester. Sie doch vermutlich auch, oder?«

Enna warf einen schnellen Blick auf die Uhr. Wann würde der Anwalt mit seiner zweiten Mandantin sprechen wollen? Viel Zeit hatten sie nicht mehr. Enna hatte Pia Sims gebeten, ihn so lange wie möglich aufzuhalten, wenn er nach Anne Wagner fragen würde.

»Ja«, antwortete Anne Wagner.

Jan Paulsen beugte sich leicht nach vorne. »Ich habe vor zwei Tagen noch einmal mit Herrn Hansen gesprochen, der sehr darunter leidet, dass seine jüngste Tochter nicht mehr da ist.« Als Anne Wagner nicht reagierte, fuhr er fort: »Er ist seit einiger Zeit erwerbslos, weil er nicht mehr in der Lage war zu arbeiten. Ich führe das auch darauf zurück, dass er ein schweres Trauma erlitten hat und ihn der Verlust nicht mehr loslässt.«

Anne Wagner richtete sich mit einem Ruck auf und starrte Paulsen wütend an. »Was erzählen Sie da? Trauma? Dieser Mann ist eine Bestie. Wissen Sie, was er Marie angetan hat?«

Jan Paulsen sah sie betroffen an und antwortete leise: »Nein, das weiß ich nicht.«

»Er ist ein Monster. Ein Kinderschänder, der ins Gefängnis gehört.«

Jan Paulsen nickte. »Können Sie mir mehr darüber erzählen? Woher wissen Sie das?«

Paulsens letzte Fragen schienen bei Anne Wagner einen Hebel umgelegt zu haben. Sie legte den Kopf in den Nacken und schloss die Augen. Nach einer langen Pause atmete sie tief durch und setzte sich aufrecht hin. »Ich habe schon zu viel erzählt.«

In diesem Augenblick machte sich Ennas Handy bemerkbar. Eine Nachricht von Pia Sims.

Der Anwalt kommt.

Keine zwei Minuten später klopfte es an der Tür und die junge Kommissarin trat ein, gefolgt von Alexander von Hollstedt. Der Anwalt wartete, bis Enna und Jan Paulsen aufstanden, bevor er zu Anne Wagner trat, ihr die Hand reichte und sich vorstellte.

Die drei Ermittler standen auf dem Flur des Dachgeschosses und unterhielten sich leise über das weitere Vorgehen. Keiner von ihnen hatte damit gerechnet, dass Ulfert Hansen seine Töchter missbraucht haben könnte. Zunächst einmal war die Aussage von Anne Wagner nur Hörensagen, da sie davon ausgehen mussten, dass sie von dem Missbrauch nicht direkt betroffen war. Hinzu kam die Möglichkeit, dass Anne Wagner die Ermittler in Absprache mit ihrer Freundin bewusst auf eine falsche Fährte locken wollte. Allerdings glaubte Enna nicht, dass Anne Wagner eine so gute Schauspielerin war. Ihr war das Verhalten der jungen Frau authentisch vorgekommen, das Entsetzen in ihren Augen echt und die Verzweiflung nicht gespielt.

»Und warum taucht Marie Hansen nach so vielen Jahren wieder auf?«, fragte Pia Sims. »Das ist doch kein Zufall.«

»Es muss etwas mit dieser ominösen Entführung von der Wagner zu tun haben«, sagte Jan Paulsen.

Enna nickte. »Davon gehe ich im Moment auch aus. Uns fehlen aber noch ein paar Puzzleteile, damit das Ganze irgendeinen Sinn ergibt.«

In diesem Augenblick trat der Anwalt aus dem Zimmer und bat Enna um ein Vieraugengespräch. Enna stimmte zu und führte ihn in ihr Büro im Erdgeschoss.

»Meine beiden Mandantinnen machen von ihrem Aussageverweigerungsrecht Gebrauch. Eine Fortsetzung des Verhörs erübrigt sich aus unserer Sicht. Ich gehe davon aus, dass meine Mandantinnen direkt nach unserem Gespräch Ihr Haus verlassen können.«

»Tut mir leid, Herr von Hollstedt. Wir werden mit Frau Hansen weitermachen.« Sie stand auf und hob die Hand. »Und ich gehe davon aus, dass Sie mich begleiten?«

Alexander von Hollstedt lächelte überheblich. »Ich fürchte, Sie überschätzen sich maßlos.«

Enna zeigte auf die Bürotür. »Das braucht ja nicht Ihre Sorge zu sein.«

Kurz darauf saßen sie zu viert am Verhörtisch. Der Anwalt wiederholte seine Aussage, verschränkte anschließend seine Arme vor der Brust und lehnte sich auf dem Stuhl leicht zurück.

»Frau Hansen, Sie haben angegeben, dass Sie in Rom studieren. Sie haben sich allerdings nur mit einem Kinderausweis ausgewiesen. Unter welchem Namen studieren Sie in Rom?«

Der Anwalt setzte wieder sein süffisantes Lächeln auf. »Frau Hansen ist im Jahr 2010 von meinem Mandanten Herrn Lorenzo Chiappetta adoptiert worden.«

Von Hollstedt legte Enna ein Ausweisdokument vor. Sie öffnete es. Marie Chiappetta, korrekte Angaben von Geburtsdatum und -ort, das Foto war aktuell, der Pass vor zwei Jahren ausgestellt.

»Mein Mandant ist der leibliche Vater von Frau Hansen oder offiziell Frau Chiappetta.« Der Anwalt legte ein Dokument vor, das die Vaterschaft bestätigte.

Enna brauchte einen Moment, um die neuen Informationen zu verarbeiten. Aus dem Augenwinkel sah sie, wie sich Pia Sims bemühte, ihr Erstaunen zu verbergen.

Ennas Handy vibrierte. Eine Nachricht von Frieder Schmidt.

Müller heute Morgen aus Koma erwacht. Habe mit ihm sprechen können. Der Deal ist perfekt, morgen kannst du mit ihm reden. Alles Weitere dann später – Frieder

Enna nahm den italienischen Pass und das Vaterschaftsdokument an sich und wandte sich an Marie Hansen. »Vor der Tür warten unsere Kollegen mit einem Wagen. Sie werden Sie in der Oldenburger Polizeidirektion in Gewahrsam nehmen. Morgen um neun sehen wir uns dann wieder.«

Alexander von Hollstedt sprang auf. »Ich protestiere aufs Schärfste. Es liegt nicht der geringste Grund vor, meine Mandantin zu inhaftieren.«

»Zu Ihrer Information«, fuhr Enna unbeeindruckt fort. »Frau Wagner wird ebenfalls die Nacht in der Zelle verbringen.« Sie stand auf, Pia Sims folgte ihr und führte die verblüffte Marie Hansen aus dem Zimmer. Draußen wartete bereits Paulsen, neben ihm stand Anne Wagner. Bevor der Anwalt reagieren konnte, wurden die beiden jungen Frauen ins Erdgeschoss geführt und dort von zwei Beamten in Uniform übernommen.

Enna reichte Alexander von Hollstedt die Hand. »Hat mich gefreut, Sie kennenzulernen. Bestellen Sie doch Herrn Chiappetta einen schönen Gruß von mir. Ich würde mich gerne mit ihm unterhalten.«

Der Anwalt setzte zu einer Erwiderung an, schwieg aber, als Enna sich abwandte und ihm die Tür aufhielt. Sie begleitete ihn bis auf die Straße und verabschiedete sich mit den Worten: »Vergessen Sie bitte nicht unseren Termin morgen um neun hier in unserem Büro.«

Jan Paulsen und Pia Sims warteten in Ennas Büro. Die Hauptkommissarin setzte sich zu ihnen. Ihr Blick fiel auf die an der Wand hängende Uhr. Zwanzig Minuten vor Mitternacht.

»Ich fasse mal den Abend zusammen.« Enna holte tief Luft. »Wie aus dem Nichts ist Anne Wagner wieder aufgetaucht, sitzt in ihrer Wohnung, als wäre nichts passiert. Bei ihr befindet sich die seit neun Jahren verschwundene Marie Hansen, die angibt, die Zeit in Italien bei ihrem leiblichen Vater verbracht zu haben. Über den ehemaligen Kollegen Stroh wissen wir inzwischen, dass das Verhältnis von Vater und Tochter nicht so schlecht war wie bisher von uns angenommen. Zumindest haben das einige unabhängige Zeugen ausgesagt. Dementgegen haben Andrea Hansen, Imke Hansen und letztlich auch Anne Wagner angegeben, dass das Verhältnis zwischen Tochter und Vater ausgesprochen schlecht gewesen sein soll. Die Letzte von ihnen hat Maries Vater sogar als Kinderschänder bezeichnet, sich aber geweigert, nähere Angaben zu machen. Weiter lassen die Reaktionen von Anne Wagner darauf schließen, dass sie schon über mehrere Jahre Kontakt über das Internet zu ihrer ehemals besten Freundin hatte, dies aber verschwiegen hat. Ob Imke Hansen auch Kontakt zu ihrer Schwester hatte, wissen wir nicht. Im Moment gehe ich davon aus, dass sie erst in den letzten Tagen von Marie informiert wurde. Vielleicht erfahren wir mehr, wenn sie wieder mit uns spricht.«

Jan Paulsen räusperte sich. »Meine Befragung von Ulfert Hansen am Freitag haut in die gleiche Kerbe. Hansen scheint abgöttisch an beiden Mädchen, aber vor allem an Marie gehangen zu haben. Auch wenn das *zwischen den Zeilen lesen* nicht so mein Ding ist …« Er grinste breit. »… hat mich das schon zum Nachdenken gebracht. Wenn er von Marie sprach, veränderte sich sein Blick und er sprach ganz sanft. Seine ältere Tochter dagegen scheint er geradezu zu hassen. Wenn er gewusst hätte, dass die jüngere noch lebt, wäre es bei ihr sicher nicht besser gewesen. Sein Alkoholpegel war allerdings nicht gerade niedrig und dass er die Aussagen so wiederholen wird, ist unwahrscheinlich. Trotzdem.«

»Wir hören uns die Aufnahme noch an, sobald Zeit ist«, sagte Enna. »Konzentrieren wir uns einmal auf den Ermittlungsansatz, dass Hansen seine Töchter sexuell missbraucht hat.«

»Bei der älteren kann ich es mir gut vorstellen«, warf Jan Paulsen ein. »Bei der jüngeren bin ich mir nicht so sicher. Es kam mir so vor, als …«

»Das haben wir verstanden, Paulsen«, unterbrach Pia Sims ihn. »Was sagt uns das jetzt?«

Dieses Mal war Jan Paulsen sichtlich genervt. »Dass wir auf dem falschen Dampfer waren. Was sonst? Die Kleine ist offensichtlich gerettet worden. Vor, wie die Wagner sagte, einem Monster. Egal ob dieser Italiener jetzt wirklich ihr Vater ist oder nicht, er hat sie offensichtlich vor Schlimmerem bewahrt. Daran sehe ich …«

»Er hat sie entführt«, fiel Pia Sims ihm ein weiteres Mal ins Wort. »Er hat keinen Orden verdient, sondern eine Anklage.«

»Um das herauszufinden, sitzen wir hier zusammen.« Enna warf ihren beiden Kollegen einen warnenden Blick zu. Auch bei ihr lagen die Nerven blank, aber die Zeit war zu kostbar für nutzlose Streitereien. »Wir sollten uns jetzt aufs Wesentliche konzentrieren. Die Zeit läuft uns davon. Oder glaubt hier jemand im Raum, dass wir morgen vor dem Haftrichter eine Chance haben?«

Ihre Kollegen schüttelten den Kopf.

»Eben! Also, Vorschläge?«

Pia Sims starrte auf den Bildschirm ihres Laptops, den sie kurz zuvor aufgeklappt hatte. »Eine Nachricht von Imke Hansen. Das habe ich in der Hektik übersehen. Sie will jetzt doch mit uns sprechen.«

»Okay! Schreiben Sie ihr, dass wir uns in einer halben Stunde bei ihr melden.«

Pia Sims tippte und ließ auch anschließend den Bildschirm nicht aus den Augen. »Vielleicht antwortet sie ja gleich«, murmelte sie.

Enna nickte. »Ich werde morgen früh um acht zu Marco Müller ins Krankenhaus fahren. Der Kollege Frieder Schmidt wird mich begleiten.«

»Müller wird nichts sagen«, murmelte Jan Paulsen.

»Warum nicht?«, kam es von Pia Sims, deren Blick nicht vom Laptop wich.

»Ist doch klar. So oft, wie wir bisher auf die 'Ndrangheta gestoßen sind, gehe ich mal davon aus, dass dieser Chiappetta eine große Nummer bei dem Verein ist. Müller ist nicht einfach so in die Kugel dieser Killer hineingelaufen. Das war kein Zufall. Der wird schweigen wie ein Grab.«

»Imke Hansen!«, rief Pia Sims. »Sie ist dann in einer halben Stunde online.« Sie tippte kurz in die Tastatur und klappte den Laptop zu. »Wo waren wir stehen geblieben?«

»Mafia – Chiappetta – Anschlag«, sagte Paulsen ungeduldig.

»Entschuldigung. Ich wollte … Egal«, antwortete die junge Kommissarin. »Ich halte das in Osnabrück auch nicht für einen Zufall. Und jemand von uns muss mit Andrea Hansen sprechen. Nur sie weiß, ob dieser Vaterschaftstest gefälscht ist oder Chiappetta tatsächlich der leibliche Vater sein könnte.«

»Ich bin dafür sicher nicht der Richtige«, sagte Jan Paulsen und sah Enna an.

»Ja, ich mach das. Hoffentlich ist Frau Hansen morgen früh zu Hause. Die weiteren Verhöre müssen wir dann nach hinten schieben.« Enna warf einen Blick zu Pia Sims. »Haben Sie den alten Laptop von Anne Wagner schon wieder zum Laufen bekommen?«

»Nein, gleich nach unserem Skype-Gespräch mit Imke Hansen mache ich weiter. Das klappt bis morgen. Ganz sicher.«

Jan Paulsen hob seine Hand. »Wir sollten uns Ulfert Hansen zur Brust nehmen. So richtig mit allem Drum und Dran. Vorschlag: Ich hole ihn morgen sehr früh in Aurich ab, nehme ihn fest wegen des Verdachts auf sexuellen Missbrauch und bringe ihn hier zu uns nach Oldenburg.«

Enna zögerte, aber letztlich hatte Paulsen recht. Wenn sie jetzt nicht alles auf eine Karte setzten, bliebe der Fall möglicherweise ungelöst.

Pia Sims klopfte mit dem Finger auf ihre Armbanduhr. »Es wird Zeit! Imke Hansen wartet, dass wir uns melden!«

Fünfunddreissig

»Kommen wir noch einmal auf Ihren Vater zurück«, wechselte Pia Sims das Thema. Seit einer Viertelstunde versuchte Imke Hansen, den Grund für die vorläufige Festnahme ihrer Schwester herauszufinden, und weigerte sich, über etwas anderes zu sprechen.

»Meinen Erzeuger, meinen Sie wohl.«

»Wenn Sie möchten, können wir ihn auch gerne so bezeichnen«, lenkte Pia Sims ein. »Wir haben ernst zu nehmende Hinweise, dass Ihr Erzeuger Sie und Ihre Schwester Marie sexuell belästigt hat.«

Enna hielt die Luft an. Sie hatte bewusst Pia Sims die Gesprächsführung überlassen. Die beiden Frauen waren in einem ähnlichen Alter und sie hoffte, dass die junge Kommissarin schneller einen Draht zu Imke Hansen aufbauen konnte.

»Wer sagt das?«, fauchte Imke Hansen.

»Das darf ich Ihnen leider nicht mitteilen. Aber wie gesagt, wir nehmen die Aussagen sehr ernst.«

»Marie? Hat sie das gesagt?«

»Wann haben Sie erfahren, dass Marie noch lebt?«

»Vor drei Tagen. Warum?«

»Haben Sie sich lange mit ihr unterhalten?«

»Ja.«

»Mehrmals?«

»Ja. Viele Stunden.«

»Über Ihren Erzeuger haben Sie nicht gesprochen?«

Imke Hansen schwieg.

»Hat Marie Ihnen erzählt, wo sie sich die ganzen Jahre aufgehalten hat?«

»Ja.«

»Sie hat uns durch Dokumente belegt, dass der Mann, der sie aufgenommen hat, ihr leiblicher Vater ist.«

»Ich weiß, Marie hat es mir gesagt. Aber ich wusste nichts davon. Vorher, meine ich. Reicht das jetzt nicht? Sagen Sie mir lieber, warum Marie verhaftet wurde. Was werfen Sie ihr vor?«

»Was ist passiert zwischen Ihnen und Ihrem … Erzeuger?«, fragte Pia Sims unbeirrt weiter.

»Das ist Vergangenheit. Ich will nicht darüber sprechen.«

Pia Sims hob ihren Arm und schaute auf die Uhr. »In Deutschland ist es jetzt kurz vor halb eins. In ungefähr sechs Stunden werden wir Ihren Vater festnehmen und anschließend verhören.«

Enna hatte mit Pia Sims abgesprochen, dass sie, falls es notwendig sein sollte, die Information an Imke Hansen weitergeben konnte.

»Schön für Sie. Aber zählen Sie in der Sache nicht auf mich.«

»In der Sache? Das klingt sehr distanziert«, entgegnete Pia Sims. Enna nickte ihr aufmunternd zu. Sie saß zusammen mit Jan Paulsen hinter dem Laptop, damit Imke Hansen sie nicht sehen konnte.

»Können Sie das beurteilen? Wohl kaum.«

»Nein, das kann ich vermutlich nicht. Meine Eltern waren und sind sehr fürsorglich, eigentlich sogar mehr, als mir lieb war und ist.«

»Da haben Sie Glück gehabt«, sagte Imke Hansen und klang plötzlich gar nicht mehr abweisend, sondern eher niedergeschlagen.

»Ja, das stimmt. Allerdings …« Pia Sims schluckte und schloss die Augen.

»Was ist passiert?«, fragte Imke Hansen, als die junge Kommissarin nicht weitersprach.

»Ich war fünfzehn und … ja, sehr naiv. Er war achtzehn. Was soll ich sagen, er wollte was von mir, wozu ich noch nicht bereit war.« Pia Sims wandte sich ab und richtete erst nach ein paar Sekunden den Blick wieder in die Laptop-Kamera. »Entschuldigung. Das gehört hier nicht her.«

»Hast du lange gebraucht, um das zu vergessen?«, fragte Imke Hansen, anscheinend ohne zu merken, dass sie ins Du gewechselt war.

»Es war nicht leicht. Und ich habe erst auch niemandem davon erzählt. Nur eine gute Freundin hat mich unterstützt. Aber …« Pia Sims atmete schwer. »Das gehört hier wirklich nicht her.«

»Bist du deshalb Polizistin geworden?«

Pia Sims zuckte mit den Schultern. »Das hat sicher eine Rolle gespielt. Und bei dir? Wie bist du damit fertiggeworden?«

Es wurde still. Enna wartete gespannt auf Imke Hansens Reaktion. Oder hatte sie sich bereits vom Gespräch verabschiedet und Skype geschlossen?

»Ich habe es einfach vergessen«, sagte Imke Hansen schließlich leise.

Pia Sims antwortete nicht gleich, sah aber die ganze Zeit direkt in die Kamera des Laptops. Schließlich sog sie hörbar Luft ein. »Das ist nicht gut, Imke. Du musst dir Hilfe suchen.«

Wieder entstand eine Pause, bis Enna Imke Hansen zaghaft fragen hörte: »Was passiert, wenn ich erzähle, was war?«

Enna fiel vollkommen erschöpft ins Bett. Die Uhr stand auf Viertel vor drei in der Nacht, der Wecker würde sie um halb sechs aus dem Bett klingeln.

Die Befragung von Imke Hansen hatte sich über eineinhalb Stunden hingezogen. Die junge Frau hatte immer wieder gezögert, Einzelheiten zu nennen, war zurückgerudert bis hin zum Leugnen des Missbrauchs, um schließlich am Ende einer Aufnahme der Aussage zuzustimmen. Jan Paulsen war während der ganzen Zeit im Raum geblieben und Enna hatte gespürt, dass sein Respekt vor seiner jungen Kollegin von Minute zu Minute gestiegen war. Pia Sims war, nachdem sie den Laptop zugeklappt hatte, aufgesprungen und hatte einige Runden durch den Raum gedreht, bevor sie sich an die Wand lehnte und mit geschlossenen Augen nach unten auf die Dielen rutschen ließ. Paulsen würde am Morgen Ulfert Hansen abholen und, wenn nötig, vorläufig festnehmen. Ob dem Staatsanwalt die Aussage von Imke Hansen reichen würde, um einen Haftbefehl zu beantragen, konnte Enna nicht einschätzen.

Enna löschte das Leselicht an ihrem Nachttisch und zwang sich, an nichts anderes zu denken als an den Schlaf der nächsten Stunden.

Frieder Schmidt begrüßte sie am Haupteingang des Krankenhauses und brachte sie auf den neuesten Stand. Marco Müller war über eine Art Tauschhandel an die Missbrauchsopfer-Fotos gelangt. Als einer seiner sogenannten Kunden das Schutzgeld über Monate schuldig geblieben war, hatte Müller die Fotos als Ersatzzahlung beschlagnahmt. Mithilfe eines befreundeten IT-Mannes fand er in den Wochen darauf einen Weg, die Bilder zu Geld zu machen, und landete schließlich im Darknet bei der Gruppe, die bereits durch die international agierende Polizeieinheit beobachtet wurde. Durch einen V-Mann, der vorgab, einige der Fotos kaufen zu wollen, kam die Polizei an Müllers Klarnamen. Frieder Schmidt hatte Marco Müller davon überzeugt, als Kronzeuge auszusagen; er würde straffrei bleiben und im Zeugenschutzprogramm eine neue Identität bekommen.

Der junge Mann saß aufrecht im Bett und begrüßte Frieder Schmidt mit einem stummen Nicken. Als dieser erklärte, wer Enna war, lächelte Müller. »Sie haben mir den Arsch gerettet?«

»Wenn Sie es so ausdrücken wollen. Ja, ich vermute, die beiden Männer wollten nicht nur nett mit Ihnen plaudern.«

»Nein, ganz sicher nicht.«

Enna zog sich einen Stuhl ans Bett und setzte sich. »Sie wissen, warum ich hier bin?«

»Marie Hansen.«

»Können wir darüber sprechen?«

»Wenn Sie Ihre Arbeit zunichtemachen wollen.«

Enna schaute ihn fragend an.

»Wenn ich offiziell aussagen würde, wäre ich ein toter Mann. Die finden mich, egal in welchem Zeugenschutzprogramm ich stecke. Ich hätte nicht die geringste Überlebenschance.«

»Mein Kollege sagte mir, dass Sie in seinem Fall als Kronzeuge …«

»Bei der Kinderficker-Bande ist das was anderes. Die sind nicht ganz so gut vernetzt. Ich kann Ihnen Ihre Fragen beantworten, nicht mehr und nicht weniger. Vor Gericht läuft gar nichts in der Richtung. Nur wir beide, unter vier Augen. Keine Aufnahme, kein Protokoll.«

»Sie?«, fragte Andrea Hansen erstaunt. »Wissen Sie, wie früh es ist? Ich bin gerade …«

»Marie ist wieder da«, unterbrach Enna sie. »Darf ich reinkommen?«

»Marie?« Andrea Hansen blieb der Mund offen stehen.

»Darf ich reinkommen?«

Als Andrea Hansen immer noch nicht reagierte, schob Enna sich an ihr vorbei in die Wohnung. »Gehen wir doch in die Küche.«

Fünf Minuten später saß Maries Mutter am Küchentisch, immer noch wie in Trance. Enna hatte ihr ein Glas Wasser eingeschenkt.

»Wo … war … Marie?«, stammelte Andrea Hansen.

»In Italien. Sie studiert inzwischen in Rom.«

Andrea Hansen schluckte. »Italien?«

»Sie behauptet, dort bei ihrem leiblichen Vater aufgewachsen zu sein. Lorenzo Chiappetta. Kennen Sie ihn?«

Einen Augenblick befürchtete Enna, dass Andrea Hansen ohnmächtig werden würde. Sie hielt sich mit beiden Händen am Tisch fest, ihr Oberkörper schwankte leicht hin und her. Sie war kreidebleich und atmete flach.

»Ist Ihnen Herr Chiappetta bekannt?«

»Das ist lange her«, sagte Andrea Hansen kaum hörbar.

»Sie hatten ein Verhältnis mit ihm?«

Andrea Hansen nickte.

»Wusste Herr Chiappetta von Marie?«

Andrea Hansen schüttelte den Kopf. »Was … Wo ist meine Tochter? Ich möchte zu ihr. Wie geht es ihr? Ist sie …« Sie verstummte.

»Ihre Tochter möchte Sie nicht sehen. Sie ist im Moment in Polizeigewahrsam, da noch einige Dinge geklärt werden müssen.«

Andrea Hansen starrte Enna an. »Was für Dinge?«

»Darüber darf ich nicht mit Ihnen sprechen. Noch einmal zurück zu Herrn Chiappetta. Wann und wo haben Sie ihn kennengelernt?«

Es schien eine Weile zu dauern, bis die Frage zu Andrea Hansen durchgedrungen war. »Zufällig. Das war in einem italienischen Restaurant. In Aurich. Er hat da … gearbeitet.«

»Als Kellner oder Koch?«

Andrea Hansen schüttelte den Kopf. »Er hatte immer einen Anzug an. Ich war mit meiner Freundin da, jede Woche haben wir …«

Enna schob das Glas Wasser weiter zu ihr. »Trinken Sie doch etwas, Frau Hansen.«

Andrea Hansen hob das Glas, sah es dann irritiert an, bevor sie es wieder absetzte. »Wir waren ein paar Mal zusammen. Lorenzo und ich. Später war er … nicht mehr da. Ich weiß nicht, was passiert ist. Im Restaurant hat man mir gesagt, dass er zurück nach Italien musste.«

»Haben Sie ihn wiedergesehen?«

»Viel später. Ich weiß nicht mehr genau … sechs oder sieben Jahre müssen es gewesen sein. Wir sind uns über den Weg gelaufen. In der Fußgängerzone.«

»War Marie bei Ihnen?«

»Ja, wir wollten etwas einkaufen. Ein Kleid, glaube ich.«

»Er hat Sie angesprochen?«

»Ja. Aber wir haben nur kurz …« Sie schluckte. »Er hat immerzu Marie angeschaut. Ich bin dann schnell weiter mit ihr.« Sie sah auf. »Wann kann ich zu Marie? Bitte! Ich muss mit ihr sprechen.«

»Im Moment nicht, Frau Hansen. Aber ich werde ihr ausrichten, dass Sie sie sehen möchten.« Enna hielt kurz inne, bevor sie das entscheidende Thema anschnitt. »Sie haben uns erzählt, dass Ihre Tochter Marie ein schlechtes Verhältnis zu Ihrem Ex-Mann hatte.«

»Habe ich das?« Schließlich nickte sie. »Ja, es gab ständig Streit. Das war nicht nur zwischen Ulfert und mir. Die Kinder waren davon auch betroffen.«

»Und Ihre Tochter Imke? Wie war ihr Verhältnis zum Vater?«

»Ich fürchte, sie hat am meisten unter allem gelitten. Vor Maries Verschwinden und auch danach. Ich habe auch Fehler gemacht, aber … Im Nachhinein ist man immer schlauer. Ich hätte sie mehr in Schutz nehmen müssen. Ihr zeigen müssen, wie sehr ich sie liebe. Ich konnte es nicht. Nur Marie war …«

»Und Ihr Ex-Mann? Wie war sein Verhältnis zu den beiden Töchtern?«, versuchte Enna es ein weiteres Mal.

»Es gab eine Zeit, da hat er sie auf Händen getragen. Sagt man das nicht so? Aber der viele Alkohol und seine ständige Wut auf alles waren nicht mehr zu ertragen. Selbst wenn er sich tausendmal entschuldigt hat, wenn er wieder nüchtern war, irgendwann ging es einfach nicht mehr. Bei Imke und Marie muss das auch tiefe Wunden hinterlassen haben. Das weiß ich heute. Damals hatte ich nicht die Kraft …«

Enna entschloss sich, aufs Ganze zu gehen. »Ihr Ex-Mann ist vorläufig festgenommen worden. Er steht unter Verdacht, Imke und mutmaßlich auch Marie sexuell missbraucht zu haben.«

»Er hat … was?«

»Ihre Tochter Imke hat Anzeige erstattet. Können Sie mir dazu etwas sagen? Hatten Sie jemals den Verdacht, dass Ihr Ex-Mann den Kindern in dieser Weise zu nahegetreten ist?« Enna hatte bewusst eine mildere Formulierung gewählt, um Andrea Hansen im Gespräch zu halten.

»Wann? Nein, das glaube ich nicht. Ulfert ist … Nein, das kann nicht sein. Imke sagt das? Wann soll das gewesen sein?«

»In den Jahren, bevor sie sich von Ihrem Ex-Mann getrennt haben.«

»Imke wollte nicht alleine zu ihm«, sagte Andrea Hansen und wirkte wie benommen. »Später, meine ich, als wir nicht mehr in dem Haus gewohnt haben.«

»Sie war nie wieder alleine bei ihm?«

»Nur wenn sie etwas unternommen haben. In den Zoo nach Leer gefahren sind oder zu den Großeltern nach Norddeich. Das sind Ulferts Eltern. Aber Imke wollte nicht mehr in das Haus.«

»Haben Sie nicht gefragt, warum das so ist?«

»Doch, aber sie wollte nichts sagen. Ich habe gedacht, dass das mit Maries Verschwinden zu tun hat. Alles in dem Haus hat uns an Marie erinnert und an dieses schlimme Jahr, wo wir dort noch gewohnt haben. Ich wollte Imke nicht zwingen und irgendwann hat ihr Vater auch nachgegeben.« Sie stutzte. »Missbraucht, haben Sie gesagt? Das kann nicht sein. Das hätte ich doch gemerkt!« Die letzten Sätze hatte sie klar und deutlich ausgesprochen. »Ich will diesen Menschen nicht in Schutz nehmen. Weiß Gott nicht. Mein Ex hat so viele Fehler, aber dass …« Sie schloss die Augen. Es dauerte eine Weile, bevor sie aufsah und fragte: »Und was sagt Marie? Sagt sie das Gleiche?«

»Wir haben uns darüber mit ihr noch nicht unterhalten. Aber die Vermutung liegt nahe, dass Marie auch betroffen war.«

»Das kann alles nicht sein.« Andrea Hansen war aufgesprungen und lief jetzt in der Küche hin und her. »Sie müssen sich irren. Ich hätte das gemerkt und hätte ihn … Ich wäre sofort mit den Kindern ausgezogen. Glauben Sie mir doch, niemals hätte ich das zugelassen. Imke muss sich da was zusammengereimt haben.« Andrea Hansen war stehen geblieben und stand jetzt vor Enna, die noch am Tisch saß. »Sie glauben Imke?«

Enna nickte. »Ihre Aussage war sehr schlüssig. Nicht nur das, auch das Verschwinden von Marie würde dadurch nachvollziehbar.«

Andrea Hansen hielt sich die Hand vor den Mund. Mit weit geöffneten Augen starrte sie Enna an.

Sechsunddreissig

Als Enna im Büro eintraf, wurde sie von ihren beiden Kollegen empfangen. Ulfert Hansen saß in Paulsens Büro und wartete auf seine Vernehmung. Anne Wagner und Marie Hansen saßen in den gleichen Verhörräumen wie am Tag zuvor. Der Anwalt beriet sich gerade mit Marie Hansen.

Enna fasste die Befragungen von Marco Müller und Andrea Hansen kurz zusammen. »Leider ist keine Zeit mehr, um die Aufnahmen anzuhören.« An Jan Paulsen gewandt fuhr sie fort: »Maries Mutter sagt, sie hatte keinerlei Verdacht, dass eine ihrer Töchter vom Vater missbraucht wurde.«

»Ist das nicht die klassische Reaktion?«, fragte Pia Sims. »Die Mutter ahnt vielleicht was, will es aber nicht wahrhaben, weil sie ansonsten eine Mitschuld hätte. Und in diesem Fall, wo es auch noch sein könnte, dass die Tochter aus diesem Grunde quasi geflüchtet ist, scheint es mir noch wichtiger zu sein, von nichts gewusst zu haben.«

»Sehe ich ähnlich«, fügte Jan Paulsen hinzu.

»Ich auch.« Ennas Blick fiel auf die Wanduhr. Sie stand auf. »So. Die Kameras sind eingerichtet?«

Pia Sims nickte. »Aus allen drei Räumen werden die Verhöre aufgezeichnet und laufen auch live hier auf dem Laptop.« Sie drehte ihren Rechner um. Auf dem Bildschirm waren die drei

Räume nebeneinander zu sehen. »Wer etwas hören möchte, kann einfach auf den jeweiligen Button unter dem Bild klicken.«

»Dann mal auf in den Kampf«, sagte Jan Paulsen und erhob sich von seinem Stuhl.

»Guten Morgen, Frau Wagner«, begrüßte Enna die junge Frau und nickte gleichzeitig ihrem Anwalt zu. »Wir haben noch ein paar Fragen an Sie.« Sie wandte sich an Alexander von Hollstedt. »Und an Frau Hansen natürlich auch.«

»Meine Mandantinnen haben sich beide entschlossen, keine weiteren Aussagen zu tätigen. Wir gehen davon aus, dass noch heute der Haftprüfungstermin ist?«

Enna ignorierte seine Frage und wandte sich direkt an Anne Wagner. »Ihre Eltern waren so freundlich, uns Ihren alten Laptop zur Verfügung zu stellen.« Anne Wagner sah erschrocken auf. »Es hat uns einige Arbeit gekostet, ihn wieder zum Laufen zu bringen, aber wir haben es geschafft.«

Pia Sims hatte nach dem Gespräch mit Imke Hansen noch bis in die frühen Morgenstunden an Anne Wagners Rechner gearbeitet. Das Material, das sie gefunden hatte, war den Aufwand wert gewesen.

Der Anwalt beugte sich vor. »Ich protestiere aufs Schärfste. Dieser Laptop hat ganz offensichtlich meiner Mandantin gehört und die hat Ihnen keinesfalls erlaubt, die Daten zu sichten.«

»Wir gehen davon aus, dass wir rechtmäßig in Besitz des Laptops und somit der Daten gekommen sind. Sie können gerne eine Beschwerde einreichen.« Enna wandte sich wieder an Anne Wagner. »Wir haben hier interessante Skype-Gespräche gefunden. Anders als spätere Gespräche sind sie nicht gelöscht worden. Zusätzlich haben sich die beiden Gesprächspartnerinnen mit Namen angesprochen. Beide waren übrigens sechzehn bei dem ersten noch vorhandenen Gespräch.«

Anne Wagner hatte bei Ennas Worten sämtliche Farbe im Gesicht verloren und man sah ihr deutlich an, wie verunsichert sie war.

»Sie dachten vermutlich, dass die Festplatte des Laptops zerstört wäre, aber das war nicht der Fall.«

»Das war alles privat«, stieß Anne Wagner hervor. Sie war halb aufgesprungen, sank aber gleich darauf wieder auf den Stuhl zurück. Ihr Anwalt sprach leise auf sie ein und wandte sich anschließend an Enna.

»Es wird Ihnen schwerfallen, diese Skype-Kommunikation meiner Mandantin Marie Hansen zuzuordnen. Das kann jeder gewesen sein. Meine Mandantin zumindest nicht.«

»Dann verfügte dieser ominöse *Jeder* aber über gute Informationen über Marie Hansen«, antwortete Enna und wandte sich wieder an Anne Wagner. »Möchten Sie uns erklären, wieso Sie uns bei den ersten Zeugenbefragungen nicht die Wahrheit gesagt haben?«

»Meine Mandantin verweigert auch zu diesem Punkt die Aussage, schon gar, da die Daten aus meiner Sicht illegal beschafft wurden und somit überhaupt nicht Gegenstand dieser Befragung sein können.«

»Sie schreiben beide sehr offen über die Geschehnisse. Sie, Frau Wagner, haben naturgemäß viele Fragen gestellt, Frau Hansen hat Ihnen geantwortet. Aber Sie haben nicht nur über die Vergangenheit gesprochen.« Enna legte bewusst eine Pause ein und beobachtete Anne Wagner, die sich nervös am Arm kratzte und immer wieder zu ihrem Anwalt schaute. »Sie erinnern sich daran? Sie haben über den leiblichen Vater von Marie gesprochen und darüber, dass sie wieder nach Deutschland zurückwill.«

»Er hat es ihr nicht erlaubt«, antwortete Anne Wagner, ohne sich um ihren Anwalt zu kümmern, der eine Hand auf ihren Arm gelegt hatte.

Als sie weiterreden wollte, grätschte der Anwalt dazwischen: »Noch einmal fürs Protokoll, Frau Wagner wird keine weitere Aussage machen.«

Enna wandte sich an Anne Wagner und sah sie fragend an. Nach einer Weile nickte die junge Frau resigniert. Enna stoppte die Tonaufnahme und stand auf. Mit Blick auf Alexander von Hollstedt sagte sie: »Dann sehen wir uns in zehn Minuten im anderen Raum.«

Bevor er etwas antworten konnte, war Enna auf dem Weg zur Tür. Kurz davor drehte sie sich noch einmal um. »Sie sollten Ihre Mandantin über das Strafmaß aufklären, das sie im Zuge einer Anklage auf Beihilfe zum Mord erwartet. Wir gehen davon aus, dass sie Mitwisserin ist bei den Tötungsdelikten vor acht Tagen in Osnabrück.«

»Und?«, fragte Enna, als sie neben Pia Sims stand, die das Verhör über den Laptop verfolgt hatte. Jetzt war der Ton abgestellt, die Bilder wurden aber weiter übertragen.

»Seit Sie raus sind, versucht der Anwalt, Anne Wagner zu beruhigen. Das schließe ich zumindest aus den Bildern.«

Jetzt sahen sie zu, wie Alexander von Hollstedt aufstand, aus dem Zimmer ging und gleich darauf bei Marie Hansen auftauchte. Er rückte seinen Stuhl so zurecht, dass er mit dem Rücken zur Kamera saß und gleichzeitig Marie Hansen verdeckte. Nur hin und wieder war ihr Gesicht zu sehen. Sie nickte ernst und schien wenig erfreut zu sein über das, was der Anwalt ihr erzählte.

»Wie läuft es bei Paulsen?«, fragte Enna.

Pia Sims stellte die Lautstärke hoch. Jan Paulsens Stimme war zu hören. Er fragte in ruhigem Ton nach Hansens Verhältnis zur älteren Tochter.

»Ich will genau wissen, warum ich hier bin«, empörte sich Ulfert Hansen. Er klang erschöpft, aber gleichzeitig aggressiv. »Missbrauch, wer hat dir denn ins Gehirn geschissen?«

Paulsen schlug mit der flachen Hand auf den Tisch. Hansen fuhr zusammen und sah den Kommissar empört an.

»Schon mal etwas von Beamtenbeleidigung gehört? Soll ich gleich eine Anzeige aufnehmen oder später?« Paulsen machte mit der Hand eine abfällige Bewegung. »Ach, was soll's. So, wie es im Moment aussieht, wirst du viele Jahre im Knast schmoren, und ob du jemals wieder rauskommst, würde ich langsam, aber sicher bezweifeln.« Er legte eine kurze Pause ein. »Wenn du überhaupt noch eine Chance haben willst, mach deinen Mund auf. Ich brauche alles, und zwar von Anfang an. Imke, deine Älteste. Wie war sie so, mit drei oder vier Jahren? Was habt ihr zusammen gemacht?«

Enna nickte Pia Sims zu, die den Ton runterregelte. »Ihr Einsatz ist jetzt gefragt. Wir machen es wie besprochen.«

»Kommen wir noch einmal auf Marco Müller zu sprechen«, sagte Enna. »Es ist lange her, aber vielleicht erinnern Sie sich an Ihren letzten Familienurlaub auf Wangerooge. Die Familie Müller – Vater, Mutter und der Sohn Marco – hatte mit Ihrer Familie Freundschaft geschlossen. Der Sohn der Müllers war siebzehn. Er wirkte schüchtern, blass und hat mit Ihnen über Fußball gesprochen. Interessieren Sie sich immer noch für den Sport?«

Marie Hansen schmunzelte, als wollte sie sagen, dass sie auf Ennas Strategie nicht hereinfallen würde.

»Also nein, vermute ich mal«, fuhr Enna fort. »Aber damals haben Sie schnell Vertrauen zu ihm gefasst. Was Sie da noch nicht wussten: Marco Müller war nicht zufällig Gast auf der Insel, sondern hatte dort einen Auftrag. Er sollte Ihr Vertrauen gewinnen und herausbekommen, wie es Ihnen in der Familie geht.

Übrigens, soweit ich weiß, hat Marco nie etwas mit Fußball zu tun gehabt. Es war alles nur vorgespielt. Nun gut, seine zweite Aufgabe war, sich beim Herbergsvater des Landschulheims einzuschmeicheln. Im Herbst des gleichen Jahres war er wieder auf Wangerooge und hat dort mehrere Wochen gearbeitet. Auch das war ein Auftrag, den er bekommen hatte. Letztlich ging es um die Vorbereitung Ihrer Entführung.« Enna sah Marie Hansen fragend an. »Würden Sie es eigentlich auch so bezeichnen? Entführung?«

Marie Hansen gab sich nach außen hin unbeeindruckt, aber Enna war sich sicher, dass sie ihren Ausführungen sehr aufmerksam zuhörte.

»Ist das wirklich so wichtig?«, fragte die junge Frau mit gleichgültiger Miene. »Nennen Sie es, wie Sie wollen. Mir ist das vollkommen egal.«

»Menschenleben scheinen Ihnen auch egal zu sein. Ich tippe sogar darauf, dass Sie von dem Anschlag wussten, ihn vielleicht sogar gebilligt haben.« Enna musterte Marie Hansen. »Für die Auftraggeberin halte ich Sie nicht.« Sie sah kurz zu Pia Sims. »Allerdings bin ich in unserem Team die Einzige, die so denkt.«

Marie Hansen schluckte und schien plötzlich blasser geworden zu sein. Als sie gerade ansetzte, Enna etwas zu erwidern, fasste der Anwalt sie an der Schulter, drehte sie vom Tisch weg und sprach leise mit ihr.

»Es stimmt«, nahm Pia Sims den Faden auf, als die beiden sich ihnen wieder zugewandt hatten. »Wir sind uns nicht ganz einig gewesen. Ich halte Sie für eine eiskalte Person, die Menschen manipuliert und der es nur um sich selbst geht. Anne Wagner zum Beispiel ist Ihnen vollkommen egal. Sie benutzen sie nur.«

»Sie haben keine Ahnung«, zischte Marie Hansen Pia Sims an. »Wie lange sind Sie überhaupt schon bei der Polizei? Oder noch gar nicht ausgebildet? Eine Praktikantin, habe ich recht?«

»Mag sein«, antwortete Pia Sims, die vollkommen ruhig blieb und sich nicht provozieren ließ. »Aber um zu sehen, was Sie für ein Mensch sind, braucht man keine Ausbildung. Wären wir uns auf der Straße begegnet, hätte ich Ihnen das auch bescheinigt.«

Alexander von Hollstedt hatte seine Hand auf Marie Hansens Arm gelegt und schien sich gerade zu ihr hinüberbeugen zu wollen, als sie ihn abschüttelte und auf Italienisch anfuhr.

»Das sehe ich genauso«, sagte Pia Sims, die die Szene aufmerksam verfolgt hatte. »Herr von Hollstedt macht nicht den Eindruck eines guten Babysitters.«

Marie Hansen funkelte sie an und ließ einen weiteren Schwall italienischer Worte über sie ab.

»Fürs Protokoll«, sagte Pia Sims. »Frau Marie Hansen hat Kommissarin Sims soeben ...«

»Ich habe verstanden, dass Sie Italienisch verstehen«, unterbrach Marie Hansen. Sie schien die gerade noch gezeigte Wut und Kraft verloren zu haben. »Was wollen Sie von mir?«

»Haben Sie den Mordanschlag auf Marco Müller und seinen Begleiter in Auftrag gegeben?«, fragte Pia Sims.

»Nein, das habe ich nicht.«

Enna beugte sich vor. »Frau Hansen, Sie verkennen Ihre Situation. Es geht hier um ein brutales Tötungsdelikt, um Mord. Ich kann Ihnen nur raten zu kooperieren.«

Alexander von Hollstedts Hand befand sich inzwischen wieder auf dem Arm der jungen Frau, die den Anwalt allerdings nicht beachtete. Ihr Blick ging von Pia Sims zu Enna und zurück.

»Ich kann Ihnen wirklich nichts dazu sagen.«

»Warum sind Sie gerade jetzt nach Deutschland zurückgekehrt?«, stellte Enna die nächste Frage.

»Es hat sich so ergeben. Ich habe es schon lange vorgehabt.«

»Warum?«, wiederholte Enna.

Als Marie Hansen bloß den Kopf schüttelte, stand Enna auf, gefolgt von Pia Sims. »Wir unterbrechen hier das Verhör für eine halbe Stunde. Möchten Sie noch etwas trinken oder essen?«

Marie Hansen schüttelte wieder nur stumm den Kopf. Ennas Erwähnung der Morde schien sie getroffen zu haben. Selbst Alexander von Hollstedt schluckte und verneinte ebenfalls Ennas Frage.

Siebenunddreissig

In Ennas Büro trafen die beiden Kommissarinnen auf Jan Paulsen, der sich einen Teil seines Verhörs auf dem Laptop ansah.

»Pause?«, fragte Enna, die sich ein Glas vom Tisch nahm und Wasser eingoss. Nachdem sie einen kräftigen Schluck getrunken hatte, setzte sie das Glas geräuschvoll ab. »Die kleine Hansen ist ein viel härterer Brocken, als ich angenommen habe.«

»Der alte Hansen ebenso«, murmelte Paulsen. »Ich habe bisher noch keinen Hebel gefunden, um an ihn ranzukommen. Er läuft sehenden Auges in sein Unheil. Null Kooperation. Er hat jetzt ein paar Minuten zum Nachdenken. Dann geht es weiter. Ich hoffe, dass da noch was kommt.«

Enna zog sich mit Pia Sims zurück und besprach das weitere Vorgehen. Nach einer Dreiviertelstunde machten sie sich auf den Weg ins Verhörzimmer.

»Ich habe Ihre Skype-Gespräche mit Anne Wagner ausgewertet«, begann Pia Sims die nächste Runde des Verhörs.

Weder Marie Hansen noch ihr Anwalt reagierten auf das Gehörte.

»Sie sprechen dort davon, dass Sie Angst haben, dass Ihr mutmaßlich leiblicher Vater …«

»Mutmaßlich!«, unterbrach Marie Hansen sie. Sie schien inzwischen neue Kraft geschöpft zu haben, ihre Stimme klang aber nicht mehr so aggressiv wie noch eine Stunde zuvor.

»Die Dokumente, die Sie uns vorgelegt haben, können wir nicht auf ihre Echtheit prüfen«, sagte Enna. »Ihr italienischer Ausweis beziehungsweise die Adoption durch Lorenzo Chiappetta kann nur aufgrund gefälschter Dokumente zustande gekommen sein. Ihre Mutter hat dem nie zugestimmt. Ulfert Hansen ist nie die Vaterschaft aberkannt worden.«

Marie Hansen schüttelte, anscheinend fassungslos, den Kopf, schwieg aber.

»Dann komme ich auf die Skype-Chats zurück«, sagte Pia Sims. »Sie und Frau Wagner sind da ziemlich schnell ins Gespräch über Ihre Zukunft gekommen. Sie haben mehrmals erwähnt, dass Sie sich in der italienischen Abgeschiedenheit nicht wohlfühlen und gerne reisen möchten. Aber Sie hatten Angst, dass jemand Sie erkennen könnte.«

»Stopp!«, fuhr Alexander von Hollstedt dazwischen. »Diese Skype-Gespräche haben niemals stattgefunden. Ich weiß nicht, wer da auf der anderen Seite gesessen hat, aber Frau Hansen war es definitiv nicht. Ich bitte, das zur Kenntnis zu nehmen.«

»Sie haben sicher auch eine Idee, wer es gewesen sein könnte?«, fragte Enna.

»Das wäre reine Spekulation und die überlasse ich lieber der Polizei. Sie wissen aber schon, dass man quasi mit sich selbst schreiben kann, indem man einfach einen zweiten Account eröffnet?«

»Anne Wagner hat also mit sich selbst gesprochen?«

»Das habe ich nicht gesagt. Es war nur ein Hinweis. Im Übrigen gibt es weitere Personen, die in die Sache involviert waren.«

Enna warf dem Anwalt einen abfälligen Blick zu. »Ich dachte, Sie wollten das Spekulieren uns überlassen.« Sie nickte Pia Sims zu als Zeichen, wieder zu übernehmen.

Die junge Kommissarin räusperte sich. »Wenn man die Fülle der Informationen ansieht, die Anne Wagners Skype-Partner gegeben hat, gibt es eigentlich keinen anderen Schluss, als dass Sie, Frau Hansen, mit ihr gesprochen haben.«

Marie Hansen zeigte keine Reaktion. Ihr Blick war auf ihre Hände gerichtet, die ineinander verschränkt auf dem Tisch lagen.

»Ich fasse das Gelesene einmal zusammen«, sagte Pia Sims. »Sie haben verzweifelt nach einem Ausweg gesucht, nicht mehr, wie Sie es dort ausgedrückt haben, illegal zu sein. Weiter …«

»Haltlose Spekulationen«, fuhr Alexander von Hollstedt ihr ins Wort.

»Das haben wir jetzt zur Kenntnis genommen, Herr Anwalt«, sagte Enna ruhig. »Lassen Sie meine Kollegin ausreden.«

Pia Sims lächelte den Anwalt an. »Die Gespräche drehen sich dann um einen Plan, den Frau Wagner und die bisher unbekannte Person am anderen Ende der Leitung schmiedeten. Frau Wagner hat dann die Aufgabe übernommen, einen Anwalt zu kontaktieren. Wie sich dann schnell herausstellte, war die Entführung zu dem Zeitpunkt noch nicht verjährt.«

»Es gab keine Entführung, allenfalls eine Kindesentziehung«, warf der Anwalt von Marie Hansen ein. »Herr Chiappetta ist der Vater meiner Mandantin.«

»Interessant«, sagte Enna. »Damit haben Sie also gerade bestätigt, dass Lorenzo Chiappetta die neunjährige Marie Hansen entführt hat.«

»Ich sprach von Kindesentziehung, Frau Hauptkommissarin.«

Enna ignorierte den Kommentar und wandte sich an Marie Hansen. »Ihr Vater, Herr Chiappetta, hat Sie also in dieser

Nacht im Landschulheim – ich nenne es jetzt einmal –*abgeholt* und mit seiner Jacht nach Italien gebracht?«

»Und wenn schon«, antwortete Marie Hansen tonlos. »Haben Sie vielleicht schon einmal darüber nachgedacht, dass es dafür Gründe gegeben haben könnte?«

»Ja, das haben wir selbstverständlich«, zog Pia Sims das Gespräch wieder an sich. »Welche Gründe meinen Sie genau?«

»Sie haben doch mit meiner Schwester gesprochen.«

»Ihre Schwester war weder zum fraglichen Zeitpunkt auf Wangerooge noch ist sie seinerzeit spurlos verschwunden.«

Marie Hansen zuckte schweigend mit den Schultern.

»Sie raten uns also, mit Ihrer Schwester zu sprechen?«, fragte Pia Sims ruhig weiter. »Warum? Was sollte Sie uns erzählen? Sie weiß also um den Grund Ihres Verschwindens? Hat sie Sie sogar unterstützt?«

»Ist das jetzt Ihr Ernst?« Marie Hansen warf Enna einen kraftlosen Blick zu. »Und ja, mein Vater, mein richtiger Vater, hat mich mit seiner Jacht von Wangerooge abgeholt.«

Der Anwalt hatte vergeblich versucht, Marie Hansen von der Antwort abzuhalten. Jetzt lehnte er sich kopfschüttelnd nach vorne und schien sich gerade in die Befragung einschalten zu wollen, als Marie Hansen ihm mit einer Handbewegung bedeutete, dass er ruhig sein sollte.

Pia Sims hatte die Szene aufmerksam beobachtet und mit ihrer nächsten Frage gewartet. »Wann haben Sie davon erfahren, dass Ihr Ziehvater Ihre Halbschwester Imke sexuell missbraucht hat?«

»Das wusste ich schon immer. Was denken Sie denn?«

»Waren Sie auch betroffen?«

Marie Hansen zögerte und Enna fragte sich, ob sie ihnen etwas vorspielte. »Ich möchte nicht darüber reden«, sagte sie schließlich leise.

»Das kann ich durchaus verstehen«, sagte Enna. »Aber für unsere Einschätzung der Lage ist es zumindest wichtig, eine allgemeine Antwort zu bekommen.«

Marie Hansen atmete schwer, schwieg eine Weile und schloss immer wieder die Augen. Schließlich nickte sie. »Ja, es ist etwas passiert. Nicht wie bei Imke, aber ich hatte wahnsinnige Angst, dass es weitergehen würde.«

»Ihre Schwester Imke hat …«

»Ja, sie hat es mitbekommen. Ich weiß nicht mehr, wie und wann, aber sie wusste es. Mehr kann und will ich nicht dazu sagen.«

Enna stoppte die Aufnahme, stand auf und kündigte eine erneute Pause an. Zusammen mit Pia Sims verließ sie den Verhörraum.

Auf direktem Weg gingen sie in Pia Sims' Büro. Die junge Kommissarin kontrollierte als Erstes, ob Imke Hansen ihr geantwortet hatte. In Sydney war es früher Abend und vor der erneuten Befragung von Marie Hansen hatte Pia Sims eine Nachricht nach Australien geschickt. »Wir können direkt mit ihr sprechen. Sie ist online.«

Als Enna nickte, stellte Pia Sims die Verbindung her. Das Bild der jungen Frau erschien. Sie begrüßte die beiden Kommissarinnen freundlich. »Kommt meine Schwester jetzt wieder frei?«

»Darüber darf ich leider nicht sprechen«, antwortete Pia Sims. »Dein Erzeuger, wie du ihn nennst, bestreitet vehement den Missbrauch. Er ist vorläufig festgenommen worden und wird heute oder morgen dem Haftrichter vorgeführt. Der entscheidet dann, ob er in Untersuchungshaft kommt.«

Imke Hansen nickte. Auf dem Bildschirm konnte Enna nicht erkennen, ob sie mit der Entwicklung zufrieden war oder sich erschrocken zeigte.

»Du wirst hier in Deutschland eine Aussage machen müssen und auch vor Gericht – sollte es zu einer Verhandlung kommen – erscheinen müssen.«

Imke Hansen erstarrte. Erst nach einer langen Pause nickte sie erneut. »Wann?«

»Ich gehe davon aus, dass es sehr bald sein muss. Zumindest die Aussage vor dem Staatsanwalt.«

»Was passiert, wenn ich nicht komme?«

»Das kann ich dir nicht sagen. Wir gehen davon aus, dass der Haftrichter und später auch die Richter in der regulären Gerichtsverhandlung deine Aussage vor Ort fordern werden.«

»Ich werde befragt?«

»Davon ist auszugehen.«

»Wie lange muss mein Erzeuger ins Gefängnis?«

»Das entscheidet natürlich das Gericht. Im äußersten Fall können es bis zu zehn Jahre sein.«

»Zehn Jahre? Wovon hängt das ab?«

»Von der Schwere des Missbrauchs.«

»Was passiert, wenn ich nicht nach Deutschland komme?«, wiederholte Imke Hansen ihre Frage.

Enna antwortete ihr. »Es würde dann schwierig werden, Ihren Vater zu verurteilen.«

Wieder entstand eine Pause. »Ich werde in Kürze heiraten und anschließend die australische Staatsbürgerschaft beantragen. Ich muss erst … überlegen, ob ich es schaffe, vor Gericht auszusagen.«

»Herzlichen Glückwunsch zu Ihrer Verlobung.« Enna lächelte. Sie stellte ihre nächste Frage auch auf die Gefahr hin, dass Imke Hansen diese als übergriffig empfinden und das Gespräch beenden würde. »Seit wann sind Sie in Australien in therapeutischer Behandlung?«

Die junge Frau sah erstaunt auf. »Woher wissen Sie das?«

»Ich wusste es nicht, habe es aber vermutet.«

»Seit circa einem Jahr.« Tränen traten Imke Hansen in die Augen, dann schluchzte sie. »Mir ging es von Monat zu Monat schlechter und … ich habe Hilfe gebraucht. Brauche immer noch Hilfe.« Sie legte den Kopf in den Nacken, schloss die Augen und schwieg eine Weile. »Es ist normal, ein solches Erlebnis quasi vollkommen zu verdrängen, sagt Frau Dr. Johnsen.«

»Es wäre sehr hilfreich, wenn Sie uns die Kontaktdaten von Dr. Johnsen geben könnten und eine Freigabe, dass wir mit ihr über Sie sprechen dürfen.«

Imke Hansen nickte und wirkte dabei benommen. »Ich überlege es mir. Und bespreche mit Dr. Johnsen, ob ich nach Deutschland kommen kann. Ist das in Ordnung?«

»Absolut. Sie können uns auch jederzeit telefonisch erreichen. Wir rufen selbstverständlich dann zurück. Oder wie jetzt, über Skype.«

»Kommt meine Schwester Marie heute frei?«

Pia Sims warf einen Blick zu Enna, bevor sie antwortete. »Sie können davon ausgehen, dass sie nicht in Untersuchungshaft kommt.«

Imke Hansen schien erleichtert zu sein und verabschiedete sich schließlich mit leiser Stimme.

Achtunddreissig

Enna empfing den Staatsanwalt in ihrem Büro. Dr. Hasenbrink war ein Mann in den Fünfzigern, engagiert und wenig karriereorientiert. Enna hatte mit ihm schon in komplizierten und heiklen Fällen zusammengearbeitet und ihn als kompetenten und fairen Staatsanwalt in Erinnerung.

Nach Ennas ausführlichem Bericht über die Ermittlungen im Fall Marie Hansen lehnte er sich seufzend in seinem Stuhl zurück.

»Sie wollen diesen Chiappetta haben, wenn ich einmal die Sache auf den Punkt bringen darf.«

»Sie dürfen. Ja, er steht im Mittelpunkt unserer Ermittlungen. Nicht nur bei Marie Hansens Entführung, sondern auch bei dem Mord und Mordanschlag in Osnabrück bis hin zu dem plötzlichen Verschwinden von Anne Wagner.«

Er nickte nachdenklich. »Wollen wir uns zunächst den dringendsten Angelegenheiten widmen?« Als Enna zustimmte, fuhr er fort: »Ich werde weder Anne Wagner noch Marie Hansen dem Haftrichter vorführen. Anne Wagner wegen ihrer fehlenden Mitwirkung an der Aufklärung der Entführung zur Rechenschaft zu ziehen ist bei der gegebenen Beweislage schwierig bis unmöglich. Ich denke, die junge Frau hat dringend therapeutische Hilfe nötig und nicht die Verfolgung der Strafbehörde.

Marie Hansen ist in erster Linie Opfer. Dass sie sich nach den neun Jahren so mit ihrem leiblichen Vater identifiziert – gehen wir der Einfachheit halber davon aus, dass der Vaterschaftstest korrekt ist –, ist sicher tragisch. Aber ihr strafbares Verhalten nachzuweisen halte ich für ein wenig Erfolg versprechendes Vorgehen. Wir werden auch hier keinen Richter finden, der Untersuchungshaft anordnet. Lassen Sie bitte beide Frauen nach unserer Unterredung gehen. Die Adoptionsumstände können letztlich nur in Italien untersucht werden. Ich gebe das über die üblichen Kanäle weiter, aber machen Sie sich nicht zu viel Hoffnung, dass in naher Zukunft hier etwas passiert. Für uns ist Frau Hansen nach wie vor deutsche Staatsbürgerin mit dem gegebenen familiären Hintergrund, wie wir ihn damals vorgefunden haben. Legen Sie ihr bitte nahe, dass sie Ausweispapiere beantragt. Ich werde dem zuständigen Richter vorschlagen, ihr ein vorläufiges Ausreiseverbot aufzuerlegen. Sie soll in naher Zukunft für weitere Ermittlungen erreichbar bleiben.

Marco Müller weigert sich nach wie vor, eine Aussage zum Entführungsfall Marie Hansen zu machen. Ich habe heute persönlich mit ihm gesprochen und glaube kaum, dass er seine Meinung ändern wird. Die umfangreiche Aussage, die er Ihnen gegenüber gemacht hat, können wir vor Gericht nicht verwenden und ich denke auch, dass Sie das nicht vorhaben.

Ulfert Hansen wird mit einer Anklage rechnen müssen, falls seine Tochter Imke ihre Anschuldigungen aufrechterhält und bereit ist zu kooperieren. Eine Untersuchungshaft scheint mir auch in diesem Fall nicht begründbar. Die vorgeworfene Tat ist neun Jahre her, Verdunkelungsgefahr besteht meines Erachtens nicht. Natürlich werde ich ein Kontakt- und Näherungsverbot beantragen. Ansonsten müssen wir jetzt ohnehin abwarten, wie sich seine Tochter entscheidet.

Enrik Hansen und seine finanziellen Transaktionen sind bei den Kollegen in Aurich gut aufgehoben. Ich werde mich selbst um eine enge Abstimmung kümmern. Mit Glück bekommen wir noch Material, das wir anderweitig einsetzen können.«

»Darf ich noch einmal auf den Mordanschlag auf Marco Müller zurückkommen?«, fragte Enna.

»Bitte, Frau Hauptkommissarin.«

»Müller hat mir gegenüber zugegeben, dass er Chiappetta quasi mit seinem Wissen um die Entführung von Marie Hansen erpresst hat. Er geht definitiv davon aus, dass hier der Grund für den Mordanschlag zu suchen ist.«

»Womit wir bei Lorenzo Chiappetta wären«, sagte Dr. Hasenbrink.

»Wenn dem so wäre, hat Chiappetta zwei Morde in Auftrag gegeben. Wollen Sie ihn davonkommen lassen?«

»Wo denken Sie hin, Frau Andersen! Es wäre mir ein Vergnügen, diesen Menschen anzuklagen. Aber solange Müller nicht offiziell aussagt oder wir die beiden Täter fassen und sie uns ihren Auftraggeber nennen, sehe ich hier keine Chance auf einen internationalen Haftbefehl.«

Enna nickte. Sie hatte damit gerechnet, dass der Staatsanwalt kein Risiko eingehen würde. »Und wie ist es mit der Entführung der neunjährigen Marie Hansen?«

»Richtig! Dazu habe ich mir ausgiebig Gedanken gemacht.« Er holte tief Luft und fuhr fort: »Ich stimme nicht unbedingt mit dem Kollegen von Hollstedt überein, dass die Entführung des Kindes verjährt ist. Die Verjährungsfrist ist fünf Jahre und beginnt nach dem vollendeten vierzehnten Lebensjahr.«

»Das wäre seit drei Tagen der Fall.«

Dr. Hasenbrink hob seinen Zeigefinger. »Aber: Wer sagt uns, dass das Mädchen die ganze Zeit freiwillig beim Vater geblieben ist?« Der Staatsanwalt griff nach seinem Notizbuch und fuhr fort: »Ich zitiere: … *eine Person unter achtzehn Jahren mit*

Gewalt, durch Drohung mit einem empfindlichen Übel oder durch List einem Elternteil entzieht oder vorenthält …« Hasenbrink legte sein Notizbuch zur Seite. »Woher wissen wir, dass nicht genau das passiert ist? Immerhin scheint die Einwilligung der Mutter zur Adoption gefälscht worden zu sein. Warum sollte dann nicht auch Druck auf das Kind ausgeübt oder, wie das Gesetz sagt, eine List angewandt worden sein? Sollte das der Fall sein, beginnt die Verjährung erst nach dem vollendeten achtzehnten Lebensjahr.«

»Das wäre tatsächlich ein Weg, um ihn festzusetzen«, sagte Enna.

»Ja und nein. Ich kann Herrn Chiappetta mit internationalem Haftbefehl suchen lassen, aber dass die italienische Polizei in diesem Fall tatsächlich aktiv wird, würde ich bezweifeln. Er hat das Kind adoptiert, wird also entsprechende Papiere vorgelegt haben. Die mögen gefälscht sein, aber sie sind in dieser Form von den Behörden akzeptiert worden. Das wird eine ausgesprochen schwierige Ermittlung für die italienischen Kollegen – und das mit ungewissem Ausgang. Könnten wir den Mann hier auf deutschem Boden festnehmen, sähe die Sache schon anders aus.«

»Mir würde es reichen, wenn ich einen deutschen Haftbefehl in der Hand hätte«, sagte Enna.

Dr. Hasenbrink sah sie schmunzelnd an. »Vermute ich richtig, dass Sie noch einen Plan B haben?«

Enna nickte. »Ja, so könnte man es formulieren.«

»Ich bin ganz Ohr.«

»Das klingt ja alles ganz toll«, murmelte Jan Paulsen, als Enna eine halbe Stunde später von dem Gespräch mit Dr. Hasenbrink berichtet hatte.

»Paulsen, echt jetzt? Schon am Aufgeben?«, sagte Pia Sims und wandte sich gleich darauf an Enna. »Die Anfragen sind raus. Vielleicht haben wir ja Glück.«

Jan Paulsen sah erstaunt auf. »Anfragen? Habe ich was verpasst?«

»Kollegin Sims hat bei sämtlichen norddeutschen Sporthäfen angefragt, ob eine italienische Jacht bei ihnen vor Anker liegt.«

Paulsen stieß einen Pfiff aus. »Das wäre der Hammer! Meinen Sie wirklich, dass Daddy hier in der Nähe über seine Tochter wacht? Und wir bekommen einen Haftbefehl?«

»Der sollte in einer Stunde ausgestellt sein. Dr. Hasenbrink ist bereits unterwegs.« An Pia Sims gewandt fuhr Enna fort: »Ist Maries Mutter informiert?«

»Ja, sie wartet auf meinen Anruf und kann in fünf Minuten hier sein.«

»Was machen wir mit Hansen?«, fragte Jan Paulsen.

»Setzen Sie ein Protokoll auf und danach kann er vorerst nach Hause. Machen Sie ihm klar, dass er mit keiner der Töchter Kontakt aufnehmen darf. Die richterliche Verfügung wird vermutlich morgen da sein. Dann können die Kollegen in Aurich ihm das aushändigen. Ansonsten müssen wir auf Imke Hansen warten.«

»Sie denken, Imke hat alles nur erfunden?«, fragte Pia Sims.

»Nein, den Eindruck machte sie nicht. Wenn sie sich entschließt, hier in Deutschland auszusagen oder zumindest vor einem Richter in Australien, wird es für Hansen eng. Aber der Missbrauch ist letztlich nicht unser Fall. Hasenbrink wird sich darum kümmern und es in kompetente Hände geben.«

Jan Paulsen stand auf. »Dann mache ich mich mal an die Arbeit.«

»Wir warten noch auf Ihren Anwalt«, sagte Enna, als sie sich mit Pia Sims zu Anne Wagner an den Tisch setzte.

»Kann ich auch ohne ihn sprechen?«, fragte die junge Frau mit Blick auf die Tür. Sie war sichtbar erschöpft, hatte dunkle Ringe unter den Augen, ihre Gesichtsfarbe war noch eine Nuance blasser als bei der ersten Befragung an diesem Tag, ihr Blick huschte unruhig hin und her.

»Das ist deine Entscheidung«, antwortete Pia Sims.

»Dann sag ihm das bitte.«

Pia Sims stand auf und verließ den Raum.

»Werde ich Schwierigkeiten bekommen?«, fragte Anne Wagner.

»Wir werden Sie gleich entlassen. Vorläufig. Ich kann Ihnen nur raten, reinen Tisch zu machen.« Pia Sims kam zurück ins Verhörzimmer und Enna fuhr fort: »Sie sind Marie Hansen nichts schuldig. Und eine Mitschuld an ihrer Entführung trifft Sie schon gar nicht.«

»Sag einfach, was du weißt«, forderte Pia Sims sie auf. »Du musst dich jetzt um dich selbst kümmern, Anne. Du hast schon genug unter der ganzen Sache gelitten. Wenn du ehrlich zu dir bist: seitdem Marie damals verschwunden ist.«

Anne Wagner zuckte mit den Schultern. »Marie ist meine beste Freundin. Sie braucht meine Hilfe.« Sie senkte den Kopf. »Ich habe sie immer vermisst, die ganze Zeit. Verrückt, oder?«

»Nein, sie ist von einer Minute auf die andere verschwunden. Du wusstest nicht, wo sie ist, wie es ihr geht. Du hast dir Vorwürfe gemacht, dass du nicht genug auf sie aufgepasst hast.«

Anne Wagner nickte. »Wir haben uns als Kinder geschworen, immer zusammenzuhalten und wenn es sein muss, füreinander zu sterben.«

»Das ist lange her, Anne. Und ihr wart Kinder. Du bist nicht für Marie verantwortlich. Ihr leiblicher Vater hat die

Entführung über viele Monate geplant. Niemand hätte das verhindern können.«

»Ich wusste, dass Marie sich mit einem Jungen treffen wollte. In der Nacht, in der sie verschwunden ist. Und ich habe nichts gesagt. Vielleicht hätte sie ja gefunden werden können.«

Enna räusperte sich. »Nein, Marie ist noch in der Nacht mit einer Jacht weggebracht worden.«

»Aber wenn ich etwas gesagt hätte, wäre der Junge gefunden worden, und der wusste …«

»Nein«, unterbrach Enna sie. »Sie waren ein Kind. Sie sind nicht verantwortlich für die Entführung. Schließen Sie ab damit.« Als Anne Wagner zaghaft nickte, fuhr Enna fort: »Aber wir haben noch eine wichtige Frage. Wann haben Sie das erste Mal mit Marie Hansen geskypt oder vielleicht auch telefoniert?«

»Wir haben nur per Skype gesprochen. Bevor ich den Laptop, den Sie bei meinen Eltern gefunden haben, bekommen habe, hatte ich einen anderen. Ich muss in der siebten oder achten Klasse gewesen sein, als Marie mich zum ersten Mal anschrieb. Ich habe es erst gar nicht geglaubt und sie nach Dingen gefragt, die nur sie wissen konnte. Es ging auch nur über ein paar Tage. Dann hat sie sich erst wieder gemeldet, da müssen wir fünfzehn gewesen sein. Auch beim zweiten Mal waren es nur wenige Wochen. Die Sachen haben Sie ja gefunden.«

»Ja, stimmt. Die Gespräche gingen nur über ein paar Wochen«, bestätigte Pia Sims. »Ich hatte vermutet, dass ihr dann einen anderen Weg gefunden habt. Aber es war dann plötzlich Schluss?«

Anne Wagner zuckte mit den Schultern. »Marie hatte wohl Angst, dass ihr … ihr Vater das entdecken würde. Er hatte ihr verboten, sich mit jemandem in Deutschland in Verbindung zu setzen. Vielleicht hat er es dann auch entdeckt und … Ich weiß es wirklich nicht. Wir haben ja nicht nur geschrieben, sondern auch die Telefonfunktion bei Skype benutzt.«

»Ja, das wurde im Protokoll vermerkt, aber diese Gespräche werden bei Skype ja nicht aufgezeichnet. Hatte sie große Angst?«, fragte Pia Sims weiter.

Anne Wagner nickte. »Ja, ich glaube wohl. Sie wollte auch nicht sagen, was damals in Wangerooge passiert ist. Das habe ich erst später erfahren. Da hatte ich schon einen neuen Laptop.«

»Wie war dein Eindruck, als ihr miteinander gesprochen habt: Wollte Marie bei ihrem Vater bleiben?«, fragte Pia Sims vorsichtig weiter.

»Ist das nicht immer so, dass ein Verbot genau das Gegenteil auslöst? Sie war nicht glücklich … ich glaube nicht. Damals hatte sie auch zum ersten Mal einen Laptop bekommen und konnte damit ins Internet. Das war zum Geburtstag, hat sie mir erzählt.«

»Dann ja zum fünfzehnten.«

»Ja, ich glaube. Und dann gab es eine Pause von fast zwei Jahren. Marie hat mir später geschrieben, dass sie sich nicht melden konnte und es ihr leidtut.«

»Und dann habt ihr darüber gesprochen, wie Marie von ihrem Vater wegkommt?«

»Wegkommt? Nein, das ist das falsche Wort dafür. Damals habe ich nicht verstanden, warum sie nicht einfach geht. Heute glaube ich, sie wollte und will es allen recht machen. Ihrem italienischen Vater, ihrer Mutter und sich selbst.«

Pia Sims warf einen Blick zu Enna, die unmerklich nickte.

»Ich muss noch einmal fragen, Anne«, fuhr Pia Sims mit ruhiger Stimme fort. »Auch wenn es dir schwerfällt zu antworten. Du warst eine Zeit lang nicht auffindbar. Wo bist du gewesen? Was ist passiert?«

Anne Wagner schreckte auf.

»Nichts!« Einen Augenblick sah es so aus, als ob die junge Frau wieder in ihre Verweigerungshaltung zurückfallen würde. Dann senkte sie den Kopf. »Ich möchte nicht sagen, was passiert ist. Ich will Marie nicht schaden. Sie hat damit nichts zu tun. Im Gegenteil. Ohne sie würde ich hier vielleicht nicht sitzen. Mehr kann ich nicht sagen. Will ich nicht sagen.«

Enna beschloss, sie nicht weiter unter Druck zu setzen. Fürs Erste hatten sie ausreichend Informationen bekommen. Alles Weitere würde sich zu einem späteren Zeitpunkt ergeben. »Sie können jetzt gehen. Wir melden uns bei Ihnen, wenn das Protokoll zur Unterschrift bereitliegt.«

Die junge Frau atmete erleichtert auf. Pia Sims begleitete sie aus dem Büro und bestellte ihr ein Taxi, das sie nach Hause fahren würde.

»Haben wir genug, um nachzuweisen, dass Marie in Italien quasi gegen ihren Willen festgehalten wurde?«, fragte Pia Sims, als sie zu Enna zurückkam.

»Die Frage müssen zum Glück nicht wir beantworten. Wir ermitteln nur. Was der Staatsanwalt und die Richter daraus machen, wird sich dann zeigen. Aber wir haben die Aussage von Anne Wagner und ich denke, sie wird uns später noch mehr sagen.«

Pia Sims nickte. »Jetzt Marie Hansen.«

»Ja, ein letztes Mal. Rufen Sie ihre Mutter an. Sie soll draußen im Auto warten, bis wir ihr Bescheid geben.«

Pia Sims griff nach dem Telefon und wählte.

Alexander von Hollstedt sprang auf, als Enna und Pia Sims den Raum betraten. »Entweder findet jetzt unmittelbar ein Haftprüfungstermin statt oder Sie lassen meine Mandantin auf der Stelle gehen.«

»Setzen Sie sich doch bitte wieder, Herr von Hollstedt«, forderte Enna ihn auf.

Der Anwalt nahm widerwillig Platz.

»Die Staatsanwaltschaft wird vorläufig auf eine Haftprüfung verzichten«, sagte Enna und wandte sich direkt an Marie

Hansen. »Allerdings behalten wir Ihren Ausweis ein. Sie dürfen das Land nicht verlassen. Alles Weitere wird Ihnen in den nächsten Tagen über Ihren Anwalt mitgeteilt.« Sie schob Marie Hansens Handy über den Tisch. »Bitte.«

Alexander von Hollstedt stand auf. »Das ganze Theater hier wird ein Nachspiel haben. Bereiten Sie sich auf eine gepfefferte Dienstaufsichtsbeschwerde vor.«

Marie Hansen erhob sich und reichte erst Enna, dann Pia Sims die Hand. Ohne auf den Anwalt zu warten, ging die junge Frau auf die Tür zu, die Pia Sims ihr öffnete. »Ich bringe Sie noch nach draußen. Soll ich Ihnen ein Taxi bestellen?«

»Danke, das mache ich selbst.«

Enna und der Anwalt folgten den beiden bis zur Haustür. Pia Sims ging vor, blieb an der geöffneten Tür stehen und verabschiedete sich von Marie Hansen. Die junge Frau trat auf den Bürgersteig, sah sich um und erstarrte. Vor ihr stand ihre Mutter.

Enna und der Anwalt hatten inzwischen die Tür erreicht. Als Alexander von Hollstedt weitergehen wollte, hielt Enna ihn zurück. »Bitte. Einen kurzen Moment.«

Wider Erwarten folgte der Anwalt ihrer Bitte.

»Marie!«, hörten sie die leise Stimme von Andrea Hansen. »Marie.«

Enna wartete gespannt darauf, was passieren würde. Langsam ging die Mutter auf ihre Tochter zu. Diese wich erst einen halben Schritt zurück, schien den Anblick ihrer Mutter nicht verarbeiten zu können. Andrea Hansen breitete ihre Arme aus, wartete kurz auf die Reaktion ihrer Tochter, zögerte, bewegte sich dann aber lächelnd weiter auf sie zu und umarmte Marie. Die junge Frau reagierte zunächst nicht, hob aber schließlich selbst die Arme und zog ihre Mutter an sich. Enna meinte, ein leises Schluchzen zu hören, konnte aber nicht ausmachen, ob es von Marie oder ihrer Mutter kam.

Neununddreissig

»Dann wollen wir mal hoffen, dass die Kollegen ihr Handwerk verstehen«, sagte Jan Paulsen, als sie wieder in Ennas Büro zusammensaßen, um die nächsten Schritte zu besprechen.

Dr. Hasenbrink hatte auf Ennas Bitte hin eine durchgehende Observation von Marie Hansen angeordnet. Das erste Team würde sie bis Mitternacht überwachen und anschließend abgelöst werden.

»Ganz schön aufwendig, oder?«, fragte Pia Sims. »Für wie lange wurde die Observation genehmigt?«

»Zunächst drei Tage. Dann wird neu entschieden.«

»Die Kleine ist doch viel zu clever, als dass sie das Spiel nicht durchschauen würde«, sagte Paulsen und sein Ton ließ keinen Zweifel aufkommen, dass er den Fall für beendet ansah.

»Paulsen!« Pia Sims schüttelte den Kopf. »Der Schiedsrichter hat das Spiel lange noch nicht abgepfiffen. Ihr Handy wird abgehört und irgendwann wird sie uns zu ihrem Vater führen.«

»Irgendwann sicher. Aber wann genau wird das sein? In einer Woche, in einem Monat. Die Lady hat doch alle Zeit der Welt. Im Moment ist erst mal große Wiedersehensfeier mit Mama angesagt – und dann? Länger als eine Woche bekommen wir die Aktion doch sowieso nicht genehmigt.«

»Warten wir's ab«, beendete Enna den kleinen Disput zwischen den Kollegen. Sie sah auf die Uhr. »Vom Sonntag ist nicht mehr viel übrig. Ich schlage vor, wir treffen uns morgen hier um elf. Vorausgesetzt, die Lage bleibt ruhig.«

Elias lief Enna im Flur entgegen.

»Mama! Mama!«, rief er und wurde gleich darauf von Enna aufgefangen und einmal im Kreis herumgeschleudert.

Greta stand lächelnd in der Wohnzimmertür und beobachtete die Szene. Elias küsste seine Mutter aufs ganze Gesicht und fing dann an zu erzählen, was er mit Greta unternommen hatte. Lachend nahm Enna ihn an die Hand und zog ihn mit ins Wohnzimmer.

»Kannst du noch ein oder zwei Tage bleiben?«, fragte Enna ihre Schwiegermutter am Abend.

»Ihr habt den Täter noch nicht?«

»Ja und nein. Er ist Italiener und würde bei sich zu Hause wohl nicht verfolgt. Die einzige Chance ist, ihn hier auf deutschem Boden zu verhaften.«

»Verstehe. Es kann also jeden Moment losgehen. Hast du deshalb auf das Glas Wein verzichtet?«

Enna schmunzelte. »Gut kombiniert. Du könntest bei uns anfangen.«

Greta lachte. »Dafür bin ich wohl etwas zu alt.« Sie hielt kurz inne. »Aber sonst läuft alles gut bei dir auf der Arbeit?«

»Bis auf ein paar Anfangshürden läuft inzwischen alles rund. Ein gutes Team habe ich da zusammen. Und der nächste Fall wird sicher etwas ruhiger als der aktuelle.«

»Das wünsche ich dir. Und Elias.« Sie seufzte leise. »Er hat mich doch heute tatsächlich gefragt, warum ich hier nicht einziehe. Er würde mir sogar sein Zimmer überlassen und ins kleine Gästezimmer ziehen.«

Enna erschrak. Fühlte sich Elias vernachlässigt? Oder wollte er nur seine Großmutter häufiger sehen? »Ich fürchte, mein Sohn ist ziemlich clever. Er will dich einfach häufiger um sich haben.«

»So sind Kinder, Enna. Mach dir deshalb keine Gedanken. Ich freue mich doch auch über jede Minute, die ich mit meinem Enkel verbringen kann.«

»Ich weiß.« Enna beugte sich zu ihrer Schwiegermutter hinüber und umarmte sie. »Und darüber bin ich richtig froh.«

Am Morgen frühstückten sie zu dritt. Elias konnte man ansehen, wie sehr er es genoss, mit Mama und Oma an einem Tisch zu sitzen und nicht unter Zeitdruck zu stehen. Nachdem sie zusammen die Küche aufgeräumt hatten, machten sich Enna und Elias langsam auf den Weg zum Kindergarten. Der kleine Junge hatte einen Freudentanz aufgeführt, als Enna ihm erzählt hatte, dass Greta noch ein paar Tage bleiben würde.

Kurz nach zehn Uhr traf Enna im Büro ein und begrüßte Pia Sims, die wohl, vermutete Enna, bereits seit den frühen Morgenstunden am Schreibtisch saß.

»Gibt es Rückmeldungen von den Sporthäfen?«

»Einige. Aber bisher war noch nichts dabei, was auch nur im Entferntesten nach unserem Mann aussah.«

Enna hatte sich gleich nach dem Aufstehen beim aktuellen Observationsteam gemeldet. Marie Hansen hatte die Nacht in der Wohnung ihrer Mutter verbracht und diese bisher nicht verlassen.

»Wie viele Meldungen fehlen?«, fragte Enna.

Pia Sims warf einen Blick auf ihren Laptop. »Leider nur noch vier. Ich rufe da später an. Übrigens, die Protokolle sind alle fertig. Wenn Sie sie kurz durchsehen könnten.«

»Sie sollten mir doch was übrig lassen. Hatten wir darüber nicht gesprochen?«, fragte Enna streng.

»Ja, schon. Aber ich dachte, was fertig ist, ist fertig.« Pia Sims legte den Kopf schief und sah sie treuherzig an.

Enna seufzte leise. »Okay. Die Arbeitseinteilung müssen wir noch einmal diskutieren, aber trotzdem ein großes Dankeschön.«

»Gern geschehen.« Pia Sims lächelte, wurde aber gleich darauf wieder ernst. »Darf ich Sie etwas fragen?«

»Sicher. Raus damit!«

»Ich habe etwas recherchiert und … Es geht um Ihre Eltern. Eine Kollegin hat mir erzählt, das sei … Das muss schrecklich für Sie gewesen sein.«

»Ja, durchaus. Aber es ist lange her.«

»Ich habe auch gelesen, dass der Mörder Ihrer Eltern klagt, um aus der Sicherungsverwahrung herauszukommen?«

Enna zog sich einen Stuhl heran und setzte sich zu ihrer jungen Kollegin. »Das stimmt. Ich weiß natürlich davon.«

»Werden Sie etwas dagegen unternehmen? Ich meine, dieser Mensch hat nie die Tat gestanden und läuft jetzt herum und erzählt, er wäre unschuldig.«

»Das ist nicht meine Entscheidung. Und nein, ich werde nichts dagegen unternehmen. Ich bin weder Richterin noch kann ich irgendetwas zur Sache aussagen oder beitragen.«

Pia Sims nickte nachdenklich. Enna hatte das Gefühl, dass ihre junge Kollegin noch etwas beschäftigte, und blieb weiter sitzen. Schließlich räusperte sich Pia Sims leise. »Haben Sie keine Angst, dass dieser Mann es tatsächlich nicht war? Dann wäre ja der wirkliche Mörder noch auf freiem Fuß. Zumindest wenn er noch lebt.«

Enna nickte. »Sicher, darüber habe ich nicht nur einmal nachgedacht. Aber Ronald Grothe ist verurteilt worden, und auch wenn ich die Details des Prozesses nicht kenne und gar nicht kennen will, vertraue ich auf die Justiz.«

»Und wenn er freikommt?«

»Ich habe schon vor Jahren ein Kontaktverbot erwirkt. Grothe hat mich damals angeschrieben und um Unterstützung gebeten.«

Pia Sims sah sie fassungslos an. »Wie bitte?«

»Entschuldigen konnte er sich ja schlecht, wenn er behauptet, unschuldig zu sein. Ja, sein Anwalt meinte wohl, dass ich ein natürliches Interesse daran haben müsste, den wahren Mörder hinter Gitter zu bringen.«

»Unglaublich! Und Sie haben sich nie mit dem Prozess beschäftigt?« Pia Sims hielt inne. »Entschuldigung, natürlich haben Sie das nicht. Ist ja auch nachvollziehbar. Wer möchte schon …« Sie schluckte die letzten Worte runter.

»Schon gut. Das alles ist lange her und genau aus dem Grunde möchte ich mich damit auch nicht mehr beschäftigen.«

»Entschuldigen Sie, ich hätte Sie nicht darauf ansprechen sollen. Mein Fehler. Tut mir wirklich leid.«

Sie hörten den Schlüssel in der Haustür und kurz darauf stand Jan Paulsen in der Tür. »Guten Morgen!« Er schaute zwischen den beiden Frauen hin und her, als spürte er, dass zwischen ihnen etwas geschehen war. »Habe ich was verpasst?«

»Nein«, sagten Enna und Pia Sims wie aus einem Mund und Enna fügte hinzu: »Um elf in meinem Büro?«

Enna hatte gerade ihre Bürotür erreicht, als Pia Sims schrie: »Treffer! Ich habe was.«

Jan Paulsen erreichte vor Enna Pia Sims' Büro und stürmte hinein. »Den Mafia-Boss?«

Enna betrat das Büro. »Chiappetta?«

»Erst mal nur eine italienische Jacht. Bensersiel. Sporthafen.«

Enna trat an ihren Schreibtisch. »Wer ist der Eigner?«

»Eine Firma in Neapel. Italien.«

»Kalabrien?«, fragte Paulsen.

»Nicht direkt«, sagte Pia Sims stirnrunzelnd. »Was machen wir?«

»Ich brauche die Nummer vom Hafenmeister«, sagte Enna und griff gleichzeitig zum Handy.

Nachdem Enna die von Pia Sims diktierte Nummer gewählt hatte, meldete sich nach wenigen Sekunden eine männliche Stimme. »Petersen!«

»Hauptkommissarin Andersen, Landeskriminalamt. Moin, Herr Petersen. Meine Mitarbeiterin hatte bei Ihnen angefragt, ob im Sporthafen eine italienische Jacht liegt.«

»Ach, Sie sind das. Ich habe doch schon geantwortet. Was gibt es denn noch?«

»Hören Sie mir bitte zu, Herr Petersen. Es ist wichtig.«

»Mach ich ja! Um was geht es denn jetzt?«

»Liegt die Jacht noch im Hafen?«

Petersen lachte. »Und ob! Die ist auch nicht zu übersehen. Sechzig Fuß, würde ich sagen, also ungefähr achtzehn Meter. Mit allem Drum und Dran. Sieht man selten hier. Sind ja schließlich nicht auf Sylt.«

»Die Jacht ist also zum ersten Mal bei Ihnen?«

»Ich bin jetzt seit sechs Jahren hier. In der Zeit habe ich so eine Jacht hier nie gesehen. Das wüsste ich auf jeden Fall, wenn die hier schon mal gewesen wäre. Außerdem haben wir eigentlich gar keine Liegeplätze für einen solchen Brummer. Ich habe da jetzt eine Ausnahme gemacht.« Er lachte. »Natürlich auch einen Ausnahmepreis. Da konnte ich …«

»Haben Sie gesehen, wer sich auf der Jacht aufhält?«, unterbrach Enna seinen Redefluss.

»Ne, da kann ich Ihnen nicht helfen.« Er klang leicht gekränkt. »Zwei Männer habe ich gesehen, die sahen aus, als wären sie von der Crew. Gleiches T-Shirt und so. Aber sonst kann man nur wenig erkennen.«

»Gibt es Anzeichen, dass die Jacht bald ablegen könnte?«

»Ich weiß zumindest von nichts. Ich kann ja gerne mal hingehen und …«

»Nein, Herr Petersen, bitte nicht. Ich möchte Sie bitten, sich so zu verhalten wie immer. Erzählen Sie niemandem von dem Anruf. Wir sind in einer guten Stunde bei Ihnen.«

»Alles klar. Sind die Typen denn gefährlich? Muss ich den Hafen … Wie heißt das? Also, evakuieren?«

»Sie machen gar nichts, Herr Petersen. Wir müssen lediglich kontrollieren, ob es sich um die gesuchte Jacht handelt. Behalten Sie Ruhe, verhalten Sie sich ganz normal. Ist das klar?«

»Jaja, ist ja schon gut. Ich habe es ja verstanden.«

»Sehen Sie meine Handynummer auf dem Display?«

»Ja.«

»Rufen Sie mich bitte an, wenn Ihnen etwas, was auch immer, ungewöhnlich erscheint.«

Enna legte auf und rief gleich darauf ihre Schwiegermutter an, die zusagte, Elias zur gewohnten Zeit vom Kindergarten abzuholen.

»Schutzwesten, Funkgeräte, zusätzliche Munition, Fernglas, Funkkameras«, ordnete Enna an und lief in ihr Büro, um mit den Kollegen des SEK in Hannover zu sprechen. Oldenburg selbst würde erst am Jahresende eine eigene Einheit bekommen. Die Hannoveraner Kollegen würden mindestens drei Stunden bis nach Bensersiel benötigen, es sei denn, ein Helikopter stände zur Verfügung.

Fünf Minuten später kam Enna aus ihrem Büro und stieß zu ihren Kollegen, die abfahrbereit vor der Tür standen.

»Wir fahren mit meinem Auto. Auf geht's!«

Vierzig

Den größten Teil der Fahrt schwiegen sie. Bensersiel lag zwanzig Kilometer westlich von Harlesiel. Von dem Fährhafen fuhren die Schiffe zur Insel Langeoog. Kurz vor Wittmund bog Enna Richtung Esens ab, einer kleinen Stadt unweit der Küste.

»Fünfzehn Kilometer noch«, sagte Enna schließlich. Sie hatte zuvor ein weiteres Mal mit dem Hafenmeister gesprochen und von ihm eine kurze Beschreibung der Örtlichkeiten erhalten. »Wir parken neben dem Vereinsheim. Von dort kommen wir, so hat es mir der Hafenmeister versichert, schnell ins Haus.«

»Können wir von da die Jacht sehen?«, fragte Jan Paulsen, der auf dem Beifahrersitz saß. Pia Sims hatte hinten Platz genommen und recherchierte etwas im Internet.

»Angeblich ja. Aber wenn ich das richtig verstanden haben, liegt sie mindestens hundert Meter entfernt.«

»Ich habe hier einen Plan mit den Liegeplätzen. So wie ich das sehe, kann eine so große Jacht gar nicht in den normalen Buchten einfahren. Hier steht etwas von bis zu zwölf Metern. Hat der Hafenmeister nicht gesagt, dass die Jacht größer ist?«

»Er hat sie auf achtzehn Meter geschätzt«, antwortete Enna mit Blick in den Rückspiegel.

»Dann kann das Schiff nur ganz am Ende des langen Steges liegen.«

Jan Paulsen stieß einen Pfiff aus. »Das wird schwierig. Wie sollen wir da unbemerkt hinkommen?«

»Wir sowieso nicht«, sagte Enna. »Das werden die Kollegen des SEK machen.«

»Wenn sie denn kommen und nicht irgendwo im Stau stehen oder gerade irgendwo anders im schönen Niedersachsen zuschlagen müssen«, entgegnete Paulsen leicht säuerlich.

»Paulsen!« Enna warf ihm einen strengen Blick zu. »Dieses Mal keine Alleingänge! Kann ich mich auf Sie verlassen?«

»Immer doch«, murmelte er und blickte dabei aus dem Seitenfenster.

»Ich kann nichts weiter zu der Firma finden«, meldete sich Pia Sims vom Rücksitz. »Direttore amministrativo ist Lorenzo Chiappetta auf jeden Fall nicht. Sprich: Geschäftsführer der Gesellschaft. Aber das muss ja nichts heißen. Die Firma scheint so eine Art Muttergesellschaft von einer Reihe anderer Firmen zu sein. In der Kürze der Zeit komme ich da nicht weiter.«

»Und wofür braucht eine Firma eine Segeljacht?«, fragte Jan Paulsen.

»Das steht hier leider nicht im Handelsregister, Herr Kollege«, spottete Pia Sims. »Ich kann aber gerne beim zuständigen Finanzamt in Neapel anrufen und versuchen, das zu klären. Kann ja nicht so schwer sein.«

Paulsen drehte sich zu Pia Sims um und reichte ihr sein Handy. »Gute Idee.«

Die junge Kommissarin stutzte einen Moment und schien zu überlegen, wie sie reagieren sollte. Schließlich lachte sie. »Idiot!«

Enna fuhr langsam parallel zum langen Hafenkai, an dem eine Reihe Segeljachten lagen. »Das hier ist der innere, engere Teil des Hafens. Wir müssen noch weiter, die größeren Jachten liegen dort hinten.« Nach dreihundert Metern machte die Straße einen Linksschwenk. Rechts von ihnen lag eine große Fähre am Kai, geradeaus hatten sie freien Blick auf die Nordsee, links stand ein Gebäude, das Enna als Vereinsheim des Segelvereins ausmachte. Sie parkte den Wagen direkt daneben und stellte den Motor aus.

»Wir müssen vorne den Eingang nehmen. Der ist von den Liegeplätzen der Boote einsehbar, hat mir der Hafenmeister gesagt. Sims, Sie gehen zuerst, Paulsen und ich kommen im Abstand von jeweils fünf Minuten nach. Und Sie beide schreiben mir, sobald Sie drin sind.«

»Ist das nicht etwas übertrieben?«, brummte Jan Paulsen.

»Nein!«, antwortete Enna und ihr Ton ließ keinen Zweifel daran, dass sie nicht darüber diskutieren würde.

Pia Sims stieg aus, nahm eine der Reisetaschen, in denen sie ihre Ausrüstung verstaut hatten, aus dem Kofferraum und verschwand um die Hausecke. Nach zwei Minuten erhielt Enna eine Nachricht:

Bin drin. Alles unauffällig.

Nachdem auch Paulsen im Haus war, machte sich Enna auf den Weg. Mit einer Reisetasche über der Schulter schlenderte sie am Haus entlang auf den Eingang zu und betrat das Gebäude, ohne sich vorher umzuschauen und so potenzielle Beobachter misstrauisch werden zu lassen. Pia Sims und Jan Paulsen warteten hinter der Tür auf sie. Ein Schild wies ihnen den Weg zum Büro des Hafenmeisters. Sie liefen die Treppe hinauf und Enna klopfte an die Tür.

»Moin! Haben wir telefoniert?«, fragte ein etwa fünfzigjähriger Mann hinter dem Schreibtisch. Als Enna nickte, stand er auf und kam ihr entgegen. Lars Petersen war groß und kräftig.

Mit seinem wettergegerbten Gesicht und dem Vollbart sah er aus wie ein Seemann aus dem Bilderbuch. Er reichte Enna die Hand. »Petersen.«

»Enna Andersen, LKA.« Sie hielt ihm ihren Ausweis hin, den Petersen genau in Augenschein nahm. »Das hier sind meine Kollegen Pia Sims und Jan Paulsen.« Petersen schüttelte beiden die Hand, als sie das Büro betraten.

»Was hat es denn jetzt mit der Jacht auf sich? Ich weiß gar nicht, was die ganze Aufregung soll.«

Enna stellte die Reisetasche in die Ecke und schaute sich um. Aus den Fenstern hatte man einen hervorragenden Blick auf den Bootshafen. Am Ende eines langen Holzstegs sah sie eine Segeljacht, die alle anderen Boote überragte. »Vielen Dank, dass Sie uns hier aufnehmen. Wir müssen diese Jacht im Zuge unserer Ermittlungen überprüfen.«

»Sie hatten Glück, dass ich überhaupt erreichbar war. Eigentlich ist das Büro um diese Jahreszeit nur eine Stunde vor dem Hochwasser geöffnet und eine danach. Eigentlich müsste ich auch …«

Enna trat ans Fenster. »Das ist die italienische Jacht?«

»Jo, welche sonst.«

Enna winkte ihre Kollegen zu sich, die schon die Ferngläser aus den Reisetaschen geholt hatten. Pia Sims reichte eines an Enna. »Das große Boot ganz hinten?«, fragte sie.

Enna nickte und wandte sich zu Lars Petersen um. »Können Sie mir vielleicht doch eine Einschätzung geben, wie viele Leute sich auf dem Boot aufhalten?«

Der Hafenmeister fuhr sich mit der Hand durch die strubbeligen Haare. »Das ist eigentlich nicht meine Aufgabe hier«, murmelte er.

»Das ist mir schon klar. Aber wenn es jemand weiß, dann doch Sie.«

»Wie gesagt, zwei Typen habe ich in so einer Art Uniform gesehen. Gleiche Hose, gleiches T-Shirt. Junge Männer, die auch hier am Vereinsheim vorbeigingen. Einer von denen war auch hier und hat mir die Daten gegeben und bezahlt.« Er warf einen Blick zu Pia Sims. »In bar, falls Sie das wissen wollen. Und sonst? Sie sehen ja, wie weit das entfernt ist. Ohne Fernglas ist da nichts zu machen. Aber ich meine, da waren noch mehr Männer an Bord.«

»Wie lange liegt die Jacht jetzt hier?«

»Zwei Tage.«

»Und für wie lange wurde bezahlt?«

»Eine Woche. Der Typ wollte es so. Keine Ahnung, warum.«

»Wie lange sind Sie denn noch hier im Büro, Herr Petersen?«, fragte Enna ihn.

»Na ja, eigentlich wäre ich jetzt gar nicht da. Hatte ich Ihnen das nicht schon gesagt? Hochwasser ist um kurz nach sechs heute Nachmittag. Ein bis eineinhalb Stunden vor und nach dem Höchststand kann die Jacht auslaufen.«

»Verstehe ich das richtig? Die Jacht dort drüben kann frühestens um halb fünf nachmittags auslaufen?«

»Das sehen Sie ganz richtig.«

»Merken wir vorher, wenn die Jacht …«

»Sie wahrscheinlich nicht, aber ich.«

»Okay. Und wie lange vorher?«

»Schwer zu sagen. Vielleicht bekommen sie noch Proviant geliefert, das wäre dann sicher nicht in der letzten Sekunde. Aber sonst … eine halbe Stunde vorher vielleicht.«

»Das ist nicht viel Vorlauf.« Enna machte sich eine Notiz. »Was ist mit Besuchern hier in Ihrem Büro. Erwarten Sie jemanden?«

»Eher nicht, aber ich kann ein Schild dranhängen, dass ich im Hafen bin. Mache ich immer, wenn ich weg bin. Wenn ich dann jemanden sehe, kann ich ja nach draußen gehen.«

Enna lächelte anerkennend. »Gute Idee! Vielleicht klärt sich ja alles schnell und wir verschwinden wieder.«

Petersen nickte und ihm war anzusehen, dass er froh wäre, wenn der Spuk schnell an seinem Hafen vorbeiziehen würde.

»Da ist einer«, rief Jan Paulsen halblaut.

Enna eilte zur Fensterfront und setzte ihr Fernglas an die Augen. Von der Segeljacht war die Steuerbordseite vom Heck bis zum Bug zu sehen. Auf Deck stand ein dunkelhaariger Mann und machte sich an der Takelage des Schiffes zu schaffen. Petersen, der mit seinem eigenen Fernglas die Szene beobachtete, kommentierte das Geschehen mit einem Brummen.

»Was macht der da?«, fragte Paulsen.

»Checkt irgendwas. Normale Routine eben.«

»Könnte das bedeuten, dass die Jacht bald ablegt?«, fragte Enna.

»Kann sein, kann nicht sein. Es ist ja auch noch Zeit.« Petersen ging zurück zu seinem Schreibtisch und fing an, Papiere zu ordnen.

»Große Hilfe, der Meister«, murmelte Paulsen leise und konzentrierte sich wieder auf die Segeljacht. »Selbst mit dem Fernglas könnte ich die Person nicht eindeutig identifizieren. Wissen wir überhaupt, wie der Mafia-Boss aussieht?«

»Solche Leute scheuen Kameras«, antwortete Pia Sims. »Wäre ja auch zu einfach, wenn sein Foto für jeden zugänglich im Internet stände.« An Enna gewandt fuhr sie fort: »Wir müssen da vorne mindestens eine Funkkamera positionieren.«

»Wie?«, fragte Enna, die die Antwort schon zu kennen glaubte.

»Ich mach das. Wenn mir der Hafenmeister hilft. Er könnte mir freie Liegeplätze zeigen und mich dann abschirmen, wenn ich die Kamera anbringe.«

»Zu gefährlich. Alleine so nah an der Jacht.«

»Dann kommt Paulsen halt mit. Wir spielen ein Liebespaar.« Als Jan Paulsen sich erschrocken zu ihr umwandte, stieß sie ihn spielerisch in die Seite. »Sie schaffen das. Auf das obligatorische Geknutsche verzichte ich auch.«

»Paulsen? Was meinen Sie?«

»Wenn es sein muss«, antwortete er und sagte an Pia Sims gewandt: »Sind Sie nicht etwas zu jung für mich?«

»Unsinn! Zwanzig Jahre, was ist das schon?«

Enna seufzte leise und ging auf Petersens Schreibtisch zu. Er war nur mit Mühe davon zu überzeugen, sie bei der Aktion zu unterstützen. Nachdem Enna mit Pia Sims und Paulsen alle Einzelheiten geklärt hatte, machten diese sich mit Petersen auf den Weg. Enna beobachtete die drei vom Fenster, stand aber auch per Handy mit Pia Sims in Kontakt, die einen drahtlosen In-Ear-Kopfhörer trug.

Langsam bewegten sich die drei auf dem Steg voran, blieben an leeren Liegeplätzen stehen und taten so, als beratschlagten sie. Der Hafenmeister machte seine Sache gut, zeigte, während er sprach, immer wieder mit der Hand um sich und führte die beiden Kommissare bis nahe an die Jacht heran. Bei der letzten freien Bucht blieben sie stehen und unterhielten sich weiter. Paulsen stand mit dem Rücken zur italienischen Segeljacht, Petersen neben ihm. Dadurch konnte Pia Sims, ohne gesehen zu werden, zwei Kameras mit verschiedenen Ausrichtungen anbringen, die so verdeckt waren, dass ein achtlos Vorbeilaufender sie nicht entdecken würde. Während der Aktion behielt Enna die Jacht im Blick und schwenkte immer wieder zwischen Heck und Bug des Schiffes. Nach drei bis vier Minuten gingen die drei den langen Steg zurück aufs Vereinsheim zu und verschwanden im Eingang.

Zurück in Petersens Büro öffnete Pia Sims ihren Laptop und stellte die Verbindung zu den beiden Kameras her. Kurz darauf waren zwei gestochen scharfe Bilder zu sehen. Eine

Kamera hielt die Mitte des Bootes fest, während die andere aufs Heck gerichtet war.

»Da tut sich nichts«, sagte Petersen. »Ich hole denn mal etwas zu trinken aus unserem Café. Wer möchte?«

»Fällt das nicht auf?«, fragte Enna.

»Nö. Das macht da meine Frau. Die sagt nichts. Also?«

Petersen verschwand, nachdem er die Bestellungen aufgenommen hatte. Enna nahm wieder das Fernglas zur Hand und ließ den Blick über die gesamte Anlage schweifen. Auf kaum einem der Boote schienen sich Personen aufzuhalten. Sie fand nur zwei Jachten, auf denen jemand tätig war. Laut Petersen könnte sich das mit dem zunehmenden Hochwasser ändern, allerdings seien die meisten Bootseigner eher am Wochenende unterwegs.

»Wie wollen wir vorgehen?«, fragte Pia Sims. »Im Grunde genommen stochern wir hier doch im Nebel.«

»Ich weiß«, antwortete Enna. »Aber im Moment ist das unsere einzige Chance.«

»Da!«, rief Jan Paulsen, der wie gebannt auf den Bildschirm starrte. »Ist das nicht …« Als Enna den Tisch umrundet hatte, um einen Blick auf den Laptop zu werfen, war niemand mehr zu sehen.

»Da war einer. Ohne so ein dämliches T-Shirt. Der sah aus wie …« Paulsen hatte den Laptop weiter im Blick. »… einer der Typen aus Osnabrück.«

»Sicher?«, fragte Enna.

»Nein«, antwortete Paulsen ärgerlich. »Das war nur kurz.«

»Augenblick«, mischte sich Pia Sims ein und rief auf dem Laptop die gespeicherten Aufnahmen ab. Bei der ersten war niemand zu sehen, bei der zweiten erschien für wenige Sekunden ein Mann mit dunklen Haaren und Anzugjacke, der aber nur kurz von vorne zu sehen war, da er sich gleich darauf umdrehte und wenig später wieder im Inneren der Jacht verschwand.

»Oder?«, fragte Paulsen mit Blick auf Enna.

»Das Gesicht ist nur extrem kurz zu sehen.«

Pia Sims hielt die Aufnahme an, konnte aber kein scharfes Bild des Gesichts finden.

»Diese Bewegung! Ich erkenne den Typen daran, wie er sich bewegt«, legte Paulsen nach. »Ich bin mir ganz sicher.«

Enna schüttelte den Kopf. »Wir warten noch, bevor wir das SEK rufen.« Sie schaute sich die Szene noch einmal an, konnte aber im Gegensatz zu Paulsen nichts Besonderes an den Bewegungen feststellen. Hinzu kam, dass man auf der Aufnahme nur den Oberkörper des Mannes sah und er allerhöchstens fünf Sekunden im Bild war.

Jan Paulsen zeigte auf die Uhr an der Wand. Es war inzwischen kurz vor fünfzehn Uhr. »In zwei Stunden können die auslaufen. Das habe ich doch richtig verstanden?«

Enna nickte. »Das haben Sie, Paulsen. Aber bisher haben wir nichts, außer dass dieses Schiff in Italien registriert ist.«

Einundvierzig

Ennas Blick fiel zum gefühlt hundertsten Mal auf die Wanduhr in Petersens Büro: Viertel nach vier. Auf der Segeljacht hatte sich seit über einer Stunde nichts getan. Weder war jemand aufs Deck gekommen noch näherte sich jemand dem Schiff. Die drei Ermittler wechselten sich vor dem Laptop und am Fenster ab. Enna lief im Raum herum, als sich ihr Handy meldete.

»Andersen!«

»Thorsten Krüger hier.« Enna hatte eine Liste der Beamten bekommen, die Marie Hansen observierten. Krüger war einer von ihnen. »Die Frau hat vor ein paar Minuten das Haus verlassen und ist in ein Taxi gestiegen.«

»Richtung?«

»Bürgerfelde, würde ich sagen. Scheint nicht auf die Autobahn zu gehen.«

Anscheinend wollte sie zu Anne Wagner, dachte Enna. Vermutlich stand Marie Hansens Auto noch vor deren Haus. Enna nannte Thorsten Krüger den Straßennamen und bat um sofortige Meldung, falls Marie Hansen in ihr Auto stieg.

Als sie aufgelegt hatte, rief Pia Sims sie zum Fenster. Auch Paulsen, der vor dem Laptop stand, hatte die Hand gehoben als Zeichen, dass sich etwas auf der Jacht bewegte. Enna griff nach dem Fernglas. Zwei Männer der Crew kamen den langen

Holzsteg entlang auf das Vereinsheim zu. Jeder von ihnen schob eine leere Sackkarre vor sich her. Jan Paulsen war inzwischen auch ans Fenster getreten, wurde aber von Enna mit dem Arm zurückgehalten, wie sie zuvor auch Pia Sims aufgefordert hatte, weiter ins Büro zu treten, damit sie nicht von den Männern gesehen wurden.

»Die holen was«, murmelte Paulsen.

Enna trat an eines der Seitenfenster. »Auf dem Parkplatz steht ein Lieferwagen.«

Lars Petersen war inzwischen neben Enna getreten. »Der ist von Jakobs. Die liefern auf Bestellung.«

Die Männer gingen auf den Parkplatz vor dem Vereinsheim zu. Ein Mann stieg aus dem Lieferwagen aus und öffnete die Seitentür. Die Crew-Mitglieder luden Kisten auf ihre Karren, transportierten diese zur Jacht und kamen ein weiteres Mal zur Abholung.

»Sieht danach aus, als ob sie loswollten«, sagte Lars Petersen halblaut in den Raum hinein.

»Verdammt«, fluchte Paulsen. Enna beobachtete durchs Fernglas, was auf Deck vor sich ging, und ließ auch den Blick nicht von der Jacht, als sie ein Gespräch auf ihrem Handy annahm. Thorsten Krüger teilte ihr mit, dass Marie Hansen sich kurz in einem Mietshaus mit mehreren Parteien aufgehalten habe und anschließend mit einer Reisetasche aus dem Gebäude gekommen sei. Inzwischen fuhr sie Richtung Autobahn. Enna blieb in der Leitung, bis sich herausstellte, dass die junge Frau Richtung Wilhelmshaven auf die Autobahn aufgefahren war.

»Sie soll außer Landes gebracht werden«, war Paulsens erste Reaktion, als er von Marie Hansens Aufbruch hörte. »In einer Stunde ist sie hier.«

Enna beobachtete durchs Fernglas das Treiben auf der Jacht. Die beiden Crew-Mitglieder schienen Vorbereitungen für das Ablegen zu treffen. Sie bat Petersen um seine Einschätzung, der griff nach seinem Fernglas und nickte nach einer Weile. »Jo, die sind dabei, die Segel anzuschlagen. Dauert wohl nicht mehr lange.«

In diesem Moment trat ein weiterer Mann auf Deck. Jan Paulsen, der immer noch auf den Laptop starrte, schrie auf. »Jetzt aber! Das ist unser Mann aus Osnabrück.«

Enna trat neben ihn und warf einen kritischen Blick auf den Bildschirm. Dieses Mal war der Mann gut zu sehen, er drehte sich nach allen Seiten und sprach mit den beiden Männern von der Crew. Jan Paulsen hatte recht gehabt. Das war einer der Männer, von denen sie in Osnabrück beschossen worden waren. Sie griff nach dem Handy und hatte im nächsten Augenblick den Leiter der SEK-Einheit am Apparat. Das Gespräch dauerte nur wenige Sekunden. Ein Sondereinsatzkommando würde sich unmittelbar in Bewegung setzen.

»Die kommen nicht rechtzeitig«, sagte Jan Paulsen und zog seine Schutzweste aus der Reisetasche.

»Wo befinden Sie sich im Moment?«, fragte Enna Thorsten Krüger.

»Wir sind gerade in Höhe Wilhelmshaven von der Autobahn auf die B210 abgebogen.«

Enna erklärte ihm in wenigen Worten, welche Vermutung sie hatte, und bat darum, Marie Hansen kurz vor Bensersiel zu stoppen.

»Und dann?«, fragte Thorsten Krüger.

»Verlangen Sie als Erstes ihr Handy und nehmen Sie sie anschließend in Gewahrsam.«

»Zurück nach Oldenburg?«

»Ja, lassen Sie ihr Fahrzeug stehen, darum kümmern wir uns später. Sie darf auf keinen Fall bis zum Sporthafen Bensersiel kommen.«

»Ich melde mich, sobald wir sie festgesetzt haben.«

»Viel Glück«, wünschte Enna und beendete das Gespräch.

Jan Paulsen hatte neben ihr gestanden und aufmerksam zugehört. »Wenn die Hansen sich nicht mehr beim Boot meldet, werden die misstrauisch werden und ohne sie ablegen.«

Pia Sims trat zu ihnen. »Paulsen hat recht. Wir können nicht auf das SEK warten.«

Enna wandte sich zu Petersen um, der wieder hinter seinem Schreibtisch Platz genommen hatte. »Wenn die Jacht ablegt, wie lange wird sie brauchen, um außerhalb der Reichweite der Küstenwache zu sein?«

Petersen kratzte sich am Kopf. »Sie stellen Fragen. Das ist nicht so einfach zu beantworten. Erst mal ist die Zone zehn Seemeilen hinter den Inseln. Ja, wie schnell? Das hängt vom Wind ab und der Richtung. Wenn alles gut geht, zwei Stunden, vielleicht etwas mehr. Wenn der Wind nicht so gut steht …«

»Verstehe«, unterbrach ihn Enna. Sie wusste, dass die Standorte Emden und Cuxhaven etwa gleich weit von Bensersiel entfernt lagen. Wenn sich nicht zufällig ein Boot der Küstenwache in der Nähe aufhielt, hätten sie keine Chance, die Segeljacht zu erreichen. Sie griff nach dem Handy und wählte die Nummer, die sie sich zuvor eingespeichert hatte. Nach wenigen Minuten war klar, dass das Eingreifen der Küstenwache zu lange dauern würde.

»Wir müssen das machen«, sagte Jan Paulsen.

Pia Sims drehte sich zum Fenster um und zeigte auf den langen Holzsteg. »Und wie? Die sehen uns doch ewig vorher, wenn wir da rüberlaufen.«

Jan Paulsen kratzte sich am Kopf und schien ebenso ratlos zu sein wie seine junge Kollegin.

Enna wandte sich wieder einmal zu Lars Petersen um, der an seinem Schreibtisch Papiere sortierte. »Haben Sie ein Boot?«

»Ich? Ja, ein kleines.«

»Wie klein?«, fragte Enna weiter.

Sichtbar widerwillig stand Petersen auf und trat zu den Ermittlern ans Fenster. »Da vorne.« Er zeigte auf ein Segelschiff, das direkt in der ersten Bucht vor dem Vereinsheim lag.

»Können Sie uns darin bis zu dem freien Liegeplatz bringen, den Sie vorhin meinen Kollegen gezeigt haben?«

»Und dann?«, fragte er wenig begeistert.

»Dann gehen Sie einfach zurück zum Vereinsheim. Sie haben nur Ihr Schiff verlegt. Niemand wird mitbekommen, dass wir von Ihrem Boot aus starten.«

»Und wenn es vorher knallt?«, fragte Petersen ängstlich.

»Warum sollte es?«, entgegnete Pia Sims. »Wir brauchen Sie, Herr Petersen. Keiner von uns kann das machen. Für Sie ist es vollkommen ungefährlich.«

»Klar! Sie haben ja auch diese Weste an. Aber ich …«

Jan Paulsen zog seine Schutzweste aus und reichte sie dem Hafenmeister. »Bitte.«

Der brummte etwas Unverständliches und schüttelte dann den Kopf. »Schon in Ordnung. Wird schon nichts passieren.«

Die Kajüte war kleiner, als Enna gedacht hatte. Jan Paulsen stieß mit dem Kopf an die Decke und Pia Sims hatte auf einer Art Notsitz Platz genommen, auf ihrem Schoß den aufgeklappten Laptop mit den Bildern der beiden Kameras. Auf der Segeljacht schien momentan niemand auf Deck zu sein. Petersen hatte inzwischen den Motor laufen, Enna spürte, wie sich das Boot langsam in Bewegung setzte.

In ihrer Nervosität kam es Enna wie eine Ewigkeit vor, bis der Motor wieder ausgestellt wurde. Sie hörten, wie Petersen das Boot verließ und es vertäute. Kurz darauf ging er über den Holzsteg und seine Schritte verhallten langsam.

Ennas Handy vibrierte. Thorsten Krüger. Sie nahm das Gespräch an und sagte leise: »Wie sieht es bei Ihnen aus?«

»Operation abgeschlossen.«

»Wie hat sie reagiert?«

»Erstaunlich ruhig. Sie hat sich weder geweigert, uns ihr Handy zu geben noch sich bei uns ins Fahrzeug zu setzen. Ihr Auto steht kurz vor Bensersiel auf einem Parkplatz. Sie bekommen noch die Koordinaten. Wir fahren jetzt nach Oldenburg zurück.«

»Danke, Kollege. Ich melde mich, sobald hier die Aktion abgeschlossen ist.«

Pia Sims hob die Hand als Zeichen, dass sich etwas auf der Segeljacht tat. Enna rutschte zu ihr hinüber. Auf der Jacht schienen die letzten Vorbereitungen zu laufen. Zu den beiden Männern in Crew-T-Shirts hatten sich zwei weitere gesellt, die Taue lösten und an verschiedenen Enden auf Deck etwas zu kontrollieren schienen.

»Die erwarten die kleine Hansen jeden Augenblick«, kommentierte Paulsen das Geschehen.

»Sieht danach aus«, bestätigte Enna. Sie schaute auf die Uhr. Es würde mindestens noch eineinhalb Stunden dauern, bis das SEK-Team vor Ort war. »Wir warten, bis sich das auf Deck beruhigt hat. Vier Personen sind zu viel für uns.«

Pia Sims zeigte auf den Bildschirm. »Die beiden Neuen sind bewaffnet.«

Enna nickte. Sie hatte gleich die weiter geschnittenen T-Shirts bemerkt und gesehen, dass sich, wenn sich die Männer bückten oder zur Seite lehnten, die Waffen unter dem Stoff abzeichneten. »Unangenehme Situation, die da auf uns zukommt.«

»Ist mir klar«, sagte Paulsen und warf einen Blick auf Pia Sims.

»Mir auch«, fügte sie mit fester Stimme hinzu.

Enna setzte sich zurück auf ihren Platz und schloss die Augen. Sie würde gleich ihre volle Konzentration brauchen, um ihr Team heil durch die nächsten Minuten zu bringen.

Ihr war das Risiko mehr als bewusst, aber sie hoffte auf den Überraschungseffekt.

Die nächsten Minuten fühlten sich an wie Stunden, Enna versuchte, die Spannung nicht an sich ranzulassen, und wartete weiter mit geschlossenen Augen darauf, dass Pia Sims sich meldete.

»Die beiden Neuen scheinen jetzt wieder im Schiff zu verschwinden«, rief die schließlich leise.

Enna sah auf. Als sich ihre Augen an das Licht gewöhnt hatten, kontrollierte sie ihre Waffe und nickte dann den anderen zu. »Paulsen und ich gehen voran. Sie decken uns.«

Leise öffnete sie das Schott und wartete einen Augenblick, bis Pia Sims Entwarnung gab. Niemand auf der Segeljacht schien etwas gehört zu haben. Gebückt ging Enna die wenigen Stufen nach oben. Petersen hatte sein Schiff so in den Liegeplatz gefahren, dass sie von Deck des Segelboots erst spät zu sehen waren. Ein weiterer Blick zu der jungen Kommissarin, die ihr einen gehobenen Daumen zeigte. Die Crew war beschäftigt. Vorsichtig stieg Enna auf den Steg, direkt hinter ihr kam Paulsen.

Mit gezogener Waffe arbeiteten sie sich langsam vor, bis kurz vor das Fallreep, das von der Segeljacht auf den Kai heruntergelassen war. Kurz nachdem Pia Sims auf dem Kai aufgetaucht war, betrat Enna das Fallreep. Paulsen folgte ihr auf dem Fuße. Enna horchte, hörte aber nichts. Sie hob die Hand und zählte mit den Fingern bis drei, bevor sie aufs Deck sprang und auf einen der Männer zusprintete. Hinter ihr hörte sie Paulsen, der in die andere Richtung zum Heck gehastet war.

Der junge Mann ließ das Tau fallen und starrte Enna mit großen Augen an. Sie deutete ihm mit dem Zeigefinger auf ihren Lippen an, dass er ruhig sein sollte. In der anderen Hand hielt sie die Waffe auf ihn gerichtet. Leise gab sie sich auf Englisch als Polizistin zu erkennen. Der Mann hob die Hände, mit einem schnellen Satz war Enna hinter ihm und legte ihm

Handschellen an. Erst jetzt konnte sie sich nach Jan Paulsen umdrehen. Er kniete mit dem Bein auf dem Rücken eines am Boden liegenden Mannes und fixierte ihn gerade. Gleich darauf drehte er ihn um und riss ein Stück Klebeband ab, mit dem er ihm den Mund verschloss.

Ennas Mann hatte die Szene mit ängstlichem Blick verfolgt. Paulsen kam jetzt auf sie zu, mit einem weiteren Stück Klebeband in der Hand. Bevor Enna protestieren konnte, hatte er auch ihren Gefangenen ruhiggestellt.

Pia Sims stand mit gezogener Waffe am Aufgang zur Jacht und fixierte den Niedergang, der ins Boot hineinführte und sich mehrere Meter von Enna entfernt befand. In diesem Augenblick wurde das Schott geöffnet und einer der Männer, die kurz zuvor auf dem Deck gewesen waren, kam heraus. Unmittelbar nachdem er die Szene erfasst hatte, zog er seine Waffe und richtete sie auf Paulsen, während sich Pia Sims auf Deutsch und Italienisch als Polizistin zu erkennen gab und gleich darauf einen Warnschuss in die Luft abgab. Bevor Enna noch die Waffe auf den Mann richten konnte, hatte er den ersten Schuss schon abgegeben. Paulsen wurde nach hinten geschleudert, während Enna sich fallen ließ. Der Mann schrie auf, griff sich ans Bein und sank zu Boden. Pia Sims hatte ihn getroffen.

Während Enna zu Paulsen robbte, sah sie aus dem Augenwinkel, dass hinter dem jetzt angeschossenen Mann das zweite bewaffnete Crew-Mitglied aufgetaucht war. Pia Sims schrie ein zweites Mal die Warnung und schoss, als der Mann mit seiner Waffe in ihre Richtung zielte. Die Hand des Mannes zuckte nach hinten, die Waffe flog übers Deck.

Nach einem kurzen Blick auf Paulsen, der stöhnend auf Deck lag und seinen Oberkörper abtastete, stürzte sich Enna zum Schott, um Pia Sims zu unterstützen, die gerade dem Mann mit dem Beinschuss Handschellen anlegte. Der zweite getroffene Mann versuchte in dem Augenblick, in dem Enna bei ihm ankam, mit der linken Hand an seine fallen gelassene Waffe zu gelangen. Enna schob die Pistole mit dem Fuß zur Seite, zog den Mann vom Niedergang weg und fesselte ihn mit ihrem zweiten Paar Handschellen an der flachen, ums Deck laufenden Reling.

Jan Paulsen hatte sich inzwischen aufgerichtet und stand jetzt mit schmerzverzerrtem Gesicht neben den beiden Frauen. »Gehen wir rein?«

»Nein, unser Mann aus Osnabrück ist noch dort drin und vermutlich auch Chiappetta. Wir müssen die Verwundeten versorgen. Sind Sie in der Lage, auf das Schott zu achten?«

Als Paulsen nickte, wandte Enna sich ab und kniete sich vor den Mann mit dem Beinschuss. Er blutete stark und schien große Schmerzen zu haben. Sie zog ihr Shirt aus, das sie über der schusssicheren Weste getragen hatte, und drückte es mit aller Kraft auf die Wunde. Paulsen warf ihr die Klebebandrolle zu, zusammen mit Pia Sims schaffte sie es, die Blutung halbwegs unter Kontrolle zu bekommen.

»Rufen Sie zwei Krankenwagen und einen Notarzt«, forderte sie Pia Sims auf, bevor sie nach dem zweiten Verletzten sah. Die Kugel hatte seine Hand durchschlagen, aus dem klaffenden Loch blutete es. Enna zerriss das T-Shirt des Mannes und verarztete ihn auf gleiche Weise wie den anderen Verwundeten.

»Zehn Minuten, hat die Zentrale mir gesagt«, sagte Pia Sims, als sie neben Enna stand.

Enna zeigte in Richtung des Mannes, den Paulsen überwältigt hatte. »Nehmen Sie ihm das Klebeband ab.« Sie selbst lief in die andere Richtung und befreite dort den Mann von seinem Mundpflaster.

Kurz darauf stand sie neben Paulsen. »Hat sich was gerührt?«

»Nein. Nichts.«

Pia Sims trat neben sie. »Soll ich es auf Italienisch versuchen? Die müssen doch einsehen, dass es vorbei ist.«

»Das Schott machen wir aber nicht auf«, sagte Enna.

»Kein Problem. Ich bin gleich wieder da.« Pia Sims lief über das Fallreep auf den Steg hinüber zu Petersens Segelboot. Kurz darauf kam sie mit einem kleinen Megafon zurück, stellte sich vor die Segeljacht und donnerte einige Sätze auf Italienisch.

Enna und Paulsen hatten das Schott im Blick, während Pia Sims ihre Ansprache wiederholte. Nach nervenaufreibenden viereinhalb Minuten öffnete sich das Schott langsam, eine Waffe wurde herausgeschleudert und der dazugehörige Mann kam mit erhobenen Händen heraus. Enna erkannte ihn sofort: Es war der Mann, der in Osnabrück auf Marco Müller und seinen Begleiter geschossen hatte. Ihm folgte ein etwa fünfzigjähriger Mann, dessen Ähnlichkeit mit Marie Hansen sofort ins Auge sprang.

Zweiundvierzig

Enna reichte Jan Paulsen eine weitere Flasche Bier und goss Pia Sims Weißwein in ihr Glas. Sie saßen seit einer halben Stunde in Ennas Garten. Tagsüber waren die Temperaturen weit über dreißig Grad gestiegen und selbst jetzt, am Abend, war es noch so warm, dass sogar Paulsen in Shorts gekommen war. Die Nachrichten sprachen vom wärmsten Juni aller Zeiten, allerorts gab es Aufrufe, Wasser zu sparen und im Wald wegen hoher Brandgefahr vorsichtig zu sein.

Ihr Einsatz in Bensersiel lag inzwischen zwei Wochen zurück. Für Lorenzo Chiappetta war am Tag darauf Untersuchungshaft angeordnet worden. Ihm wurde Entziehung Minderjähriger im Sinne des § 235 StGB zur Last gelegt. Aufgrund der Fluchtgefahr und der zu erwartenden Strafe hatte der Richter die Haftverschonung abgelehnt. Die Ermittlungen zum Anschlag auf Marco Müller und seinen Begleiter, zur mutmaßlichen Entführung von Anne Wagner und zu den Ereignissen bei der Festnahme auf der Segeljacht liefen weiter. Die italienische Polizei interessierte sich ebenfalls für Lorenzo Chiappetta und hatte einen Ermittler nach Oldenburg geschickt.

Chiappettas Bodyguard Luca Talacio, der mutmaßlich in Osnabrück Marco Müllers Begleiter erschossen hatte, saß wie Chiappetta in der Oldenburger Haftanstalt im

Hochsicherheitstrakt. Marco Müller weigerte sich weiter hartnäckig, zum Tatabend auszusagen, aber die Aussagen von Jan Paulsen und Enna Andersen, die Tatwaffe, die bei Talacio gefunden wurde, sowie DNA-Material im sichergestellten Fahrzeug, das in Osnabrück zum Einsatz gekommen war, reichten dem Haftrichter für die Anordnung der Untersuchungshaft. Luca Talacio selbst verweigerte die Aussage. Dr. Padberg, der zuständige Osnabrücker Staatsanwalt, bereitete eine Anklage wegen Mordes vor. Der zweite Osnabrücker Täter hatte bisher nicht ermittelt werden können. Das Motiv der Tat lag offiziell weiter im Dunkeln. Der Staatsanwalt ging vorerst von einer Abrechnung in Mafia-Kreisen aus. Enna hatte bei einem zweiten Vieraugengespräch versucht, Marco Müller von einer offiziellen Aussage zu überzeugen, aber er hatte hartnäckig abgelehnt. Er bestätigte in dem Gespräch aber noch einmal, dass seine, wie er es nannte, Verhandlungen mit Chiappetta zwei Wochen vor dem Anschlag stattgefunden hatten. Müller hatte nach eigener Aussage zu spät bemerkt, dass er den Bogen überspannt hatte, als er Chiappettas Tochter Marie mit ins Spiel gebracht hatte. Chiappetta hatte das Telefongespräch sofort abgebrochen und sich nicht wieder bei Müller gemeldet. Für Enna war dies ein weiteres Indiz, dass es Chiappetta um die Verjährungsfrist im Entführungsfall Marie Hansen gegangen war, als er den Mordauftrag gegeben hatte.

Schon in Ennas erstem Gespräch mit Marco Müller, kurz nachdem er aus dem künstlichen Koma geholt worden war, hatte er zugegeben, dass er an der Entführung beteiligt gewesen war. Nun wurde aber klar, dass der Urlaub von Familie Müller auf Wangerooge nur dem Zweck gedient hatte, Kontakt zur Familie Hansen aufzubauen und sich später mit Marie anzufreunden. Zusätzlich hatte Marco die Aufgabe, die Hansen-Familie auszuhorchen. Nachdem er Vater und Tochter heimlich beobachtet hatte, war ihm schnell der Verdacht gekommen, dass

Ulfert Hansen seine Tochter Imke sexuell missbrauchte. Marie, so vermutete er damals, war zu dem Zeitpunkt nicht oder noch nicht betroffen. Seine Arbeit im Landschulheim war ebenfalls von Chiappetta in Auftrag gegeben worden. Müller kannte danach die Örtlichkeiten bis ins Detail und hatte sich von mehreren Schlüsseln Kopien erstellt. Nach seinem Herbsteinsatz auf Wangerooge hatte er im Frühjahr in Aurich eine wie zufällig aussehende Begegnung mit Marie Hansen arrangiert und danach über das Internet Kontakt mit ihr gehalten. Nachdem er ihr Vertrauen gewonnen hatte, erzählte er ihr, dass er etwas unglaublich Wichtiges erfahren habe, er es ihr aber nur persönlich sagen könne. Geschickt kam er auf die Klassenfahrt zu sprechen und erzählte ihr, dass er gleichzeitig auch auf Wangerooge sein würde. Bei einem Treffen im Dorf, einen Tag vor der Entführung, erzählte er ihr, dass Ulfert Hansen nicht ihr wirklicher Vater sei, er sie aber zu ihrem tatsächlichen Vater führen könne. Sie verabredeten sich um Mitternacht vor dem Landschulheim und fuhren mit dem Lastenfahrrad an die Ostspitze der Insel. Müller übergab Marie Hansen an zwei wartende Crew-Mitglieder und fuhr zurück zum Landschulheim. Am nächsten Morgen nahm er die erste Fähre zurück aufs Festland. Er behauptete, nicht zu wissen, warum Chiappetta den Weg über Wangerooge gewählt hatte, aber Enna vermutete, dass Chiappetta der Landweg nach Italien zu lang, zu beschwerlich und obendrein zu gefährlich gewesen war. Zusätzlich hatte er auf der Jacht viele Tage Zeit gehabt, um sich mit der kleinen Marie anzufreunden und sie zu beeinflussen, damit sie mehr oder weniger freiwillig bei ihm in Italien blieb.

Die zwei weiteren Crew-Mitglieder der Chiappetta-Jacht, die ihre Waffen gegen die Ermittler erhoben hatten, saßen ebenfalls in Untersuchungshaft. Derjenige, der auf Jan Paulsen geschossen hatte, würde mit einer Anklage rechnen müssen, der andere vermutlich glimpflich davonkommen und nach Italien abgeschoben werden.

Marie Hansen, die beteuerte, dass sie sich in Bensersiel lediglich von ihrem Vater hatte verabschieden wollen, war nach der Verhaftung von Chiappetta zu ihrer Mutter gezogen. Bei einer inoffiziellen Befragung durch Enna gab sie zu, Anne Wagner nicht zufällig getroffen zu haben. Enna versuchte vergeblich, sie zu einer offiziellen Aussage über die Umstände von Anne Wagners Verschwinden zu bewegen, aber die junge Frau weigerte sich hartnäckig, ihren leiblichen Vater zu belasten. Bei der Befragung durch den Staatsanwalt berief sie sich auf ihr Aussageverweigerungsrecht und schwieg auch zu Details ihrer Kindheit und Jugend in Italien.

Anne Wagner hatte ihr Studium unterbrochen und wohnte seitdem in Aurich bei ihren Eltern. Pia Sims hatte sie dort aufgesucht und erfahren, dass sie eine Therapie begonnen hatte. Den Kontakt zu Marie Hansen hatte sie vorläufig abgebrochen. Auch Anne Wagner weigerte sich weiterhin, über ihr plötzliches Verschwinden zu sprechen. Enna vermutete, dass sie Angst vor Lorenzo Chiappetta hatte, obwohl er in Untersuchungshaft saß. Sie war sich sicher, dass die junge Frau von Chiappettas Männern entführt worden war, weil dieser befürchtete, dass sie der Polizei zu viel verraten würde und somit die Verjährungsfrist ins Wanken hätte kommen können. Auch kam eine Kurzschlussreaktion in Betracht, weil Lorenzo Chiappetta Angst hatte, seine Tochter zu verlieren. Gleichzeitig ging Enna davon aus, dass Marie Hansen verhindert hatte, dass ihre Freundin weiter festgehalten wurde oder ihr Schlimmeres widerfahren war. Enna war klar, dass ohne Anne Wagners oder Marie Hansens Aussage die Umstände der Entführung weiter im Dunkeln bleiben würden. Auch hielt sie die Wahrscheinlichkeit für äußerst gering, dass Chiappetta oder einer seiner Männer diesbezüglich ein Geständnis ablegen würde.

Nachdem Imke Hansen aus Australien angereist war, hatte sie ihre Aussage vor dem Staatsanwalt wiederholt. Ulfert Hansen wurde festgenommen und saß seitdem in Untersuchungshaft. Inzwischen hatte er den Missbrauch an seiner Tochter Imke gestanden, allerdings abgestritten, dass er Marie ebenfalls missbraucht hatte.

Bei einem persönlichen Gespräch mit Imke bestätigte diese Enna, dass sich ihr Vater in den Monaten vor der Schulfreizeit ihrer Schwester Marie in gleicher Weise langsam genähert hatte, wie sie es einige Jahre zuvor selbst erlebt hatte. Imke Hansen hatte versucht, ihrer Schwester zu erklären, dass sie sich von dem Vater fernhalten müsse. Eine Woche vor der Wangerooge-Fahrt hatte sie ihr von ihren schrecklichen Erlebnissen erzählt. Marie hatte ihr zunächst nicht glauben wollen, dann aber selbst beobachtet, wie der Vater Imke in der Nacht aus dem Zimmer geholt hatte. Am nächsten Tag sei Marie vollkommen verstört gewesen und Imke vermutete inzwischen, dass sie mehr gesehen hatte.

Imke Hansen hatte sich mittlerweile mehrere Male mit ihrer Schwester und der Mutter getroffen und nach allem, was Enna beurteilen konnte, schienen die drei auf einem guten Weg zu sein, wieder zu einer Familie zu werden.

Enrik Hansens Geschäftsbücher waren von der Auricher Staatsanwaltschaft beschlagnahmt und ein Verfahren wegen Geldwäsche war eingeleitet worden. Hansen war vorläufig auf freiem Fuß, allerdings vermutete Enna, dass sich das bald ändern würde, falls er sich weiter weigerte, die Hintermänner zu nennen. Der Verdacht, dass Chiappetta etwas mit Enrik Hansens Geschäften zu tun hatte, hatte sich nicht erhärtet.

Der Lehrer Holger Martens war eine Woche zuvor vom Dienst suspendiert worden. Die Eltern von Leonie Behrends hatten Anzeige gegen ihn erstattet. Martens erwarteten beamtenrechtliche Maßnahmen und vermutlich würde sich der Staatsanwalt ebenfalls bei ihm melden.

Enna hob ihr Glas. »Ich möchte auf unser Team trinken. Auch wenn der Anfang etwas holprig war, sind wir, so sehe ich das, zu einer schlagfähigen Einheit zusammengewachsen. Auch aus diesem Grund, aber nicht nur, möchte ich Ihnen das Du anbieten.«

Pia Sims strahlte übers ganze Gesicht. »Pia«, sagte sie und stieß mit Enna an.

Jan Paulsen hob kurz sein Glas. »Ist okay. Aber bitte nicht Jan. Paulsen reicht.«

Enna wiegte ihren Kopf hin und her und warf dann einen fragenden Blick zu ihrer jungen Kollegin. »Dann sind wir mal nicht so, oder?«

Pia Sims hob das Glas und antwortete mit tiefer Stimme. »Dann wäre das ja geregelt.«

Jan Paulsen seufzte. »Und schon wird man auf den Arm genommen!«

»Hey, Paulsen, das mit dem Humor müssen wir aber noch üben«, entgegnete Pia Sims schmunzelnd.

»Wenn es unbedingt sein muss«, murmelte Paulsen und fügte laut hinzu: »Eine Frage geht mir schon seit Wochen durch den Kopf. Waren deine Treffer auf der Jacht reiner Zufall?«

»Sicher nicht«, sprang Enna für Pia ein. »Unsere Kollegin war auch im Schießen Jahrgangsbeste, sogar mit Auszeichnung.«

»Respekt!« Paulsen war anzusehen, dass seine Reaktion ehrlich gemeint war.

»Paulsen?«, sagte Pia und legte ihren Kopf etwas schief.

»Ja?«

»Die Aktion mit der Schutzweste. Von wegen an den Hafenmeister ausleihen. Einmal und nie wieder. Ich hoffe, wir sind uns da einig.«

»Dann hätte ich mir sicher keinen Treffer eingefangen«, erwiderte Paulsen, fügte dann aber schnell hinzu: »Schon okay. War 'ne dumme Idee.«

Gegen eins hatte sich Paulsen verabschiedet, da er sich am nächsten Tag auf den Weg nach Osnabrück machen wollte, um alte Freunde zu besuchen. Pia Sims half Enna beim Abräumen. Als sie das schmutzige Geschirr in der Spülmaschine verstaut hatten, stand Pia unschlüssig vor ihrer Chefin.

»Der Mörder deiner Eltern kommt am Montag frei. Du weißt davon?«

Enna nickte. »Ja, natürlich. Ich bin gleich informiert worden.«

»Ist es sehr schwer für dich?«

Enna legte den Kopf in den Nacken und atmete tief durch. »So richtig habe ich es noch nicht an mich herangelassen. Ich kann nur hoffen, dass der Medienwirbel nicht zu groß wird.«

»Wenn Sie … ich meine, wenn du Hilfe brauchst, ein Anruf genügt.«

Enna lächelte. »Danke, Pia. Aber ich denke, ich werde damit fertig.«

»Gut. Das ist gut.« Sie erwiderte Ennas Lächeln. »Dann verabschiede ich mich mal.«

»Warte, ich bring dich noch nach draußen.«

Unschlüssig standen sie vor der Tür, bis Enna ihre junge Kollegin zum Abschied umarmte. »Schlaf gut.«

Pia nickte, hob kurz die Hand und wandte sich um zum Gehen. Am Tor zur Straße drehte sie sich noch einmal zu Enna um. »Danke für den schönen Abend, Enna.«

Printed in Germany
by Amazon Distribution
GmbH, Leipzig

16584945R00214